Y DESPUÉS DE LA TORMENTA

Autora: Úrsula Llanos

Bemasoft Ediciones S.L.
C/Lagasca nº 95 Madrid
ediciones@bemasoft.es

Enero de 2016-edición 2ª
ISBN 978-84-944974-0-7
Depósito legal M-1338-2016

Y DESPUÉS DE LA TORMENTA

Úrsula Llanos

Bemasoft Ediciones S.L.

A Luis

—CAPÍTULO I—

Le gustaban las tormentas de verano. Disfrutaba viendo la intermitente incandescencia del firmamento acompañada del estruendoso y retumbante eco de sus truenos, se dijo aproximándose a la ventana de su dormitorio con una optimista sonrisa. Se sentía absolutamente feliz en ese momento atisbando la negrura del firmamento a través de los cristales. Pero reconoció que esa mañana no sería otro su estado de ánimo, aunque hubiera amanecido un día soleado o aunque granizara. Derrocharía euforia en cualquier caso.

Tarareando una cancioncilla, se aproximó al armario empotrado de su dormitorio y se vistió con una blusa blanca de manga corta y una falda azul marino. Mientras se abrochaba los botones, giró nuevamente la cabeza hacia la ventana y comprobó con satisfacción que había empezado a llover como si las nubes hubieran decidido desplomarse sobre los transeúntes que deambulaban a toda prisa por la acera. Un rayo cruzó zigzagueando entre los negros nubarrones y luego dejó oír su estridente fragor, antes de que una nueva avalancha de agua se arrojara contra el cristal enturbiándolo.

Sonriendo, terminó de vestirse. Las tormentas de verano siempre eran así, colosales y escandalosas y los días anteriores habían padecido un calor asfixiante, casi irrespirable, por lo que resultaba previsible que las nubes hubieran terminado por descargar, deseosas de aliviar los ardores del verano.

Se volvió hacia la mesita de noche y se quedó mirando pensativamente la fotografía con marco de plata que tenía sobre ella, en la que un joven de cabello oscuro y grandes gafas de concha parecía mirarla inquisitivamente, sin que ni tan siquiera un atisbo de sonrisa curvara la línea recta de sus labios. Fran era así, circunspecto, rigurosamente responsable, increíblemente atractivo.

Con la cabeza ladeada, permaneció estudiando la fotografía diciéndose que ella tenía mucho que agradecer a la vida. Era un ser privilegiado, porque poseía todo lo que una muchacha de treinta y dos años podía desear. En su carrera profesional había conseguido un merecido prestigio. Le llovían los clientes, porque era una brillante abogado que rara vez perdía un caso, pero además y sobre todo había tenido la inmensa suerte de conocer a Fran diez años atrás y de que él se fijara en ella.

Habían coincidido precisamente en la sala de vistas de la Audiencia Provincial. Ella empezaba entonces a ejercer su profesión y actuaba en ese juicio como acusación particular, en nombre de la familia de una niña que había sufrido una tentativa de violación por parte de un degenerado que la había secuestrado a la salida del colegio. Cuando entró en la sala y tomó asiento en el estrado, a la derecha del tribunal, apenas si pensaba en otra cosa que en el interrogatorio de los testigos que había preparado, después de estudiar concienzudamente el sumario durante días, con la angustia del novato que se encuentra ante su primer asunto importante. Fue al levantar la vista de los papeles que acababa de extraer de la cartera, cuando le vio. Ocupaba el lugar que le correspondía al fiscal y se hallaba, por tanto, sentado en el estrado junto a ella. Con la toga negra con puños de encaje sobre la camisa inmaculadamente blanca, las gafas de concha y aquel gesto hermético tan suyo, le hizo perder la noción del tiempo y del lugar en el que se encontraba. Afortunadamente, logró regresar con la mente a la sala de la Audiencia y al juicio que comenzaba a celebrarse y, quizá porque la presencia de él le supuso un estímulo o quizás también porque había estudiado el asunto a conciencia, su actuación fue brillantísima. Entre los dos demostraron que aquel tipo era culpable y que merecía una pena de diez años, mientras la abogada de la defensa tartamudeaba incoherencias. Era una chica muy joven y poco agraciada que probablemente se estrenaba ese día en el foro, porque les miraba alternativamente a Fran y a ella parpadeando como un búho y luchando para que la vocecilla que emitía su garganta no se le quebrase. La pobre no parecía estar preparada para soportar el ataque de artillería al que sometieron a su defendido el fiscal y la acusación particular e hizo el más lamentable de los ridículos.

El tribunal condenó a aquel hombre, que se llamaba Antonio Briones, a los diez años y un día solicitados por Fran y por ella y, tras conocer la sentencia poco después, quedaron los dos a comer para celebrarlo. Fue el comienzo de una relación que duraba desde entonces. Varios meses después del juicio, un seis de junio, ella se trasladó al piso de la calle de Lagasca, que alquiló él, donde vivían juntos desde esa fecha y donde se encontraba en ese momento.

Precisamente ese día se cumplían nueve años desde aquel día memorable. Era su aniversario y aunque no le había visto aún esa mañana, ya que él comenzaba a trabajar en la Audiencia muy temprano, iban a celebrarlo en casa con una comida especial y ella le había comprado como regalo un teléfono móvil de última generación, con el que esperaba entusiasmarle. En infinidad de ocasiones en las que habían paseado juntos por la calle se habían detenido frente al escaparate de la tienda en la que lo vendían y lo había estudiado Fran desde todos los ángulos posibles. No había llegado a comprárselo porque su precio era bastante elevado y él no era dado a hacer dispendios. Al contrario que ella, que, como ganaba mucho más de lo que necesitaba, podía permitirse el lujo de darse y de darle toda clase de caprichos.

En ese instante un nuevo relámpago rasgó el firmamento y unos segundos más tarde retumbó un trueno que hizo vibrar los cristales de la ventana, con lo que Lucía regresó al presente. Terminó a toda prisa de vestirse y se dirigió hacia el vestíbulo donde cogió un paraguas. Ya en la puerta de entrada se volvió para dirigir una última mirada a su espalda, como si necesitara despedirse por unas horas del piso que habitaba y en el que se había sentido siempre a salvo de cualquier contrariedad. Luego bajó en el ascensor hasta el garaje para introducirse en su pequeño Mercedes de color rojo y, tras arrancar el motor, salió a la calle y a la cortina de agua que se abatió torrencialmente sobre el vehículo. El eco del estruendo de otro relámpago, que culebreó entre los nubarrones como una serpiente luminosa, pareció acompañarla calle abajo. Por suerte su despacho se hallaba en la calle de Serrano casi esquina a la Puerta de Alcalá, por lo que no tardó más de diez minutos en aparcar el coche en el sótano del edificio y en subir después en el ascensor hasta la cuarta planta.

Como todos los días y quizás por el optimismo que experimentaba esa mañana, al abrir con su llave la puerta de la oficina, sintió una vez más la impresión de que la luminosidad más brillante inundaba la antesala, pese a los negros nubarrones que podían atisbarse a través de los ventanales de la estancia, una habitación de grandes dimensiones, con pavimento de brillante tarima, que daba acceso a una sala de espera, al despacho de Lucía, a un pequeño archivo y a un aseo.

La secretaria, una señora de mediana edad y aire eficiente, la saludó inexpresivamente cuando Lucía entró en la antesala. Estaba sentada tras su mesa, delante de uno de los ventanales, y le señaló la pantalla de ordenador donde figuraba la lista de las visitas que ella debía recibir.

—Ha llamado mucha gente—le advirtió a media voz—. Esta tarde…

—Esta tarde no voy a venir al despacho— la interrumpió ella—. Hoy es mi aniversario y voy a celebrarlo por todo lo alto, ¿entiendes?

Le pareció que la secretaria la envolvía en una mirada de reproche, motivada sin duda por el hecho de que Lucía vivía con Fran sin haberse casado con él. Rosalía era una puritana y toleraba mal las costumbres de los jóvenes, dado que consideraba imprescindible que una pareja que pretendiese formar una familia pasase previamente por la vicaría. Lucía también opinaba que antes de traer un niño al mundo era preferible formalizar la relación y tenía previsto hacerlo en breve, pero ninguno de los dos encontraba el momento. Quizás durante la comida se presentara la ocasión de hablarlo con Fran y quizás también de fijar una fecha.

— ¿Su aniversario?—repitió Rosalía en tono interrogante, en el que latía la recriminación que no se atrevió a formular.

En otra ocasión a Lucía le hubiera fastidiado la velada desaprobación de la secretaria que en ocasiones la trataba como si fuera una madre regañona. Esa mañana, sin embargo, se sentía demasiado feliz para tomar en cuenta su gesto, por lo que le sonrió y continuó camino hacia su despacho, una amplia estancia con las paredes cubiertas con librerías de madera de nogal, una pesada mesa de despacho del mismo material con dos butacas frente a la misma y un ventanal inmenso desde el que podía verse la Puerta de Alcalá. En ese preciso instante vislumbró a través de los cristales un nuevo relámpago que iluminó por un segundo la negrura del firmamento, tras lo cual se dejó oír el estruendoso fragor de un trueno interminable.

Lucía volvió a sonreír. Qué bonita era aquella tormenta y qué suerte tenía ella de estar viva para disfrutarla, se dijo, mientras ponía en funcionamiento el ordenador que tenía sobre la mesa. Lo primero que hacía todas las mañanas era consultar su correo y leer los mensajes de la procuradora, de sus clientes y del propio Fran, que, a veces, pese a que el trabajo para él era sagrado y no se entretenía con niñerías, le enviaba el pronunciamiento de alguna sentencia o de algún tema jurídico que ella debiera conocer.

Pero esa mañana no había recibido ningún correo de él. En realidad solo tenía un mensaje de alguien a quien no conocía. Probablemente se trataría de algún cliente, se dijo, por lo que lo abrió con poco interés, mientras se acodaba en la mesa y apoyaba la barbilla en la mano. Lo leyó sin entender lo que decía. Lo volvió a releer preguntándose si aquel mensaje tenía algún sentido. Luego se restregó los ojos y al fin las palabras que veía en la pantalla parecieron ir volviéndose inteligibles. En letra muy grande, entre comillas y en negrita, alguien que no se identificaba había escrito:

"He salido hoy al cabo de diez años. Al fin he salido y te voy a arruinar la vida."

—CAPÍTULO II—

Se quedó mirando la pantalla del monitor como alelada. Luego releyó el mensaje y pasó una mano por su frente, que notó húmeda de sudor. ¿De dónde decía aquel desconocido que había salido? No lo decía, pero no había demasiadas opciones, ya que al parecer la culpaba a ella de los diez años en los que había estado recluido y el lugar en el que había permanecido durante ese lapso de tiempo no podía ser otro que la cárcel. ¿Pero a quién habían condenado a prisión como consecuencia de una actuación suya?

Se apartó la oscura y lisa melena de su rostro como si ese gesto pudiera ayudarla a concentrarse, mientras reflexionaba intensamente. Diez años antes acababa de terminar la carrera de Derecho y defendió en lo penal los asuntos que le turnaron de oficio. Ganó la mayoría y perdió uno o dos de escasa importancia en los que el delincuente en cuestión ni siquiera había sido condenado a pena de cárcel. De improviso cayó en la cuenta. Tenía que ser aquél. Tenía que tratarse precisamente del caso en el que actuó como acusación particular contra aquel tipo que se llamaba Antonio Briones

13

por un delito secuestro y de violación de una niña en grado de tentativa. El juicio en el que conoció a Fran. Recordó en ese momento que a aquel hombre mal encarado, procesado por ese delito, le habían caído diez años y sí, esos diez años habían transcurrido ya o estaban a punto de transcurrir.

Como atontada se retrepó en la butaca y regresó con la mente a la sala de la Audiencia donde se celebró el juicio. La oratoria de ella fue fluida y brillantísima y redujo a la nada las argumentaciones de la defensa que pretendía acreditar que no habían existido abusos sexuales y que Antonio Briones había recogido a la niña del colegio confundiéndola con su nieta, porque veía mal y padecía un principio de alzhéimer.

Lucía aportó pruebas concluyentes de que el encausado no tenía ninguna nieta ni en ese colegio ni en ningún otro y acreditó asimismo mediante los oportunos informes médicos que no padecía enfermedad mental alguna. Había sido detenido además con anterioridad por abusar de niños de ambos sexos que estudiaban en el colegio donde trabajaba como jardinero, por lo que el tribunal no dudó en dictar una sentencia clara y contundente.

Pero ella había cumplido con su deber, se dijo tras unos segundos de reflexión. Aquel hombre merecía la pena que le fue impuesta y la acusación de que fue objeto por su parte se limitó a dar constancia de los hechos tal y como habían sucedido.

Peor fue el papel que le tocó representar a la abogado de la defensa, porque Lucía la puso en ridículo una y otra vez. Incluso se oían carcajadas entre el público cada vez que a la pobre chica le daban la palabra, que fueron inmediatamente cortadas por el tribunal, pero que debieron escocerle en lo más íntimo.

Y también se ensañaron con ella los periódicos días después de publicarse la sentencia, a la par que ensalzaban a Lucía que a partir de entonces comenzó a despuntar en su profesión.

Pero los diez años habían transcurrido ya y aquel hombre había salido de la cárcel. Inquieta se removió en la butaca. ¿Qué podía hacer? Sabía que no serviría de nada llamar a la policía, pues por su experiencia con clientes que habían sido amenazados estaba al corriente de que aquélla solo actuaba ante hechos concretos y el mensaje que acababa de recibir no especificaba que su autor tuviese intención de cometer ningún delito. Había muchas formas de arruinarle la vida a una persona, en su mayoría perfectamente legales.

Aunque no era miedosa ni pusilánime, intuía que la amenaza que traslucía el correo que había recibido era real y en ese momento no se le ocurría de qué modo podría defenderse de aquel hombre, al que recordaba de mediana estatura y corpulento, con un semblante abotargado en el que destacaban unos ojillos astutos. ¿Tendría el mismo aspecto al cabo de diez años? Entonces debería andar cercano a los cincuenta. ¿Lo reconocería si se lo encontraba por la calle, en una cafetería o incluso si llamaba a la puerta de su casa o aparecía en su despacho con cualquier excusa?

De improviso tuvo una idea. Se levantó de un salto de la butaca y salió a la antesala, donde Rosalía tecleaba en el ordenador el nombre del cliente al que acababa de dar cita, que era su único cometido, pues Lucía redactaba sus propios escritos en el ordenador de su despacho. La secretaria levantó la cabeza al oírla acercarse y aguardó en silencio a que le comunicase lo que motivaba su presencia en la recepción.

—Rosalía, ¿has comprado el periódico?

Era aquella una de sus obligaciones, aunque Lucía no solía tener tiempo de echarle ni siquiera una ojeada. Con el semblante impasible, la secretaria se lo tendió en silencio y ella regresó a toda prisa a su despacho con el diario en la mano, que hojeó rápidamente en cuanto cerró la puerta y volvió a sentarse tras la mesa. Allí estaba el artículo con una fotografía del hombre a la puerta de la cárcel, en el momento en el que acababa de salir, donde el periodista le había entrevistado. Había engordado en los años que habían transcurrido desde que se celebrara la vista y había perdido el escaso cabello que le quedaba en la cabeza, pero conservaba la misma expresión estúpida, y la misma mirada ladina, que no parecía corresponderse con su apariencia bobalicona.

Volvió a sentir que la frente se le perlaba de sudor. ¿Cómo podría defenderse de ese hombre? ¿Debería contratar a un guardaespaldas? No le apetecía lo más mínimo llevar a alguien pegado a sus talones, pero de alguna forma tendría que mitigar la sensación de peligro que le angustiaba. Le preguntaría a Fran. Él conocía a muchos jueces y magistrados que llevaban escolta y podría aconsejarle la forma de conseguir a alguien que la protegiese. Decidida, marcó su número en el teléfono y un segundo más tarde oyó la impersonal voz de su secretaria.

—Don Francisco Guillén no se puede poner en este momento, está muy ocupado—le contestó, cuando Lucía le pidió que se pusiese al aparato.

—Soy Lucía Salces—insistió ella sin alterarse, rememorando la imagen de su interlocutora. Una rubia bastante llamativa, encaramada siempre a unos altísimos tacones y con unas uñas muy largas pintadas de rojo oscuro.

—Sí, he reconocido su voz —replicó la otra— pero ya le he dicho que don Francisco no se puede poner.

Ni siquiera le preguntó si quería que le dejase algún recado. Se limitó a cortar la comunicación y Lucía se quedó mirando estupefacta el auricular que aún tenía en la mano. Y no porque la secretaria de Fran, que se llamaba Belén, hubiera sido muy amable con ella anteriormente, pero al menos era correcta. ¿Le habría sucedido algo importante a Fran y por esa razón no podía atender su llamada?

Inquieta marcó el número del móvil de éste y escuchó el sonido de tres timbrazos antes de oír como cortaban la llamada sin responder. ¿Qué le ocurriría? Sabía que esa mañana no tenía señalado ningún juicio ¿Se encontraría en alguna reunión o acaso se habría puesto enfermo?

En ese momento se encendió una lucecita roja en el aparato que tenía sobre la mesa y por el teléfono interior oyó la voz de Rosalía comunicándole que acababa de llegar la visita que tenía citada a primera hora de la mañana.

—Pásala a la sala de espera y que aguarde un poco leyendo una revista—le contestó, mientras marcaba nuevamente el número de Fran en el móvil, con el mismo resultado infructuoso.

Lo intentó por tercera vez y, cuando oyó que también en esa ocasión su poseedor cortaba la comunicación, estuvo a punto de propinarle un puñetazo a la mesa. Sabía que Fran no tenía ningún asunto importante esa mañana. ¿Por qué no contestaba a su llamada?

En contra de lo que acostumbraba, atendió a su primera visita casi sin escucharla. Despachó a la segunda en breves minutos y a la tercera le interrumpió sistemáticamente en cuanto intentó explayarse, sin percatarse siquiera de que en la calle la tormenta arreciaba por momentos. Tenía los nervios de punta y cuando al fin consiguió acompañar hasta la puerta al último de sus clientes y cerrarla a su espalda, retrocedió sobre sus pasos para regresar a su despacho y apagar el ordenador. Luego salió a toda prisa a la antesala y se despidió de Rosalía.

—¿Se marcha?—se extrañó ésta consultando incrédulamente su reloj—. No son más que las doce del mediodía.

Había en el tono de su voz un velado reproche, como si considerase que la profesión de Lucía debía anteponerse en cualquier caso a su vida privada y desaprobase su intempestiva salida del despacho.

—Sí, pero tengo algo importante que hacer—replicó sin decidirse a darle explicaciones a su secretaria.

—Ya, su aniversario—comentó ésta con retintín—. Pues que lo pase muy bien.

Lucía no se entretuvo ni un segundo en apaciguarla con algún comentario intrascendente al pasar por delante de la mesa de Rosalía, camino de la puerta del piso. Apresuradamente salió al descansillo de la escalera y tomó el ascensor para bajar hasta el garaje del edificio. Algo tenía que haberle ocurrido a Fran para que no atendiese a sus repetidas llamadas. Algo que probablemente guardase relación con el mensaje que había recibido ella. Fran había actuado como fiscal en aquel juicio y Antonio Briones querría vengarse también de él, ahora que al fin había obtenido la libertad. ¿Le habría enviado un correo similar?

Con los nervios en tensión corrió entre los vehículos estacionados cuando llegó al garaje y, en cuanto alcanzó el suyo, se sentó frente al volante, lo arrancó y salió a la calle. Un aguacero se desplomó sobre el techo del vehículo, resbalando luego como una cascada sobre el parabrisas. Un trueno resonó a lo lejos y retumbó después por las desiertas calles del barrio de Salamanca que iba atravesando, relucientes por el agua que discurría por la calzada. Nunca le había parecido que la Audiencia Provincial se encontrase tan alejada de su despacho, pero los escasos veinte minutos que tardó en recorrer el trayecto que mediaba entre la calle de Serrano y la de Santiago de Compostela, en la periferia de Madrid, le parecieron siglos. Consiguió aparcar en una travesía lateral y se precipitó en el vestíbulo del edificio, echando a correr luego hacia el ascensor en el que consiguió introducirse a fuerza de empellones entre la multitud que se apiñaba frente a su puerta.

Ya en la tercera planta echó nuevamente a correr por el pasillo y cuando al fin alcanzó la secretaría de la sala y la mesa tras la que Belén se miraba atentamente las uñas, se encontraba sin aliento. Ésta levantó la vista de sus manos y se la quedó mirando inexpresivamente.

—Don Francisco Guillén no la puede recibir, ya se lo he dicho por teléfono—murmuró en tono pausado, aunque firme.

—Pero es que necesito verle—objetó Lucía reprimiendo las ganas de sacudir a la otra por los hombros—. Es algo muy urgente.

—Pues lo siento—replicó Belén sin que a sus pintadísimos ojos oscuros asomase ninguna emoción —. Me ha encargado que no deje pasar a nadie a su despacho y que a usted le entregue esto.

Le alargaba un sobre grande de papel manila que Lucía cogió mecánicamente.

— ¿Le ha dicho que no me deje entrar tampoco a mí?—insistió incrédulamente —. No es posible. ¿Es que le ha ocurrido algo?

La otra meneó negativamente la cabeza.

—Don Francisco se encuentra perfectamente, si es eso lo que me pregunta— repuso con la expresión de un cancerbero, decidido hasta las últimas consecuencias a cumplir su misión—. Me ha dicho que cuando vea usted el contenido del sobre lo entenderá todo.

— ¿El contenido del sobre? —inquirió Lucía contemplándolo como alelada —. ¿Qué es lo que entenderé?

—Eso no me lo ha dicho. Lo que me ha dejado claro es que no quiere recibirla en su despacho ni hablar con usted por teléfono, ¿me entiende?

No, no entendía nada en absoluto. ¿Qué podía haberle ocurrido a Fran de repente para que adoptase esa actitud tan absurda? Aunque no era cariñoso ni expresivo, la noche anterior parecía contento. Esa mañana no le había visto aún, porque madrugaba más que Lucía para acudir a su trabajo, pero no era posible que hubiese cambiado tanto de actitud respecto de ella.

La rubia se había puesto en pie y le obstaculizaba el paso con su cuerpo, por lo que estuvo a punto de apartarla de su camino hacia el despacho de un empujón. Pero no le gustaban los escándalos ni las escenas. Cuando regresase Fran a casa para comer, aclararía aquel asunto y le advertiría que no estaba dispuesta a consentir que se repitiera una situación como la que estaba viviendo en ese momento.

—Está bien —se oyó decir al fin a sí misma—. Cuando salga de esa reunión tan importante, dígale que he venido.

—De acuerdo, se lo diré.

Lucía se dio media vuelta y se encaminó por el pasillo en dirección al ascensor, con la sensación de haber sufrido innecesariamente un desaire. Por trascendente que fuera el asunto que ocupara a Fran esa mañana, su comportamiento era injustificable, máxime cuando había utilizado como emisario a aquella estúpida rubia que tenía por secretaria.

Apenas reparó en los compañeros de profesión que la saludaron a su paso ni en los que después en el ascensor intentaron intercambiar unas palabras con ella. Tampoco percibió el estruendoso retumbar de los truenos cuando salió a la calle y se dirigió hacia el lugar donde había aparcado su coche. Había cesado momentáneamente de llover, pero cuando se introdujo en su vehículo y se sentó frente al volante, una nueva tromba de agua se derrumbó sobre éste, al tiempo que una serie ininterrumpida de relámpagos serpenteaba entre unos nubarrones, negros como el carbón.

¿Por qué habría creído anteriormente que le agradaban las tormentas?, se preguntó a sí misma. Quizás porque al levantarse esa mañana se sentía absurdamente feliz, pero en ese instante, en el que vivía su presente bajo un prisma muy distinto, decidió que no le gustaban nada en absoluto. Además, era difícil conducir bajo aquella lluvia tan desaforada, tan excesiva, en la que el limpiaparabrisas tenía que trabajar sin descanso para que pudiera distinguir la calle por la que se dirigía hacia su casa.

Una vez que se encontró de nuevo en su piso, se fijó en el sobre que le había entregado Belén y que llevaba en la mano y se encaminó con él al salón, oscuro y lóbrego bajo la cortina de agua que chorreaba por los cristales de la ventana. Se dejó caer en una butaca y lo miró aprensivamente. Estaba dirigido a don Francisco Guillén, pero no constaba quien era el remitente. ¿Por qué se lo habría dado Fran a su rubia secretaria para que se lo entregase a ella? ¿Contendría malas noticias?

El sobre había sido abierto con anterioridad, probablemente por el propio Fran, y cerrado de nuevo con papel celo. Intrigada rasgó la solapa y unas fotografías de tamaño grande y en color resbalaron hasta el suelo, de donde las recogió. Después abrió desmesuradamente los ojos y luego la boca. ¿Cómo era posible? En todas las fotografías aparecía ella en la cama de su dormitorio con un hombre rubio al que desconocía. A ella se la veía de frente en unas y en otras de medio lado. A él siempre de espaldas, con el pajizo cabello resbalándole sobre la frente de forma que apenas si podían distinguírsele las facciones.

Aturdida volvió a examinarlas una por una. No conocía al hombre que aparecía retratado con ella en la cama en una posición inequívoca. Además no había tenido relaciones íntimas con ningún otro en toda su vida. Solo con Fran. ¿Cómo era posible?, se preguntó de nuevo.

Ahora entendía el extraño comportamiento de él. Alguien le había remitido esas fotografías con la clara intención de perjudicarla y Fran había reaccionado como un puritano caballero de la edad media sin permitirle siquiera a ella una explicación. ¿Pero qué explicación hubiera podido ofrecerle de haberle dado él esa oportunidad? Que la fotografía era un montaje, que ella no había estado con ningún hombre en su dormitorio, solo con él. ¿No era esa la argumentación con la que sus clientes femeninos se defendían de las acusaciones de sus maridos, cuando se encontraban en una situación similar y se sentían obligadas a mentirles? Pero en su caso era cierto. ¿Cómo podría demostrárselo?

Consternada examinó nuevamente las fotografías y poco a poco fue imponiéndose su natural reflexivo sobre el nerviosismo que sentía. Estaba tan acostumbrada a examinar concienzudamente las pruebas que podía aportar en los procedimientos judiciales, que se encontró estudiándolas fríamente, como si pertenecieran a una persona ajena involucrada en un trance parecido. Estaba claro que las fotografías debían haberse tomado con teleobjetivo, probablemente desde la casa de enfrente. Se acercó a la ventana contra la que restallaba la lluvia y estudió críticamente el edificio que distinguía al otro la de la calle, borroso bajo la cortina de agua. Sí, tenían que haberla tomado desde allí, aprovechando que, por el achicharrante calor de los días anteriores a la tormenta, dormían con la ventana abierta de par en par. Por la inclinación con la que había sido tomada la fotografía, su autor debía encontrarse en el tercer piso de la casa de ladrillo rojo de enfrente, es decir, uno más arriba que el suyo. Solo faltaba ahora por averiguar quién era el tipo rubio que aparecía acostado con ella en la cama, al que estaba completamente segura de no haber visto nunca.

Con el ceño fruncido, examinó detenidamente la fotografía en la que se le veía a él de medio perfil. Había algo familiar en aquel tipo que de momento no supo discernir. ¿Qué era? Sí, la inclinación de los hombros le era conocida y aquel lunar en forma de herradura en el hombro izquierdo…

21

De improviso dio un respingo. Ya sabía. Aquel hombre era el propio Fran y alguien había manipulado la fotografía, probablemente con photoshop, para que su negrísimo cabello pareciese rubio y más largo de lo que él solía llevarlo. También la nariz era diferente, más ganchuda y con caballete. Enviándoselas después pretendía hacerle creer lo que realmente había conseguido. Que ella le engañaba con ese tipo inexistente y perjudicar así sus relaciones de pareja. Conociendo a Fran, rígido e intransigente, estaba claro que no le daría ocasión de aclararle la estratagema de la que estaban siendo víctimas los dos. ¿Pero quién podría odiarles hasta ese extremo?

Dejó caer al suelo las fotografías y apoyó la cabeza en el respaldo de la butaca, tapizada en pana de color castaño oscuro, tras cerrar los ojos para concentrarse mejor, pero los volvió a abrir casi instantáneamente. Ya sabía. Antonio Briones le había amenazado con arruinarle la vida y lo estaba logrando. Tenía que ser él. El día anterior había salido de la cárcel y le había faltado tiempo para tomar las fotografías desde la casa de enfrente y remitírselas a Fran a su despacho.

Tenía que explicárselo a este último. Cuando apareciera él en el piso dentro de unos instantes se las enseñaría, indicándole el lunar en forma de herradura que el tipo de la foto tenía en el hombro, para demostrarle que ese hombre era él mismo. Luego podrían celebrar su aniversario y tomar las medidas necesarias cara al futuro, para que aquel delincuente excarcelado no pudiera volver a hacerles sufrir una jugada semejante.

Más animada se puso en pie y se dirigió apresuradamente a la cocina. Antes de salir para el despacho había dejado preparado un asado de cordero, que a él le gustaba mucho, y debía meterlo al horno con tiempo suficiente para que estuviese listo en cuanto Fran llegara de la Audiencia. Después puso la mesa en el comedor con un mantelito de encaje y la vajilla de porcelana y seguidamente fue a cambiarse de ropa y a arreglarse. El espejo le devolvió la imagen de una bonita muchacha de melena larga, lisa y oscura que enmarcaba un agraciado semblante en el que brillaban ilusionados sus ojos de un color azul clarísimo, bordeados de pestañas negras y rizadas. De nuevo se sentía feliz y de nuevo le gustaba oír la atronadora tormenta que retumbaba en el cielo haciendo vibrar los cristales de las ventanas.

Cuando estuvo todo a punto, volvió al salón y se retrepó nuevamente en la butaca. Faltaban solo cinco minutos para las dos del mediodía y Fran llegaría de un momento a otro, por lo que aguardó impaciente.

Las agujas del reloj de pared que tenía enfrente avanzaron lentas, como si una mano invisible les impidiera moverse al ritmo acostumbrado, pero finalmente su sonería dejó oír dos campanadas y poco después el timbrazo del horno indicó que el asado de cordero estaba a punto.

Algo más tarde un relámpago rasgó las nubes, acompañado de su estrepitosa resonancia y de un nuevo aguacero. Lucía empezó a rebullirse inquieta. Ya eran las tres y media de la tarde y el asado se iba a quedar helado. A las cuatro volvió a meterlo en el horno y a las cinco llamó a Fran nuevamente al móvil. Tras un timbrazo, él cortó la comunicación, por lo que Lucia miró incrédulamente el aparato. Tenía que hablar con él. Tenía que explicarle que las fotografías habían sido objeto de un montaje. ¿Es que no iba a permitirle que se lo aclarase? Hasta el peor de los delincuentes tenía derecho a ser oído y Fran llevaba el Derecho metido en las venas. ¿Iba a darle a ella peor trato que al más desalmado de los criminales? ¿O quizás era que no pensaba volver al piso alquilado que compartían los dos?

De pronto le asaltó una duda y echó a correr hacia el dormitorio, abriendo a continuación el armario empotrado de él. Allí seguía su ropa. No se había llevado nada, por lo que necesariamente tendría que regresar. Claro que, cuando se había marchado de la casa esa mañana, no había recibido aún las fotografías. De todas formas no le creía capaz de renovar íntegramente su guardarropa para evitar tener que presentarse en el piso a recuperar sus pertenencias, porque era muy mirado con el dinero. Antes o después tendría que aparecer y entonces ella le demostraría lo equivocado que estaba y lo injusto que había sido al condenarla de antemano, sin permitirle siquiera declarar a su favor como cualquier encausado.

Y en cuanto a Antonio Briones, algo más que un indeseable como él haría falta para arruinarle a ella la vida, se dijo desafiante levantando la barbilla. Si quería pelea, la tendría, y a la primera oportunidad volvería a mandarle a la cárcel.

—CAPÍTULO III—

Fran no regresó. Ni durante la tarde ni tampoco cuando, ya avanzada la noche, decidió Lucía acostarse. Acurrucada en el sofá del salón había estado esperándole con inquietud creciente, mirando a través del visillo del ventanal cómo la lluviosa tarde iba decayendo paulatinamente para acabar fundiéndose con la oscuridad de la noche.

Repetidamente había intentado hablar con él por el móvil, sin lograr que contestase a sus llamadas. Al parecer no entraba en sus cálculos darle a ella oportunidad de que se explicase y seguramente se habría marchado tranquilamente a un hotel sin imaginar siquiera la angustia que le producía su silencio ni intuir la sensación que experimentaba de estarse hundiendo en una cima profunda en la que no sabía cómo había ido a caer.

Ya de noche se levantó del sofá y se dirigió a su cuarto donde se sentó en la butaca, a los pies de la cama, luchando por adivinar qué haría él a continuación. ¿Volvería como un energúmeno al cabo de unos días a recriminarla y finalmente la creería o...? No. No podía imaginarse a Fran como un energúmeno. Era un hombre absolutamente controlado que nunca se dejaba llevar por sus impulsos ni tampoco por sus sentimientos. Esa era una faceta de él que la había deslumbrado, porque parecía estar por encima del bien y del mal y dominar cualquier situación por difícil que pudiera presentarse sin que se le alterase el pulso. Quizás en ese momento se encontrase plácidamente sentado en la habitación de un hotel planeando fríamente su futuro, sin dedicarle a ella más que un pensamiento desdeñoso. Sí, quizás calificase los nueve años que habían vivido juntos como un "error subsanable", que era como solía conceptuar las escasas equivocaciones que cometía.

Pero eso no podía ser, se dijo a punto de llorar. Esos nueve años habían sido maravillosos, o al menos lo habían sido para ella. ¿Lo habrían sido para Fran? No era sencillo saber lo que sentía él en realidad, cuando Lucía se dejaba llevar por los sentimientos que él le inspiraba. Aceptaba sus demostraciones de afecto, pero rara vez las promovía, porque no parecía necesitarlas. Le bastaba saber que ella le quería, pero no le interesaba oírselo decir ni por supuesto descendía nunca a expresar con palabras lo que hubiera podido atraerle de ella.

De un manotazo se secó los lagrimones y se levantó de la butaca para mirar por la ventana. Ya era muy tarde y la casa de enfrente estaba a oscuras. Ni una sola luz brillaba en sus ventanas, porque debía hacer rato que todos sus habitantes se habían acostado. Lucía hizo lo mismo, pero durmió mal. Se despertó mil veces palpando el hueco de la cama que a su lado debería ocupar Fran por si hubiera vuelto y se hubiera acostado sin que ella le hubiera oído, pero cuando al fin amaneció pudo comprobar una vez más que se encontraba sola en el enorme lecho. Tampoco tenía ni una sola llamada perdida en su móvil. Él no la había llamado. Sin duda se había marchado a trabajar a la Audiencia con la misma ropa que la víspera y posiblemente pudiera concentrarse en el caso que llevara entre manos sin que los sucesos del día anterior alterasen su inagotable eficiencia.

Ella también debía presentarse en su despacho, pero dudaba mucho de que su mente fuera capaz de centrarse en los clientes que tenía citados ni en los pormenores del juicio que tenía señalado para el día siguiente en el juzgado de primera instancia de un pueblo de los alrededores de Madrid. En cualquier caso, antes de salir esa mañana para acudir a su trabajo, pasaría por la casa de enfrente por si pudiera averiguar algo respecto al autor de las fotografías que había recibido Fran.

El portero la escuchó en silencio cuando, después de cruzar la calle, le preguntó por los dueños del tercero del edificio. Era un hombre bajito y moreno que vestía un mono azul y que apagó el aspirador con el que estaba limpiando la moqueta del portal para atenderla.

— ¿Los dueños del tercero? ¿De cuál de los dos pisos, del A o del B?

Lucía le hizo salir a la calle, aún cubierta por los charcos que había dejado la tormenta el día anterior, para indicarle la ventana situada enfrente de la de su dormitorio.

—De los de esa ventana.

Su interlocutor hizo un gesto de comprensión.

—Del B, entonces. ¿Me pregunta quienes son los dueños de ese piso?

—Eso es.

—Pues son unos señores muy mayores que se marcharon hace cosa de un año a vivir al campo. Por eso lo alquilaron.

Lucía intentó disimular su impaciencia e inconscientemente imitó a Fran que hubiera permanecido totalmente impasible sin que en su enjuto semblante se moviera un solo músculo.

— ¿Y quién es el inquilino?

El portero comenzó a mirarla con desconfianza.

— ¿El inquilino? No hay ningún inquilino en este momento. El piso está vacío desde hace dos meses. ¿Es que le interesa a usted?

Con un nuevo esfuerzo Lucía consiguió aparentar la indiferencia que hubiera mostrado Fran ante la pregunta del portero.

—Sí. Me gusta este barrio y estoy buscando un piso de alquiler en esta calle. ¿Podría enseñármelo usted?

—Naturalmente —repuso él como si el dudarlo siquiera fuera ya una ofensa—. Pero le advierto que es un piso amueblado. ¿Le interesa a usted un piso amueblado?

—Por supuesto —afirmó Lucía con aplomo. ¿Podría verlo ahora mismo?

El hombre hizo un gesto de asentimiento, indicándole con un gesto que volviera a entrar al portal, donde había dejado el aspirador apoyado contra la pared.

—Espéreme un momento que enseguida vuelvo con la llave.

Regresó cansinamente poco después y le señaló el ascensor en el que ambos subieron hasta la tercera planta. Luego abrió la puerta del piso y se apartó a un lado para dejarla pasar.

El vestíbulo era estrecho y oscuro y como mobiliario disponía tan solo de un perchero de madera y de una desvencijada butaca, tapizada en un raído terciopelo de color morado. Daba acceso a un salón de dimensiones reducidas con una enorme camilla y cuatro sillas tapizadas con el mismo terciopelo raído de la butaca del vestíbulo. En el extremo contrario de la estancia, una pequeña mesa de comedor, con más sillas iguales a las de la camilla, parecía aguardar a los inexistentes comensales.

Seguida del portero, Lucía cruzó la habitación y salió a un angosto pasillo. La primera puerta que se abría a su derecha daba paso a un dormitorio con una cama de matrimonio. La persiana de la habitación estaba echada, por lo que se dirigió inmediatamente a subirla y luego apoyó la frente en el cristal, mientras el portero permanecía a su espalda. Desde esa ventana se veía perfectamente el interior del dormitorio de Fran y de ella y sin duda desde allí Antonio Briones había tomado las fotografías que luego había retocado para enviárselas a Fran.

Sin el menor esfuerzo pudo imaginarse la expresión del hombre, mientras desde ese lugar espiaba el dormitorio de la casa de enfrente y urdía la trampa que les tenía preparada y con la que iba a dar comienzo a su venganza. Casi llegó a vislumbrar su expresión de triunfo y el brillo de sus astutos ojillos al oír el clic de su cámara fotográfica con cada una de sus fotografías. ¿Pero cómo podría haber entrado en el piso sin que se enterara el portero?

—Me ha dicho que este piso lleva dos meses desalquilado — empezó Lucía con precaución—. ¿No lo ha ocupado ningún inquilino desde entonces? Alguien me ha dicho que el último no llegó a permanecer más que unos días en esta casa.

El hombre pareció ofenderse.

— ¿Quién le ha contado semejante patraña? Ya le he dicho que ha estado vacío todo ese tiempo. ¿Por qué lo pregunta?

—No, por nada. ¿Y a cuanto me ha dicho que asciende la renta?

Cuando el portero le citó la cantidad en cuestión, aunque era relativamente reducida, ella meneó dubitativamente la cabeza fingiendo que le parecía muy elevada.

—No sé. Tengo que pensarlo. Ya le daré en breve la contestación.

Se despidió de él en cuanto llegaron nuevamente al portal y siguió caminando a lo largo de la calle dejando atrás el edificio en el que vivía, que se hallaba justamente enfrente. Luego, cuando comprobó que el portero había desaparecido dentro del portal y que ya no podía verla, retrocedió sobre sus pasos y bajó al garaje de su casa, donde se introdujo en su coche y se dirigió a su despacho.

Al contrario de lo que acostumbraba, Rosalía la recibió con una sonrisa.

—Llega tarde—la recriminó de aparente buen humor—.Tiene dos clientes aguardando en la sala de espera a los que probablemente se les reunirá otro al que cité para dentro de media hora. ¿Se le han pegado las sábanas?

Lucía ni le contestó. Como atontada miraba un sobre grande de color manila que la secretaria tenía sobre su mesa y que era idéntico al que la víspera le había entregado a ella Belén.

— ¿Y ese sobre? —le preguntó casi sin voz.

— ¿Éste? —le preguntó Rosalía, sin advertir que Lucía había palidecido ostensiblemente al contemplarlo.

—Sí, ese.

—Lo ha traído un mensajero hace un instante. Es para usted.

Se lo entregó sin reparar en la expresión de ella y siguió tecleando en el ordenador mientras Lucía se encaminaba hacia su despacho y cerraba la puerta a su espalda. Luego fue a sentarse tras su mesa y clavó sus ojos azules en el sobre con una inquietante desazón. Era igual que el que le habían enviado a Fran y estaba dirigido a ella con la misma letra. Rasgó la solapa con manos temblorosas sintiendo la garganta seca y extrajo de su interior media docena de fotografías que examinó con los ojos muy abiertos, al tiempo que sentía una especie de aldabonazo en el pecho. En la primera aparecía Fran con su pelo oscuro y su nariz auténtica, en una cama sobre una chica rubia, acostada en el lecho boca arriba. Tenía el ensortijado cabello de un color muy claro y unos ojos oscuros que le miraban fijamente a él. De un solo golpe de vista Lucía reconoció a Belén. ¿Pero era Fran el hombre de la fotografía?

Con un esfuerzo consiguió tranquilizarse y examinarla atentamente. No cabía duda de que se trataba de Fran. Lo delataba la inconfundible inclinación de sus hombros y también el lunar en forma de herradura que podía distinguir sobre su hombro. No conocía en cambio el dormitorio en cuya cama se encontraba la pareja. El cabecero era de estilo castellano y la luz que penetraba por la ventana indicaba que ésta se hallaba a los pies del lecho y que la fotografía había sido tomada en pleno día. En cuanto a la mujer, resultaba incuestionable que su rostro pertenecía a la secretaria de Fran.

Las demás fotografías eran similares. Contó hasta seis y luego las dejó caer sobre su mesa para pasar cansadamente una mano por su frente. ¿Cómo era posible que ella no hubiese reparado en que la actitud de Fran hacia ella había variado en los últimos tiempos? ¿O no habría cambiado de actitud?

Intentó recordar el comportamiento de él años atrás y no encontró la menor diferencia con la de los últimos días. Siempre había sido serio y poco expresivo y siempre había reprimido las explosivas manifestaciones de afecto de ella. Pero entonces…

Tenía que hablar con él. Necesitaba que le aclarara lo que había sucedido con Belén y saber si realmente había sucedido. Y en el caso de que la respuesta fuese afirmativa, qué era lo que ella había hecho mal, dando motivo a que se enredase con su secretaria.

Marcó el número de su móvil y oyó como él cortaba la comunicación, al tiempo que por el teléfono interior Rosalía la informaba de que ya había llegado su tercera visita de la mañana y de que la primera estaba protestando por la espera a la que la estaba sometiendo.

—Pues que espere un poco más—replicó Lucía, reprimiendo un exabrupto más sonoro—. Tengo que hacer una cosa urgente.

—Pero doña Lucía…

Le colgó el teléfono de golpe y puso en funcionamiento el ordenador. Luego le escribió apresuradamente un mensaje.

"Tengo que hablar contigo, Fran, y aclarar lo que significan estas fotografías que los dos hemos recibido. En las que te han enviado a ti, está claro que el hombre que aparece en le foto eres tú mismo con el pelo y la nariz retocados. Observa que el lunar de su hombro izquierdo es el tuyo. Te las voy a reenviar a tu despacho con un mensajero para que puedas constatarlo. En las que me han enviado a mí, estás con Belén, también en la cama, pero igualmente podría ser un montaje, obra probablemente de Antonio Briones, que ha salido de la cárcel y me ha amenazado con arruinarme la vida, lo que a decir verdad está empezando a conseguir. Tenemos que aclarar estos absurdos, Fran. Por favor, llámame"

Le envió el correo a su ordenador y por el teléfono interior le indicó a Rosalía que llamara a un mensajero para que recogiera un sobre en el que introdujo las fotografías y en el que reseñó la dirección del despacho de Fran en la Audiencia Provincial. Luego le pidió que hiciera pasar al primero de sus clientes, al que escuchó sin entender lo que le decía. Tampoco entendió al segundo ni al tercero. Tenía la cabeza en otra parte y lo único que deseaba era que la mañana transcurriese de una vez para volver a su casa, en la que sin duda encontraría a Fran esperándola.

Pese a sus deseos, las horas transcurrieron lentamente. Se desgranaron en un sinfín de minutos y segundos interminables en los que a duras penas consiguió permanecer en su butaca y atender a los clientes y a las continuas llamadas telefónicas. Descolgaba frenéticamente el auricular cada vez que sonaba el aparato esperando oír a través del hilo la voz de Fran, pero con ninguno de sus invisibles interlocutores se cumplieron sus deseos. Con los nervios a punto de estallar despidió a la última de las visitas de la mañana y en cuanto transcurrió un tiempo prudencial echó a correr hacia la puerta de la calle.

—¿Se marcha ya?—le preguntó solícitamente Rosalía— . Le recuerdo, por si no viene esta tarde, que mañana tiene un juicio y que le he guardado los documentos que necesita presentar en su maletín. ¿Se lleva el maletín?

No tenía previsto volver esa tarde al despacho a preparar la comparecencia del día siguiente, pero en ese momento no estaba segura de si regresaría o de si, por el contrario, se quedaría en su casa para llorar a gritos, mientras miraba la calle sin verla, esperando el retorno de él.

—Sí… no… no sé si volveré. ¿Dónde dices que me has puesto el maletín?

Sonriendo con suficiencia, Rosalía se levantó de su mesa y se dirigió al despacho de Lucia, de donde regresó poco después con el maletín de piel de ésta en la mano. Había entrado a trabajar en aquella oficina dos meses antes y, aunque ella soportaba mal su carácter, regañón y puritano, no podía negar que era una secretaria eficiente.

—Aquí, aquí está el maletín. Si decide trabajar esta tarde no olvide traerlo. Y si no vuelve, recuerde llevárselo al juicio. La encuentro muy nerviosa desde su aniversario. ¿Es que han fijado ya la fecha de la boda?

Aturdida, Lucía se la quedó mirando con la boca abierta. Lentamente las palabras de la secretaria fueron haciéndosele inteligibles y penetraron dolorosamente en su cerebro. Cuando descendieron por su cuerpo hasta un lugar en el que fue sintiendo su opresión, estuvo a punto de darle con el maletín en la cabeza. Pero no lo hizo. En su lugar esbozó una mueca a modo de sonrisa y balbuceó:

—Eso es. Estoy nerviosa por la proximidad de la boda, pero no te preocupes que te avisaré con tiempo. Y… y no sé qué haré esta tarde. Ya te lo diré por teléfono.

Salió de la antesala aparentemente tranquila y en cuanto llegó al descansillo de la escalera, dio rienda suelta a la irreprimible inquietud que a duras penas había logrado controlar hasta ese momento e intentó tomar apresuradamente el ascensor, que tardó un siglo en ascender hasta la planta cuarta y otro siglo a continuación en bajar hasta el sótano. Después echó a correr por el garaje hasta su coche y cuando lo puso en marcha inició una desenfrenada carrera por las calles, a riesgo de incurrir en una infracción de tráfico y de hacerse merecedora de una sanción.

Aún no eran las dos de la tarde, pero estaba segura de que Fran estaría esperándola en el piso y de que aclararían aquel malentendido de una forma satisfactoria, por lo que en cuanto dejó el vehículo en el garaje de su casa, tomó el ascensor y al llegar a la segunda planta abrió la puerta del piso, tan nerviosa que se rompió dos uñas.

El interior de la vivienda estaba oscuro y silencioso. Fran no había vuelto aún. En el salón comprobó que en el teléfono fijo no tenía ninguna llamada de él y se dirigió entonces al dormitorio para cambiarse. Fue al abrir el armario empotrado cuando abrió la boca con asombro. Le costó trabajo reaccionar y al fin fue a sentarse en la cama con la sensación de que el mundo se había hundido sobre su cabeza. Fran había aprovechado las horas en las que ella había permanecido en el despacho para presentarse en el piso y llevarse su ropa. Minutos más tarde averiguó que también se había llevado el ordenador y todas sus pertenencias. Estaba claro que no pensaba volver.

—CAPÍTULO IV—

El despertador dejó oír su estridente sonido y Lucía se incorporó en el lecho sobresaltada. Le había costado mucho dormirse. Había dado vueltas y más vueltas en la cama sin conseguir conciliar el sueño y sin duda lo había logrado ya bien avanzada la madrugada, porque experimentaba un intenso sopor y la necesidad de cerrar nuevamente los ojos y darse media vuelta entre las sábanas. No obstante miró el reloj y al comprobar la hora que señalaban sus agujas se levantó de un salto. Tenía un juicio esa mañana. El juzgado de primera instancia en el que debía celebrarse la vista se encontraba en un pueblo a unos treinta kilómetros de Madrid y disponía del tiempo justo para arreglarse y salir corriendo con su coche por la carretera para llegar a la hora en la que había sido citada.

Media hora más tarde, con su traje pantalón azul marino, que era la indumentaria que vestía en las comparecencias procesales, y su maletín de trabajo en la mano, bajaba en el ascensor al garaje, dándole in mente las gracias a su secretaria por haberle sugerido el día anterior que se llevara a casa los documentos que necesitaba en la vista por si no regresaba al despacho esa tarde. No había vuelto. No podía pensar en nada que no guardara relación con Fran. En su mente veía una y otra vez las fotografías que ambos habían recibido y rememoraba la última imagen de él la noche anterior a su ruptura.

Había dejado transcurrir la tarde sentada en el salón, junto al teléfono, sin hacer otra cosa que esperar, que aguardar una llamada suya, con los ojos fijos en la calle que veía a través del visillo blanco. Ni siquiera había sido capaz de repasar el interrogatorio que pensaba formular a la parte contraria, a la que ella había demandado solicitando la división de la cosa común. La cosa común era una casa rural que se enclavaba en un pinar en el término municipal de Campillo de la Sierra. En esa localidad se encontraba el juzgado al que se dirigía y su cliente era una mujer de mediana edad y muy pesada, que se llamaba Casilda Pereira. Había heredado ésta de su abuelo unas hectáreas de terreno con una casa en plena montaña, junto con un primo suyo que no quería venderla, pero que tampoco podía comprarle su parte. Un cara dura ese primo suyo. Lucía se lo había imaginado bajito y corpulento, con aspecto de pastor y modales de labriego mal encarado y había preparado su interrogatorio destacando lo egoísta y absurdo de su postura. Recordaba vagamente las preguntas que debía formularle y esperaba poder repasarlas mientras aguardaba en la puerta de la sala a que el agente judicial les citase para que las partes entrasen en la sala donde debía celebrarse la vista, en unión de sus respectivos abogados y procuradores.

El ascensor la dejó en el sótano del edificio y echó a correr hacia la plaza en la que aparcaba su coche con su maletín en la mano, pero al llegar junto a su Mercedes rojo se detuvo en seco. El vehículo se apoyaba en el suelo sobre sus llantas como si sus ruedas fuesen dos globos deshinchados. ¿Pero cómo podrían habérsele pinchado en el garaje dos ruedas a la vez? No guardaba más que una de repuesto en el maletero y además no sabía cambiarla. Tenía la posibilidad de pedir ayuda al vigilante del garaje, pero no disponía del tiempo necesario para conseguir dos neumáticos nuevos y cambiarlos por los pinchados.

Las observó con el ceño fruncido y de improviso la asaltó una inquietante sospecha. Rodeando el vehículo por detrás, pasó a examinar las otras dos ruedas del coche y consternada comprobó que sus temores no eran infundados. Estaban pinchadas también y sus neumáticos pendían flácidos sobre la pulida superficie de cemento del aparcamiento.

Angustiada consultó nuevamente su reloj de pulsera. Tenía el tiempo justo para recorrer los kilómetros que la separaban de Campillo de la Sierra y llegar al juzgado a la hora en que había sido citada para la vista. ¿Qué podía hacer? Fran se había llevado su coche el día anterior, al tiempo que sus restantes pertenencias, y ningún taller le arreglaría las ruedas en un par de minutos, que era el máximo de demora que podía permitirse. El cretino de Antonio Briones se la había jugado bien. ¿Cómo se habría enterado de que ella tenía en juicio en un pueblo de las afueras de Madrid? Sin duda sabía también que ella era la demandante y que si no comparecía en el juzgado a la hora en la que había sido citada su demanda sería archivada.

Imaginó la expresión de Casilda Pereira, su pesadísima cliente, a la puerta de la sala, cuando el agente judicial le comunicase que su abogado no se había presentado y que el juez había decretado el archivo de las actuaciones. Se pondría como un energúmeno y, en el supuesto de que no prescindiese en el acto de sus servicios, la recriminaría elevando el tono de su voz y dedicándole toda suerte de epítetos peyorativos. Luego tendría que presentar ella nuevamente la demanda y aguardar a que el juzgado tuviese a bien proveer sobre su admisión, lo que podría suponer fácilmente ocho o nueve meses de demora. Con toda seguridad, durante ese lapso de tiempo Casilda Pereira se buscaría a otro abogado, al que no le pinchasen las cuatro ruedas de su coche, cuando tuviera que utilizarlo para salir en él a las afueras de Madrid para comparecer en un procedimiento judicial.

¿Qué podía hacer? De improviso tuvo una idea. ¿Cómo no se le habría ocurrido antes? Tomaría un taxi que la llevara hasta el pueblo, aunque la tarifa sin duda sería elevada. Afortunadamente ganaba mucho dinero y podía permitirse ese lujo. Con una sonrisa desdeñosa dedicada a Antonio Briones, echó a correr escaleras arriba hasta que alcanzó el portal y luego salió a la calle con su maletín en la mano. El primer taxi que enfiló la calle tardó bastante en presentarse, pero el taxista no puso objeción alguna al conocer el lugar al que Lucía se dirigía, por lo que poco después salían a la carretera de

Barcelona y se fundían con el espeso tráfico que a esas horas de la mañana circulaba por la autopista.

Alcanzaron el pueblo con cinco minutos de retraso. Un pueblo que parecía dormido bajo el sol abrasador de la mañana, sin que un solo transeúnte transitara por sus achicharradas calles. El taxista la dejó en la misma puerta del juzgado, un edificio de cinco plantas, con un aspecto tan cochambroso como el de las restantes casas de la calle. Al menos tenía ascensor. Un ascensor que, por contraste con el portal, estrecho y oscuro, parecía recién instalado, con su reluciente puerta corredera de acero pulido, que en ese momento se encontraba abierta.

Lucía se precipitó en su interior, al tiempo que un individuo hacía lo mismo arrollándola literalmente. Era un tipo alto y fornido, vestido con chaqueta y corbata, que oprimió el botón de la cuarta planta sin tan siquiera preguntarle a cual se dirigía ella. Lucía no le increpó con la sarta de adjetivos que cruzaron por su mente, porque también el juzgado de primera instancia se encontraba en esa planta. Se limitó a consultar nuevamente su reloj. Llegaba diez minutos tarde, pero al fin estaba allí y a Antonio Briones le rechinarían los dientes de rabia cuando se enterase de que su treta había fracasado. Estaba imaginando la expresión de frustración de su abotargado semblante cuando tuviera conocimiento de ello y como le llorarían sus lacrimosos ojillos, cuando el ascensor se detuvo entre dos pisos con una brusca sacudida.

Por primera vez el incivilizado tipo alto y Lucía se miraron con idéntico aire de consternación.

—Se ha parado —musitó incrédulamente ella.

—Sí, entre el piso tercero y el cuarto—corroboró él—. Y yo no puedo perder tiempo. Llego tarde.

—Y yo.

—Es que voy al juzgado de primera instancia, —le explicó aquel tipo —. Tengo un juicio a las doce treinta y han transcurrido ya quince minutos desde la hora en la que debería presentarme.

—Y yo— convino Lucía como si se hubiera convertido en su eco.

El semblante de él se animó súbitamente.

—Llamaremos al timbre de alarma para que nos saquen de aquí—le comunicó a Lucía, al tiempo que oprimía un timbre con forma de campanita de color amarillo—. Y a la cuarta planta subiremos por la escalera.

Aunque pulsó repetidamente el botón de la campanita, no obtuvo contestación alguna y el hombre empezó a preocuparse.

—No parece que nos oiga nadie.

—No, no lo parece.

Él observó atentamente la campanita para acabar farfullando:

—Pues no lo entiendo. En todos los ascensores del mundo hay un servicio que atiende sus averías y en los que no lo hay, se ocupa el portero de sacar a la gente que se queda atrapada. ¿Ha visto usted al portero cuando ha entrado en el portal?

Lucía agitó negativamente la cabeza.

—No, no he visto a nadie. Tenía mucha prisa y no me he fijado. ¿Se ha fijado usted?

—No, yo también tenía mucha prisa. ¿Qué hacemos ahora?

Lucía clavó su mirada en la puerta de acero, semejante a una barrera infranqueable y se rebulló inquieta empezando a sentir un calor asfixiante. No le habían preocupado los espacios cerrados hasta ese momento, pero en ese mismo instante y, aunque el ascensor tenía capacidad para cuatro personas, comenzó a experimentar una claustrofobia insoportable. Tenía que salir del estrecho reducto en el que se había quedado enjaulada porque necesitaba aire para respirar y también porque estaba en juego su prestigio profesional. Imaginó la satisfacción de Antonio Briones cuando tuviera conocimiento de que el juez había archivado por su incomparecencia el procedimiento judicial que la había llevado hasta allí. Se reiría de ella a carcajadas, celebrando que, gracias a la ocurrencia de pincharle las cuatro ruedas de su coche, ella hubiera hecho ante su cliente el más lamentable de los ridículos. Le había advertido que le iba a arruinar la vida y lo estaba consiguiendo. Primero había logrado que Fran la abandonara sin permitirle siquiera una explicación y ahora estaba intentando minar también su prestigio profesional, impidiéndole que por primera vez faltase a un juicio al que había sido citada.

Pero ella no lo podía consentir, se dijo tras unos instantes de vacilación. No iba a permitir que aquel indeseable se saliera con la suya. Llamaría inmediatamente al juzgado por el móvil para que tuviera conocimiento del motivo por el que no se había presentado puntualmente a la vista y para que la sacaran del ascensor. A ella y al tipo fornido que tenía al lado y que parecía ocupar todo el espacio disponible de la cabina.

Extrajo apresuradamente el teléfono del bolso e hizo intención de marcar el número, pero desistió antes de haber oprimido la primera tecla.

—Mi móvil no tiene cobertura dentro de este ascensor—se lamentó en voz alta. Luego se volvió hacia el hombre que, de espaldas a ella, seguía oprimiendo el timbre de alarma—. Pruebe con el suyo.

Él no tuvo que hacérselo repetir, pero tampoco llegó a marcar el número.

—El mío tampoco la tiene. Este es un pueblo de mala muerte. No hay de nada, ni cine ni cafeterías ni siquiera cobertura—masculló con expresión de niño contrariado. Y puerilmente, como si en ese momento no pudiera explicarse que en esa localidad se hubiese acumulado tal cúmulo de contrariedades, añadió —: Y eso que yo he nacido aquí.

Lucía intentó disimular la inquietud que experimentaba y que iba acrecentándose por momentos al advertir que el desasosiego de su compañero de encierro era similar al suyo propio, lo que no le resultaba tranquilizador, sino más bien al contrario. En ese instante se fijó en él por primera vez y se dio cuenta de que era poco más que un muchacho, de edad similar a la suya propia.

— ¿Ha nacido usted en este pueblo?

—Sí, lo mismo que mi padre y que mi abuelo, pero afortunadamente me marché muy pronto a estudiar a Madrid. ¿Y usted?

—No, yo no he nacido en este pueblo —repuso con cierto sarcasmo—. Soy abogado y he venido a un juicio.

—Y yo.

— ¿Usted también es abogado?

—No, también he venido a un juicio. ¿Qué hacemos?

Lucía lo consideró, luchando por dominar sus nervios.

—Llame otra vez al timbre de alarma. Alguien habrá en el edificio que pueda oírnos.

Inquietísimo, se abalanzó nuevamente él contra la campanita amarilla y mantuvo obstinadamente apretado ese timbre durante varios segundos. Al fin y después de unos instantes que a los dos les parecieron siglos, se oyó por el intercomunicador una voz débil cascada, que parecía pertenecer a una persona de mucha edad.

—Oiga, ¿qué le pasa? ¿Es que se ha quedado encerrado en el ascensor?

Su compañero de fatigas hizo un gesto afirmativo con la cabeza, antes de darse cuenta de que el dueño de la voz cascada no podía verle.

—Sí, claro que me he quedado encerrado dentro de este trasto y llevo más de media hora haciendo sonar la alarma sin que me conteste nadie. Sáquenos inmediatamente de aquí, ¿me oye?

Aunque su interlocutor debió de oírle, pareció vacilar.

—Sí, pero es que, ¿sabe? Ese ascensor es nuevo y el único que lo entiende es el Agustín.

— ¿Y quién es el Agustín?—rugió el muchacho.

—Es el portero, pero se ha marchado hace un momento al pueblo vecino a ver a su madre que se ha puesto enferma. Le acaban de llamar por teléfono para avisarle, ¿sabe?

Lucía oyó como el muchacho que le daba la espalda dejaba escapar un nuevo resoplido de exasperación.

—Así que se ha marchado ¿Y quién es el que en su ausencia arregla los ascensores que se estropean?

— Pues yo, pero es que ese ascensor es nuevo, ya se lo he dicho. De todas formas…

— ¿Qué?—vociferó él.

—Que voy a intentarlo. No se preocupe que le voy a sacar de ahí. En una hora estará en la escalera, libre como un pájaro.

— ¿En una hora?—se enfureció el chico—. No podemos esperar tanto. Teníamos que estar en el juzgado de primera instancia hace mucho rato, ¿me oye?

—Sí, le oigo—repuso cansinamente el de la voz cascada —. Me daré prisa, pero es que tengo que leerme el libro de instrucciones primero. No se altere que ya voy.

Con otro resoplido se volvió el muchacho hacia Lucía.

—Dice que va a tardar una hora en sacarnos de aquí. ¿Qué hacemos?

Lucía se dominó nuevamente para no empezar a brincar en el ascensor de pura impaciencia.

— ¿Una hora? No puedo permanecer aquí encerrada una hora. Me estoy poniendo malísima ¿No se le ocurre a usted nada?

Él fijó en ella una mirada sorprendida. Tenía unos claros ojos de color miel que la observaban con curiosidad.

— ¿A mí?, ¿qué quiere que se me ocurra? No soy cerrajero ni ascensorista, ni tengo la menor idea de cómo funciona este chisme.

—No, claro que no—rezongó ella de mal humor—. Pero si ha nacido usted en este pueblo, conocerá a alguien que pueda venir a ayudarnos, porque el tipo de la voz cascada que hemos oído hace un instante no parece que vaya a ganar ningún concurso de velocidad.

— ¿Y a quien quiere que llame?— se enfadó él.

—Pues… pues no sé. A los bomberos, por ejemplo. ¿Hay bomberos en este pueblo?

—Sí, ¿pero cómo quiere que les llame?, ¿a gritos? Ya ha visto que mi móvil no tiene cobertura dentro de este ascensor.

A continuación y como un oso enjaulado comenzó a recorrer a grandes zancadas el escaso espacio disponible, tropezando con las paredes de la cabina, lo que acrecentó la sensación de claustrofobia que experimentaba Lucía.

— ¿No puede estarse quieto? Si tenemos que estar encerrados aquí una hora debemos tranquilizarnos. Quizás si nos sentamos en el suelo y pensamos en otra cosa se nos pase el tiempo más deprisa.

—Tiene razón—aprobó él dejándose caer sobre el pavimento de madera del ascensor con sus largas piernas dobladas. Luego apoyó la cabeza contra la pared y comenzó a silbar, antes de consultar nuevamente su reloj—. Es tardísimo—se alarmó.

—Sí, es tardísimo —convino ella, que le había imitado, acomodándose a su lado con los ojos cerrados para no ser consciente de la estrechez del reducto en el que se había quedado encerrada—. Pero estoy empezando a acostumbrarme a que todo me salga mal.

Él la miró sin comprender el sentido de sus palabras. Era un muchacho muy alto, que parecía demasiado grande para el tamaño del ascensor y que poseía un espeso cabello castaño claro con mechones dispersos aclarados por el sol. Por contraste, su piel muy bronceada parecía indicar que pasaba muchas horas al aire libre, aunque no tenía aspecto de labrador, sino más bien de oficinista. Lo más característico de su semblante era su cuadrada barbilla y quizás también sus ojos claros con los que la observaba como si se estuviera preguntando qué habría querido decir.

— ¿Todo le ha salido mal?

—Sí, todo.

Volvió él a examinar su expresión con curiosidad y no debió de llegar a ninguna conclusión, porque no insistió sobre el tema. En su lugar decidió presentarse.

—Por cierto, me llamo Max ¿Y usted?

—Yo me llamo Lucía. ¿Se llama Max de Máximo?

A él pareció fastidiarle el verse obligado a contestar a su pregunta, pero al fin reconoció, con la mirada fija en el suelo del ascensor:

—No, Max de Maximiliano. Un nombre ridículo para un hombre corriente como yo, con el que mi bisabuelo se dignó obsequiar a mi abuelo, éste a mi padre y mi progenitor a mí. Cosas de los pueblos.

Parecía abochornado por haber tenido que cargar con ese nombrecito, pero Lucía ni siquiera lo advirtió. Le miraba incrédulamente.

— ¿Es usted don Maximiliano Pereira?

—Efectivamente— admitió él con voz lúgubre.

Lucía volvió a examinarle atentamente. Era entonces la parte demandada en el juicio que debería estarse celebrando una planta más arriba. El primo de Casilda Pereira, al que ella había imaginado bajito y mal encarado con aspecto de gañán y al que había calificado de cara dura. No tenía aspecto de gañán. Iba correctamente vestido y solo el color bronceado de su piel permitía suponer que pasaba muchas horas al aire libre.

—Así que es usted don Maximiliano Pereira —repitió Lucía como para sí.

—Sí, ¿por qué? ¿Es que me conoce? No recuerdo haberla visto a usted en mi vida.

Ella agitó su larga y lisa melena al hacer un gesto negativo con la cabeza.

—No, no me conoce. Soy la abogado de su prima Casilda que debe de estar en la planta de arriba esperándome en el juzgado.

— ¿De Casilda? ¿Y qué va a suceder ahora? — se inquietó Max clavando en ella una preocupada mirada—. ¿Qué va a pasar si no conseguimos que en el juzgado comprendan que no ha sido por nuestra culpa por lo que no hemos acudido a tiempo a la vista?

Con un ademán de sus manos, Lucía intentó minimizar las consecuencias que su incomparecencia podrían tener para él.

—A usted nada, porque tiene la suerte en este caso de ser el demandado, pero a mí es posible que me archiven la demanda y que su prima me mande a un sitio feo.

Él hizo un gesto de comprensión.

—Es que Casilda es muy pesada.

Aunque se abstuvo de corroborar esa opinión por respeto a su cliente, en su fuero interno Lucía estuvo de acuerdo con él, pero aprovechó la ocasión para hacerle comprender que no tenía razón al oponerse a la pretensión de su pariente.

—Tiene usted que entender que a su prima le asiste el derecho a reclamar la mitad de la finca que han heredado los dos—le explicó con voz clara—. Como no es divisible, porque no supera la hectárea de terreno, hemos solicitado al juez que la saque a subasta y que reparta entre ustedes dos, a partes iguales, el dinero que se obtenga. No entiendo el motivo por el que se opone usted, pero le advierto que va a perder el juicio.

Por primera vez sonrió él, observándola con guasa, y Lucía se dijo que sin duda se llevaba muchos años con su prima, pues Casilda debería andar ya por los cincuenta.

— ¿De veras? Acaba de decirme que le van a archivar su demanda, así que al parecer no tengo de qué preocuparme.

— ¿Y qué?—protestó ella enfadada—. La volveré a presentar y la próxima vez en que me citen para la vista me compraré cuatro ruedas de repuesto y cuando llegue a este edificio me olvidaré del ascensor y subiré por la escalera.

— ¿Cuatro ruedas de repuesto?—repitió él sin comprender y en tono interrogante—. ¿Y para qué necesita tantas?

Lucía dudó en referirle el correo que Antonio Briones le había enviado al ordenador de su despacho y el motivo por el que ese hombre quería vengarse de ella. Parecía tan absurdo que por un juicio que se había celebrado diez años antes se hubiera roto su relación con Fran... Inimaginable también que pudiera perder un juicio que consideraba ganado de antemano como consecuencia de la avería del ascensor. Era como si estuviese participando en una carrera de obstáculos que había comenzado dolorosamente el día anterior.

Le miró de soslayo sin decidirse. Parecía comprensivo y necesitaba que alguien la animara, pero eso sí, omitiría contarle su ruptura con Fran. Se limitaría a la parte profesional de la historia.

—Fue hace mucho tiempo, ¿sabe? Actué como acusador particular contra un delincuente al que condenaron a una pena de diez años de cárcel. Ha cumplido esa condena y ha salido hace un par de días. Ahora quiere vengarse de mí.

Esta mañana he encontrado mi coche con las cuatro ruedas pinchadas en el garaje de mi casa. Afortunadamente he podido tomar un taxi y he llegado a este pueblo a tiempo, pero por culpa de este maldito ascensor nos hemos quedado usted y yo colgados entre dos pisos. Por eso le he dicho que cuando vuelva a presentar la demanda contra usted me compraré cuatro ruedas de repuesto y subiré a la planta cuarta de este edificio por la escalera.

Pensativamente él se mesó la barbilla.

—Debe de ser muy duro el trabajo de un abogado. Yo creía que quien acusaba a los delincuentes era el fiscal y que los abogados los defendían, aunque fueran culpables.

—Generalmente sí —admitió ella— pero es que en ese proceso me contrató como acusador particular la familia de la niña a la que ese tipo había pretendido abusar.

Él volvió a mesarse la barbilla con los ojos fijos en el suelo del ascensor.

— ¿Y no puede pedir ayuda a la policía? Debería vigilar a ese delincuente si usted presentase una denuncia.

Lucía se encogió pesarosamente de hombros.

—No puedo probar que haya sido él quien me ha pinchado las cuatro ruedas del coche. Hasta es posible que ese incidente responda a una casualidad.

— ¿Usted cree? Que le hayan pinchado a su coche las cuatro ruedas me parece mucha casualidad.

Cansadamente apoyó Lucía la cabeza contra la pared del ascensor. ¿Dónde se encontraría Antonio Briones en ese momento? ¿Quizás en el portal vigilando al hombre de la voz cascada que tenía que sacarles de allí? ¿O quizás en la cuarta planta, en el juzgado, alegrándose de que a ella le archivaran la demanda? Reprimió un escalofrío y se volvió hacia Max para intentar cambiar de conversación y olvidarse del otro.

—Dígame, ¿por qué se opone a la pretensión de su prima? Ella necesita dinero y no tiene interés en conservar esa casa ni ese terreno, de los que, por otra parte, solo le pertenece a usted la mitad.

—Efectivamente, solo la mitad—corroboró él—. Es que Casilda tiene la cabeza muy dura. En varias ocasiones me he ofrecido a comprarle su parte, porque a mí sí me interesa esa casa. Cuenta con un par de siglos, es muy grande y en ella ha transcurrido mi infancia. Me gustaría conservarla para vivir en el campo y cultivar el terreno que la rodea.

Al oírle, Lucía se olvidó de Antonio Briones y se animó súbitamente vislumbrando un posible acuerdo con la contraparte del pleito.

— ¿Le ha ofrecido a su prima comprarle su mitad?

—Sí, pero no puedo pagársela hasta el mes de enero próximo, en el que cobraré la venta de unas tierras que también heredé de nuestro abuelo común.

— ¿Y por qué no ha aceptado su prima?

—Porque dice que necesita el dinero ya y que no puede esperar hasta el mes de enero.

Lucía reprimió un resoplido de exasperación. Su cliente además de pesada era bastante obtusa. No la debía haber entendido a ella cuando le había explicado que los juicios solían ser largos y costosos y que era preferible en casi todos los casos llegar a un acuerdo con la parte contraria. Afortunadamente se había quedado encerrada en el ascensor con el primo de Casilda, al que ésta había calificado de cara dura, y aún estaba a tiempo de alcanzar ese acuerdo.

— ¿Y han hablado ustedes dos sobre el precio de la mitad de la casa que pertenece a mi cliente?—le preguntó adoptando inmediatamente un tono profesional.

—Sí, en el precio no ha habido problema.

—Pues en ese caso, ¿por qué no formalizamos un contrato de arras que ustedes dos podrían firmar mañana en mi despacho?—le propuso Lucía echando mano a su maletín—. Usted se comprometería a entregarle el precio a su prima en el mes de enero próximo y como garantía de su cumplimiento adelantaría en el momento de la firma una cantidad que fijaremos entre los tres y que perdería si al vencimiento del contrato no le hace entrega de la totalidad del precio pactado y no se hace efectiva la venta. ¿Qué le parece?

Él la miró sorprendido de que la solución que le proponía pudiera ser tan sencilla.

— ¿Y cree que Casilda aceptará?

Lucía afirmó vigorosamente con la cabeza.

—Yo me ocuparé de que lo entienda, porque es la mejor solución para todos. Así, este juicio al que ni usted ni yo parece que vayamos a conseguir asistir, carecerá de objeto. Ya no tendría usted que responder a mi interrogatorio cuando yo volviera a presentar la demanda ni pagar las costas cuando lo perdiera, porque le aseguro que lo perdería.

Max sonrió. Parecía aligerado de un gran peso cuando le dirigió una mirada admirativa.

—De acuerdo, de acuerdo. Tengo que reconocer que es usted muy persuasiva y una buena abogado. Si consigue convencer a Casilda, mañana me presentaré en su despacho y firmaré ese contrato de arras.

Lucía sonrió disimulando la sensación de triunfo que experimentaba. Después de todo, había sido una suerte que el ascensor hubiera sufrido una avería y que ella se quedara encerrada en su cabina con aquel muchacho. Como consecuencia, había conseguido el objetivo que había perseguido al presentar la demanda de un juicio que no se había llegado a celebrar. Él estaba consultando nuevamente el reloj y seguidamente resopló dejando escapar un exabrupto.

—Ya ha transcurrido más de una hora. ¿Cuánto tiempo necesita el tipo de la voz cascada, como le ha llamado usted, para leerse el libro de instrucciones?

Lucía se echó a reír. Después de llegar a un acuerdo con él se sentía aligerada de un gran peso y casi no experimentaba ya la agobiante sensación de claustrofobia que le había acometido al encontrarse encerrada en un reducto tan pequeño.

—Será mejor que nos lo tomemos con calma— murmuró apoyando nuevamente la cabeza en la pared y cerrando los ojos—. Cuénteme alguna historia de este pueblo y de su familia.

— ¿Qué quiere que le cuente?— refunfuñó él rebulléndose inquieto a su lado, con las piernas encogidas —. Recuerdo que mi abuelo era un gran tipo. Había estudiado Derecho, pero nunca ejerció la profesión. Vivía de sus fincas, precisamente en la casa que nos legó a Casilda y a mí. Los dos nacimos en ella y yo le tengo un gran apego a esa casa. Por eso no la quiero vender.

—Y se llamaba Maximiliano —continuó Lucía sin abrir los ojos.

—Sí, el pobre se sentía muy orgulloso del nombrecito y tomó la determinación de ponérselo a mi padre y de que éste me lo pusiera a mí, porque como era el jefe de la familia adoptaba todas las decisiones que le atañían. Yo no me di cuenta de lo ridículo que era mi nombre hasta que, en el instituto, el profesor de historia nos dio una conferencia sobre la casa de Austria y el emperador Maximiliano, el abuelo de Felipe el Hermoso. A partir de ese día mis compañeros de clase intentaron burlarse de mí llamándome "emperador".

— ¿Lo intentaron?—le preguntó Lucía, siguiéndole la conversación medio adormecida.

—Sí, claro que lo intentaron.

— ¿Y no lo consiguieron?

—No, porque les partí las narices. Ya entonces era muy grande para mi edad. Después he procurado que la gente me conozca por Max. Soy ingeniero agrónomo y dudo de que en la empresa en la que trabajo sepa ninguno de mis compañeros que mi nombre auténtico es Maximiliano.

Lucía abrió sus grandes ojos azules para fijarlos en él, al tiempo que se echaba a reír.

— ¿Y si le molesta tanto su nombre por qué no se lo cambia?

— ¿Cambiármelo?— inquirió él sorprendido— ¿Es que podría cambiármelo?

—Claro, ¿cómo le gustaría llamarse?

Él no lo dudó ni un segundo.

—Max. Me gustaría llamarme únicamente Max.

—Pues eso es muy sencillo. Bastaría con incoar un expediente en el Registro Civil y acreditar que se le conoce en todas partes como "Max".

— ¿Está segura?

—Completamente. También yo nací en un pueblo y tuve la desgracia de que mis abuelos decidieran que debía llamarme Luciana, como mi madre, mi abuela, mi bisabuela y mi tatarabuela. Como me parecía un nombre horrible, en cuanto acabé la carrera de Derecho, lo primero que hice fue suprimirme el "na"

— ¿Qué "na"?

—El "na" de Lu—cia—na, —silabeó ella—Ahora me llamo solamente Lucía que es más bonito y más corto.

Max se la quedó mirando asombrado. Lentamente las palabras de ella fueron penetrando en su cerebro y a la par fue modificándose su expresión. Ahora parecía claramente ilusionado.

—Así que con ese expediente... Pero hará falta un abogado. ¿Podría ocuparse usted?

Lucía meneó negativamente la cabeza.

—No, en este momento no puedo, porque usted es la parte contraria de mi pleito y yo tendría incompatibilidad para ocuparme de sus intereses. Podría, a partir de la firma del contrato de arras sobre la casona que comparte con su prima.

—O sea, a partir de mañana—concluyó él muy satisfecho, apartándose de la frente un mechón de cabello, que le resbalaba hasta las cejas, más claro que el resto—. Pues vaya empezando a pensar en los papeles que tengo que llevarle a su despacho. No sabe lo que me alegro de haberla conocido. Menuda suerte, —repitió.

Parecía un niño entusiasmado con la perspectiva de dejar de llamarse Maximiliano y a Lucía se le contagió en parte su optimismo.

—Así que a usted también le hicieron la faena de ponerle en la pila un nombrecito horrible—murmuró él como para sí, al cabo de unos segundos de permanecer en silencio—. Cuénteme algo de usted y de su familia. ¿Es tan chapada a la antigua como la mía?

Con un resignado suspiro Lucía se sintió retroceder a la plaza mayor de su pueblo, con sus soportales ennegrecidos por el tiempo y la fuente de musgosa piedra que en su centro dejaba escapar en toda época un helado chorrito de agua sobre la pileta cubierta por el verdín de los siglos. Desde la plaza se trasladó después con la mente al soportal contiguo al Ayuntamiento, bajo el que se encontraba la casa en la que había transcurrido su infancia. Una casa oscura en la que solía hacer frío incluso en el mes de agosto y en la que siempre, en cualquier estación, olía a invierno.

—Es que soy de un pueblo de Burgos bastante pequeño. Mi padre es maestro de escuela y ni él ni mi madre ni mis cinco hermanas han sentido nunca el menor deseo de salir de allí. Las cinco se han casado con chicos del pueblo y tienen un montón de niños. Yo soy la menor de todas y me vine a Madrid a estudiar la carrera de Derecho cuando cumplí los dieciocho años, en contra del parecer de mis padres, de mis hermanas y de medio pueblo, porque el otro medio no se enteró. Mientras fui estudiante volvía al pueblo en vacaciones, pero después...

Aguardó él a que terminara la frase, pero Lucía no llegó a hacerlo. No podía decirle que desde que se fuera a vivir con Fran se había distanciado de su familia. Fran no habría encajado con ellos ni hubiera soportado las costumbres ancestrales de su pueblo y su familia habría desaprobado que ella viviera con Fran sin haberse casado previamente.

La visión de la brillante puerta del ascensor que tenía enfrente, herméticamente cerrada, disipó esos pensamientos y volvió a producirle la angustiosa sensación de que le faltaba aire para respirar, por lo que, desazonada, giró la cabeza hacia su compañero de encierro.

—Oiga, Max, ¿no cree que deberíamos volver a hacer sonar el timbre de alarma? Me da la impresión de que el tipo de la voz cascada se ha olvidado de nosotros.

—Tiene razón —consideró él, poniéndose en pie de un salto y ayudando a Lucía a hacer lo mismo. Se abalanzó seguidamente contra el timbre amarillo, que mantuvo apretado durante varios segundos.

En esa ocasión le contestó casi inmediatamente una voz de hombre, que no era la misma que la que habían oído anteriormente.

— ¿Qué pasa?, ¿se ha quedado encerrado en el ascensor?

— ¿Cómo que si nos hemos quedado encerrados? — rugió Max enfurecidísimo—. Llevamos aquí enclaustrados toda la mañana. Sáquenos inmediatamente.

—Claro, claro, no se enfade que no tardaré ni un segundo, —le oyeron decir—. ¿Por qué no han utilizado antes el timbre de alarma?

Con un resoplido, a Max se le escapó una palabra malsonante y casi al mismo tiempo el ascensor se puso en marcha para detenerse en la cuarta planta. Cuando él empujó la puerta y ésta se abrió, se precipitaron los dos hacia el descansillo de la escalera parpadeando deslumbrados por el sol que penetraba a raudales por la ventana que se abría en la pared junto a la puerta del Juzgado.

Lucía comprobó en su reloj de pulsera que eran las dos de la tarde y que esa puerta estaba cerrada a cal y canto.

—Ya se han marchado todos—les comunicó un hombre bajito y regordete que subía ágilmente por la escalera—. El juez estaba muy enfadado y también lo estaba una señora de mediana edad que llevaba un sombrero muy grande.

—Casilda —murmuró Lucía en un susurro—. ¿Y dice usted que el juez estaba muy enfadado?

—Mucho —afirmó el hombre, jadeante por el esfuerzo de subir cuatro pisos—. Protestaba contra la gente de Madrid que no acude al juzgado cuando se le cita y da lugar a que se le archive el procedimiento. Estaba muy, pero que muy enfadado.

Levantó la cabeza hacia Max que le sacaba casi medio metro de estatura y luego desvió la mirada hacia Lucía, cuyo rostro le quedaba a la altura de su coronilla.

—Me llamo Agustín y soy el portero de esta casa —les explicó—. ¿Han llegado tarde a su juicio a causa de la avería del ascensor?

—Pues sí—refunfuñó sarcásticamente Max—. Durante más de media hora hemos estado haciendo sonar el timbre de alarma, pero al parecer usted se había marchado al pueblo vecino a ver a su madre.

—Sí, es cierto—reconoció el portero—. Alguien me ha gastado una broma muy pesada. Me ha llamado por teléfono para decirme que acudiera inmediatamente a verla porque se encontraba muy enferma. Afortunadamente mi madre estaba perfectamente, pero a ustedes no les ha podido oír nadie cuando se han quedado encerrados en el ascensor y han tenido que permanecer dentro de la cabina toda la mañana. Se lo explicaré al juez en cuanto le vea por si su asunto pudiera tener todavía remedio.

Lucía le escuchó con la boca abierta.

—Bueno, sí nos ha oído alguien. Un tipo que nos ha dicho que le sustituía a usted cuando se ausentaba de la portería y que nos iba a sacar enseguida del ascensor, pero lo cierto es que después no ha dado señales de vida.

El portero frunció el ceño sin comprender.

— ¿Mi sustituto?, no tengo ningún sustituto que sepa arreglar el ascensor cuando se avería. ¿Quién es el que les ha contado ese cuento?

Max y Lucía intercambiaron una mirada de sorpresa.

— ¿No tiene sustituto? —le preguntó él—. Nos ha contestado un tipo que tenía una voz cascada, como si tuviera mucha edad. Él es el que nos ha dicho que se había marchado usted a otro pueblo a ver a su madre.

El hombre hizo un gesto de asentimiento.

—Sí, el hombre que me ha llamado por teléfono para gastarme esa broma sobre mi madre tenía una voz como la que ha descrito. Hay personas que tienen un sentido del humor bastante extraño. ¿Quién puede ser ese tipo?

Max se encogió de hombros y Lucía, sin responder, reprimió un escalofrío. No era muy difícil imaginar a quien pertenecía.

—CAPÍTULO V—

Max la dejó en su despacho cuando regresaron a Madrid en el coche de él, después de comer en un bar del pueblo, y Lucía subió en el ascensor y penetró en el soleado y luminoso piso de su oficina sintiéndose absurdamente optimista. Haber resuelto de forma tan inesperada como satisfactoria el asunto de Casilda no le parecía suficiente motivo, pero solo vagamente llegaba a intuir que la causa residía en que había logrado interesarse por algo que no gravitara en torno a Fran. Y no porque le hubiera olvidado ni hubiera dejado de dolerle su ruptura. Simplemente había aparcado de momento su recuerdo para poder ocuparse de temas más prosaicos, pero que tenían la importancia de acaparar su atención, lo que no era poco.

Esa tarde iba a redactar el contrato de arras sobre la casa de campo del abuelo de Max y de Casilda con sus cinco sentidos centrados en su trabajo y no pensaría en Fran hasta que al anochecer volviera a casa y sintiera el vacío de su ausencia.

Rosalía estaba escribiendo algo en el ordenador con las gafas cabalgando sobre la punta de su nariz y levantó la vista del teclado al oírla entrar.

— ¡Hola!—la saludó Lucía al pasar, sin detenerse en su camino hacia su despacho—. ¿Ha sucedido algo importante esta mañana?

Impasible como siempre, Rosalía meneó la cabeza en sentido negativo. Era una mujer de unos sesenta años, de piel reseca y con el cabello recogido en un moño del que se no se le escapaba un solo cabello. Acostumbraba a vestir con una falda gris y un jersey de un color que oscilaba dentro de la gama de los verdes, con los que pretendía entonar unos horrorosos zapatos de tacón, también de color verde, siempre los mismos.

—No. Únicamente que un pelmazo ha llamado veinte veces pidiéndome una cita urgente con usted. Le he dicho que no podía recibirle hasta la semana que viene y se ha enfadado mucho. Me ha parecido un tipo muy desagradable.

Sin una razón aparente, Lucía se sobresaltó al oírla, retrocediendo sobre sus pasos para detenerse junto a la mesa de su secretaria.

— ¿Cómo era su voz? ¿Te ha parecido joven o viejo?

—Pues… yo diría que no era joven. Además, me ha dado la impresión de encontrarse muy acatarrado. Sí, seguramente es un hombre mayor.

Notó ella cómo se le descomponía la silenciosa maquinaria que latía en su interior hasta adquirir un ritmo vertiginoso.

— ¿Y para cuando le has citado?

—No le he citado. Me ha dicho que se presentaría aquí en el despacho cuando tuviera por conveniente y que usted le recibiría. ¿Le va a recibir?

Se asió Lucía con ambas manos a la mesa de la secretaría para sostenerse e intentó sonreír para que la otra no captara el impacto que le habían causado sus palabras.

—Pues creo que no. No sé quién es ese hombre ni me importa y soy yo quien decide a quien recibo en mi despacho.

Rosalía se la quedó mirando sin pestañear.

—Y si aparece de improviso por aquí, ¿qué hago?

También a Lucía le hubiera gustado conocer la respuesta, pero como no se le ocurrió nada que contestarle se quedó inmóvil, asida a la mesa, con el semblante inexpresivo.

—Pues…

— ¿Le sucede algo?—volvió a interesarse la secretaria escudriñando atentamente su semblante—. ¿Conoce usted a ese hombre?, porque se ha puesto muy pálida. Si es alguien que representa una amenaza para usted no debe permanecer con los brazos cruzados.

No acostumbraba Lucía a hacerle confidencias a la otra, pero en esa ocasión le pareció oportuno explayarse con ella, en parte para desahogarse y en parte también para ponerla sobre aviso.

—Creo que ese hombre que ha llamado por teléfono es un delincuente al que mandé a la cárcel hace diez años— empezó en tono monocorde y sin que se alterase su expresión —. Acaba de salir de prisión y me ha amenazado con vengarse de mí, pero no sé qué hacer. La policía tiene demasiado trabajo para dedicarse a escoltarme y en este momento no se me ocurre a quién podría acudir.

Tampoco la secretaria esbozó el menor gesto. Dirigió su mirada a la puerta del piso como si estuviera calibrando su resistencia frente a un intruso que no desdeñara utilizar la violencia y luego la desvió para clavarla en Lucía. Al fin se decidió a hacerle una sugerencia.

—Por lo que me dice, lo que necesita en estos momentos es un guardaespaldas. Alguien que la escolte y que pueda defenderla en caso de que ese tipo la moleste. O que intente hacer algo más que molestarla, porque es más que posible que pase de las palabras a los hechos— añadió con el ceño fruncido— ¿No cree que tengo razón?

Evocó Lucía el semblante bobalicón de Antonio Briones, en el que campeaban sus ojos lacrimosos y astutos y reprimió un estremecimiento.

—Puede que sí, que tengas razón, pero tampoco sé de ninguno que sea competente y del que me pueda fiar.

Rosalía le sonrió con la suficiencia que la caracterizaba.

—Usted no, pero yo sí. Si le parece conveniente, puedo llamar a un hombre al que conozco y que es de mi entera confianza. En el despacho de abogados en el que trabajé anteriormente nos prestó servicios a menudo y a entera satisfacción de mis jefes. Es joven, guapo y muy fornido. Se llama Lorenzo.

Si esperaba impresionar a Lucía con esa descripción, se llevó una decepción, porque ésta no llegó ni tan siquiera a levantar la cabeza. Continuaba mirando al suelo con aire abstraído, como si la reluciente tarima le interesara especialmente.

—Está bien, si tienes el teléfono de ese hombre, llámale y concierta una entrevista con él para mañana por la mañana.

Rosalía se apresuró a asentir con aire eficiente.

—De acuerdo, le llamaré ahora mismo para advertirle de que vamos a necesitarle uno de estos días y que usted quiere hablar con él mañana—. Levantó luego hacia ella sus ojillos de color indefinido y de pestañas cortas y claras para estudiar su semblante con verdadero interés—. Pero aún no me ha dicho cómo le ha ido en el juicio. ¿Ha salido todo bien? —le preguntó.

Lucía sonrió e hizo un gesto de asentimiento.

—Mejor que bien. No puedes imaginarte lo contenta que estoy y la suerte que he tenido. Mañana a primera hora vendrán el demandado y doña Casilda a firmar un contrato, así que el procedimiento judicial ha devenido carente de objeto.

— ¿Ha conseguido ponerles de acuerdo? —. Rosalía la observaba con una admiración que intentaba encubrir bajo la inveterada e imperturbable indiferencia de que hacía gala—. ¿Cómo lo ha conseguido?

—Pues… pues por casualidad. He tenido ocasión de hablar con la contraparte antes de que se iniciara la vista y le he convencido.

Sin mover un solo músculo de su rostro, la secretaria continuó mirándola inexpresivamente y terminó por mover desaprobadoramente la cabeza.

—Mañana a primera hora no podrá ser, porque tiene citada a la directora de un colegio que ha sido demandada por el padre de un alumno. Ni tampoco podrá recibirles más tarde, porque tiene toda la mañana ocupada. Tendrá que ser otro día.

Lucía estuvo a punto de obsequiarla con un exabrupto. ¿Por qué todas las secretarias que había tenido consideraban que su trabajo, consistente en dar citas a los eventuales clientes que las solicitaban, era de mayor importancia y debía prevalecer sobre cualquiera otra consideración que efectuara ella sobre la conveniencia de dar prioridad a unos sobre otros?

Se reprimió a tiempo y la envolvió en una mirada glacial con la que pretendió darle a entender que en su despacho la que mandaba y decidía era ella.

—Mañana a primera hora recibiré a don Maximiliano y a doña Casilda Pereira—recalcó secamente—.Ya te he contado que he tenido la suerte de quedarme esta mañana encerrada con él en el ascensor y de haber llegado a un acuerdo sobre la casa que han heredado los dos, con lo que el juicio sobre su división ha devenido innecesario. A la directora del colegio la harás pasar a mi despacho a continuación, ¿está claro?

Pese a que la secretaria no esbozó tampoco ahora el menor gesto, a Lucía le resultó palpable que estaba en total desacuerdo con su determinación. Parecía ofendida en su dignidad profesional al haberle alterado Lucía el orden de las citaciones que había efectuado, pero no llegó a expresar con palabras su malestar. Se limitó a farfullar, sujetándose con un dedo las gafas sobre la nariz:

—Que se había quedado encerrada con él en el ascensor no me lo había dicho ni tampoco que la avería hubiera sido una suerte —recalcó ácidamente—. Pero, en fin, si usted considera que la impuntualidad con sus clientes y la demora en recibirles a la hora señalada no tienen importancia, no seré yo quien le lleve la contraria. Faltaría más.

A continuación se abismó en la lectura de unas notas escritas a mano que tenía sobre la mesa y Lucía siguió caminando hacia su despacho donde cerró la puerta a su espalda en cuanto entró en él, porque, aunque la redacción del contrato de arras era para ella un asunto trillado, deseaba perder de vista a su secretaria cuanto antes. Sorteó la mesa tomando asiento tras ésta y cuando puso en funcionamiento el ordenador dio un suspiro de alivio.

Intentó centrar su atención en el documento que deberían firmar Max y su prima al día siguiente, pero tenía la cabeza en otra parte. La asaltaba continuamente la imagen de Antonio Briones que la observaba con sus ojillos astutos y que en el momento más inesperado podría presentarse en el despacho para… ¿Para qué?, se preguntó. ¿Para amenazarla nuevamente o quizás para agredirla?

Sacudió la cabeza para borrarlo de su mente y concentrarse en el contrato de arras de los Pereira. Afortunadamente guardaba archivados en el ordenador muchos similares y no tuvo más que sustituir los nombres y los datos identificativos de las partes contratantes y de la vivienda por los de sus nuevos clientes, así como los relativos al precio de aquélla y a la cuantía del anticipo que Max debería entregar a Casilda en el momento de la firma. Como estaba cansada, en cuanto terminó y archivó el documento, cerró el ordenador y recogió su bolso saliendo a la antesala. Rosalía le dirigió una mirada de reconvención.

— ¿Se marcha ya?

—Sí, tengo asuntos que resolver.

No tenía nada que hacer en realidad. Únicamente aguardar en su piso el regreso de Fran, mientras por la ventana del salón veía caer la tarde. Esperarle hecha un ovillo en el sofá, sin pensar en otra cosa que en los años en los que habían vivido juntos, añorando esos años y a él, sobre todo a él.

— ¿Y ha dejado preparado el contrato que esos dos clientes tienen que firmar mañana?—insistió Rosalía, sin imaginar siquiera lo que pasaba por su mente en esos instantes—. Me parece que lo que le ocurre es que está preocupada por ese tipo que me ha llamado por teléfono. Por ese pederasta al que envió a la cárcel hace tiempo.

Se lo preguntaba como si fuera su madre y Lucía una niña irresponsable, pero, aunque se había olvidado momentáneamente de él, volvió a recordarle en ese instante y algo punzante le repercutió dentro.

—Sí, mañana lo imprimiré en cuanto llegue al despacho. Vendré a primera hora—le contestó mecánicamente y con el semblante sin expresión.

Tomó un taxi en cuanto llegó a la calle para regresar a su casa y al recordar que su coche seguía en el garaje con las cuatro ruedas pinchadas, llamó al taller para encargarle que las repararan esa misma tarde. Luego, en cuanto descendió del vehículo delante de su portal, tomó el ascensor hasta el sótano.

El vigilante del garaje estaba en su garita observando atentamente las pantallas de las dos plantas del mismo que podía ver por medio de las cámaras de seguridad, cometido que interrumpió a medias al verla acercarse.

—Buenas tardes, Simón—le saludó haciendo un esfuerzo por sonreírle—. Quería advertirle que van a venir ahora los mecánicos del taller donde suelen reparar las averías de mi coche para cambiarme las cuatro ruedas, ya que esta mañana me las he encontrado pinchadas. ¿Ha visto usted a algún extraño que haya podido ser el autor de semejante gamberrada?

El vigilante se la quedó mirando desconcertado. Era un hombre de unos cuarenta años con unas espesas cejas negras que parecían unirse en una sola sobre sus ojos. También su barba, no siempre bien afeitada, era del mismo color y extremadamente tupida, así como el vello de sus brazos que asomaba bajo su camisa de manga corta.

—No, señora, no he visto a ningún desconocido —le aseguró —. Ya sabe que para entrar en este garaje es preciso disponer del mando electrónico que entregamos a los vecinos del edificio a primeros de año. Nadie más puede entrar.

Lucía titubeó, deseando vagamente que las ruedas de su coche se hubieran pinchado por casualidad y no por obra de Antonio Briones.

— ¿Y no ha visto rondando por el portal a un tipo de unos sesenta años, bajito, rechoncho y con cara de estúpido?

El vigilante parpadeó extrañado.

—No, señora, ¿por qué? Únicamente he visto cerca de su coche a su marido esta mañana.

Lucía creyó haber oído mal.

— ¿A mi marido?

—Sí, a don Francisco. Ha bajado al garaje bien temprano. Una hora más o menos antes que usted.

Simón no debía saber que Fran y ella no estaban casados e ignoraba asimismo que él se había marchado de la casa dos días antes, pero eso era algo que Lucía no tenía ninguna intención de aclararle. Sí le interesaba en cambio saber que hacía Fran en el garaje a esas horas.

— ¿Y le ha visto acercarse a mi coche?

El hombre afirmó vigorosamente con la cabeza, antes de expresar su respuesta con palabras.

—Sí, pero no sé si se ha percatado de que tenía las ruedas pinchadas, porque no me ha dicho nada. Se ha marchado sin que yo me diera cuenta.

—Ya—musitó apenas Lucía, preguntándose a qué habría acudido Fran al garaje cuando ya no vivía en el edificio. Seguramente a hacerse el encontradizo con ella. ¿Pero no hubiera sido más lógico que subiera al piso que habían compartido para que pudieran hablar, para permitir que le explicase? En ese momento ni siquiera recordaba las fotografías que había recibido ella, que igualmente le ponían a él en entredicho. Había dado por hecho, quizás porque quería creerlo, que esas fotografías habían sido objeto de un montaje.

—Gracias, Simón. Le recuerdo que van a venir los del taller para que les deje pasar.

—No se preocupe doña Lucía, que les abriré la puerta. No sé cómo ha podido ocurrir lo del pinchazo de sus ruedas.

Tomó ella el ascensor sintiendo un vago desasosiego y nuevamente volvió a preguntarse si habría acudido Fran esa mañana al garaje para encontrarse con ella y aclarar el asunto de las fotografías. No parecía lógico ni tampoco respondía a la manera de ser y de actuar de él. Era metódico y concienzudo y no solía dejar cabo suelto alguno ni se dejaba llevar por la improvisación. Si le hubieran preguntado a ella como esperaba que actuase cuando decidiese volver a verla, habría respondido que él concertaría antes una cita por teléfono.

Dándole vueltas en su mente, llegó a su piso y metió la llave en la cerradura, abriendo la puerta a continuación. El vestíbulo, una estancia interior de pequeñas dimensiones, estaba oscuro y cuando accionó la llave de la luz la lámpara del techo no respondió a su intento. ¿Se habría fundido la bombilla? Algo de luz se filtraba aún por la ventana del salón, cuya persiana había dejado subida esa mañana al salir para el juzgado y avanzó despacio hacia la puerta corredera que lo separaba del vestíbulo por miedo a tropezar con algún mueble.

Al llegar hasta la puerta se detuvo sintiendo algo cercano que no supo precisar. ¿Qué era?

Sin saber por qué giró en redondo sobre sí misma para mirar a su espalda. El silencio era absoluto, pero notaba algo extraño, como si desde el fondo del oscuro pasillo la estuvieran vigilando. Algo o alguien que se fundía con las sombras del atardecer, que sin duda penetraban por la ventana de su dormitorio, y teñían de negro las tinieblas del corredor.

Asida a la puerta corredera, intentó escudriñar las sombras del pasillo. ¿Había entrado alguien en su ausencia en su casa y la estaba esperando? Se apartó unos centímetros de la puerta del salón y tropezó con el paragüero, del que extrajo un paraguas plegable que podría utilizar como una improvisada porra en caso de necesidad. Luego, con el corazón latiéndole apresuradamente dentro del pecho, avanzó por el pasillo hacia su dormitorio con el paraguas enarbolado.

Tampoco la llave de la luz de su habitación respondió a su intento de iluminar ésta cuando ella la accionó, pero por la ventana entraba todavía la claridad grisácea del crepúsculo y atravesó despacio el umbral de la puerta, advirtiendo que la estancia estaba desierta. Pero no como la había dejado esa mañana al salir corriendo para el pueblo donde estaba citada para celebrar la vista del juicio de Max y de Casilda. Sobre la almohada cubierta con la colcha, bien planchado y dispuesto para ser inmediatamente utilizado, estaba el pijama azul eléctrico de Fran, que Lucía contempló como alucinada. Estaba segura de que él se lo había llevado junto con el resto de su ropa cuando se marchó del piso dos días antes. ¿Quería eso decir que había vuelto? Quizás estuviera en el cuarto de baño o en la cocina y no la hubiera oído llegar.

Desconcertada dejó caer su bolso y el paraguas sobre la cama y se dirigió hacia la puerta del dormitorio, cuya claridad iba paulatinamente oscureciéndose, al compás de que la noche que penetraba por la ventana se iba adueñando de la habitación. Intentó nuevamente encender la luz eléctrica con el mismo resultado negativo. ¿Se habrían fundido los plomos? El cuadro eléctrico se encontraba en la cocina, a la que se accedía por la primera puerta del pasillo, justamente enfrente de la del salón, por lo que salió al corredor y se detuvo indecisa en la oscuridad.

—Fran—le llamó a media voz —. Fran, ¿estás en casa?

No obtuvo respuesta y tanteando la pared fue avanzando hacia el vestíbulo. Palpó a tientas la puerta de la cocina y la entreabrió. Daba a un patio, estrecho y oscuro, por la que no penetraba claridad alguna por ella e intentó, guiándose por los azulejos blancos de la pared, acertar con la llave de la luz, que accionó en cuanto la localizó, sin conseguir que el plafón del techo se iluminara y disipara las tinieblas. Tenía que llegar hasta el cuadro eléctrico para arreglar la avería. Pero necesitaba una linterna.

Recordó que era Fran el que tenía una, pero sin duda se la habría llevado al marcharse. ¿O no? Si el pijama se encontraba sobre la cama, le pareció incuestionable que esa circunstancia obedecía a que había decidido volver. Tenía que haber comprobado ella si su ropa se hallaba nuevamente en el armario de su cuarto. Pero no podía regresar a su dormitorio en aquella oscuridad, debería que arreglar antes la avería de la luz.

A tientas alcanzó el cajón del mueble que soportaba la vitrocerámica, y palpó los objetos que había en su interior, buscando las cerillas. No las había utilizado nunca porque le vitrocerámica funcionaba con electricidad, pero las había guardado en el cajón por si… En realidad no sabía por qué las había guardado allí. ¿Pero dónde podrían haberse metido?

Al fin dio con la caja y encendió una cerilla con manos temblonas que acercó después al cuadro eléctrico. Efectivamente estaban bajadas las palancas que correspondían a la electricidad de cada una de las habitaciones y las fue levantando una por una.

Cuando se encendió el plafón del techo de la cocina, parpadeó deslumbrada antes de dirigir una mirada en torno. Estaba todo tal y como lo había dejado esa mañana al marcharse. La taza del desayuno de ella aún se encontraba sobre la mesa, con un plato a su lado conteniendo restos de tostadas, ya que no había tenido tiempo de recogerlo por miedo a llegar tarde al juicio.

Allí no había estado Fran y si había estado no había dejado huellas de su presencia, por lo que salió nuevamente al pasillo y abrió la puerta corredera de enfrente, la del salón. Se hallaba semi a oscuras con su sofá de piel marrón delante de la enorme cristalera, cubierta con un visillo blanco, a través del cual se adivinaba la calle. Tampoco parecía que Fran hubiera dejado vestigio alguno de su visita. La noche anterior había estado ella sentada en el sofá junto al teléfono con una revista sobre las piernas que no había llegado a leer, aunque lo había intentado para entretener la espera. Continuaba ésta en el asiento, tal y como la había dejado. No, allí tampoco había estado él. Era un hombre maniáticamente ordenado y la hubiera recogido con toda seguridad para colocarla en su lugar.

Cada vez más inquieta salió nuevamente al pasillo, ahora tranquilizadoramente iluminado, e inspeccionó el cuarto de baño que utilizaban solamente las visitas y que no presentaba rastro alguno de haber recibido a ningún ser humano desde que lo limpiara por última vez, dos días antes.

Indecisa se detuvo unos instantes asida a la puerta y luego regresó al dormitorio, cuya lámpara encendió nada más entrar en él. El pijama de Fran continuaba sobre la cama como si le estuviera aguardando, con las mangas extendidas sobre la almohada, ¿pero dónde estaba él? Bruscamente se acercó Lucía al armario empotrado y abrió las puertas de par en par. Contenía ordenadamente en su interior la ropa de ella, pero ninguna de las prendas de Fran. ¿Por qué entonces estaba su pijama sobre la cama? Tenía que haberlo colocado él allí esa mañana, poco después de que ella saliera en un taxi para Campillo de la Sierra. ¿Pero a qué había ido al garaje y por qué le había dejado su pijama en lugar de llamarla o intentar primero hablar con ella?

Decidida extrajo su móvil del bolso y marcó su número. Alguien, Fran sin duda, colgó el teléfono al segundo timbrazo que escuchó, cortando la comunicación y Lucía se quedó mirando el pequeño aparato que tenía en la mano completamente desorientada.

—CAPÍTULO VI—

Cuando a la mañana siguiente llegó apresuradamente al despacho, Rosalía estaba ya sentada dignamente tras su mesa, tecleando en el ordenador como si le fuese en ello la vida y apenas si levantó la vista por encima de sus gafas cuando oyó entrar a Lucía en la antesala. Ese día vestía una blusa verde pálido sobre la falda gris, a juego con sus horrorosos zapatos verdes.

—Llega tarde —la recriminó en cuanto la vio entrar corriendo en la habitación, como si los papeles de las dos estuviesen invertidos y fuese ella la jefe y Lucía su empleada—. ¿Dejó el contrato preparado ayer? Son las nueve ya y la directora del colegio también está a punto de llegar.

Soñolienta y malhumorada, se dijo en ese momento que despediría a la secretaria a la primera oportunidad. Lo habría hecho ya de no ser porque era una mujer muy eficiente, pero no podía soportar la actitud de madre regañona que adoptaba con ella. Si llegaba tarde al despacho era asunto exclusivamente suyo. Y también de Fran, que, aunque no había hecho acto de presencia, al haberle dejado su pijama sobre la cama el día anterior le había impedido dormir, pero desde luego no era asunto de Rosalía que parecía haberse convertido en su Pepito Grillo.

Sin contestarle más que con un gruñido, pasó de largo por la antesala y se metió rápidamente en su despacho, poniendo en marcha el ordenador antes de haberse sentado en su butaca, con la intención de recuperar el documento donde había archivado el contrato e imprimirlo para tenerlo a punto de la firma en cuanto llegaran los Pereira. Con el ratón recorrió los contratos de arras relacionados en el archivo y los volvió a repasar sin encontrar el que había redactado la tarde anterior. Incluso lo buscó por la fecha sin dar con ese contrato. Para el ordenador no había archivado ninguno cuando regresó de Campillo de la Sierra en el coche de Max. ¿Lo habría cerrado sin guardar pertinentemente el documento?

No, estaba completamente segura de haberlo archivado. Lo hacía siempre y además recordaba también que le había llamado "Max" para localizarlo fácilmente en la carpeta de los restantes contratos de arras.

Un segundo más tarde oyó el timbrazo del teléfono interior y nerviosísima descolgó el aparato, oyendo la voz de Rosalía que le comunicaba que los Pereira habían llegado coincidiendo con la directora del colegio y que había hecho pasar a ésta última a la sala de espera. Lucía se hubiera puesto histérica de habérselo podido permitir, pero como un abogado de prestigio debía mostrarse siempre imperturbable, le contestó aparentemente tranquila:

—Diles que pasen.

—¿Tiene listo el contrato?—insistió la metomentodo de Rosalía—. ¿Quiere que les entretenga mientras lo ultima?

¿Qué contrato iba a ultimar si no lo encontraba por ninguna parte?, se preguntó a sí misma Lucía, que seguía abriendo furiosamente y cerrando carpetas. En lugar de expresar lo que sentía, le contestó muy digna a la secretaria:

—No tengo nada que ultimar. Diles que pasen.

Un instante más tarde, Rosalía llamaba con los nudillos en la puerta y casi al mismo tiempo les cedió el paso a los dos visitantes. Casilda, de mediana estatura y gordita, llevaba un traje azul marino de manga corta, que sin duda era nuevo, y Max vestía el mismo traje color arena del día anterior, algo más arrugado que la víspera, y la misma corbata de rayas azules y blancas. Lucía se había puesto en pie para recibirles y cuando tomaron asiento frente a la mesa, hizo lo mismo en su butacón al otro lado de la misma sonriéndoles tranquilizadoramente.

—Me alegro mucho de verles y de que hayamos conseguido ponerles de acuerdo—les dijo a modo de introducción—. ¿Han acordado ya el precio de la compra de la mitad de la vivienda y la cantidad que don Maximiliano va a entregar como anticipo?

Max le dirigió una mirada torva al oírse llamar por su nombre completo, pero luego demostró cierta sorpresa, pues esas cantidades ya habían quedado fijadas el día anterior, como Lucía recordaba perfectamente, pero necesitaba ganar tiempo para recuperar en el ordenador otro contrato de arras de los muchos que tenía archivados. Al fin dio con uno que podía servirle y levantó la mirada para sonreírles nuevamente.

—Bien, empezaremos por sus datos personales. Ya saben, sus nombres y apellidos completos, el domicilio, el documento nacional de identidad…

Fue sustituyendo en el documento que acababa de recuperar los que figuraban en el mismo con los que le iban dictando las dos personas que tenía enfrente y en pocos minutos pudo imprimir el contrato y ponérselo a la firma. Tal y como habían acordado el día anterior, Max entregó a su prima un talón conformado con la cantidad que le entregaba como garantía, que ésta recibió con cara de avara para luego guardarlo en su bolso. Después envolvió a Lucía en una mirada de admiración.

—Es usted estupenda. Ha conseguido en un santiamén convencer a este tarambana de primo que tengo de que yo tenía razón, porque necesito el dinero, ¿sabe?

Se explayó luego en una interminable explicación sobre el motivo por el que andaban tan mal sus finanzas, mientras Lucía se rebullía inquieta en su butaca imaginando la regañina de Rosalía por hacer esperar tanto a la directora del colegio y el malhumor de ésta por haberse retrasado en recibirla. Al fin Max consiguió cortar su incesante verborrea y logró que su prima se pusiese en pie.

—Casilda, estás entreteniendo mucho a doña Lucía y tienes además muchas cosas que hacer. Te agradeceré que me dejes un momento a solas con ella, porque tenemos que tratar de otro asunto.

Era evidente que a Casilda le tenía sin cuidado ese otro asunto y que no tenía el menor deseo de marcharse, pero Max la empujó hacia la puerta y logró hacerla salir a la antesala, donde Rosalía se ocuparía con toda seguridad de acompañarla hasta la escalera. Después volvió a sentarse frente a ella muy sonriente.

—Bueno, ya se ha marchado. ¿Podemos tratar ahora el tema de mi nombrecito?

Lucía volvió a imaginar la tormentosa expresión de Rosalía y la no menos tormentosa de la directora del colegio, por lo que meneó negativamente la cabeza, agitando al mismo tiempo su larga y brillante melena.

—No, hoy me es imposible, porque tengo ya a otra visita esperando.

Él se inclinó sobre la mesa hacia Lucía aparentemente inquieto.

— ¿No puede ser hoy?, ¿cuándo entonces?, ¿mañana?

El sol pálido que a esas horas penetraba por el amplio ventanal que Lucía tenía a su espalda iluminaba el despacho y uno de sus rayos arrancaba reflejos dorados del cabello de él. Lucía se dio cuenta en ese momento que el hombre que tenía sentado enfrente era realmente atractivo, con el curioso colorido de su pelo y la piel bronceada de su rostro en la que destacaban sus ojos color miel.

Un atractivo totalmente distinto del de Fran, que era más intelectual que físico, se dijo. Éste último le llevaba a ella dieciséis años y no era precisamente guapo. Su rostro era excesivamente anguloso y su cuerpo, de mediana estatura, reflejaba su nula afición al deporte. Lo que la había deslumbrado de él era la seguridad con la que se expresaba con sus innegables conocimientos jurídicos, en el escenario en el que le había conocido. Le pareció entonces que dominaba por completo ese escenario como si fuese el único actor en aquella representación, como si le iluminase solo a él el imaginario foco que ella creyó ver, dejando en sombra el resto de la escena. ¿Qué estaría haciendo en ese momento?, se preguntó abstraída. ¿Buscando quizás la manera de reconciliarse con ella? Recordó de pronto su pijama sobre la almohada de su cama y no pudo disimular su brusco sobresalto.

— ¿Le ocurre algo?—se extrañó Max, que la miraba fijamente, con algo de sorpresa en sus claros ojos ambarinos.

—No, bueno, sí. Mañana no sé si podré. Quizás pasado mañana a última hora de la tarde. ¿Le viene bien?

Algo más tranquilizado, Max se apresuró a asentir con la cabeza.

—Claro que me viene bien. Estoy deseando que nos metamos con ese asunto.

Lucía se puso en pie para que comprendiera que debía despedirse, lo que él captó en el acto.

—Bien, ya me marcho. ¿Vengo pasado mañana a eso de las siete de la tarde?

No tenía ni idea Lucía de las visitas que Rosalía tendría citadas, pero hizo un gesto de asentimiento.

—De acuerdo, pasado mañana a las siete.

Cuando Max se fue, recibió Lucía a la directora del colegio, que la entretuvo bastante, y después a dos clientes más. Cuando se marchó el último, oyó como alguien llamaba con los nudillos a la puerta y poco después entraba un joven en el despacho, que se acercó a la mesa quedándose en pie al otro lado de la misma.

—Me ha dicho Rosalía que quería usted verme, porque necesita un guardaespaldas. Me llamo Lorenzo.

No llegó a decirle su apellido y cansadamente levantó Lucía la vista hacia él. El recién llegado era un hombre de edad cercana a los cuarenta y de mediana estatura, que estaba muy bien formado y al que se le notaba que practicaba mucho deporte. Tenía el cabello rizado y una sorprendente semejanza con las estatuas griegas o romanas de la antigüedad, como si, por equivocación, una de ellas se hubiese reencarnado en el hombre que tenía delante. A Lucía le recordó su rostro al del David de Miguel Ángel o quizás al de un emperador romano del que en ese momento no recordaba el nombre. Sus ojos, que eran muy grandes y tiernos, contrastaban con su aire algo rudo.

Vestía esa mañana un pantalón blanco y una camisa verde de manga corta que desmentían su anacrónica apariencia clásica y le situaban en la época actual. También le diferenciaba de esas estatuas, frías y estáticas, la forma, un tanto excesiva, en la que accionaba con las manos.

—Sí, quería hablar con usted—repuso, buscando las palabras oportunas—. Al parecer, ha llamado por teléfono a Rosalía un tipo que le ha dicho con bastantes malos modos que yo le recibiré cuando a él le dé la gana y la ha asustado bastante. Quería pedirle que se ocupe de él si aparece de repente y nos da un susto, ¿comprende?

Impasible, se la quedó mirando él como si estuviese calibrando la importancia de lo que acababa de referirle.

— ¿Y tiene idea de quién puede ser él?

—Pues...—. Dudó Lucía en referirle la historia de Antonio Briones y la amenaza de que ella había sido objeto, pero terminó por contársela omitiendo el asunto de las fotografías que les había enviado a los dos y que, como corolario, Fran había roto con ella.

—Así que quiere vengarse de usted por haberle enviado a la cárcel cuando actuó como acusador privado en aquel juicio—resumió él, demostrando que era un chico listo pues el relato de Lucía había sido bastante incoherente.

—Eso es.

— ¿Y sabe qué aspecto tiene ahora?

Lucía meneó negativamente la cabeza.

—No. He visto su foto en el periódico el día en que salió de la cárcel. Es un hombre bajito y rechoncho con cara de estúpido. Le pediré a Rosalía que busque el periódico para que se la enseñe, porque los suele guardar.

—Ya me ocuparé yo, no se preocupe—repuso amablemente él —.Y si hay algo más que pueda hacer por usted, no dude en pedírmelo.

Titubeó nuevamente Lucía. No le apetecía lo más mínimo llevar un guardaespaldas pegado a los talones, pero quizás contratar para ese cometido al hombre que tenía delante fuera lo más inteligente en la situación en la que se encontraba.

—Bueno… no sé —empezó con precaución—. Creo que sería conveniente que pudiera contar con usted durante algún tiempo para que me sirva de escolta.

—Sería lo más pertinente—corroboró Lorenzo dejándose caer en el sillón de los clientes, aunque Lucía no le había invitado a sentarse—. Ese hombre puede aparecer en cualquier momento y darle a usted un buen susto y yo tengo experiencia con toda clase de delincuentes. Incluso he trabajado también en una agencia de detectives, por lo que me considero capacitado para ocuparme de resolverle el problema.

—Pero es que… —empezó Lucía que, pese a que sabía que le necesitaba, no deseaba en absoluto perder su intimidad.

Lorenzo se echó a reír mostrando unos dientes muy blancos.

—No se preocupe, que no la molestaré. Me convertiré en su sombra, pero usted no se dará cuenta. Ya le he dicho que tengo experiencia en esta clase de asuntos.

Ella lo sopesó durante unos instantes con el ceño fruncido.

— ¿Y cuanto me cobraría usted por servirme de escolta?

Lorenzo citó una cantidad muy inferior a la que ella esperaba, por lo que ésta escudriñó el semblante de su interlocutor, intentando imaginar qué clase de vida llevaría él para conformarse con unos ingresos tan exiguos. ¿Viviría solo?

Lorenzo debió de adivinar lo que pasaba por su mente, porque sin que ella se lo preguntara se lo aclaró.

—Mi padre falleció hace muchos años, pero tengo una madre con la que convivo. Tenía también una hermana, pero también murió.

Su semblante se había oscurecido y Lucía se inclinó comprensivamente hacia él sobre la mesa.

—Lo siento. ¿Murió de niña?

Él meneó negativamente la cabeza con la vista fija en la punta de sus dedos.

—No, ya era mayor. Sufría depresiones muy profundas y se suicidó con un frasco de somníferos. Yo la encontré.

Lucía se mordió los labios sin acertar con las palabras oportunas, pero él cambió bruscamente de conversación retomando el tema que habían tratado antes.

—Bien, ¿entonces está de acuerdo en que la escolte a partir de mañana? No se preocupe por ese tipo que la ha amenazado, porque ya me ocuparé yo de impedir que la moleste.

Lo decía jactanciosamente, pero su afirmación la alegró desproporcionadamente. Le inspiraba confianza la seguridad con la que se expresaba y por fin podría contar con alguien que la defendiera cuando se presentara Antonio Briones. Incluso podría encargarle que averiguara el motivo por el que Fran había aparecido en el garaje poco después de que el otro le pinchara las ruedas y también a qué obedecía que le hubiera dejado sobre la cama su pijama. ¿O no habría sido Fran?

Lorenzo mantenía la mirada fija en el ordenador que tenía ella sobre la mesa del despacho y se lo indicó con un gesto.

—También sé bastante de informática, así que si tiene algún problema con su ordenador no dude en decírmelo. Se lo solucionaré encantado.

Lucía creyó ver el cielo abierto.

—Yo, por el contrario, soy un poco torpe con las máquinas en cuanto no responden como acostumbran. Verá. Ayer redacté un contrato de arras en el ordenador y al archivarlo le llamé "Max". No he conseguido encontrarlo esta mañana, por lo que, si no le importa, me gustaría que me lo buscara.

Él se la quedó mirando fijamente con una chispita de guasa en sus ojos castaños.

—Bien, pero necesito que me deje sentarme en su butaca. Desde este lado de la mesa no llego a su ordenador.

Le pareció a Lucía que la trataba con demasiada confianza, pero sin decir palabra se levantó y le cedió el sitio, permaneciendo en pie a su lado. Lorenzo manipuló con soltura las distintas aplicaciones informáticas de ella y terminó por menear displicentemente la cabeza.

—Hay un contrato que ha archivado con el nombre de "Max", pero tiene fecha de hoy. ¿Es ese el que busca?

Ella hizo un ademán negativo, agitando cadenciosamente su larga melena.

—No, no. Ese es el que han firmado mis clientes hace unas horas, pero ayer escribí otro en el ordenador que es el que no he encontrado esta mañana.

Lorenzo adoptó una expresión escéptica.

—Lo siento, pero no contiene su ordenador ningún contrato que escribiera ayer. Olvidaría archivarlo.

Se levantó al decirlo de la butaca de ella y bordeó la mesa, tomando asiento nuevamente en uno de los sillones de los clientes, por lo que Lucía recuperó su butaca empezando a sentir un vago malhumor.

—No puede ser. Lo dejé preparado para imprimirlo esta mañana. Estoy segura.

Lorenzo se encogió de hombros.

—Todos olvidamos las cosas que hacemos mecánicamente. No tiene importancia.

Se había acodado en la mesa como poco antes había hecho Max y no parecía tener intención de marcharse, pero Lucía estaba cansada y como deseaba marcharse a comer a casa, hizo intención de levantarse de la butaca.

—Muy bien, mañana empezaremos. Y ahora necesito seguir trabajando, así que…

—Vale, vale, —la interrumpió Lorenzo con toda frescura, poniéndose en pie—. No hace falta que me despida, porque ya me marcho. Apunte el número de mi móvil por si necesita avisarme en cualquier momento.

En silencio obedeció Lucía y cuando al fin desapareció él en la antesala se preguntó que a quien le recordaba. Era a alguien que, como Lorenzo, la trataba con demasiadas confianzas. ¿Sería a Fran? No, Lorenzo se tomaba la vida a chirigota y Fran era un hombre serio, quizás demasiado serio. Y tampoco se asemejaban físicamente. Fran era más bajo, muy enjuto y, a diferencia del chico que acababa de marcharse, estaba pálido, con el color que suele caracterizar a los hombres de ciencia que viven entre libros y rara vez se sientan al sol por el solo placer de notar su calor. No, debía ser a otra persona, pero no tenía tiempo de elucubrar sobre el parecido de Lorenzo con otra persona en ese momento. Aún no había abierto el correo esa mañana y debería hacerlo antes de marcharse a casa.

Mecánicamente pulsó el ratón y fijó la mirada en la pantalla del monitor. Un segundo después dio un respingo en la butaca y abrió desmesuradamente sus claros ojos azules. Al fin. Al fin tenía un mensaje de Fran. Se lo había enviado esa misma mañana desde un ordenador que no era el portátil que utilizaba cuando vivían juntos y desde una dirección que no era la que ella conocía. Seguramente había recapacitado y llegado a la conclusión de que su comportamiento era absurdo. Que no tenía ningún sentido presentarse en el garaje de su casa sin intentar hablar con ella subiendo al piso y mucho menos dejarle luego su pijama sobre la cama sin ninguna explicación. Con una mano temblona abrió el mensaje:

"Tenemos que hablar. Te espero mañana en "Los almendros" a eso de las siete de la tarde"

Lo leyó y lo releyó sin acabar de entenderlo. Sí entendía que quisiera hablar con ella para aclarar lo sucedido y hacer las paces, ¿pero por qué en la casa de la sierra que distaba treinta kilómetros de Madrid y se ubicaba en un paraje montañoso y solitario? Además, a las siete de la tarde ella no solía haber terminado su trabajo en el despacho, cosa que Fran sabía, pues muy a menudo regresaba a casa a la hora de la cena después de haber recibido a un cliente tras otro. ¿Lo habría olvidado él?

Aturdida volvió a leer el mensaje. Estaba claro que Fran quería aclarar el significado de las fotografías que había recibido y que su secretaria le había entregado, pero era absurdo que pretendiera que se encontraran los dos tan lejos de Madrid.

"Los almendros" era una casa rústica con una hectárea de terreno en torno. Enclavada en la sierra, la había heredado él años atrás y pasaban a menudo los dos en esa casa los fines de semana. Era muy antigua y estaba necesitada de reparaciones, pero a Fran le gustaba sentarse a leer junto a la chimenea encendida, mientras Lucía salía a pasear por los alrededores, tanto si hacía sol como si llovía, pues no soportaba permanecer inmóvil durante las larguísimas horas en las que él se abismaba en la lectura de alguno de los volúmenes que se alineaban en la librería, adosada a la pared junto a la chimenea de la sala de estar.

Inquieta releyó el mensaje. ¿Por qué la citaría Fran en ese lugar entre semana? ¿Porque en esa casa habían vivido muchas horas inolvidables? En cualquier caso tendrían que regresar a Madrid por la noche, porque ella tenía que presentarse al día siguiente a primera hora a trabajar en el despacho y él en la Audiencia Provincial. ¿No sería preferible que quedasen a cenar por la noche en cualquier otro sitio?

Decidida tomó su móvil y marcó el número de Fran, pero él cortó la comunicación al segundo timbrazo. Sorprendida miró el aparato. ¿Por qué le colgaba el teléfono? Ahora que su relación parecía estar en trance de solucionarse, no entendía el comportamiento de él. Le mandaría un mensaje entonces, ya que era el medio de comunicación que había elegido.

Dudó antes de empezar a escribir su proposición de elegir un lugar de cita distinto. ¿Y si quería quedar con ella en la casa de la sierra por alguna razón romántica y echaba a perder lo que Fran había proyectado?

Vaciló durante unos segundos y al fin se decidió a escribir:

"De acuerdo, allí estaré"

Lo reenvió a la dirección desde la que Fran le había mandado el mensaje y cerró el ordenador. Luego, tras apagar la pantalla, consiguió levantarse de la butaca y recoger su bolso con la sensación de haberse quedado agotada por el esfuerzo.

Regresó a su casa en el coche ya reparado y subió en el ascensor diciéndose que debería buscar a alguien para que en adelante, además de limpiarle la casa, le hiciera la comida, porque se encontraba demasiado cansada con el trabajo del despacho para ocuparse de hacerlo. Fran se había negado cuando se lo sugirió alegando que era un gasto absurdo, pero a ella no le parecía absurdo. Las faenas domésticas ocupaban muchas horas. Él se sentía por encima de esas minucias y Lucía no disponía de ese tiempo. Además podía pagarlo sin ningún problema. Convencería a Fran cuando éste regresara a casa al día siguiente.

El ascensor la dejó en la segunda planta y penetró rápidamente en el vestíbulo, oscuro y fresco, iluminado tan solo con la claridad que se filtraba a través de la puerta de cristales del salón. Se encaminó rápidamente hacia su cuarto por el pasillo, soleado a esas horas del medio día, y entró en su cuarto para quitarse los zapatos que llevaba y calzarse las zapatillas. En el umbral se detuvo con los ojos fijos en la cama. Esa mañana, antes de salir para el despacho, había guardado en el armario el pijama de Fran doblándolo cuidadosamente. Ahora estaba extendido sobre la almohada lo mismo que el día anterior, como un aviso de que él iba a regresar en cualquier momento.

—CAPÍTULO VII—

Apenas si consiguió dormir y a la mañana siguiente decidió no acudir al despacho, por lo que llamó a Rosalía para que anulara las visitas que ésta había citado. Estaba tan nerviosa, tan inquieta por la proximidad de su encuentro con Fran, que no lograba concentrarse en nada que requiriese realizar un esfuerzo mental, por mínimo que fuese.

A Rosalía le sentó muy mal su deserción e incluso se extralimitó al reñirla.

— ¿Que no va usted a venir? ¿Que anule sus citas? No sé si se da usted cuenta de que últimamente no da pie con bola. ¿Cree acaso que sus clientes van a aguantar indefinidamente su falta de profesionalidad? Anteriormente para usted el trabajo era lo prioritario. ¿Qué le ha sucedido para haber cambiado tan radicalmente de actitud?

Aunque su secretaria no podía ver su evasivo ademán, Lucía se encogió de hombros. ¿Cómo explicarle que Fran era el centro de su vida y había estado a punto de perderle por la trampa que le había tendido el desgraciado de Antonio Briones? Solamente faltaban unas horas para que volviera a reunirse con él, por lo que no podía interesarse por ninguna otra cosa. Ni siquiera recordaba en esos momentos las fotografías que le habían enviado a ella a su despacho, que parecían demostrar que Fran la había engañado con su secretaria. Desde el primer momento había dado por hecho que respondían a un montaje y esa tarde aclararían el malentendido.

Como no conseguía razonar con claridad, se olvidó también del acuerdo al que había llegado con Lorenzo, según el cual ese mismo día empezaría él a prestarle sus servicios. Claro que, esa tarde no le necesitaba para nada. Solo faltaría que el hombre se le pegara a los talones y estropeara su entrevista con Fran, porque había llegado a la conclusión de que, si la había citado en la casa de la sierra, era porque los dos necesitaban la intimidad del solitario paraje, que constituía el escenario de muchas horas inolvidables.

Revolviendo la ropa de su armario para elegir la que más le favoreciera se le pasó la mañana y finalmente decidió que no procedía que se acicalase demasiado para acudir a "Los almendros" y que lo apropiado sería un pantalón vaquero y una blusa de florecitas. Se llevaría también un fino jersey de algodón azul pálido por si al atardecer empezaba a refrescar. Con el calor que estaban padeciendo en esos días le sobraría la ropa de abrigo, aún en la sierra, donde la temperatura era inferior en varios grados a la que marcaban los termómetros en la capital.

Se aproximó a la ventana de su dormitorio para atisbar el trocito de cielo que podía divisarse desde ese observatorio. Negros nubarrones se entretejían en el firmamento, oscureciendo la luz de un día que por lo especial debería ser alegre y soleado. Aún faltaban unas horas para su cita y quizás el viento que agitaba los árboles de la acera se llevase lejos a las nubes que amenazaban con descargar de un momento a otro. ¿Pero qué importaba si llovía?, se preguntó ilusionada. La lluvia podía ser muy romántica en ocasiones y el tintineo de sus gotas al caer sonaría sin duda como una música de fondo cuando se encontrase con Fran en la casa de la sierra.

Dominando a duras penas su nerviosismo, pasó luego revista a su oscura y lisa melena y después de muchas vacilaciones la dejó suelta, enmarcando su semblante, que era como a Fran le gustaba. Ante el espejo del cuarto de baño se pintó después, se despintó y volvió luego a pintarse y tuvo finalmente que salir corriendo de su casa porque se le hacía tarde. En el garaje la esperaba su Mercedes rojo y por un momento temió encontrarlo nuevamente con las ruedas pinchadas, pero afortunadamente Simón lo había vigilado estrechamente y se hallaba intacto, tal y como lo había dejado aparcado el día anterior.

Apresuradamente lo arrancó y salió del aparcamiento girando después para tomar la calle de María de Molina y enfilar más tarde la carretera de Barcelona. El trayecto que debía recorrer se asemejaba mucho al de la víspera, cuando se había dirigido en taxi al juzgado de Campillo de la Sierra, aunque no era exactamente igual. En el kilómetro veinticinco había tomado el taxi una desviación y luego había enfilado el desempedrado camino vecinal que dando vueltas y revueltas ascendía por la montaña para finalizar en el pueblo. Esa tarde, debería abandonar ese camino para virar hacia otro, igualmente desempedrado, que también después de muchas vueltas y revueltas desembocaba en la casa que Fran heredara años atrás.

No tardó en alcanzar éste, que atravesaba una zona boscosa y solitaria, cubierta de pinos, cuyo colorido natural se veía agrisado bajo los negros nubarrones que iban agolpándose en el firmamento, anunciando un inminente chaparrón precedido quizás de algún relámpago.

Pese al aguacero que presagiaban, hacía un calor sofocante, por lo que Lucía puso en marcha el aire acondicionado del coche. Lástima tener que regresar esa misma noche para dormir en su piso y poder presentarse temprano al día siguiente en el despacho para recibir a la primera visita de la mañana, se dijo. Rosalía pondría el grito en el cielo si ella no apareciese puntualmente. En su fuero interno sentía también ella algo similar al remordimiento por no cumplir debidamente con su trabajo, pero es que en el presente que estaba padeciendo no podía. Fran constituía el eje de su vida y desde su ruptura se sentía como si el timón que hasta entonces gobernara su existencia se hubiera partido en dos. Afortunadamente las aguas volverían a su cauce en cuanto aclararan lo ocurrido y él regresara a casa. ¿Pero por qué no lo habría hecho hasta entonces si todos los días le dejaba su pijama extendido sobre la almohada, como una indicación de que ese espacio de la cama le pertenecía? Parecía quererle decir con ello que no se había marchado definitivamente y que pensaba regresar de un momento a otro. Lo que no tenía explicación era que le colgara el teléfono cuando le llamaba y que no atendiera a sus llamadas.

La tarde bochornosa caía ya. Soplaba una brisa que zarandeaba las ramas de los árboles y se alejaba entre los pinos que cubrían la montaña con un rumor sordo. Parecía como si se susurraran un mensaje y Lucía de pronto sintió frío. El cielo iba oscureciéndose más y más. Pronto se haría de noche y ella seguía dando vueltas y más vueltas por aquel desierto camino que parecía no tener fin.

Nunca conducía ella el coche cuando anteriormente se marchaban a la sierra los fines de semana para pasarla en los "Los almendros". Solía dormitar, mientras Fran luchaba por esquivar los baches del camino, por lo que no había advertido entonces que el trayecto pudiera ser tan interminable ni tan solitario. Porque no se veía un alma por los alrededores. ¿Es que no iba a llegar nunca a la casa? Fran debería estar ya impaciente por su tardanza y quizás también de malhumor, porque soportaba muy mal la impuntualidad, pero es que ella había calculado que le bastaría con media hora para recorrer treinta kilómetros. No había supuesto que esos treinta kilómetros pudieran haberse alargado tanto y tan desconsideradamente ni que tuviera que recorrerlo en un vehículo que parecía haberse convertido en una coctelera que brincaba alocadamente sobre los pedruscos del camino.

Al fin, a lo lejos vio la casa, pero no divisó el coche de Fran frente al portón, que era el lugar donde solía aparcarlo en verano. Quizás, se dijo, lo hubiera guardado en el garaje.

Tampoco la casona parecía estar habitada. En ninguna de sus ventanas había luz y su mole de dos plantas se destacaba oscura contra los nubarrones grisáceos que teñían de negro el firmamento. Al llegar junto al portón, de recia madera de pino tachonada de clavos, aparcó el coche y saltó ligera al suelo. Luego se detuvo vacilante ante la puerta sin acabar de decidir si debería empujarla para entrar o si sería más oportuno que llamara al timbre. Optó por lo primero, pero el portón no cedió bajo el impulso de su mano, lo que la sorprendió un tanto. Fran no acostumbraba a cerrar la puerta con llave hasta la hora en que después de cenar se iban a la cama. Claro que era natural que tomara precauciones esa tarde en la que se encontraba solo en lo alto de la montaña y empezaba a oscurecer.

Levantó la mirada al notar una gota de lluvia en la nariz. Los nubarrones se iban ennegreciendo por momentos y no tardarían en descargar. La segunda gota de agua, seguida inmediatamente de la tercera, la decidió. Sacó la llave del bolso y la introdujo en la cerradura al tiempo que un relámpago rasgaba el firmamento como una serpiente luminosa y a continuación un estruendoso trueno retumbaba por la montaña despertando ecos en las oquedades de las rocas.

¿Por qué habría opinado ella en alguna ocasión que le gustaban las tormentas?, se preguntó aturdida bajo el tejadillo que cubría el portón de entrada. Giró la llave en la cerradura y empujó éste, advirtiendo que el vestíbulo estaba oscuro y silencioso. Amenazaba con desplomarse un aguacero sobre la sierra, lo que no constituía una perspectiva muy halagüeña para ella, sola en aquella casa que parecía estar deshabitada, y distanciada varios kilómetros de la carretera por un interminable y desempedrado camino repleto de baches.

Pero la casa no podía estar deshabitada. Fran debía estar esperándola en la planta superior, pensó desazonada. La había citado allí y era un hombre extremadamente puntilloso y cumplidor, incapaz de darle un plantón a nadie. Además, ¿para qué habría de haberla citado en "Los almendros" si no tuviera la intención de entrevistarse con ella para arreglar sus diferencias?

Se giró sobre sí misma en el rústico recibidor de paredes de piedra, pavimentado con grandes losas de color rojo. A su derecha, dos enormes tinajas, también rojas, se asemejaban a otros tantos manchones rechonchos y negros en la oscuridad de la estancia. Un nuevo relámpago iluminó las tinieblas e hizo brillar los cacharros de cobre que pendían de la pared sobre las tinajas, arrancándoles destellos dorados. Frente a éstas, un incómodo sofá de estilo castellano parecía aguardar la llegada de algún visitante y al fondo y, separado de la entrada por una puerta de cristales, se veía, o mejor, se adivinaba, una sala de estar con una chimenea de piedra. A tientas se le aproximó, palpándola para orientarse en aquella oscuridad.

Por una ventana con los postigos abiertos penetraba en la habitación algo de claridad y Lucía escudriñó las tinieblas para descubrir algún indicio que denotase la presencia de él. A la luz de otro relámpago reparó en la bandeja con dos copas y una botella de vino, colocada sobre la mesita de pino, cercana al sofá. Sin duda las había preparado Fran para recibirla y celebrarían con ellas su reconciliación junto a la apagada chimenea, como tantas otras veces habían hecho para festejar simplemente que se encontraban allí y que estaban juntos.

¿Pero por qué no salía Fran a recibirla? Creyó percibir un sonido a su espalda y se volvió asustada sin distinguir otra cosa que la oscuridad que la envolvía.

— ¡Fran!, —le llamó en voz muy baja.

Un trueno ensordecedor fue la única respuesta y se estremeció al escuchar cómo iba repitiéndose su fragor montaña abajo. Al tiempo, una catarata de agua se desplomó sobre la casa, enturbiando la escasa claridad que penetraba anteriormente del exterior a través de la ventana. Ahora apenas si distinguía otra cosa que los bultos informes de los muebles más cercanos, pero conocía su ubicación exacta. Había pasado en esa casa muchos veranos e innumerables fines de semana, por lo que los fue sorteando sin tropezar con ninguno hasta que llegó al pie de la escalera.

Fran no estaba en la planta baja, se dijo, mientras tanteaba la barandilla. Toda esa planta estaba a oscuras y además no se oía el menor sonido. Tenía que encontrarse en la planta superior.

La ventana redonda que iluminaba el descansillo carecía de postigos y permitía distinguir los peldaños que se alzaban ante su vista, por lo que no encendió la luz eléctrica, sino que ascendió despacio, fijándose bien en donde ponía los pies, con el estrépito de los truenos acallando el sonido de sus pasos. Se hallaba ya a media altura de la escalera, cuando el aguacero empezó a remitir y la tormenta a alejarse montaña abajo. Entonces, al alcanzar la planta superior, oyó algo. Algo así como un susurro, como un rumor de voces que parecía provenir del fondo del oscuro pasillo que se extendía ante sus ojos como algo negro y alargado sin contornos definidos. Dudó en encender la lámpara que pendía del techo, porque las tinieblas que la envolvían se iban tornando más y más densas, pero desistió al distinguir el haz de luz que se escapaba bajo la puerta del que había sido el dormitorio que habían compartido Fran y ella y que se encontraba al fondo, cerrando el corredor. La ventana de esa habitación daba a la fachada posterior, por lo que desde la principal no podía verse la luz que la iluminaba. Sin duda, Fran la estaba aguardando allí, ya que el murmullo arrancaba de esa habitación, a la que se fue acercando silenciosamente, intuyendo algo muy desazonante que fue oprimiéndole un incierto espacio dentro del pecho.

El resplandor de un relámpago a través de la ventana redonda de la escalera aclaró momentáneamente las sombras y un trueno más lejano le sucedió, al tiempo que llegaba ella hasta la puerta del dormitorio. De puntillas remató el tramo final y entonces oyó distintamente la voz de una mujer, la de Belén, la secretaria de Fran, y seguidamente la risa de éste. Luego ella le coreó y susurró algo que Lucía no llegó a oír ya, porque otro trueno lo impidió.

Estupefacta, se quedó inmóvil junto a la puerta sin querer creer lo que había oído. Intentó reaccionar y recuperar el movimiento de sus miembros, pero la sorpresa era tan profunda que permaneció allí como una estatua sin conseguir mover un solo músculo. El relámpago que disipó durante un segundo las tinieblas la obligó a reaccionar y como una tromba se dio media vuelta y echó a correr por el pasillo en dirección a la escalera. Descendió como un ciclón por ésta y estaba a punto de alcanzar el último peldaño cuando oyó abrirse la puerta del dormitorio y los pasos de alguien por el pasillo de la planta superior, que sin duda eran los de Fran. Sin cuidarse de no hacer ruido, Lucía remató el descenso y alcanzó la sala de estar, al tiempo que otro relámpago iluminaba la estancia y las dos copas con la botella de vino de las que poco antes había creído que una de ellas le estaba destinada.

Se hubiera reído sarcásticamente de sí misma si hubiera tenido ganas, pero no las tenía. Lo único que deseaba era salir de esa casa cuanto antes, sin que Fran advirtiera su presencia, para que no se percatara de la humillación que padecía en ese instante por haberle ido a buscar creyendo que la había citado allí esa tarde.

En el momento en que alcanzó el portón, le oyó gritar algo desde lo alto de la escalera. Le vociferaba al intruso, cuya presencia sospechaba, pero del que desconocía su identidad. Hubiera podido contestarle algo hiriente, pero no lo hizo. En lo que dependiera de sí misma no se enteraría nunca de que había acudido tontamente en su busca y de que se lo había encontrado con otra. Ni de eso ni de que desde que él se marchara de la casa que compartían le había estado esperando y esperando sin conseguir concentrarse en su trabajo ni pensar en otra cosa que no gravitara sobre él y su regreso.

Un relámpago zigzagueó entre la oscuridad de las nubes cuando salió al exterior y fue recibida por una catarata de agua que se desplomó sobre ella, empapándola. Su coche estaba cerca del portón y corrió hasta el vehículo, abriendo a continuación la portezuela e introduciéndose en su interior. Iba a arrancar ya, cuando sintió que alguien la agarraba por detrás y ahogó un grito.

—No se asuste, soy yo—le oyó decir a Lorenzo —. La he seguido hasta aquí, porque, aunque no parece que se acuerde, ayer quedamos en que le serviría de guardaespaldas desde esta misma tarde. ¿Lo ha olvidado?

Lucía se dio la vuelta en el asiento y a la luz de un débil relámpago le distinguió sentado en el posterior con un impermeable. La capucha que le cubría la cabeza le impedía distinguir su rostro, pero le pareció que le sonreía con una suficiencia que la irritó.

—No necesitaba que me acompañara esta tarde. Había quedado con… con un amigo y ya me marchaba. Espero que en el futuro siga mis instrucciones.

Lorenzo se quedó callado como si estuviera recapacitando. Luego le preguntó en otro tono:

— ¿Está segura de que en esta excursión que ha realizado a la sierra, bajo una tormenta de campeonato y un diluvio similar al bíblico no le sirvo de ayuda? ¿Cómo sabe que no la ha seguido su delincuente particular hasta este lugar tan solitario?

Lucía reprimió un respingo de sobresalto e intentó distinguir algo a través del cristal de la ventanilla. Los árboles que crecían delante de la casa se agitaban como sombras fantasmales al compás del viento, que rugía como si estuviera enfurecido por el estruendo de los truenos, a la par que luchaba por arrancarlos de cuajo.

— ¿Piensa acaso que…?

— ¿Y por qué no? El paraje me parece perfecto para darle a usted un buen susto y la meteorología que estamos padeciendo también. ¿No ha escuchado en la televisión el pronóstico del tiempo? Ha anunciado tormentas en la sierra y abundantes chubascos. ¿No ve la televisión?

No, se dijo Lucía. Últimamente no la veía ni se enteraba de nada. Desde que recibiera el mensaje de Fran citándola en "Los almendros", no había pensado en otra cosa que en reunirse con él y en aclarar la treta de que se había valido Antonio Briones con las fotografías que les había enviado a los dos. ¿Por qué tenía que haberse preocupado además por el tiempo que iba a hacer?

Sin duda Lorenzo sí se había interesado por esto último, porque llevaba un impermeable, mientras que ella estaba a punto de coger un buen catarro, empapada como estaba por la lluvia que le había caído encima. Pero deseaba marcharse de allí cuanto antes. Solo faltaría que Fran se asomara por alguna ventana de la fachada principal y descubriera que era el automóvil de ella el que estaba aparcado junto al portón. Se daría cuenta inmediatamente de que había acudido a la entrevista para la que la había citado, con lo que habría hecho el más lamentable de los ridículos.

—Tengo que marcharme inmediatamente —le dijo reprimiendo su nerviosismo y un inoportuno estornudo—. ¿En qué ha venido usted?

—En mi coche, naturalmente —replicó él de aparente buen humor—. No es tan magnífico como el suyo, pero cumple su papel. Lo he aparcado cerca de aquí, ocultándolo entre unos árboles.

—Pues le acercaré hasta su coche y regresaremos inmediatamente a Madrid—decidió ella—. Puede usted seguirme o ir delante, lo que prefiera.

En la oscuridad que invadía el vehículo, oyó la risa de él.

—Prefiero ir delante, si no le importa. ¿Está segura de que sabe regresar a Madrid con esta lluvia? Apenas si se ve algo a través de los cristales.

—Claro que sé regresar a Madrid—replicó ofendida. Y sin advertir que estaba hablando más de la cuenta y que Lorenzo iba a atar cabos y a advertir que había mantenido una relación intensa con el "amigo" al que había ido a visitar, añadió en tono altanero —: He venido a esta casa cientos de veces y he regresado a mi casa otras tantas. ¿Piensa acaso que soy tonta?

—Por supuesto que no—le oyó decir a Lorenzo, aunque no veía su rostro y mucho menos su expresión —. Al contrario, pienso que es muy lista y muy buena abogado. Demasiado buena, diría yo.

— ¿Qué quiere decir con eso?—se enfadó Lucía.

—Nada, no quiero decir nada. Vamos a recoger mi coche, antes de que se asome a la ventana "su amigo"— recalcó con retintín—y nos descubra aquí. Siga cuesta abajo por el camino hasta ese grupo de árboles.

— ¿Qué grupo de árboles? —trató de averiguar ella, pegando la frente al cristal del parabrisas y escudriñando la oscuridad—. No veo nada.

—Aunque no vea nada, siga cuesta abajo por el camino—insistió pacientemente Lorenzo.

Encendió Lucía los faros del coche y puso en marcha el limpiaparabrisas, que despidió sobre el cristal transparentes chorros de agua, semejantes a dos surtidores. Luego arrancó el motor y avanzó despacio por el sendero hasta que él le indicó que se detuviera, señalándole algo que ella no vio.

—Pare, que mi trasto está ahí mismo. La precederé por el camino hasta su casa, así que lo único que tendrá que hacer será seguirme.

Lucía giró la cabeza hacia el asiento posterior e intentó ver su expresión, pero solo logró distinguir su rostro en sombras bajo la capucha de su impermeable.

—De acuerdo, ¿pero cómo sabe dónde vivo?

Lorenzo se echó a reír nuevamente.

—Es lo menos que cabe esperar de un guardaespaldas, ¿no le parece?

— ¿Y cómo ha averiguado que iba a venir a la sierra esta tarde? No se lo he dicho a nadie, ni siquiera a Rosalía.

Volvió a oír su risa que traslucía algo de sarcasmo.

—De una forma muy sencilla. Me he plantado con mi coche frente a su portal y cuando he visto salir su Mercedes la he seguido. Si me necesita como escolta, tendrá que dejarme que cumpla esa misión, aunque me resultaría más sencillo mi trabajo si me comunicara sus planes con antelación, ¿no le parece?

Sin aguardar su respuesta, bajó ágilmente del coche y corrió bajo la lluvia hacia unas sombras alargadas, zarandeadas por el viento, sobre las que Lucía dedujo que serían los árboles tras los que había guardado su coche. Luego vio los faros de éste precediéndola por el invisible camino y lo siguió, aguantando estoicamente el balanceo del automóvil sobre sus pedruscos hasta que alcanzaron la autopista.

Ya en la carretera se relajó un tanto e intentó reflexionar, aunque la desazón que la oprimía por dentro le impedía razonar con claridad. ¿Por qué la habría citado Fran esa tarde en "Los almendros"? Estaba con Belén y no podía desear por ninguna circunstancia que ella les sorprendiera juntos. A Fran le horrorizaban las escenas y podía haber ocurrido que los tres se enzarzaran en una gresca, si no fuera porque su amor propio le impedía encarar una situación violenta reaccionando de ese modo.

¿Por qué entonces? ¿Para que se percatara de que había terminado definitivamente con ella y que la había sustituido con Belén? No se correspondía con el carácter de Fran el haber tomado una decisión de tan mal gusto. Era un hombre extremadamente parco en sus demostraciones afectivas y también en sus enfados. Jamás levantaba la voz ni accionaba con las manos, como Lorenzo. No era propio de él citarla para que presenciara lo que había presenciado en la casa de la que había salido corriendo. Pero entonces...

De improviso sintió una especie de fogonazo en el cerebro. Recordó el correo que había recibido en su ordenador, enviado por un remitente que decía ser Fran, pero de cuya identidad no tenía constancia alguna. Frunció el ceño para evocar con mayor precisión el texto del mensaje en la pantalla de su ordenador y de pronto lo vio claro. ¿Cómo podía haber sido tan estúpida? No había sido él quien la citara en "Los almendros" esa tarde. Había sido Antonio Briones. Ese tipo quería que ella les encontrara dentro de la casa y por esa razón le había enviado el correo, para hacerle daño y, de paso, para que hiciera el ridículo también.

Se le llenaron los ojos de lágrimas y se los limpió de un manotazo para poder distinguir con claridad la autopista por la que iba conduciendo. ¿Pero y el pijama de Fran?, se preguntó a continuación. ¿También sería Antonio Briones quien se lo colocaba sobre la almohada? Y de ser él, ¿qué pretendía con ello?

Había llegado a su calle y al llegar a la entrada al aparcamiento de su casa Lorenzo siguió de largo, diciéndole adiós con la mano y Lucía bajó con el coche por la rampa y lo aparcó en la plaza que le correspondía al piso que tenía alquilado. Cuando descendió del vehículo se detuvo después de haber avanzado un par de pasos hacia la salida, notando algo extraño a su alrededor. El garaje se hallaba casi a oscuras, porque sus luces se iban encendiendo al paso de los que lo transitaban y no vio a nadie por las inmediaciones. Percibió un silencio casi absoluto en torno. No se oía ni el ruido de una mosca, pero ese mismo silencio era excesivo. ¿O sería quizás lo que percibían sus nervios sobreexcitados?

En ese instante lamentó no haber esperado a Lorenzo para que entrara con ella en el garaje, pero ya no tenía remedio. De puntillas dio dos pasos más hacia la puerta de salida donde se encontraba el ascensor, y luego echó a correr en esa dirección aguzando el oído. El miedo puso alas en sus pies, pero afortunadamente la cabina del ascensor se encontraba en el sótano y se precipitó dentro. Cuando la puerta de ésta volvió a cerrarse no había aparecido ningún ser viviente ante su vista, por lo que dio un suspiro de alivio y cuando alcanzó la segunda planta, se abalanzó a abrir la puerta de su piso cerrándola con llave a continuación.

Ya en el vestíbulo y de espaldas contra la puerta, dejó escapar un nuevo suspiro de alivio. Allí se sentía a salvo. Estaba tan agotada como si hubiera escalado una montaña y con unas ganas de llorar inmensas. ¿Cómo podría haber cambiado su vida tanto en tan solo unos días? Hasta que recibiera el primer correo en el ordenador se había sentido tan feliz… tan realizada… Le pareció injusto que aquel delincuente excarcelado la persiguiera para acosarla, solo porque ella le hubiera enviado años atrás a la cárcel, que era el lugar donde merecía estar, pero mucho más le dolía la actitud de Fran que ni tan siquiera le había dado la oportunidad de explicarse. ¿O acaso las fotografías que le había enviado ese tipo le habían servido de excusa para dejarla a ella y sin una despedida sustituirla por la estúpida de Belén?

Taconeando con sus zapatos nuevos, empapados por la lluvia, se dirigió a su dormitorio pero se detuvo incrédulamente en el umbral. Sobre la almohada, extendido como siempre, estaba el pijama de Fran, como una muda indicación de que iba a aparecer en cualquier momento, aunque ella había vuelto a guardarlo en el armario la noche anterior.

En esa ocasión no lo dudó. Se limpió los lagrimones con el dorso de la mano y cogió el pijama para llevarlo a la cocina y tirarlo a la basura.

—CAPÍTULO VIII—

A la mañana siguiente fue incapaz de levantarse cuando sonó el despertador. Se dio media vuelta en la cama imaginando la tormentosa expresión de Rosalía si ella no se presentaba en el despacho, pero terminó por encogerse de hombros y cerró los ojos con la esperanza de quedarse nuevamente dormida y no verse obligada a afrontar las desagradables novedades de la tarde anterior. Pero no consiguió dormirse. En su mente veía una y otra vez la sala de estar de Los almendros y el brillo dorado de los cacharros de cobre que pendían sobre las tinajas y refulgían a la luz de los relámpagos. Luego esa visión fue reemplazándose por la oscuridad que envolvía la planta baja de la casa y seguidamente creyó vislumbrar su ascensión por la escalera, acompañada por el estruendo de los truenos, hasta que alcanzó la puerta de su dormitorio y oyó la voz de la secretaria de Fran.

Probablemente habría comenzado él su relación con Belén antes de que Antonio Briones saliera de la cárcel y al ser éste excarcelado había tomado las fotografías de los dos que le había enviado al despacho y que ella se había empeñado en considerar un montaje. ¿Cómo podía haber sido tan estúpida?

Se dio dos vueltas más en la cama y al comprender que no iba a conseguir dormirse se incorporó sobre un codo restregándose los ojos. Sería mejor que se levantara e intentara trabajar. El trabajo había sido siempre el mejor antídoto para todos sus problemas. Por eso había ganado su bien merecido prestigio y no iba a tirar por la borda el enorme esfuerzo que había realizado durante los diez años que habían transcurrido desde que empezara a ejercer la profesión. Llamaría a Rosalía y le diría que se le habían pegado las sábanas, pero que no tardaría en presentarse en el despacho.

Cansinamente se dirigió al salón para tomar asiento en el sofá y marcar el número de su secretaria en el teléfono fijo que se encontraba sobre una mesita, junto a éste. A través del hilo le sonó la voz de Rosalía más cordial que de costumbre, pues se interesó por su salud y por su estado de ánimo, lo que no era habitual en ella.

— ¿Pudo descansar ayer?—le preguntó—. ¿Tuvo una tarde agradable?

¿Por qué se interesaría precisamente por cómo lo había pasado la tarde del día anterior? ¿Sospechaba acaso que iba a entrevistarse con Fran, al que por cierto no le tenía ninguna simpatía?

No, no podía imaginar semejante cosa, porque ella no le había comunicado que hubiese terminado con él. Además y en cualquier caso, sus asuntos sentimentales no eran de la incumbencia de Rosalía, por muy maternal que fuese la actitud que estaba adoptando con ella esa mañana. Por eso le contestó:

—Sí, me cayó encima una tormenta, pero todo fue bien. Y perdona, si seguimos hablando voy a llegar tarde.

—No se preocupe por eso—sonó extrañamente alegre la voz de la otra —. No tiene a nadie citado esta mañana. Ni tampoco esta tarde.

Lucía se apartó el auricular del oído y lo miró extrañada. ¿Qué le ocurriría a Rosalía para estar tan contenta y demostrarle tanta simpatía?

— ¡Ah!, pues me parece muy bien, pero de todas formas no tardaré más de diez minutos en llegar. Hasta ahora.

¿Por qué le habría dicho que estaría en el despacho dentro de diez minutos?, se preguntó mientras se levantaba cansinamente del sofá. Antes de una hora no conseguiría arreglarse, pues le costaba un inmenso esfuerzo cada movimiento que hacía, como si lo ocurrido en "Los almendros" la tarde anterior la hubiese anquilosado los miembros. Con dificultad, sintiendo los músculos atirantados, giró la cabeza para mirar a la calle a través del visillo y averiguar si amenazaba también tormenta esa mañana. El trozo de cielo que podía ver desde el ventanal del salón tenía un aspecto blanquecino con jirones de nubes deshilachadas que no dejaban traspasar los rayos del sol. Tampoco podía saber tras el cristal la temperatura que hacía en el exterior, por lo que terminó por descorrer el visillo y abrir la ventana para asomar la cabeza. Hacía calor. Un día bochornoso, típico del mes de junio tras una tormenta.

Sin saber por qué levantó la cabeza hacia la casa de enfrente, atraída por algo que brillaba en la ventana del tercer piso. La persiana estaba levantada a medias y algo había centelleado en el alfeizar durante una décima de segundo. Desde la habitación a la que correspondía esa ventana Antonio Briones había tomado las fotografías que habían ocasionado su ruptura con Fran. ¿Se encontraría ahora en ese piso espiando sus movimientos a través del cristal de la ventana?

Se incorporó en el sofá y corrió nuevamente el visillo. Luego regresó a su dormitorio y agazapada tras la cortina marrón, a juego con la colcha, intentó atisbar lo que había llamado su atención en la casa de enfrente. Un rayo de sol se había colado entre las nubes deslizándose contra el cristal de esa ventana. Aguardó un minuto con los ojos fijos en su objetivo sin distinguir nada que pudiera responder al reflejo del sol sobre un objeto metálico. Iba a desistir ya de su intento y abandonar su observatorio, cuando algo relució durante un segundo tras la ventana para apagarse casi inmediatamente. ¿Lo habría imaginado?

No, había alguien en esa habitación observándola desde la casa de enfrente. ¿Sería Antonio Briones?

Con los ojos agrandados por el miedo bajó a medias la persiana del dormitorio y luego la del salón. En la casa no había ninguna otra habitación que diera a la calle de Lagasca, pues las ventanas de la cocina, la del cuarto de baño y la del otro dormitorio que utilizaban como despacho se abrían a un patio. Tenía que contárselo inmediatamente a Lorenzo para que averiguara quien había alquilado esa casa. Inquietísima volvió al salón y marcó su número en el móvil. Él contestó inmediatamente a su llamada.

—Lorenzo, estoy en mi casa y me parece que ese tipo me está vigilando desde el piso tercero B de la casa de enfrente. El portero me dijo que llevaba dos meses desalquilado, pero de alguna forma ese hombre consiguió entrar en ese piso cuando salió de la cárcel y hacerme unas fotografías en mi dormitorio, que le envió después a mi ex pareja. Creo que en este momento se encuentra otra vez en ese piso observándome, pero es una suposición mía, así que tiene que investigar si se trata de Antonio Briones. Yo me voy a marchar ya al despacho, pero puede llamarme al móvil, a este número.

—Bien, bien, pero no se asuste—oyó tranquilizadora la voz de él—. Luego pasaré a verla, porque me parece que no me ha contado todo lo que necesito saber. ¿Qué le parece si quedamos en su despacho esta tarde, a eso de las siete?

Recordó que había citado a esa hora a Maximiliano Pereira que deseaba acortar su nombre y pasar a llamarse simplemente Max, por lo que meneó negativamente la cabeza antes de expresarlo con palabras.

—No, a las siete tengo una visita. ¿Podría acercarse por allí a las seis y media?

—De acuerdo, pero le repito que no se asuste. Hasta el momento ese hombre no se le ha acercado, ¿no es eso?

Acercarse, acercarse hasta el extremo de que ella pudiera reconocerle, no se le había acercado, pero, tal y como se había propuesto, le estaba arruinando la vida.

—No, no se me ha acercado.

—Bien, pues eso es lo importante. Váyase tranquila a trabajar que ya me ocuparé yo de él. Hasta luego.

Cortó la comunicación y Lucía respiró más tranquilizada, alegrándose de haberle encargado a Lorenzo que la protegiera del ex recluso. En pocos minutos se arregló y saliendo al descansillo tomó el ascensor para bajar al garaje. Estaba ya a punto de arrancar el coche cuando recordó que se había dejado en el piso su maletín de trabajo, en el que había guardado unas notas que había tomado en el ascensor del juzgado sobre Max y el expediente que tendrían que incoar para que él pudiera olvidarse del pomposo nombrecito con el que había tenido a bien obsequiarle su progenitor. Con un resignado suspiro salió del coche y tomó nuevamente el ascensor, deshaciendo el camino andado.

En cuanto entró en su piso se dirigió directamente a la habitación que daba al patio, que Fran y ella utilizaban como despacho y localizó inmediatamente el maletín sobre su mesa. Con él en la mano salió al pasillo dispuesta a recuperar el tiempo perdido, pero se detuvo sin llegar a dar el primer paso al oír un sonido extraño en el vestíbulo. Algo que logró identificar como el sonido de una llave en la cerradura.

Con la frente perlada de sudor consiguió avanzar por el pasillo hasta alcanzar el umbral de esa estancia y se quedó allí, asida al quicio, sin lograr que sus miembros le respondieran. Con el corazón latiéndole desacompasadamente oyó como giraba la llave que alguien, desde el descansillo, había introducido en la cerradura. Además de ella, únicamente tenía llave del piso Fran. ¿Sería él que venía a extenderle su pijama sobre la almohada para…? ¿Para qué?

¿O sería Antonio Briones que de alguna forma había conseguido hacerse con la llave?

Necesitaba recuperar el movimiento e impedir que el intruso lograra entrar en el vestíbulo, pero no podía moverse. Estaba como paralizada. Como un relámpago cruzó por su mente la tormenta de la tarde anterior y se vio a sí misma avanzando por el pasillo en dirección a la puerta del dormitorio que cerraba el fondo del corredor. Hasta la pareció oír el susurro con el que Belén se dirigió a Fran y la risa de éste. ¿Sería él? No quería verle. Al menos en ese momento, no.

Pero quizás no fuera él. Quizás fuera Antonio Briones que desde la casa de enfrente la hubiera estado espiando y la hubiera visto salir del piso instantes antes. ¿Sería él el que hubiera conseguido de alguna manera la llave de la puerta y acudiera a diario a extenderle el pijama de Fran sobre la almohada?

La excitación que le produjo este último pensamiento la sacó de su inmovilidad e intentó precipitarse contra la puerta, pero tropezó con algo metálico que cayó al suelo con un estrépito horroroso. Era el paragüero que rodó sobre el parquet desparramando los paraguas que contenía y que fueron a estrellarse contra el taquillón después de chocar unos contra otros.

El estruendo pareció sorprender al intruso, pues dejó de manipular en la cerradura al advertir por el escandaloso sonido de los paraguas que había alguien en la casa. Luego se produjo un silencio denso. Quienquiera que fuese había desistido de su intento, porque Lucía percibió el leve sonido de sus pasos alejándose en dirección a la escalera, lo que la animó a acercarse silenciosamente a la puerta para atisbar por la mirilla, pero solo distinguió el rellano, grotescamente distorsionado y la puerta metálica del ascensor. Sin duda el desconocido había bajado apresuradamente por la escalera, porque ya no se oía nada.

Aguardó aún unos minutos con el corazón golpeteándole dentro del pecho. ¿Se tropezaría con él si abría la puerta y abandonaba su refugio? Al fin se decidió. Salió al descansillo con toda suerte de precauciones y cerró la puerta con dos vueltas de llave. Claro que esa precaución no serviría de nada si el intruso era Fran, se dijo, pero no podía permanecer encerrada en el piso el resto de su vida para impedir que entrara él. Se lo comentaría a Lorenzo esa tarde y quizás también se decidiera a acudir a la policía. ¿Pero qué podía decirle a ésta última? ¿Que en su ausencia entraba alguien en su casa a colocarle el pijama de Fran sobre la cama? Supondrían, quizás con razón, que era su ex novio el que llevaba a cabo ese absurdo capricho. Había llevado ella en su despacho múltiples divorcios y sabía que las parejas reaccionaban tras su ruptura de las formas más peregrinas, por lo que no sería extraño que la policía llegara a esa misma conclusión.

Tras dejar atrás el rellano, se dirigió a la escalera como una exhalación para descender vertiginosamente los peldaños, saltándolos de dos en dos. Estaba tan nerviosa que no se había sentido capaz de esperar a que el ascensor llegara a su planta, por lo que continuó corriendo escaleras abajo hasta que al llegar al garaje localizó su coche y se introdujo en él, arrancando inmediatamente el motor. Al salir a la calle respiró más tranquilizada. Las nubes blancas que había visto desde la ventana del salón habían ido oscureciéndose paulatinamente anunciando nuevos chaparrones, pero llegó a su despacho antes de que hubieran dejado escapar las primeras gotas de agua.

En contra de lo que en ella era habitual, Rosalía la recibió sonriente y se interesó inmediatamente por su salud.

— ¿Cómo se encuentra hoy, ha descansado?

Se encontraba cruzando la antesala cuando la secretaria le hizo esa pregunta, pero, al oírla, Lucía se detuvo para aproximarse a su mesa enarcando las cejas.

— ¿Por qué me preguntas que cómo me encuentro? Estoy perfectamente.

—Como ayer no vino… supuse…

—Pues no, no estaba enferma. Tuve cosas urgentes que hacer que no podía dejar para el fin de semana. Y por cierto, ¿hubo alguna novedad?

— ¿Novedad?—repitió la otra en tono interrogante, observándola con la cabeza ladeada y las gafas en la punta de la nariz —. No, nada nuevo.

Algo en la actitud de Rosalía le extrañó. Su secretaria parecía medir cuidadosamente las palabras y la miraba como si no se atreviese a referirle algo. ¿Qué podría haber ocurrido en su ausencia?

—Bueno, ¿has concertado ya alguna visita para esta tarde?

La otra volvió a mirarla con la misma expresión rara.

—No, ninguna. No ha llamado nadie y las que había citado yo hace varios días, han llamado cancelando sus citas.

Estupefacta, Lucía se apoyó en la mesa con ambas manos.

— ¿Cómo que han llamado cancelando sus citas? ¿Todas?

—Sí, todas.

— ¿Y por qué?

La secretaria se encogió de hombros, al tiempo que se llevaba una mano a su impoluto cabello, recogido en un moño en la nuca, como si temiera que se le hubiera escapado algún mechón.

—No me lo han dicho. Solamente me han pedido que las cancelase.

— ¿Y cuántas eran?

—No lo sé, cinco o seis

— ¿Y cinco o seis clientes han decidido cancelar sus citas la misma tarde? Me parece demasiada casualidad.

Rosalía la miró de refilón antes de bajar la mirada hacia sus bien cuidadas manos.

—No sé, tal vez haya corrido la voz de que no se encuentra muy bien últimamente. Ya sabe que el mundillo de los tribunales es como un pueblo pequeñito.

— ¿Pero por qué te ha entrado la manía de que no me encuentro bien?—se enfadó—. Tengo treinta dos años y la última enfermedad que padecí hace muchísimo tiempo fue un catarro. Desde que empecé a ejercer la profesión no he faltado nunca al despacho, únicamente ayer, y no creo que los clientes que tenía que recibir esta tarde se hayan enterado. A no ser que se lo dijeras tú, claro.

La otra respingó sobresaltada.

— ¿Yo? Claro que no les he dicho nada, ¿cómo puede suponer tal cosa? Pero algo ha sucedido, porque llamaron uno tras otro con la misma cantinela.

Lucía se quedó pensativa, mirando a través de la ventana que Rosalía tenía a su espalda cómo el cielo iba ennegreciéndose más y más ¿Se habrían enterado por Fran de la ruptura de ambos y habrían decidido hacer un frente común con éste y contra ella? Terminó por encogerse de hombros.

—Está bien. Si no va a venir nadie esta mañana a darme la lata, aprovecharé para preparar el juicio que tengo señalado para la semana que viene. El de don Alfonso Ríos.

Rosalía levantó apenas los ojos del ordenador. Parecía que no se atreviera a mirarla de frente.

—Por cierto, aún no se lo he dicho. A primera hora ha llamado el nuevo abogado de don Alfonso pidiéndole a usted la venia. He preparado el escrito para que usted lo firme y...

Lucía experimentó la sensación de haber recibido una bofetada en pleno rostro. Alfonso Ríos era su cliente desde varios años antes y ella le había llevado satisfactoriamente todos los asuntos jurídicos para los que había precisado la asistencia de un abogado, como consecuencia de ser propietario de un hotel en el centro de Madrid. ¿Había decidido de pronto prescindir de ella?

— ¿Que has preparado el escrito? ¿Qué escrito? Los escritos los redacto exclusivamente yo y no pienso darle la venia a ese abogado ni a ningún otro.

—Pero es que me la ha pedido y le corría mucha prisa —objetó apurada la secretaria —. Me ha dicho que tenía que ponerse al tanto de todos los detalles de ese juicio, ya que la vista ha sido señalada para la semana que viene.

Los ojos azules de Lucía centellearon iracundos.

— ¿Y no te ha dicho por qué?

—No, sabe usted que yo nunca pregunto nada — replicó Rosalía bajando nuevamente los ojos hacia sus manos con aire contrito.

Era cierto que su secretaria era un modelo de discreción, pero Lucía estaba demasiado alterada en ese momento para reconocerlo así, por lo que dejó escapar un resoplido, al tiempo que reemprendía el camino hacia su despacho. Una vez que entró en esa habitación, cerró de un portazo, antes de dejarse caer tras su mesa y ocultar el rostro entre las manos. ¿Qué le estaba sucediendo? Sabía que era una magnífica abogado y hasta entonces le habían sobrado los clientes, a los que Rosalía tenía que dar cita con una demora de quince o de veinte días. ¿Qué había sucedido para que de improviso su mundo profesional se viniese abajo?

Durante unos minutos permaneció inmóvil, intentando asumir la desagradable novedad de no tener nada que hacer en su despacho, pero de improviso levantó retadora la cabeza. No se iba a dar por vencida. Ella era una luchadora y no se iba a quedar de brazos cruzados viendo como sus clientes se esfumaban en el aire y todo lo que había logrado con tanto esfuerzo se desmoronaba a su alrededor.

Decidida, buscó en la agenda de su móvil el número de Alfonso Ríos y lo marcó. Contestó casi inmediatamente una voz masculina.

—Lucía, ¿eres tú?, qué alegría me da oírte ¿Cómo te encuentras?

—Estupendamente—repuso sorprendida — ¿por qué lo preguntas?

La voz masculina pareció vacilar.

—Bueno, después de haberme enterado de que estabas gravemente enferma y de que no era conveniente que te llamase al móvil a interesarme por tu salud, estaba muy preocupado.

— ¿Después de haberte enterado…? ¿De qué me estás hablando? Tengo una salud de hierro, gracias a Dios, por lo que no he podido comunicarle a nadie, ni a ti tampoco, semejante estupidez.

—No, si no has sido tú. Ha sido tu nuevo secretario.

— ¿Mi secretario?—repitió estupefacta.

—Sí, me llamó ayer por la mañana para decirme que no ibas a poder ocuparte del juicio la semana próxima, porque estabas gravemente enferma y me aconsejó por encargo tuyo que buscara un nuevo abogado que te sustituyera. Que ibas a cerrar el despacho con carácter inmediato.

— ¿Qué?

—Lo que oyes. ¿No estás enferma?

—Claro que no. ¿Quién te llamó?, ¿fue Rosalía?

— ¿Esa secretaria que tienes últimamente que parece que se le ha indigestado algo? No, claro que no. No dice más de dos palabras y no se permite la menor confianza. No, fue un hombre. Me dijo que era tu nuevo secretario.

Lucía se apartó la melena de su rostro empezando a atar cabos.

—No he contratado a ningún secretario. Ha debido de ser una broma de pésimo gusto. Pero dime, ¿cómo era la voz de ese hombre? ¿Te pareció que era joven?

Al otro lado de la línea se hizo un momentáneo silencio.

—Pues… no, joven no.

— ¿Te pareció entonces que era la voz de un viejo?

Alfonso Ríos tardó esta vez menos en contestar.

—Sí, me extrañó que hubieras contratado como secretario a un hombre tan mayor.

Lucía respiró hondo, antes de hacerle la siguiente pregunta.

— ¿Tenía una voz cascada?

Al otro lado del hilo oyó una risa espontánea.

—Eso es. Tenía una voz cascada, como si perteneciese a un viejo o a alguien que estuviese acatarrado. ¿Por qué?

—Escucha Alfonso, ha sido la broma de un tipo que está como una cabra y tiene un sentido del humor bastante especial. Gozo de una salud excelente, no voy a cerrar el despacho y quiero seguir llevando tu juicio y obtener una sentencia favorable, así que no pienso darle la venia al abogado que ha llamado esta mañana. ¿Estás de acuerdo?

Por el tono de su voz, intuyó que su interlocutor, además de experimentar una profunda sorpresa, se entusiasmaba extraordinariamente.

— ¿Vas a poder llevarme el juicio?, cuánto me alegro, Lucía. Sobre todo por ti, pero también por mí. Me sentía como un huérfano. ¿Cuándo vas a poder recibirme para que preparemos mi interrogatorio y para celebrar que todo lo que me contó ese indeseable sea una patraña? ¿Podría ser mañana por la mañana? Me vendría bien a primera hora.

—De acuerdo, de acuerdo—convino Lucía que de improviso se sentía aligerada de la pesada carga que la había hundido momentáneamente en la más triste miseria—. Mañana a las nueve te estaré esperando.

Eufórica cortó la comunicación y se acodó en la mesa intentando reflexionar. Así que había sido Antonio Briones, quien había accedido al archivo de sus clientes y les había llamado uno tras otro para comunicarles que ella cerraba el despacho porque padecía una grave enfermedad. Probablemente habría inventado que se trataba de un cáncer terminal. ¿Pero cómo podría haber entrado en el archivo sin conocer la clave? Tenía que haber utilizado el ordenador de Rosalía aprovechando un descuido de ésta o quizás había logrado allanar el despacho fuera de las horas de oficina. Pero Alfonso le había dicho que ese tipo le había llamado la mañana anterior, cuando ella se había quedado en su casa probándose su ropa para impresionar a Fran y a esas horas Rosalía tenía que haber permanecido en su puesto, sentada en su mesa, como era su obligación. ¿Habría hecho novillos ésta última?

Encendió el ordenador y decidió salir a la antesala a averiguarlo mientras el aparato se ponía en funcionamiento. En contra de lo que acostumbraba, Rosalía leía el periódico y dio un respingo al oír abrirse la puerta del despacho de Lucía. Luego parpadeó como disculpándose.

—Estoy leyendo el periódico, porque… porque no tenía nada que hacer. El teléfono no ha sonado ni una sola vez y…

—Eso ya lo sé—replicó Lucía con acritud —. Lo que quiero que me aclares es a dónde fuiste ayer por la mañana y cuánto tardaste en volver.

El semblante de Rosalía palideció y por primera vez perdió la impasibilidad que la caracterizaba.

— ¿Que dónde fui ayer…?

—Eso es.

—Pues… ¿Por qué piensa que me marché?

—Porque soy bastante más lista de lo que tú piensas. Pero bueno, ¿me lo vas a decir o no?

La secretaria pareció titubear pero terminó por hacer un gesto afirmativo.

—Fue solo un momento. Bajé a la farmacia, porque me dolía mucho la cabeza y regresé unos minutos después.

— ¿Y cerraste con llave la puerta de este piso al marcharte?

Se apresuró la otra a afirmar con la cabeza.

—Naturalmente, como hago todos los días cuando me voy a mi casa. ¿Pero por qué lo pregunta?

Lucía rodeó la mesa para situarse a espaldas de su secretaria y atisbar sobre su hombro la pantalla del ordenador, donde aparecía relacionada por orden alfabético la lista de sus clientes.

—Lo pregunto porque alguien entró en esta oficina mientras tú estabas fuera y estuvo manipulando tu ordenador. ¿Notaste algo extraño cuando regresaste?

Abochornada, Rosalía bajó la cabeza e intentó nuevamente con la mano rehacer su peinado buscando, sin hallarlo, algún mechón que se le hubiera escapado del moño.

—Pues sí, sí noté algo raro, pero pensé que lo había imaginado. Cuando salí, acababa de anotar la cita de una señora que quería demandar a una casa de mudanzas y que se empeñó en contarme con pelos y señales los destrozos que le habían ocasionado en sus muebles al transportarlos. Cuando regresé, esa anotación había desaparecido. Figuraba solamente el nombre de esa señora y la hora de la cita, pero no el motivo por el que la solicitaba. Suelo reseñarlo en el ordenador cuando me lo cuentan. ¿Comprende?

—Sí, comprenderlo lo comprendo, ¿pero cómo te explicas tú que eso pudiera suceder? ¿Quién más tiene llave de este piso?

—El portero. El portero tiene otra llave.

— ¿Y le has preguntado si subió él aquí mientras estuviste en la farmacia?

—Sí, claro que se lo he preguntado y me ha dicho que no.

Pensativa, Lucía se apartó su larga melena del rostro al tiempo que se sentaba de medio lado en la mesa de su secretaria, que la miraba con expresión de culpabilidad.

— ¿No va a decirme qué es lo que sucede?—le preguntó azarada.

—Sí, sí te lo voy a decir. Alguien aprovechó ese "momentito" en el que bajaste a la calle para entrar en la relación de clientes de tu ordenador y averiguar sus teléfonos. Luego les llamó uno por uno desde el aparato de esta mesa para comunicarles que su cita estaba cancelada, porque yo era una enferma terminal y había cerrado este despacho con carácter urgente y definitivo.

Rosalía clavó en ella sus sorprendidos ojillos de pestañas cortas y claras.

— ¿Que era usted una enferma terminal…? —repitió casi sin voz.

—Sí, de manera que no pudo ser un "momentito" lo que duró tu ausencia— siguió Lucía implacable—. El número de mis clientes es bastante considerable, lo que me permite deducir que estuviste fuera toda la mañana y que no tuviste la precaución de cerrar el ordenador al marcharte.

La otra abrió la boca y la volvió a cerrar sin articular palabra. Al fin objetó en un susurro:

— ¿Y de qué hubiera servido que cerrara el ordenador? Si es cierto lo que usted dice, ese tipo que dice que se coló en este piso lo hubiera puesto en funcionamiento igualmente.

—Sí, pero no hubiera acertado fácilmente con tu clave, con lo que no hubiera averiguado los nombres de mis clientes ni sus números de teléfono y no hubiera podido ponerse en contacto con ellos en tan poco tiempo. Voy a tener que pedirte que te busques otro trabajo.

Rosalía respingó imperceptiblemente en su silla. Parecía anonada al preguntarle:

— ¿Me despide?

—Eso es.

—Pero… pero es la primera vez que sucede esto. Nunca anteriormente había salido del despacho durante las horas de oficina.

—Eso no lo sé, pero no va a volver a suceder. Puedes marcharte ahora mismo y regresar mañana a recoger la carta de despido y el finiquito.

Incrédulamente se puso la secretaria en pie y levantó la mirada hacia Lucía, cuya estatura era muy superior.

— ¿Quiere que me marche ahora mismo?

—Sí y que te lleves lo que haya en la mesa que sea de tu propiedad.

La otra vaciló durante unos instantes.

—Pero… ¿quién va a atender el teléfono cuando usted salga o se vaya al juzgado? Si quiere, puedo seguir viniendo hasta que encuentre a alguien que me sustituya.

Lucía dejó escapar una risita sarcástica.

—No te preocupes por eso. Gracias a ti no va a llamar ninguno de mis antiguos clientes a este despacho a pedir cita, ya que creen que lo he cerrado porque estoy a punto de irme al otro mundo. Puedes marcharte con toda tranquilidad.

La expresión de incredulidad se acentuó en el semblante de Rosalía, pero fue recogiendo de su mesa algunas cosas que introdujo en su enorme bolso. Luego se dirigió hacia la puerta con paso lento y al abrirla volvió la cabeza hacia ella como si todavía esperara que Lucía se arrepintiera de su decisión.

—Entonces… adiós.

—Adiós.

La puerta se cerró tras la mujer y ella respiró hondo antes de sentarse en la mesa de la secretaria para cambiar la clave del ordenador. Luego regresó a su despacho y en el suyo abrió el correo a continuación. Tenía un mensaje que abrió con mano temblorosa al adivinar en el acto quien era el remitente:

"Ya no tienes pareja ni clientes. Ya no tienes nada. ¿Por qué no te suicidas?"

Lo releyó varias veces con una sensación de angustia que le estrujaba algo por dentro. Era cierto que en ese momento no sentía deseos de vivir. La ruptura con Fran le había producido un vacío tan hondo que ni tan siquiera había podido llenarlo a ratos volcándose en su trabajo. Y ahora le había fallado esto también. Como decía el mensaje, no le quedaba nada, nada que realmente le importase. Tantos años de trabajo, de lucha por abrirse camino en su profesión, para haberlo perdido todo en un instante por obra de un indeseable, resuelto a hacerle pagar los años que había permanecido en la cárcel. ¿Se los estaría haciendo pagar también a Fran que había coadyuvado igualmente, o más aún que ella, a que le fuese impuesta la condena que acababa de cumplir?

Evocó su risa en el dormitorio de "Los almendros" la tarde anterior entre el fragor de los truenos y llegó a una conclusión negativa. Fran también había perdido a su pareja, pero la había sustituido inmediatamente por otra y como era fiscal, y por tanto un funcionario, tenía su trabajo asegurado.

Acodada en la mesa, intentó reflexionar. ¿Qué podía hacer? Respecto a Fran, nada, pero aún tenía la posibilidad de solucionar la cuestión de sus clientes. Aún le era factible buscar sus teléfonos en el ordenador de la secretaria y llamarles para comunicarles que se encontraba perfectamente y que la noticia de que cerraba el despacho por motivos de salud era una patraña.

Así lo hizo durante el resto de la mañana con muy diferentes resultados. Muchos de sus clientes se alegraron al oírla, cuando les manifestó que se encontraba perfectamente y que podía continuar llevándoles sus asuntos y otros muchos recibieron con escepticismo sus palabras, aunque intentaron disimularlo. A todos les había llamado un individuo de voz cascada y les había extrañado el mensaje que les comunicó, pero le habían creído. Cuando finalizó la última de las llamadas, Lucía llegó a la conclusión de que había perdido la mitad de su clientela. Pero aún le quedaba la otra mitad, se dijo. Estuvo tentada de comunicárselo así a Antonio Briones, pero finalmente desistió. Lo mejor que podía hacer era no darse por enterada del correo que le había enviado, ignorar todo lo que se refiriese a él, y cuando consiguiera desenmascararlo le enviaría de vuelta a la cárcel, a ser posible por una larga temporada.

Necesitaba hablar con alguien que la escuchara en silencio sin interrumpirla, que comprendiera lo que le estaba sucediendo. Entonces pensó en Isabel. Era su mejor amiga y podría desahogarse con ella, pues era la persona que mejor la entendía. Se habían conocido en la facultad de Derecho muchos años atrás y cuando las dos terminaron la carrera, Isabel había decidido ejercer como procuradora de los tribunales y Lucía como abogado. Su amiga trabajaba con ella en todos los asuntos judiciales que eran competencia de los tribunales de Madrid, por lo que se veían con mucha frecuencia, pese a que se habían distanciado algo desde que Lucía se fuera a vivir con Fran, pues a Isabel no le caía bien éste.

En cuanto desvió a su móvil el teléfono fijo de la secretaria para atender ella las eventuales llamadas que pudieran producirse, marcó el número de su amiga. Luego oyó la alegre voz de ésta.

—Lo siento, chica, pero no tengo en este momento ninguna sentencia que llevarte. ¿Es que necesitas que pase por tu despacho a recogerte alguna demanda?

—No, no. Te llamo para preguntarte si puedes comer conmigo hoy.

Isabel pareció dudar, pero fue solo un segundo.

— ¿Comer? Bueno, sí. Si es solo comer, sí puedo. Tengo bastante trabajo esta tarde, pero será cuestión de hacer un alto al medio día. ¿Dónde quieres que quedemos?

Isabel vivía y tenía su despacho en la calle Lista, por lo que Lucía buscó una cafetería que se encontrase en un punto intermedio entre las casas de las dos y se citaron allí media hora más tarde. La otra ya estaba esperándola, sentada en una mesa junto a la ventana, cuando Lucía entró en el local y apresuradamente tomó asiento frente a ella. En cuanto le pidieron al camarero lo que deseaban tomar, Lucía se acodó en la mesa para clavar su mirada en el rostro de su amiga. Ésta era aproximadamente de su misma estatura y también poseía una silueta esbelta, pero ahí terminaba el parecido. Isabel tenía una abundante cabellera rizada de color rojizo y un semblante cubierto de pecas en el que destacaban unos ojos almendrados y una nariz respingona.

—Tengo que comentarte unas cuantas cosas que me han sucedido últimamente—empezó Lucía con precaución—. ¿Recuerdas el juicio de Antonio Briones, que fue el primero en el que actuaste como procuradora?

Su amiga hizo un gesto afirmativo.

—Sí, ¿por qué? No creo que nadie pueda olvidar el primer juicio en el que ha intervenido.

—Pues el delincuente ha cumplido ya su condena y salió de la cárcel hace unos días. Lo primero que hizo fue mandarme un correo, un e—mail, amenazándome con arruinarme la vida.

Isabel clavó sus ojos castaños en el semblante de su amiga y luego se mordió los labios, quizás para que no se le escaparan las palabras que habían acudido repentinamente a los mismos.

—Ya—musitó al fin escuetamente—. ¿Y crees que va en serio o que se trata de una bravata?

—Me temo que no se trata de ninguna bravata, porque desde que recibí ese correo mi vida es un puro sobresalto. Y lo peor ha sido lo de Fran.

La otra enarcó sus rojizas cejas en muda pregunta y Lucía le refirió de forma un tanto inconexa las fotografías que habían recibido los dos y la extraña reacción de él como consecuencia, así como la visita de ella la tarde anterior a "Los almendros" creyendo haber sido citada allí por Fran. Finalmente hizo mención a la sucesiva aparición del pijama de él sobre su cama.

El expresivo semblante de Isabel fue trasluciendo los sentimientos que experimentaba, conforme iba relatándole Lucía los sucesos que le habían acaecido en los últimos días.

—No sé qué le viste a ese estúpido —masculló al fin mordiendo las palabras —. No he querido darte antes mi opinión sobre él, porque sabía que no me escucharías, pero creo que deberías haberte dado cuenta cuando le conocimos de que no es más que un engreído, unególatra incapaz de querer a nadie, porque bastante tiene con adorarse a sí mismo. Admito que al recibir las fotografías se pusiera como una hiena, eso es normal. Lo que no es normal es que no te haya permitido explicarte y mucho menos que te citara en "Los almendros" para que le encontraras allí con la boba de su secretaria. Esto último merece un calificativo tan sonoro, que en estos momentos no encuentro la palabra adecuada que lo exprese. Imagino lo que sentirías.

Por un segundo se sintió transportada Lucía al pasillo de la planta superior de la casa de él y hasta le pareció oír el restallar de los relámpagos mientras caminaba silenciosamente hacia el dormitorio que cerraba el corredor. No se había encontrado nunca Isabel en una situación parecida, por lo que no era fácil que pudiera intuir siquiera lo que experimentó en ese momento. Una estupefacción absoluta y después un dolor tan hondo como si un cuchillo la hubiera partido por dentro en dos. Regresó con dificultad a la cafetería en la que se encontraba en esos momentos y meneó negativamente la cabeza.

—No me citó él—reconoció en voz muy baja—. Es un comportamiento que no le cuadra a Fran y he llegado a la conclusión de que fue Antonio Briones, con la intención de que les encontrara juntos.

El camarero les había traído ya el café, a la vez que el sándwich mixto que habían pedido, y revolvió Lucía pensativamente el contenido de la taza con la cucharilla, antes de levantar su mirada hacia el semblante de la otra.

— ¿Y qué explicación le encuentras a que aparezca todos los días el pijama de Fran sobre mi cama? Al principio pensé que me lo dejaba él como una indicación de que pensaba volver, pero ya no sé qué creer.

Isabel la observó en silencio, preguntándose si debería decirle la verdad de lo que estaba pensando o si por el contrario debería limitarse a intentar animarla, pero como carecía de sutileza, prevaleció su natural sincero.

—No sé si es él quien te coloca su pijama sobre la cama, Lucía, pero eso es lo de menos. Lo importante es que te está engañando con otra, así que no creo que debas recibirle con los brazos abiertos si se le ocurre aparecer de improviso. Te ha sobrado siempre dignidad y en esta ocasión deberías echar mano de tu amor propio, del que pareces haberte olvidado. Por muy tonta que estés por él, que ya sé que lo estás, tienes que pensar con la cabeza. Él no te merece ni te ha merecido nunca. No es más que un tipo estirado que te ha tratado siempre como si fueras una chiquilla boba. Ya es hora de que espabiles y sobre todo de que reacciones poniendo fin a esa historia. ¿Me entiendes?

Por supuesto que la entendía y por supuesto que tenía razón, pero era mucho más fácil dar ese consejo que obrar en consecuencia y seguirlo. Decirle adiós a Fran era como olvidar lo trascendente de la media vida que había dejado atrás y renunciar a la que le quedaba por vivir.

—De acuerdo, de acuerdo —musitó sin ganas de discutir—. Pero dime, ¿recuerdas bien a Antonio Briones? ¿Te dio entonces la impresión de que fuese un tipo listo, capaz de idear grandes maldades? A mí me pareció más bien un pobre hombre, un enfermo obsesionado con los niños e incapaz de resistirse a esa obsesión.

—Su aspecto era el de un bobalicón—corroboró Isabel pensativa—. Pero no soy ninguna experta en enfermos mentales.

—No, ni yo tampoco.

Su amiga estudió conmiserativamente su desalentada expresión y terminó por colocar afectuosamente una mano sobre la de ella.

—Creo que deberías acudir a la policía y mostrarle esos correos de los que me has hablado. Son claramente amenazadores y sería muy conveniente que vigilaran de cerca a ese tipo.

Lucía se encogió cansadamente de hombros.

—Ya he contratado a un guardaespaldas que tiene experiencia además como detective y parece adivinar siempre el lugar a donde decido dirigirme. Aunque no le comuniqué mi intención de acercarme a "Los almendros", apareció allí de improviso bajo la tormenta en un momento en el que necesitaba su ayuda. Creo que en su campo es bastante competente. Como contrapartida, alardea de su valía con una fatuidad irritante. En mi opinión se toma demasiadas confianzas.

Isabel se llevó a los labios su taza de café, antes de levantar la mirada hacia ella.

—En cualquier caso, creo que deberías acudir a la policía. Antonio Briones es un delincuente cuya cabeza no rige como Dios manda y la policía dispone de muchos más medios que ese detective que te has buscado. En cuanto al pijama… no sé. Si tienes miedo de estar sola o de no saber reaccionar si Fran aparece de improviso en tu casa… Si quieres puedes venirte a mi piso durante unos días hasta que todo esto se aclare.

Lucía le sonrió cariñosamente, antes de denegar su proposición.

—Gracias, pero no es necesario, ya soy mayorcita. Tú tienes tu vida montada con Roberto y tu trabajo en el piso en el que vivís.

Roberto había sido compañero de estudios de las dos en la facultad y pronto empezó a salir con Isabel, con la que se había casado el año anterior. Ahora trabajaban los dos como procuradores de los tribunales y utilizaban como oficina su propia vivienda.

—Pero me llamarás a cualquier hora si me necesitas— insistió Isabel—. Afortunadamente vivimos relativamente cerca y en unos minutos podría acudir en tu ayuda, si encuentras algo extraño o si…

—De acuerdo, de acuerdo, —la interrumpió Lucía—. Y ahora será mejor que regresemos a nuestras respectivas casas, porque las dos tenemos que trabajar esta tarde.

Se despidieron poco después y Lucía se encaminó al lugar donde había dejado aparcado su coche, dirigiéndose a continuación hacia la calle Lagasca. Cuando llegó al garaje y bajó del vehículo, levantó recelosamente su mirada hacia el techo. ¿Qué iba a encontrar en su piso cuando entrara en él?, ¿el pijama de Fran? Lo había tirado a la basura el día anterior, pero aún era posible que el autor de ese capricho tan absurdo hubiera adquirido otro similar para colocarlo en el mismo sitio si con ello lograba la finalidad que perseguía. ¿Cuál sería esa finalidad?, ¿Querría asustarla o hacerle creer que él regresaría esa noche?

Cuando el ascensor la dejó en la segunda planta, hizo girar la llave en la cerradura con precaución y empujó cautelosamente la puerta de su casa. Estaba segura de haber dejado tirados los paraguas por el suelo, pero ahora ocupaban todos su lugar dentro del paragüero que también se encontraba en su rincón de siempre, junto a la puerta que comunicaba el vestíbulo con el pasillo. Indecisa, se detuvo en el umbral. Un rayo de sol se había filtrado entre los nubarrones y penetraba por la ventana del salón. Atravesando la puerta de cristales iba a caer a sus pies iluminando el corredor que no se decidía a recorrer. No se oía el menor sonido, pero así y todo continuó inmóvil, con los ojos muy abiertos esperando que ocurriera algo que la sacara de su inmovilidad. Alguien había estado en su casa después de que ella se marchara al despacho esa mañana. Estaba completamente segura, porque ese alguien había recogido los paraguas del suelo y los había vuelto a colocar en su sitio. ¿Habría dejado algún otro vestigio de su estancia en el piso?

Con dificultad recuperó el movimiento y dio un par de pasos en dirección a su dormitorio deteniéndose después. Respiró hondo como si necesitase reunir fuerzas para continuar y rematar el escaso trayecto que la separaba de su meta, sin saber qué era lo que temía en realidad. Con dos pasos más llegó al umbral de la puerta de su cuarto e intentó atisbar su interior. Sobre la cama no había nada. La cubría como siempre la colcha marrón que había elegido Fran, con el volante que colgaba por los laterales del lecho y llegaba hasta el suelo casi rozándolo.

Con un suspiro de alivio entró en la habitación comprobando que el mobiliario estaba tal y como lo había dejado, pues, además de la cama, la butaca tapizada en pana de un color similar al de la colcha continuaba ocupando el lugar de siempre, bajo la ventana, y frente a ésta, el juego de tocador de alpaca plateada brillaba con reflejos azulados encima de la cómoda. El espejo que pendía de la pared sobre ésta última reflejó la ansiedad de su expresión.

Fue al volverse de nuevo hacia el lecho, cuando lo vio. Sobre su mesilla había algo diferente. Un retrato con un marco de pasta blanca y una fotografía en la que aparecían Fran y ella en "Los almendros" y que había sido tomada en los primeros tiempos de su relación.

Contempló el retrato de hito en hito sin acercarse a la mesilla y luego, como si la atrajera de una forma especial, avanzó hacia ella para tomarlo en sus manos y examinarlo atentamente. ¿Lo habría dejado Fran allí o habría sido Antonio Briones, que al parecer poseía una habilidad especial para abrir las puertas sin forzar sus cerraduras? Le pareció volver a oír la risa de Fran en el dormitorio de "Los almendros" mientras en el exterior restallaba la tormenta y experimentó nuevamente el doloroso vacío que, tras la estupefacción más absoluta, le provocó la voz de su secretaria.

Pero no iba a llorarle eternamente, se dijo. Antonio Briones le había enviado el correo a su ordenador, citándola en esa casa para que hiciera el ridículo al encontrar a Fran con otra y efectivamente lo había hecho, pero eso no iba a volver a suceder. Decidida se dio media vuelta y se dirigió a la cocina, donde arrojó el retrato a la basura. Luego, desganada como estaba, se tomó un yogur y una pera que sacó de la nevera y se tumbó durante un ratito en el sofá del salón. En esa posición llamó al portero por el móvil y éste atendió casi inmediatamente su llamada.

—Quiero cambiar la cerradura del piso —le explicó—. ¿Podría enviarme con urgencia un cerrajero?

La voz del portero sonó extrañada.

—Sí, pero…

— ¿Pero qué?

—Que los cerrajeros que acuden a las casas con urgencia son muy caros y…

—No me importa que sean caros. Quiero que me cambie la cerradura de este piso ya, antes de que tenga que salir esta tarde para dirigirme el despacho y quiero que me cambie esa cerradura también.

— ¿La de su despacho?

—Eso es.

—Bien, ¿Quiere entonces que busque uno que venga inmediatamente? ¿Puedo preguntarle el motivo? No sé qué le parecerá a don Francisco.

Al rácano de Fran le parecería sin duda fatal, pero nadie le iba a preguntar, pese a que era el único titular del arrendamiento del piso.

—A don francisco le parecerá bien, no se preocupe.

Su interlocutor pareció vacilar.

— ¿Sí? pues no parecía esta mañana que tuviese ningún problema con la cerradura del piso.

De la sorpresa estuvo Lucía a punto de dejar escapar una exclamación. Así que Fran había estado en la casa, ¿Pero por qué aprovechaba su ausencia todos los días para pasearse por la vivienda y dejarle algo como recuerdo? Se contuvo sin embargo y consiguió dar a su voz el oportuno matiz indiferente.

— ¿Sí?, ¿a qué hora le ha visto?

—Pues… pues no sé. Sería a eso de las doce.

A esa hora ya se había marchado Lucía a la oficina y seguramente habría aprovechado Fran la ausencia de ella para dejarle el retrato en la mesilla, pero le daba igual. No estaba dispuesta a permitir ni por un segundo más que él entrara y saliera del piso cuando le viniera en gana y le dejara en el dormitorio lo que le apeteciera, seguramente con la intención de avivar sus recuerdos, ya de por sí suficientemente dolorosos.

— ¿Le ha visto a las doce? Lo hemos decidido después. Por favor, mándeme el cerrajero cuanto antes, porque quiero salir para el despacho a eso de las cinco y dejar ese problema solucionado.

—De acuerdo, de acuerdo— oyó decir al portero —. ¿Pero es que ha intentado alguien robarles? Don Francisco no me ha dicho nada.

Lucía estuvo a punto de obsequiarle con un exabrupto. Su interlocutor era bastante machista y solo parecía tener importancia para él lo que decidiera "don Francisco". Lo que opinara ella no contaba. Pero estaba decidida a conseguir que él no pudiera volver a entrar en el piso, por lo que cortó satisfecha la llamada telefónica y aguardó impaciente sin moverse del sofá hasta que sonó el timbre. No obstante, miró por la mirilla antes de abrir. El chico que había llamado a la puerta era joven, delgado y de mediana estatura, de manera que obviamente no podía tratarse de Antonio Briones. Por consiguiente le abrió, encendiendo la luz del vestíbulo y le señaló la cerradura a continuación.

— ¿Puede cambiármela ahora mismo?

El joven hizo un gesto de asentimiento.

—Puedo cambiarle el bombín, sí, y entregarle la nueva llave. Supongo que se trata de impedirle la entrada a algún antiguo ocupante del piso, ¿no es así?

Lo sugería con absoluto descaro mirándola de arriba abajo, como si estuviera especulando con los motivos que le asistían a ella para encargarle ese cometido, pero a Lucía le dio igual. Podía pensar lo que quisiera con tal de que le solucionara el problema e imposibilitara que entrara en adelante cualquier intruso en la casa sin su consentimiento.

—Pues cámbieme el bombín. ¿Y puede venir después conmigo a mi despacho a hacer lo mismo en la cerradura del piso?

El chico sonrió con cinismo.

—Por supuesto que sí, pero lo advierto que si se trata de un ladrón eso no le va a detener. Con una ganzúa...

—Vale, vale. Cámbiemelo usted, que quiero dormir tranquila esta noche.

Él le dirigió una mirada apreciativa.

—Claro, claro. Si vive sola es natural que quiera extremar las precauciones, pero le aconsejaría en ese caso que instalara además un cerrojo fac y una alarma conectada con su móvil.

— ¿Y puede hacer usted todas esas cosas ahora mismo?

—Puedo instalarle el cerrojo, porque los tengo abajo en la camioneta. Para la alarma podría avisar a un amigo que se dedica a eso, pero no podrá ser hoy, porque tiene mucho trabajo.

—Bueno, pues coloque ese cerrojo del que me ha hablado y ya pensaré en instalar otro día la alarma. ¿Cuánto va a tardar?

El muchacho se encogió de hombros sin querer precisarlo e hizo bien, porque invirtió bastante más tiempo del que Lucía hubiera deseado Después le entregó las nuevas llaves y la siguió en su camioneta hasta el despacho donde repitió la operación que había efectuado en su piso. Tras cobrarle una cifra astronómica, se despidió de ella entregándole una tarjeta.

—Si decide instalar la alarma, llámeme que yo avisaré a mi amigo.

—De acuerdo—replicó Lucía empujándole hasta el descansillo—. Muchas gracias por todo y si me decido, le avisaré. Adiós.

Después de que el chico se marchara, tuvo el tiempo justo Lucía de avisar a la agencia para que le enviaran a alguien que tuviera experiencia como secretaria y segundos después llamó Lorenzo a la puerta. Ella le hizo pasar a su despacho, tomando asiento tras la mesa y él se sentó en uno de los sillones de los clientes. Venía con un pantalón blanco y una camisa de rayas blancas y de color tostado y a su pesar tuvo que reconocer Lucía que era un tipo atractivo, aunque para su gusto se tomase demasiadas confianzas.

— ¿No está Rosalía? —le preguntó él girando la cabeza hacia la puerta por la que se salía a la antesala.

—No, ya no va a seguir trabajando aquí. Está muy cansada y va a buscar algo con un horario de media jornada—mintió.

Lorenzo no hizo el menor comentario, pero a Lucía le pareció que su respuesta le había incomodado, porque replicó con acritud:

—Convendría que usted me dijese la verdad cuando le pregunto, porque su actitud dificulta mucho mi trabajo. No puedo averiguar lo que le está sucediendo si no me lo explica de antemano. Y ahora dígame, ¿por qué se ha marchado Rosalía?

Lucía hizo un gesto de asentimiento. Acodada en la mesa, apoyó la barbilla en la mano y le refirió lo que había sucedido la mañana anterior y cómo, por un descuido de la secretaria, Antonio Briones había accedido al archivo de sus clientes.

— ¿Así que ha perdido toda su clientela?—le preguntó él observándola atentamente con sus brillantes ojos castaños.

Ella se encogió de hombros en un gesto que pretendió demostrar una indiferencia que estaba muy lejos de sentir.

—No, que va. Al darme cuenta de lo que había ocurrido, les llamé uno por uno para desmentir que fuese cierta la patraña que ese tipo les había contado. La mayoría han solicitado nuevamente una cita.

— ¿Y por eso ha despedido a Rosalía? Me parece un poco injusto. Un descuido lo puede tener cualquiera.

—Desde luego—reconoció Lucía—pero es que además me irritaba su manera de comportarse conmigo. Me reñía continuamente y discutía todas mis decisiones como si su trabajo fuese importantísimo y el mío pudiese realizarlo cualquier idiota. Considero preferible que se coloque en una oficina donde su jefe aprecie su eficiencia y su mal carácter.

Impasible en apariencia, Lorenzo bajó la mirada hacia sus manos y permaneció con la vista clavada en ellas mientras comentaba:

—Me parece que usted no ha sabido valorarla y creo que lo lamentará. La conocí en el despacho de abogados donde trabajaba anteriormente y dudo que haya muchas secretarias que sean tan eficientes.

—Bueno, eso no creo que sea de su incumbencia— replicó áspera—. Y ahora vamos al tema que nos ocupa a los dos. ¿Ha averiguado algo?

Al hacer un gesto afirmativo, le resbaló a Lorenzo un rizo sobre la frente y a Lucía le recordó más que nunca al busto de una estatua griega, de facciones correctas y cabello ensortijado.

—Sí, he estado hablando con el portero de la casa de enfrente de la suya —empezó diciéndole él—. Según me ha dicho, el piso sigue desalquilado, pero alguien ha forzado la cerradura, aunque parece que no se ha llevado nada. Ha avisado a la policía que ha estado buscando huellas, pero ese tipo ha debido usar guantes, porque no han encontrado ninguna de él.

— ¿De Antonio Briones?

—Sí.

Pensativa, Lucía se apartó la melena de su rostro.

—Hay otra cosa que tengo que decirle. Alguien entra en mi piso todos los días. Antes me dejaba el pijama de mi… de mi pareja extendido sobre la almohada no sé exactamente para qué, porque he roto con él hace unos días y se llevó toda su ropa.

— ¿Ha roto con él?—le preguntó interesado Lorenzo, inclinándose hacia ella por encima de la mesa.

—Sí.

— ¿Definitivamente?

Era esa una cuestión sobre la que aún no tenía respuesta, pero su amor propio la impulsó a afirmar:

—Sí, definitivamente. Ayer me cansé de que me colocara el pijama sobre la cama y lo tiré a la basura y hoy he encontrado un marco con un retrato de los dos en la mesilla de noche. El portero me ha dicho que le ha visto, supongo que en el portal, a eso de las doce, por lo que he llamado a un cerrajero y me ha cambiado el bombín de la cerradura.

Él observó detenidamente su semblante sin hacer el menor gesto.

—Me parece muy bien. ¿Pero está segura de que es su ex pareja la que le deja esos regalos?

Pensativa, Lucía clavó sus ojos azules en el tintero de bronce que tenía sobre la mesa.

—No, no estoy segura. Fue él el quien rompió la relación y no ha intentado después aclarar lo que lo motivó ni tampoco ha pretendido que nos encontráramos en algún sitio para intentar arreglarlo. Podría ser él o también podría ser Antonio Briones, que parece haberse documentado muy bien sobre mí y sobre mi entorno, pero no entiendo qué es lo que intenta conseguir con ello.

— Fue a él al que visitó ayer en la sierra bajo el tormentón que nos cayó encima, ¿verdad?

Se lo preguntaba sin el menor asomo de ironía, por lo que Lucía lo admitió.

—Sí. Recibí un correo en el ordenador citándome en "Los almendros" a las siete de la tarde y creí que era él quien me lo había enviado. Por eso acudí ayer, pero ahora estoy segura de que el remitente era Antonio Briones. Me envió también otro el día en que salió de la cárcel, advirtiéndome que me iba a arruinar la vida y en el que he recibido hoy me sugiere que me suicide. ¿Quiere verlos?

—Claro, ¿los ha conservado?

—Sí, yo suelo conservarlo todo —replicó ella con una risita sarcástica—. Aún no sé si podrían servirme como prueba de que ese tipo me está acosando, pero en la duda….

Lorenzo se había puesto en pie y dando la vuelta alrededor de la mesa se colocó a su espalda. En esa posición fue leyendo los tres mensajes conforme ella se los fue mostrando. Luego le pidió que se los imprimiera y se guardó los tres folios en el bolsillo, regresando a la butaca que había abandonado instantes antes.

—Averiguaré desde donde se los ha enviado, —le aseguró preocupado —. Y usted me va a hacer el favor de no acudir a ninguna de las citas que le propongan por este medio y de comunicarme inmediatamente los mensajes que reciba.

—De acuerdo, de acuerdo.

El timbre de la puerta sonó en ese instante y Lucía se puso en pie en el acto.

—Tengo una visita, así que…

Pretendía al levantarse de su butaca darle a entender a Lorenzo que su entrevista había terminado, pero él continuó sentado sin hacer intención de moverse.

— ¿Un cliente? ¿No me ha dicho que por el descuido de Rosalía, bien aprovechado por su delincuente particular, los había perdido todos?

—No, le he dicho que he perdido aproximadamente la mitad. Éste además es nuevo. No está en el fichero, por lo que ese indeseable no ha podido comunicarle que estoy con un pie en el otro mundo. Y ahora, si me hace el favor…

Le señalaba la puerta del despacho y Lorenzo se vio obligado a levantarse con desgana de la butaca y a salir a la antesala. Aún así permaneció él sin moverse junto a la mesa de la secretaria mientras Lucía abría la puerta del piso y hacía pasar a Max, por lo que no tuvo otra alternativa que empujarle hacia la escalera.

—Adiós Lorenzo, ya hablaremos.

Le cerró la puerta en las narices y luego taconeó hacia su despacho precediendo a Max que la siguió en silencio. Portaba una enorme cartera que colocó sobre sus rodillas cuando se sentó en el mismo sillón que había ocupado Lorenzo instantes antes.

—Le traigo un cerro de cartas y de documentos en los que, como podrá comprobar, se me conoce por Max y no por Maximiliano. ¿Cree que servirán?

Se lo preguntaba clavando en ella sus ilusionados ojos claros y Lucía se dio cuenta de que para el hombre que tenía enfrente la modificación de su nombre tenía una importancia trascendental. No recordaba que el acortar el suyo hubiera sido para ella tan importante.

—Por supuesto que servirán. ¿Pero cómo le sentará a su padre que lo cambie, alterando así la tradición familiar? En los pueblos suele dársele mucha importancia a esas costumbres.

Con algo de nostalgia, Max desvió la mirada hacia la ventana, ubicada tras la mesa de ella, y contempló con fijeza cómo el atardecer iba cubriendo de sombras la plaza de Alcalá.

—Mi padre murió hace años, pero no creo que le hubiese importado, porque él siempre me llamaba Max. Sí le hubiera dolido en cambio que vendiera "El robledal", ya sabe, la finquita que heredé a medias con mi prima Casilda y por la que usted me demandó.

Sonreía al decirlo con algo de ironía y Lucía le sonrió a su vez, contagiada por el ambiente de camaradería que emanaba de él. Parecía como si se conocieran de toda la vida.

—Sí, lo recuerdo perfectamente. Por su culpa estuvimos encerrados usted y yo una mañana entera en el ascensor del edificio del juzgado, pero, por fortuna, la avería nos sirvió para arreglar la cuestión en la que estábamos disconformes, prescindiendo del juez Sin duda le hicimos un favor.

Él se echó a reír nuevamente.

—No cabe duda de que fue una suerte. De todas formas, me acerqué al día siguiente al juzgado para disculparme. Me acompañó el portero del edificio, que no se explicaba cómo podía haberse producido la avería, porque habían revisado el ascensor el día anterior y el técnico había informado que se encontraba en perfecto estado. Le explicó también al juez la broma de pésimo gusto que le había gastado el hombre de la voz cascada que contestó cuando pulsamos la alarma. ¿La recuerda?

Lucía palideció ostensiblemente, lo que a él no le pasó desapercibido.

— ¿Qué le ocurre?, ¿se encuentra mal?

—No, no es nada, es solo que…

— ¿Conoce acaso a ese tipo? Me refiero al autor de la broma.

Lucía asintió con la cabeza. Ya le había referido en el ascensor del juzgado el motivo por el que Antonio Briones quería vengarse de ella, aunque no había llegado a comunicarle la sospecha de que fuera precisamente ese hombre el que intencionadamente les había dejado colgados entre dos pisos. Parecía Max tan comprensivo, que sin darse cuenta se encontró instantes después describiéndole los incidentes de aquel juicio, ya lejano. Él la escuchó sin interrumpirla y sin apartar los ojos de su pálido semblante. Solo cuando terminó, se acodó en la mesa para preguntarle escuetamente:

— ¿Lo ha denunciado a la policía? Ya se lo pregunté el otro día y me contestó negativamente, pero quizás lo haya reconsiderado.

Su semblante traslucía una expresión muy similar a la de Isabel cuando horas antes le había hecho esa misma sugerencia y también ahora Lucía esbozó un gesto negativo.

—No, claro que no. ¿Qué podría decirle? ¿Que alguien me ha mandado un correo amenazador? Podría ser cualquiera. ¿Que alguien me citó en la finca "Los almendros" para gastarme una broma pesada? La policía pensaría precisamente eso, que se trataba de una broma.

—¿"Los almendros"?—repitió Max enarcando una ceja sorprendido—. ¿Quién la citó en esa casa? La conozco muy bien, porque linda con "El robledal". El dueño de esa finca es fiscal.

—Sí —reconoció Lucía con el semblante sin expresión.

—Hace unos días que se ha trasladado a vivir allí —continuó él—. Ayer me comentó que le gustaba más vivir en el campo que en la ciudad y que pensaba quedarse indefinidamente, ya que, como solo dista treinta kilómetros de Madrid, en media hora puede estar en su trabajo, en la Audiencia Provincial. Anteriormente residía en Madrid, pero aparecía por la sierra de vez en cuando con una rubia bastante vistosa ¿De qué le conoce?

Consiguió Lucía que no aflorase a su rostro ninguna emoción, aunque algo muy amargo le ascendió hasta la garganta. Así que la historia de Belén venía de antes, de antes de que Antonio Briones saliera de la cárcel. Y lo más gracioso era que ella no había sospechado nada e incluso había preparado ilusionadísima la celebración de su aniversario. Se hubiera echado a reír de haber tenido ganas, pero no las tenía. A duras penas consiguió impedir que le resbalara una lágrima por la mejilla.

— ¿De qué le conoce? —repitió él, estudiando su expresión con la cabeza ladeada—. Es bastante mayor que usted, por lo que no creo que pertenezca a su círculo de amistades. Probablemente habrán coincidido en algún juicio, ¿no es eso?

Durante unos segundos se quedó silenciosa. Apenas si conocía al hombre que tenía enfrente, pero la estaba escuchando con tanto interés… Parecía comprender perfectamente lo que ella estaba sintiendo y necesitaba tanto desahogarse…

—Era mi pareja —repuso al fin a media voz—. Cuando salió de la cárcel, ese tipejo le envió unas fotografías trucadas en las que aparecía yo en la cama del dormitorio de nuestra casa con otro hombre. Su secretaria me las entregó sin una explicación y desde entonces no le he vuelto a ver.

Max la observó en silencio antes de preguntarle:

— ¿Y él no le ha permitido que se lo aclare?

—No, aunque lo hice en un correo que le remití. No me contestó.

— ¿Y entonces se presentó usted en "Los almendros"?

—No. Recibí un correo en el ordenador citándome allí y lógicamente pensé que era él quien me lo había enviado. Por eso fui ayer por la tarde.

La contempló en silencio unos segundos antes de hacerle la siguiente pregunta.

— ¿Y habló con él?

—No, estaba con esa rubia de la que me ha hablado, así que me marché sin que me viera ninguno de los dos.

Max se acarició su cuadrada barbilla, algo abochornado.

—Yo… yo siento haber hablado de más. No tenía ni idea de la relación que la unía a usted con ese hombre y por eso le he comentado lo de la rubia. Discúlpeme.

Intentó Lucía responderle en tono ligero.

—No hay nada que disculpar. No fue usted el que me envió el correo citándome en esa finca. Sin duda fue ese tipejo para que encontrara allí a Fran con su secretaria. Una venganza como otra cualquiera — añadió con una voz sin inflexiones.

—Yo diría más bien que ha sido una venganza bastante ruin — puntualizó él —. ¿Cómo se encuentra ahora?

—Pues…— se interrumpió intentando definir su estado de ánimo. En ese preciso instante se sentía aligerada de un gran peso, como si por haber sido capaz de traducir en palabras lo sucedido hubiera perdido éste gran parte de su importancia—. Pues no sé a ciencia cierta cómo me encuentro. Lo peor es cuando vuelvo a casa.

— ¿Porque se siente sola?

—No, no es por eso, es porque me inquieta comprobar que en mi ausencia ha entrado en el piso y que me ha dejado algo de él en el dormitorio. Se marchó llevándose su ropa y todas sus pertenencias, pero estos días atrás me ha dejado en varias ocasiones su pijama sobre la cama.

—¿Su pijama?

—Sí.

—¿Y para qué?

—No lo sé. Ayer lo tiré a la basura, pero este mediodía ha cambiado de táctica y ha optado por colocarme en la mesilla un marco con una fotografía en la que aparecemos los dos y que fue tomada hace varios años. También lo he tirado a la basura.

Max se quedó mirándola en silencio. Parecía intentar asimilar todo lo que Lucía le había contado.

— ¿El piso es de su propiedad?—le preguntó al fin.

—No, es alquilado. Lo alquiló Fran a su nombre, cuando nos fuimos a vivir juntos hace nueve años. Hoy he llamado a un cerrajero y me ha cambiado la cerradura.

Él volvió a acariciarse pensativamente la barbilla.

— ¿Y eso es legal? Si él es el inquilino, tendrá derecho a entrar en ese piso cuando le convenga y a dejarle el pijama o el retrato si le apetece, ¿no es así?

—Sí, sí es así. Legalmente sigue teniendo derecho él a disponer de una llave para entrar o salir cuando le dé la gana, pero me importa un comino ese derecho y todos los demás que pueda ostentar. Si consigo verle en estos días, le convenceré para que modifiquemos el contrato de alquiler de forma que pase a ser yo la inquilina del piso.

—¿Y si no le convence?

— Si no le convenzo, me mudaré a otra vivienda, pero mientras viva yo en esa casa no consentiré que él me invada el dormitorio con su pijama y sus retratos. ¿Entiende?

Max se echó a reír con ganas y unas arruguillas se le formaron junto a los párpados que paradójicamente le hicieron parecer más joven. ¿Cuántos años podría tener? Lucía sabía que su prima Casilda andaba por la cincuentena, pero debía llevarle muchos años al hombre que tenía enfrente. Antes de reflexionar sobre si sería conveniente, se encontró preguntándoselo:

— ¿Cuántos años tiene, Max?

Él dejó de reír y levantó la cabeza sorprendido para clavar sus ojos en ella.

—Treinta y cinco. ¿Por qué le interesa? ¿Tiene trascendencia en la tramitación del expediente de modificación de mi nombre?

Lucía se mordió los labios. ¿Por qué le habría preguntado esa tontería sin venir a cuento?

—No, claro que no. Solo que… solo que se lleva muchos con su prima, ¿no?

—Sí, muchos. Siempre habíamos tenido una buena relación hasta que al morir mi abuelo heredamos los dos "El robledal". Su padre y el mío habían fallecido anteriormente y éramos los únicos nietos, por lo que nos dejó su herencia, y concretamente esa finquita, a partes iguales, con la recomendación de que, en la medida que nos fuera posible, la conserváramos. Yo me siento muy apegado a esa finca. En la casa hemos nacido toda la familia y yo he vivido allí muchos años, hasta que al comenzar mis estudios universitarios me trasladé aquí, a Madrid.

—Y ahora ha decidido volver a residir en esa casa, ¿verdad?

—Sí, en enero le pagaré a Casilda su mitad y me mudaré a la finca. ¿La conoce usted? Está muy cerca de "Los almendros" y desde esa casa se divisa perfectamente la mía. ¿No se ha fijado usted en ella?

En esa ocasión fue él el que se mordió los labios al caer en la cuenta de que no había sido oportuno al hacerle recordar a Lucía los tiempos en los que ella pasaba temporadas en la sierra con un hombre con el que había roto recientemente..

—Disculpe. No he querido…

— ¡Bah!, no se preocupe. Eso es agua pasada, —mintió con desenvoltura—. Lo único que me preocupa en el presente es que él no pueda aprovechar que tiene una llave para darme más sustos.

—Pero me acaba de decir que ha cambiado la cerradura.

—Sí, pero a pesar de todo, tengo la sensación de que aún sin llave puede seguir dejándome regalitos, como lo viene haciendo desde que rompimos.

Max la envolvió en una mirada que no supo interpretar.

— ¿Y está segura de que es él el que le hace esos regalos y no ese tipejo que ha salido de la cárcel hace poco?

Esa misma pregunta se la había hecho Lucía en numerosas ocasiones sin encontrar la respuesta.

—No, no estoy segura. ¡Qué más quisiera! No soy miedosa, pero reconozco que daría algo por poder meter la llave en la cerradura de mi casa sin que me tiemble la mano, ¿lo entiende?

—Claro que lo entiendo —replicó él—. Había bajado la mirada hacia la enorme cartera que mantenía sobre sus rodillas y parecía estar buscando las palabras adecuadas, aunque no se decidía a traducir las que cruzaban por su mente. Al fin levantó los ojos para clavarlos en el semblante de ella —. Yo... si quiere la puedo acompañar y en cuanto compruebe que no le han dejado ningún nuevo regalo me marcharé.

La proposición le pareció a Lucía tan insólita que parpadeó desconcertada. Apenas conocía al hombre que tenía enfrente. ¿Sería prudente aceptar su oferta? No llegó a dilucidarlo con claridad e incomprensiblemente para ella se oyó a sí misma aceptando.

— ¿No le importa? Vivo en la calle Lagasca, en el barrio de Salamanca. A lo mejor está muy lejos de su casa y estará deseando llegar para...

—... para quitarme los zapatos —terminó él riéndose —. Los zapatos pueden esperar. La seguiré con mi coche y en cuanto comprobemos si en su vivienda ha entrado alguien desde que ha cambiado la cerradura, me marcharé y en mi piso me quitaré por fin los zapatos. ¿Le parece?

Continuaba riéndose y Lucía aceptó sin detenerse a reflexionar. Rosalía la hubiera regañado de haber llegado a enterarse, pero no se iba a enterar y ella tan responsable, tan cumplidora, tenía derecho a cometer alguna vez un disparate llevando a su casa un desconocido, si con ello lograba entrar sin que le temblaran las piernas.

—Pero no quiero que se le haga tarde. Si le parece...

Él se puso en pie cargando con su enorme cartera.

—Sí, vámonos ya.

La escoltó él con el coche cuando Lucía salió del garaje con el suyo y luego la esperó en el amplio portal del edificio en el que Lucía vivía, donde ella se le reunió poco para subir juntos en el ascensor hasta la segunda planta. El portero había mirado a Max con desconfianza, lo que éste notó en el acto y se lo comentó con guasa mientras ascendía la cabina.

—Me parece que a su portero no le he gustado nada.

— ¡Bah, no le haga caso! Es que se comporta siempre como si fuera el perro fiel de Fran y no le habrá parecido bien que a estas horas suba a mi casa con otro hombre. Se ha debido de dar cuenta de que él ya no vive aquí.

Cuando el ascensor se detuvo, ambos salieron al rellano, aproximándose luego a la puerta del piso. Lucía extrajo la llave del bolso fingiendo una tranquilidad que estaba muy lejos de sentir.

— ¿Quiere que abra yo?—se ofreció Max mirándola de reojo.

—No, no. Me basta con que me acompañe en este momento.

Con aparente decisión introdujo la llave en la cerradura y seguidamente empujó la puerta que cedió suavemente bajo la presión de su mano.

Como siempre a aquellas horas, el vestíbulo estaba oscuro y silencioso. La tenue luz de las farolas de la calle penetraba por el ventanal del salón y aclaraba un tanto las sombras de la estancia, permitiéndoles sortear el taquillón de estilo castellano que se encontraba junto a la pared de la derecha y el paragüero cercano a éste. A Max no debió de parecerle suficiente esa escasa iluminación porque encendió la lámpara del techo y estudió atentamente el mobiliario de la habitación.

—No parece que en este vestíbulo le hayan dejado ningún recuerdo, ¿verdad?— le preguntó —. ¿Dónde está su dormitorio?

—Al final del pasillo—susurró Lucía precediéndole en esa dirección —. Como le he comentado, varias veces he encontrado su pijama sobre la cama y hoy me habían dejado el retrato del que le he hablado sobre la mesilla. Venga conmigo.

En compañía de Max el piso ofrecía otro aspecto que el que presentaba cuando regresaba a éste sola por las noches, por lo que Lucía se encaminó decidida por el corredor hacia su cuarto y abrió la puerta encendiendo inmediatamente la luz.

Sobre la cama no había nada que no debiera estar en ese lugar. Los dos cojines de encaje eran su único adorno, pues la colcha de color marrón que la cubría, elegida por Fran, era sencillamente horrorosa. Tampoco sobre las mesillas había ningún objeto extraño, por lo que Lucía dejó escapar un suspiro de alivio.

—El cambio de cerradura ha dado resultado, —comentó él sonriéndole tranquilizadoramente—. Creo que ha tomado una buena decisión, aunque… ¿Piensa darle una llave al portero?

Ella no tuvo que detenerse a meditarlo.

—No, claro que no. Se la entregaría a Fran en cuanto éste apareciera por aquí y se la pidiera, al darse cuenta de que había cambiado la cerradura. No pienso darle una llave a nadie, al menos hasta que todo esto se aclare.

—Creo que sí, que será lo mejor. ¿Quiere que inspeccionemos el resto de la casa?

Lucía pasó a enseñarle el cuarto de baño, al que se accedía desde el propio dormitorio y luego el despacho con dos mesas, próximo a su cuarto. La mesa que había utilizado Fran estaba absolutamente vacía. Se había llevado incluso el calendario y la lamparita de pantalla de pergamino, que encendía por las noches y que habían estado colocados sobre el tablero. Tan solo había dejado la butaca giratoria en la que se sentaba para trabajar, lo que en ese momento llamó la atención de Lucía que no había reparado antes en ese detalle. Esa butaca la había pagado Fran y era tan rácano que a ella le pareció mentira en ese momento que no hubiera cargado con ese sillón en una de sus excursiones al piso. ¿O no habría sido él el visitante?

Sobre la mesa de ella se apilaba desordenadamente un cerro de documentos, pero eran los mismos que había dejado al marcharse.

Luego le enseñó Lucía el otro cuarto de baño, por el que se accedía desde el pasillo, y seguidamente la cocina, absolutamente limpia y arreglada. Faltaba el salón, al que se dirigieron a continuación, dejándose caer en el sofá, después de encender la luz.

—Bueno, parece que está todo en orden—manifestó ella con expresión de alivio—. No sabe cuánto le agradezco que se haya molestado en acompañarme hasta aquí. Pensará que soy una histérica que me asusto por cualquier niñería, pero, aunque no me crea, no soy miedosa. Lo que sucede es que gracias a ese tipejo tengo los nervios de punta.

—Es natural—opinó Max observándola comprensivamente—. Si a mí me hubieran pinchado las cuatro ruedas del coche el día en que salí corriendo para el juzgado, habría enganchado un cabreo más que regular. Y si mi ex pareja, después de nuestra ruptura, hubiera tomado por costumbre dejarme todos los días su camisón por el piso como regalo, probablemente me habría puesto a bramar en arameo.

Al imaginar ese hipotético camisón tirado por cualquier rincón de la casa de él, le acometió a Lucía un ataque de risa que a duras penas logró dominar. Durante buen un rato estuvo riendo a carcajadas y llorando al mismo tiempo y Max acabó por secundarla, contagiado por su ataque de hilaridad.

— ¿Tiene usted mujer o pareja? —le preguntó ella cuando consiguió recuperar la seriedad.

—No, ya no.

— ¿Pero la ha tenido?

—Sí, pero terminamos hace tiempo.

No parecía que él estuviese dispuesto a darle más explicaciones, por lo que Lucía pensó que no era oportuno insistir sobre el tema. Buscando un nuevo tema de conversación, giró la cabeza para atisbar la calle a través del visillo y de improviso dio un respingo sobresaltada. En la ventana del piso tercero de la casa de enfrente había luz. De un brinco se puso de rodillas sobre el sofá, pero en ese instante alguien apagó la lámpara y la habitación quedó a oscuras. No obstante pudo distinguir junto a la ventana una sombra que imperceptiblemente se perfilaba sobre la negrura que la envolvía.

—Mire Max. Hay alguien en ese piso.

Él volvió a medias la cabeza.

—Sí, ¿y qué?

—Que desde esa habitación nos hicieron a Fran y a mí las fotografías que han ocasionado el fin de nuestra relación. Es un piso desalquilado y Lorenzo ha averiguado por medio del portero del edificio que hace unos días han forzado la cerradura.

— ¿Y quién es Lorenzo?

—Es el hombre que estaba conmigo en el despacho cuando ha llegado usted esta tarde. Trabajó hace tiempo como detective privado y le he contratado para que me sirva de guardaespaldas.

Preocupado, Max asintió con la cabeza y un mechón de cabello más rubio que el resto le resbaló sobre la frente.

— ¿Piensa que puede tratarse de ese delincuente y que nos ha estado espiando?

—Sí—admitió ella con sus ojos azules agrandados por el miedo.

—No se preocupe entonces —le recomendó él. — Si la ha visto acompañada no se atreverá ahora a darle un susto, ¿no le parece?

Disimuladamente le examinó Lucía. Su acompañante era muy alto y parecía estar en forma, por lo que Antonio Briones, al que recordaba bajito y regordete, no se arriesgaría a enfrentársele. Tampoco Fran, si es que era él quien entraba en su ausencia en el piso, se expondría a plantarle cara. Era mucho mayor que éste y pertenecía a esa clase de hombres que dedican al estudio todo su tiempo, de forma que no llegan a ocuparse en conseguir desarrollar sus músculos y únicamente se oponen intelectualmente a los demás. Era una suerte que Max se encontrase en ese momento a su lado. Si Antonio Briones era quien les estaba vigilando desde el otro lado de la calle, pensaría que su ruptura con Fran no la había afectado seriamente, puesto que ya estaba acompañada por otro. Y si era Fran o un esbirro de Fran, se lo merecía también, por el mal rato que había pasado ella cuando le encontró en "Los almendros" con su secretaria.

—Le agradezco mucho que me haya acompañado aquí, a casa—empezó ella con precaución—. Es tardísimo y no quiero que se marche sin ofrecerle algo de cenar. ¿O le está esperando alguien?

—No, ya le he dicho que vivo solo.

No se lo había dicho, pero daba igual. Recordó Lucía de pronto el cordero que había preparado días antes para celebrar su aniversario. Aún estaba en la nevera envuelto en papel aluminio y bastaría con darle una vuelta en el microondas para calentarlo y que estuviese a punto.

—Lo tengo todo preparado, ¿le gusta el cordero?

—Sí, claro, ¿pero no le parece que debería marcharme ya?

—Sí, pero cenaremos primero —decidió Lucía —. Es lo menos que puedo hacer para agradecerle las molestias que le he causado. Pondremos la mesa aquí, — le indicó señalando la que ocupaba el espacio destinado a comedor, rodeada de seis sillas—. Usted coloque el mantel, —le dijo entregándole uno que extrajo del primer cajón del aparador—. Yo mientras iré a la cocina.

De reojo miró hacia la ventana de la casa de enfrente. Su espía particular no tardaría en darse cuenta de que la estratagema que había urdido para lograr su ruptura con Fran no la había hundido en la depresión más absoluta, como pretendiera. Imaginaría, por el contrario, que ya le había sustituido por otro más alto y bastante más estético.

—CAPÍTULO IX—

Se despertó a la mañana siguiente con una tremenda resaca. Habían abierto una botella de vino tinto para acompañar el cordero y los dos habían empinado el codo bastante más de lo necesario. Lucía no tenía costumbre de beber y de hecho creía que no le gustaba, pero la noche anterior había descubierto que bajo sus efectos todo le parecía distinto. Los intermitentes destellos de una linterna en la casa de enfrente la hicieron desternillarse de risa, en lugar de preocuparse por la identidad de su portador. Incluso el recuerdo de Fran empezó a difuminarse en la curiosa neblina que producía en su mente el alcohol.

Y Max había sido un compañero de cena inigualable. Sin ponerse de acuerdo, se habían apeado el tratamiento y comenzado a tutearse con toda naturalidad. Lucía se alegraba de haberle conocido y de tenerle por cliente. Quizás en alguna otra ocasión pudieran repetir la cena de la víspera y sentirse nuevamente así, tan ingrávida, tan ajena a los sinsabores que había padecido en los últimos días como si no hubieran sucedido nunca.

Lo peor era la resaca, se dijo incorporándose en la cama para pasarse una mano por la frente. Sin duda constituía una especie de castigo por los excesos que habían cometido y que a los dos les habían parecido tan divertidos la noche anterior. Ahora tenía que presentarse puntualmente en el despacho, ya que había citado a primera hora a Alfonso Ríos para preparar el juicio que tenían señalado para la semana siguiente y en esos momentos se consideraba incapaz de razonar con claridad sobre la estrategia a seguir y sobre las pruebas que deberían aportar.

Sujetándose la cabeza con ambas manos para amortiguar la sensación de que el cuello no se la podía sostener por sí solo, se metió bajo la ducha. Luego desayunó y se tomó una aspirina y en cuanto volvió a ver claros los contornos de los muebles, se vistió y, tras coger su maletín, salió del piso cerrando la puerta con dos vueltas de llave.

El tráfico era fluido, por lo que no tardó más que unos minutos en llegar al edificio en el que se encontraba su despacho. No obstante, al alcanzar la cuarta planta comprobó que en el rellano y frente a la puerta del piso, la esperaba Lorenzo con expresión de malhumor.

—Ya era hora de que apareciera —le dijo en cuanto ella salió del ascensor—. ¿Sabe qué hora es?

Aunque todavía veía turbio, Lucía asintió muy digna.

—Claro que lo sé. Son las nueve, hora en la que he citado a un cliente esta mañana.

Introdujo la llave en la cerradura y entró en la antesala, seguida de Lorenzo que la alcanzó antes de que hubiera dado media docena de pasos.

— ¿Un cliente? ¿Pues no los había perdido todos, gracias a la intervención de su ex recluso?

Al menear Lucía negativamente la cabeza, todos los muebles de la antesala parecieron mecerse a su compás, por lo que se vio obligada a apoyarse en la vacía mesa de la secretaria para contestarle:

—Le dije ayer que había perdido a la mitad, solo a la mitad. Y pienso recuperarlos a todos, no se preocupe.

Él le dirigió una mirada de reconvención.

—Es usted la que debería preocuparse y no beber de más. No sabía que tuviera esas aficiones.

¿La estaría llamando borracha? De haber tenido la cabeza clara le habría puesto firme, porque en cualquier caso no era ese un asunto de su incumbencia.

— ¿Beber de más? No me gusta el alcohol y no bebo nunca—alegó cruzando los dedos en la espalda—. Y me parece que se está extralimitando al decirme lo que debo y lo que no debo hacer.

Vagamente se preguntó cómo podría Lorenzo haberse dado cuenta de que la víspera había ingerido media botella de vino tinto. ¿Olería todavía a alcohol después de haberse duchado o se le notarían los efectos de la resaca?

—Perdone si me he pasado al preocuparme por usted —se disculpó él en un tono agrio que la molestó aún más—. He venido temprano al despacho para comunicarle las cosas que he averiguado, pero como usted ha despedido a Rosalía me ha sido imposible entrar en el piso para esperarla sentado aquí dentro y me he tenido que conformar con un plantón de media hora en la escalera.

Lucía estuvo a punto en ese momento de rescindir su contrato con él y de mandarle a un sitio feo, pero no encontró las palabras oportunas y se limitó a preguntarle:

— ¿Qué ha averiguado?

— ¿No quiere que pasemos a su despacho? —sugirió Lorenzo, como si el mantener esa conversación en la antesala fuera un desdoro para él.

—No es necesario. No nos oye nadie. ¿Qué ha averiguado?

—Sé que una señora ha alquilado el piso de la casa de enfrente de la suya, así que no se extrañe si ve luz en la ventana.

Rememoró Lucía los destellos de la linterna tras sus cristales, mientras la víspera Max y ella daban buena cuenta del cordero de su aniversario. ¿Era normal que la nueva inquilina se alumbrara con una linterna en esa habitación?

— ¿No hay luz eléctrica en ese piso? —le preguntó notando la mente tan espesa como si en vez de cerebro albergara su cabeza una nube de algodón.

—Sí, claro que la hay, ¿por qué lo dice?

—Porque anoche esa inquilina se paseaba por el dormitorio que queda enfrente del mío con una linterna. La vi perfectamente mientras cenaba en el salón de mi casa.

—Mientras cenaba con ese cliente que apareció aquí a última hora, ¿no?— inquirió él en tono desafiante.

Pese a la neblina que entorpecía sus ideas, consiguió entender lo que él había dicho y le observó con curiosidad.

— ¿Y cómo sabe con quién cené anoche? —le preguntó áspera —. ¿O es que se dedica a espiarme usted también?

Lorenzo se encogió de hombros sosteniendo su mirada.

—Usted me ha encargado que la proteja, ¿no? Para hacerlo tendré que vigilar lo que hace, ya que he podido comprobar sobradamente que no tiene a bien hacerme partícipe de sus planes. ¿Sabe acaso quién ese se tipo?

Pestañeando desorientada por la irritación que manifestaba, clavó sus sorprendidos ojos en él.

— ¿Max?, claro que sé quién es. Es un cliente que…

—Un cliente del que no sabe absolutamente nada— insistió machaconamente Lorenzo.

—No sé por qué dice eso. Es primo de una cliente mía que se llama Casilda Pereira.

—De la que imagino que tampoco sabe nada—la interrumpió sarcástico —. Y aún así, todo lo que se le ocurre a usted es invitarle a cenar a su casa.

Lucía pasó nuevamente una mano por su frente con la inconsciente pretensión de eliminar con ese gesto los vapores del alcohol y recuperar el raciocinio que había perdido.

— ¿Y por qué no?—se enfadó —. Le he pedido a usted que me proteja de un ex recluso, que desde que ha salido de la cárcel intenta hacerme la vida imposible, no que se convierta en mi cancerbero. Ese hombre no guarda relación alguna con Antonio Briones, por lo que puedo invitarle a cenar si me apetece. Y, en cualquier caso, le repito que no es de su incumbencia.

—Y yo le repito que tiene usted razón —casi rugió Lorenzo—. Perdóneme, ya me marcho—masculló, dando media vuelta para dirigirse hacia la salida.

Lucía levantó una mano, como queriendo quitarle importancia al tema que discutían.

—Espere y no se enfade. Me parece que tiene usted muy mal carácter. Estábamos hablando de sus investigaciones. ¿Ha averiguado algo más?

Él volvió sobre sus pasos más aplacado.

—Es que soy muy exigente con mi trabajo, ¿entiende? Creo que no debe correr ningún riesgo hasta que el asunto que me encomendó quede definitivamente aclarado. ¿Está de acuerdo conmigo?

—Por supuesto.

—Pues entonces tendrá que reconocer que ha cometido una imprudencia al cenar anoche con ese cliente suyo. Antes debería yo averiguar sus antecedentes. Por eso estoy enfadado.

Lucía examinó con curiosidad el semblante de él, preguntándose si le estaría diciendo la verdad. Más que enfurecido por los riesgos que estaba corriendo ella, parecía estar molesto porque hubiera quedado con otro hombre. ¿Acaso la consideraba una posible conquista? De la sorpresa que le produjo su sospecha se tambaleó, pero consiguió asirse a tiempo a la mesa y murmurar en tono conciliatorio:

—Bueno, iba a comunicarme los resultados de sus pesquisas. ¿Se ha enterado de algo más?

—Sí. He localizado el cibercafé desde el que su ex recluso le envió los correos, los tres. Utilizó uno que se encuentra en esta misma calle, a unos cien metros de aquí. Ninguno de los empleados le recuerda, aunque les he mostrado la fotografía del periódico que me entregó Rosalía, pero es natural, porque en ese establecimiento entra mucha gente y además el aspecto de ese tipo apenas si se diferencia del de otras muchísimas personas de su edad.

—Ya —musitó Lucía decepcionada.

En ese momento el timbrazo de la puerta del piso les interrumpió y Lucía se dirigió a abrir la puerta, imaginando que se trataba de Alfonso Ríos, al que tenía citado a esa hora. En el umbral distinguió a una chica joven y muy delgada, con el pelo corto y liso y aire tímido. La muchacha levantó la mirada hacia ella, que la miraba en silencio.

—Me mandan de la agencia—le aclaró—. Creo que usted necesita una secretaria con experiencia. Yo... tengo experiencia. ¿Quiere que le enseñe los papeles que lo acreditan?

Al comprobar que Lorenzo permanecía a su lado, escuchándolas, Lucía le hizo una seña a la chica de que pasara a su despacho y le despidió a él con un ademán.

—Gracias, Lorenzo, ya hablaremos.

Él se resistió aún a marcharse.

— ¿No quiere que la espere para planear después la estrategia a seguir?

Lucía repitió el ademán de despedida señalándole la puerta.

—No, tengo trabajo. Ya nos veremos.

Le siguió con la vista hasta que desapareció en el rellano de la escalera, cuando la puerta del piso se cerró tras él y luego precedió a la muchacha hasta su despacho, indicándole que tomara asiento en uno de los dos sillones de los clientes.

— ¿Cómo se llama usted?

—Olvido. Olvido López.

— ¿Y ha trabajado anteriormente como secretaria?

La recién llegada le hizo un breve resumen de su historial y de sus conocimientos informáticos. Poseía un físico poco atractivo y parecía menos despierta que Rosalía, pero al menos no se atrevería a incomodarla con sus constantes regañinas, como la otra. A Lucía le parecían una falta de respeto y no las soportaba. Tampoco soportaba las de Lorenzo, pero a éste le necesitaba por el momento.

Fue su aire recatado y tímido lo que la impulsó a ofrecerle el puesto, por lo que instantes después la acompañó a la mesa, ubicada en la antesala, y le explicó el funcionamiento de las aplicaciones informáticas que debía utilizar.

En los días que siguieron pudo comprobar que su decisión había sido acertada. Olvido trabajaba incansablemente sin cuestionar sus palabras ni sus decisiones. Si Lucía llegaba tarde al despacho se limitaba a levantar la cabeza del ordenador, que manejaba con habilidad, y a saludarla correctamente. A los clientes les sonreía siempre y a ella también y cuando la veía nerviosa procuraba pasar inadvertida para no alterarla más.

No había vuelto Lucía a recibir ningún correo de Antonio Briones ni parecía tampoco que hubiese entrado nadie en su piso desde que cambiara la cerradura, por lo que había ido tranquilizándose poco a poco, olvidándose incluso de las amenazas de que había sido objeto días atrás por parte de aquel indeseable.

Ni siquiera le recordaba esa mañana en la que se había acercado al despacho con la única intención de recoger su maletín y de mirar su correo, ya que tenía que comparecer en la audiencia previa de un juicio civil ordinario en un juzgado de la calle Capitán Haya. El día anterior había preparado los documentos que tenía que aportar como prueba, guardándolos en su maletín y, en cuanto lo recogió en su despacho y comprobó que en su correo no había ningún mensaje de importancia, se despidió de Olvido y tomó un taxi, ya que aparcar en la calle donde se ubicaban los juzgados de lo civil era una tarea poco menos que imposible.

En la planta tercera y en la puerta del juzgado en el que se seguía el pleito encontró a Isabel y con ella penetró en la sala de vistas tomando asiento a su lado en el estrado. Conocía a la juez, que ya ocupaba su lugar, en una mesa elevada sobre una tarima y delante de un ventanal, pero no había coincidido nunca con el abogado de la parte contraria, aunque sí con su procurador, sentado frente a ellas.

Lucía estaba muy tranquila. Había preparado a conciencia esa comparecencia y llevaba las pruebas que tenía previsto aportar, ordenadamente numeradas dentro del maletín, como era preceptivo. Lo depositó sobre la mesa que tenía delante, abriéndolo a continuación para no hacer esperar al agente judicial cuando más tarde tuviera que ir entregándole los documentos uno a uno. En ese instante dio un respingo y abrió desmesuradamente los ojos. ¿Cómo era posible? El maletín estaba vacío, completamente vacío, y el día anterior había ido ella guardando en su interior las escrituras en las que basaba la defensa de los intereses de su cliente.

¿Pero cómo podía haberse producido esa incomprensible catástrofe?, volvió a preguntarse. Estaba completamente segura de haber introducido la prueba documental en el maletín el día anterior. Lo hacía siempre y nunca anteriormente le había sucedido algo semejante.

Empezó a rebullirse inquieta en el estrado. ¿Qué podía hacer? ¿Qué podía alegar cuando la juez le diese la palabra? ¿Qué había perdido esos documentos trascendentales por el camino? Sería la irrisión de la sala y de todo el mundillo jurídico en su conjunto. Perdería el juicio, a Alfonso Ríos como cliente y su bien merecido prestigio. Hasta era posible que la ridiculizasen en los periódicos, como años atrás lo hicieran con la abogado de la defensa de Antonio Briones. Se ensañaron con aquella pobre chica y quizás ahora se cebaran con ella y mandaran al traste su carrera. Empezó a sudar de puro nerviosismo. Era la abogado de la parte demandada y el abogado de la demandante aún no había comparecido, pero su procurador estaba ocupando su puesto en el estrado, por lo que en ningún caso podía dársele a la otra parte por desistida del procedimiento.

— ¿Te pasa algo?—le preguntó en un susurro Isabel, que sentada a su lado la observaba con extrañeza. Llevaban años trabajando juntas y nunca había visto a Lucía tan descompuesta.

—Un desastre —cuchicheó ella —. He perdido la documental que traía en el maletín.

— ¿Que las has perdido? —se extrañó Isabel. —No puede ser. Tú nunca pierdes nada.

—Pues esta vez sí.

— ¿Y qué hacemos?, se preocupó su amiga.

Inquietísima, Lucía se rebulló de nuevo en su silla, clavando la mirada en la puerta de la sala, por donde esperaba ver aparecer de un momento a otro al abogado de la demandante.

—No sé, podemos morirnos.

—Me parece demasiado drástico —bromeó Isabel—. ¿Y si pidiéramos como prueba el interrogatorio de parte?

Lo consideró ella durante unos segundos y terminó por hacer un ademán negativo.

—Podría pedirlo, sí, por decir algo y para que no parezca que soy idiota, pero perdería el juicio de todos modos.

Sería la palabra de la contraparte contra la de nuestro cliente. La prueba documental que iba a aportar era determinante.

— ¿Qué vas a hacer entonces?— insistió Isabel en un preocupado susurro.

Sin contestarle, Lucía volvió la cabeza hacia la juez, que, sentada en su mesa, con el amplio ventanal a su espalda y frente a los desiertos bancos del público, revolvía unas notas. Era una mujer alta, de mediana edad, con unas grandes gafas de concha. Desvió luego la mirada para fijarla en el rostro del procurador de la parte contraria. Frente a ellas, se rebullía desazonado en el estrado, con la mirada fija en la cerrada puerta de la sala, aguardando sin duda a que se presentase el abogado que aún no había comparecido.

Con los nervios a punto de estallar, procuró Lucía que su rostro trasluciese una indiferencia que estaba muy lejos de sentir. Quizás si el abogado contrario no apareciese dentro de los próximos minutos, la juez acordase suspender el acto y se librase ella de hacer el más espantoso de los ridículos.

Disimuladamente consultó su reloj. Marcaba las once y diez y la vista había sido señalada para las once en punto. Inquietísima empezó a notar que su traje pantalón azul marino le pinchaba por todos lados y que le oprimía la toga, pese a su amplitud. Aunque por el ventanal se filtraban en la sala los ardores del verano y se respiraba un bochorno casi irrespirable, empezó a notar cómo le corría un sudor frío por la espalda, a la par que el corazón le latía a un ritmo desaforado. ¿Es que no iban a transcurrir nunca los minutos que deberían cumplirse para que la juez diera por concluida la espera?

El procurador volvió a comprobar la hora en su reloj y Lucía le imitó. Solo habían transcurrido cinco minutos desde que la consultara con anterioridad. ¿Sería que el tiempo habría decidido detenerse? Se había adormecido en su muñeca olvidándose de computar los segundos que lo componían, que se habían convertido también en lapsos angustiosos, interminables.

La juez estaba empezando a impacientarse. Cuchicheaba algo con el secretario del juzgado, que estaba sentado a su lado, y luego se dirigió al procurador de la demandante.

— ¿Sabe si su abogado piensa presentarse?

—Claro que sí, señoría — repuso éste muy nervioso —. He hablado esta mañana con él y hemos quedado aquí a las once.

—Pues son las once treinta —masculló la juez sarcásticamente, mientras volvía la cabeza hacia Lucía para preguntarle—: ¿Le importa si suspendemos la audiencia previa que teníamos señalada para esta mañana o prefiere que esperemos un poco más por si aparece su compañero?

Del alivio que sintió, Lucía estuvo a punto de brincar en el duro asiento de madera.

—Con la venia. Esta parte no tiene nada que objetar a la suspensión, señoría, —articuló ella con voz clara y aparentemente tranquila.

—Pues pasen por secretaría para que les señalen otro día para esta audiencia. Queda suspendida.

Ni Lucía ni Isabel tuvieron que hacérselo repetir. Ambas se levantaron a la vez y se dirigieron apresuradamente hacia la puerta de la sala para salir luego al pasillo, disimulando las ganas de echar a correr.

— ¡Qué suerte hemos tenido, chica!—le comentó eufórica Isabel en cuanto la alcanzó, camino de la secretaría—. ¿Cómo has podido perder la prueba documental? ¿O acaso la has olvidado en tu despacho?

Lucía se encogió de hombros, porque ella tampoco lograba explicárselo. Había preparado la audiencia que no había llegado a celebrarse con tanto interés… con la extrema minuciosidad que derrochaba siempre en todos sus asuntos profesionales. Era incomprensible que hubiese podido extraviar esos documentos.

En la secretaría les señalaron una nueva fecha para la celebración del trámite que se había suspendido por la incomparecencia del abogado de la contraparte y después se dirigieron hacia el ascensor, que subía parsimoniosamente del vestíbulo. Se detuvo al llegar a su planta y al abrirse la puerta de la cabina salió jadeante el abogado de la parte contraria, un chico joven con algo de sobrepeso. No conocía personalmente a Lucía, pero sí a Isabel, a la que le preguntó:

— ¿Os marcháis ya? ¿Es que no se va a celebrar la audiencia?

Lucía retuvo a Isabel por un brazo y se le adelantó antes de que pudiera darle una explicación para que su amiga no fuera a cometer la equivocación de darle al otro la oportunidad de acercarse al despacho de la juez para convencerla de que se celebrase el trámite señalado para esa mañana.

—No, se ha suspendido, pero nos han citado para dentro de quince días —repuso Lucía—. Pasa por secretaría.

Luego empujó a Isabel dentro de la cabina y pulsó el botón de la planta baja, temiendo aún que el otro abogado las detuviese, anunciándoles que la audiencia se iba a celebrar al fin. El ascensor descendía lentísimo planta a planta, por lo que Lucía no respiró hasta que al llegar al vestíbulo y devolver la toga, pudo despedirse de Isabel y salir a la calle, donde, sin dejar de correr, tomó un taxi con la sensación de ser una fugitiva.

Al taxista le dio la dirección de su oficina y en cuanto el ascensor la dejó en la cuarta planta se precipitó dentro del piso y atravesó la antesala como una exhalación echando a correr hacia su despacho con la esperanza de haberse dejado la prueba documental sobre la mesa. Encontró sobre ésta un cerro de papeles, en su mayoría demandas a las que tenía que contestar, pero ningún documento que guardase relación con el juicio de Alfonso Ríos. ¿Dónde podrían haberse metido? Rebuscó en los cajones y después en el armarito bajo de la librería sin encontrarlos y a punto de llorar de angustia se acodó en la mesa intentando hacer memoria. Estaba segura de haberlos guardado el día anterior en el maletín. No entendía que hubiesen desaparecido.

No podía decírselo a Alfonso para que obtuviese una copia de esas escrituras, porque pensaría que era una descuidada, pero sería de todo punto inútil acudir al juzgado una quincena más tarde sin esos documentos, ya que perdería el juicio y quedaría como una estúpida frente a su cliente. ¿Qué podía hacer?

Al abalanzarse como un ciclón en su despacho instantes antes, había dejado la puerta abierta y al levantar la vista vio a Olvido en el umbral, sonriente como siempre, sin adivinar ni por lo más remoto el cataclismo que se estaba desplomando sobre la cabeza de su jefe.

— ¿Busca usted algo?—le preguntó solícita.

Lucía estuvo a punto de contestarle negativamente, porque no le participaba nunca a aquella chica los incidentes de su trabajo si no guardaban relación con el que desempeñaba la muchacha, pero en esa ocasión optó por referirle lo sucedido.

—Sí, la prueba documental que tenía que aportar en un juicio. La había metido en mi maletín, pero me lo he encontrado vacío.

Olvido clavó en ella su comprensiva mirada.

— ¿No los ha podido aportar entonces?

—No, pero los necesito para dentro de quince días. Estaban dentro de una carpeta de cartón azul, convenientemente numerados.

La muchacha volvió a sonreír.

— ¿Una carpeta azul? ¿No será ésta, verdad?

Seguida de Lucía, había retrocedido hacia su mesa y del segundo cajón extrajo la carpeta, mostrándosela.

— ¿Es ésta?

Se apresuró ella a comprobar su contenido y luego dejó escapar un suspiro de alivio.

—Sí, es ésta. ¿Pero cómo ha ido a parar a tu mesa?

Sin apartar la mirada de su rostro, Olvido se encogió de hombros.

—No lo sé. Anoche cuando me marché no estaba en el cajón, pero la he encontrado ahí esta mañana y he pensado que la habría guardado usted porque le convenía así. No he querido preguntárselo porque las mañanas en las que tiene usted un juicio se altera mucho.

Lucía estaba convencida de que su apariencia era imperturbable en todas las ocasiones, por lo que enarcó las cejas.

— ¿Se me nota nerviosa los días en que tengo un juicio?

—Yo sí lo noto — repuso Olvido sonriente —. Por esa razón no he querido importunarla.

Ojalá la hubiera importunado, se dijo Lucía mientras se encaminaba hacia su despacho con la carpeta en sus manos. Se hubiera ahorrado uno de los más desagradables e inquietantes momentos de su carrera profesional. ¿Pero quién habría trasladado la prueba documental del juicio de Alfonso Ríos hasta la mesa de su secretaria? Estaba absolutamente segura de no haber sido ella. ¿La habría guardado Olvido en el cajón de su mesa? En el despacho únicamente trabajaban las dos y únicamente las dos tenían llave del piso, aunque…

De improviso una idea inquietante le pasó por el cerebro. ¿Sería posible que…? Desazonada, encendió el ordenador y consultó luego su correo. Allí estaba. Un nuevo mensaje de Antonio Briones se destacaba nítido en la pantalla:

"¿Qué?, ¿has hecho en tu juicio el más espantoso de los ridículos? Pues esto es solo el principio."

Casi se había olvidado de él. La semana anterior había transcurrido monótona y sin sobresaltos. Aparentemente no había entrado ningún extraño en su vivienda aprovechando su ausencia ni se había sentido vigilada desde la casa de enfrente. Tampoco en el despacho había recibido ningún correo de él y había conseguido comenzar a relajarse, a respirar con cierta tranquilidad. Angustiada se pasó una mano por la frente. ¿Qué podía hacer? ¿Es que no la iba a dejar nunca en paz?

Con el corazón martilleándole dentro del pecho, llamó por el móvil a Lorenzo que contestó inmediatamente.

—Necesito verle. Me acaba de enviar otro correo. Ha sido él el que me ha extraído del maletín los documentos que tenía que aportar en el juicio para que hiciera el ridículo en la vista. Es lo que me dice en el mensaje.

La voz de Lorenzo sonó tranquila a través de la línea telefónica, aunque denotó extrañeza.

— ¿De qué me habla? ¿Qué documentos son esos?

Advirtió Lucía que él no tenía conocimiento del procedimiento judicial al que había asistido esa mañana ni de la importancia de la documentación que tenía previsto aportar, por lo que se lo explicó en pocas palabras.

—Ya—articuló escuetamente él, dándose por enterado, cuando terminó su relato —. ¿Y le dice en el correo que ha sido él el que le ha escamoteado esos documentos?

—No, no lo dice tan claro, pero se sobreentiende. ¿Puede venir?

—Claro, pero dígame, ¿ese tipo le ha hecho perder su juicio?

Lucía meneó negativamente la cabeza, antes de expresarlo con palabras.

—No, la cosa ha quedado en tentativa. Lo ha intentado, pero no le ha salido bien, porque la juez ha suspendido el acto, ¿comprende?

—No del todo, pero no se preocupe que voy ahora mismo. Espéreme en su despacho.

No tardó Lorenzo más de un cuarto de hora en presentarse en el piso. Olvido estaba cerrando ya el ordenador para marcharse a comer y Lucía le aguardaba paseando de un extremo a otro de su despacho para calmar sus nervios. Algo semejante a un fogonazo iluminó de pronto su cerebro e interrumpió esos paseos para apoyarse en su mesa con el ceño fruncido. ¿Podía fiarse de la chica que se acababa de marchar?

Sigilosamente se acercó a la puerta y aplicó el oído. Había pensado anteriormente guardar la prueba documental del juicio de Alfonso Ríos en su maletín y llevársela a su casa hasta que se celebrara el trámite que había sido suspendido, porque no confiaba ya en la seguridad que podía ofrecerle la oficina, pero en ese momento se preguntó si no sería preferible que le tendiese una trampa a la muchacha para salir de dudas. Porque… ¿cómo habría podido Antonio Briones entrar en el piso, extraer los documentos del maletín y guardarlos en el cajón de la mesa de Olvido? Había cambiado días antes la cerradura del piso y únicamente su secretaria y ella tenían la llave.

Cuando oyó cerrarse la puerta tras la chica y su taconeo en la escalera, salió a la antesala y puso en marcha la fotocopiadora en color que la otra acababa de apagar. Apresuradamente extrajo los documentos del maletín y los fotocopió, guardando después las fotocopias en la carpeta de cartón azul, que metió nuevamente en el maletín, apoyándolo seguidamente contra el lateral de la mesa de su despacho, donde solía estar. No se distinguían de los originales. Después introdujo éstos últimas en un portafolio. Se las llevaría a su casa después de entrevistarse con Lorenzo y las escondería... ¿Dónde las escondería? Aún no lo había pensado, pero debía ocultarlas en algún lugar donde a nadie se le ocurriera buscarlas hasta que se celebrase la audiencia previa.

En cuanto oyó sonar el timbre un instante más tarde, le abrió a Lorenzo que sin duda había venido corriendo desde el lugar donde aparcara su coche, porque jadeaba ostensiblemente.

— ¿Dónde está ese correo? ¿Se lo ha enviado a su ordenador?—inquirió mientras se dirigía apresuradamente hacia el despacho de ella, sin esperar a que Lucía le indicase que podía hacerlo. Incluso se sentó en su butaca y leyó el mensaje con el ceño fruncido. Luego, sin decir palabra, lo imprimió y finalmente se guardó el folio en el bolsillo. Solo entonces pareció reparar en que Lucía estaba en pie a su lado y sin cambiar de postura levantó la cabeza hacia ella.

— ¿Dónde guardaba esos documentos?

—Ahí, en ese maletín, apoyado contra el lateral de la mesa—repuso Lucía señalándoselo—. Preparé ayer la prueba que iba a aportar en el juicio y dejé el maletín en ese mismo sitio. Ha sido al abrirlo en el juzgado cuando he comprobado que estaba vacío. Esos papeles han aparecido luego en el segundo cajón de la mesa de Olvido.

Lorenzo enarcó las cejas.

— ¿Y le ha preguntado a ella?

—Sí, me ha dicho que los ha visto allí por primera vez esta mañana, cuando me había marchado ya al juzgado.

Pensativo, se acarició él el cogote y luego apoyó la cabeza en el respaldo de la butaca como si estuviera meditando. Aún de pie, se preguntó Lucía si debería sentarse ella en uno de los sillones de los clientes o si, en su lugar, debería llamarle al orden. Era su empleado y consideraba una falta de respeto que permaneciera apoltronado en el sillón, en lugar de cedérselo inmediatamente, una vez que, después de imprimirlo, se había guardado el correo en el bolsillo.

— ¿De qué conoce usted a su nueva secretaria? —le preguntó al cabo de unos instantes de reflexión.

— ¿Yo?, de nada. Me la envió la agencia de colocación y tiene buenos informes. Parece una buena chica y es bastante eficiente.

— ¿Y cómo se llama?

Sorprendida, Lucía observó la expresión inquisitiva de él.

—Se llama Olvido López, ¿por qué? ¿Piensa acaso que puede ser pariente de Antonio Briones y que la ha mandado él para que le ayude a arruinar mi carrera?

Lorenzo no contestó a su pregunta. Se limitó a cerrar los ojos y por un momento pensó Lucía que parecía dispuesto a echar una siestecita en su butaca. Irritada, tosió primero para llamar su atención y, en vista de que no se daba por aludido, decidió que había llegado el momento de reprenderle.

—Oiga, Lorenzo. No sé si se ha dado cuenta, pero esa es mi butaca y soy yo la que debo sentarme en ese lugar, no usted.

Él abrió repentinamente los ojos y levantó la mirada hacia ella, al tiempo que se ponía en pie.

—Perdone. Estaba tratando de imaginar quien, sino esa chica, ha tenido oportunidad de acercarse a su maletín. ¿Hay alguien más que tenga llave de este piso?

—No, únicamente ella y yo. No le he entregado una copia al portero… aún y no sé si lo haré.

—Claro, claro—murmuró maquinalmente mientras se ponía en pie, daba la vuelta a la mesa y se dejaba caer en uno de los dos sillones de los clientes. Luego clavó en ella sus ojos, de pestañas largas y rizadas y se retiró de la frente el ensortijado mechón que le resbalaba hasta las cejas.

—Investigaré a esa chica, no se preocupe. ¡Ah! Y tengo que darle una buena noticia. He conseguido seguirle la pista a ese tipo, a Antonio Briones. Sé que desde que salió de la cárcel se ha ido a vivir con su hermana a un piso en Fuenlabrada. Me he enterado esta mañana y le tengo vigilado, así que no se angustie. Puede trabajar tranquilamente que ya me ocuparé yo de que no pueda acercarse a este despacho ni a usted.

—Bien, me quita un peso de encima.

Levantó él la mirada hacia su rostro y le preguntó en tono intrascendente:

— ¿Qué piensa hacer este fin de semana? Hoy es viernes.

Por un momento temió Lucía que se lo preguntara con la intención de invitarla a salir, pero luego llegó a la conclusión de que no era ese su propósito. Sin duda pretendía saberlo con la intención de planificar su trabajo de escolta en los próximos días. Como de todas formas no tenía muy claro lo que pasaba por la cabeza de su guardaespaldas, le contestó en tono ligero:

—He quedado para ir al cine.

— ¿El sábado?

—Sí, claro.

— ¿Y el domingo?

Se alarmó nuevamente ¿Le propondría a continuación que salieran juntos? No le desagradaba Lorenzo como empleado, pero en ningún caso tenía previsto iniciar otra clase de relación con él. Se estrujó la cabeza buscando una respuesta plausible y como no se le ocurrió ninguna, repuso atropelladamente:

—También voy a ir al cine. Y ahora, perdóneme pero tengo que bajar a comer para regresar a tiempo de recibir a mi primera visita de la tarde, ¿comprende?

No pareció entenderla porque continuó repanchigado en el sillón con los ojos entornados.

— ¿Un cliente?

—Sí, claro.

— ¿Los ha recuperado a todos?

—Al menos a la mayoría. El cuento chino que les contó ese tipo no se tenía por su base. En cuanto les aclaré que era una patraña y comprobaron por sí mismos que seguía gozando de un color espléndido como consecuencia de mi buena salud, volvieron en masa a pedirme que siguiera ocupándome de sus intereses.

Lorenzo le dirigió una mirada extraña que no supo interpretar. No llegó a saber si la contemplaba admirativamente o si por el contrario le molestaba que fuera una chica tan atractiva y con tan buen color. Como de todas formas no tenía ningún interés en averiguarlo, se puso en pie y tomó en sus manos el portafolio que contenía los documentos originales del juicio de Alfonso Ríos.

—Es tardísimo, Lorenzo—murmuró con impaciencia. Tengo que marcharme.

— ¿Y su pareja?—le preguntó él de improviso, cuando Lucía asía ya el picaporte de la puerta de su despacho para salir a la antesala, abrazada al portafolio. Al oírle, se volvió a medias.

— ¿Qué pareja?

—La que tenía usted. Con la que fue a entrevistarse a "Los almendros" la tarde de la tormenta.

De espaldas a su interlocutor, Lucía vaciló unos segundos. ¿Qué le importaba a Lorenzo lo que hubiera sido de Fran? Últimamente no había tenido la menor noticia de él. Seguramente ya no aparecía por el edificio en el que vivía, porque el portero no había vuelto a hacerle ningún comentario y ya no aludía a "don Francisco" cada vez que la veía en el portal. Su imagen empezaba a difuminársele borrosa en el recuerdo, ahora que ya no le dejaba el pijama sobre la almohada ni el retrato de los primeros tiempos de su relación.

—Pues está muy bien—repuso abriendo la puerta y saliendo a la antesala con el portafolio bien apretado contra su pecho.

—Pero ya no viven juntos —insistió él, cuando la alcanzó junto a la mesa de la secretaria.

La observaba nuevamente con aquella mirada extraña y empezó a rebullirse inquieta.

—No, ya no —repuso procurando dar a su voz el oportuno matiz indiferente—. Y haga el favor, Lorenzo, de salir del piso. Tengo que cerrar con llave.

Ya en el ascensor y por miedo a que él comenzara nuevamente a moverse en aquel terreno tan resbaladizo, Lucía se lanzó a parlotear incesantemente sobre el trámite que no había llegado a celebrarse esa mañana en el juzgado, sin dejarle a él intervenir. Afortunadamente, tuvo Lorenzo que salir del ascensor en el portal, ya que había aparcado en una calle cercana y ella debía seguir hasta el sótano donde había estacionado el suyo. Cuando la puerta de la cabina se cerró a su espalda, Lucía exhaló un suspiro de alivio, sintiéndose aligerada de un gran peso.

Le olvidó en cuanto llegó a su casa con el portafolio conteniendo los documentos que tenía que aportar en el juzgado dos semanas más tarde y en cuanto entró en el vestíbulo se detuvo para inspeccionar la habitación por si pudiera servirle para esconderlos. Después de lo que le había ocurrido esa mañana, no se fiaba ya de la cerradura nueva ni de la resistencia de la puerta.

Desechó enseguida la estancia en la que se encontraba. De pequeñas dimensiones e interior, su mobiliario constaba de un taquillón, un paragüero y una butaca. Sobre el taquillón pendía un cuadro que había pertenecido a una tía abuela de Fran y que representaba a una vaca bebiendo en un río. Lo observó con disgusto. La vaca parecía de cartón y el río, orillado de flores de colores, recordaba a una postal cursi.

Del vestíbulo pasó al salón, donde se detuvo frente al enorme cuadro que colgaba sobre el aparador para contemplarlo con ojo crítico. También lo había heredado Fran de una abuela suya, y representaba una marina con unas olas encrespadas bajo un cielo tormentoso. No era de buena factura ni demasiado decorativo, pero Fran había querido mucho a esa abuela y lo colocó inmediatamente en el lugar preferente de la casa. Lucía lo observó pensativamente, diciéndose que podía servirle para sus propósitos. Sin detenerse a meditarlo, bajó rápidamente la persiana y encendió la lámpara del techo, provista de dos bombillas de bajo consumo. Las había instalado Fran con la intención de ahorrar energía y proyectaban una luz macilenta en el espacio destinado a comedor. A él le había parecido satisfactoria esa tristona iluminación y, aunque Lucía había sentido un vuelco la primera vez que cenaron en ese ambiente, similar al de un velatorio, no se había atrevido a discutírselo, porque con la economía doméstica Fran no se avenía a razones.

En ese instante casi agradeció el afán de ahorro de él y la mustia claridad que producían las bombillas. Con la sensación de estar poniendo a salvo un tesoro, se subió a una silla, descolgó el cuadro y lo colocó sobre la mesa, con la pintura del mar tempestuoso contra el tablero. Luego extrajo cuidadosamente los documentos del portafolio y los situó sobre el lienzo adhiriéndolos al bastidor con papel celo. Seguidamente volvió a subirse a la silla con el cuadro en las manos y en cuanto consiguió colgarlo en su lugar respiró satisfecha. Era un escondite magnífico. ¿Sería Antonio Briones capaz de encontrar esta vez esos documentos?

—CAPÍTULO X—

Esa tarde regresó puntualmente Lucía al despacho y entre cliente y cliente observó atentamente a Olvido que, ajena por completo al escrutinio al que la estaba sometiendo, atendía sonriente al teléfono. No consiguió sacar nada en limpio y cuando despidió a la última visita y comprobó que el maletín con las fotocopias seguía en el mismo sitio en el que lo había dejado por la mañana, se dirigió hacia la puerta de su despacho con la intención de salir a la antesala y marcharse. Tenía ya la mano en el picaporte, cuando sonó su móvil y se lo llevó al oído.

—Lucía, soy Max —oyó que le decía a través de la línea telefónica —. ¿Cómo va mi asunto?

No había tenido aún la menor noticia del Registro Civil, pero como no quiso desaprovechar la oportunidad de charlar un rato con él, retrocedió hacia su mesa para sentarse de lado sobre el tablero, manteniendo el móvil junto a su oído.

—Aún no hay nada, Max. Estas cosas llevan un tiempo, así que debes de tener paciencia.

—De acuerdo, de acuerdo. En realidad te llamaba para proponerte otra cosa. Mañana es sábado.

—Efectivamente —corroboró Lucía muy seria, reprimiendo las ganas de reír, pues, al contrario de lo que le ocurría con Lorenzo, que al decirle éste una frase parecida la había alarmado, la misma frase pronunciada por Max le hacía gracia.

—Pues he pensado que a lo mejor aceptabas mi invitación a comer. Me gustaría enseñarte "El robledal", ya sabes la finquita que heredé a medias con Casilda y sobre la que los dos nos enfrentamos en un pleito. Bueno, medio pleito porque tú y yo nos quedamos encerrados en el ascensor y no llegó a celebrarse la vista — comentó riéndose—. Podemos comer allí y así podrías darme tu opinión sobre cómo arreglar la casa, porque, como te dije, tengo intención de trasladarme a vivir al campo en cuanto termine de pagarle a mi prima la mitad que heredó ella.

Al oír su ofrecimiento, Lucía frunció el ceño. Por lo que Max le había comentado, "El robledal" lindaba con "Los almendros" y no sentía el menor deseo de acercarse ni siquiera por las proximidades de esta última finca ni de rememorar los dolorosos sucesos de la tarde en la que había acudido allí por última vez bajo una atronadora tormenta, creyendo que Fran la había citado en ese lugar.

—Pues...— empezó con precaución, buscando una excusa verosímil para no herirle con su negativa.

—Si no quieres ir a "El robledal", podemos comer en cualquier otro sitio—se le anticipó él, imaginando probablemente lo que pasaba por su mente—, Te lo he propuesto, porque me apetecía que vieras la casa que heredé de mi abuelo y me dieras tu opinión. Estoy seguro de que debes de ser muy buena decoradora.

Sorprendida, Lucía rodeó su mesa de trabajo y se dejó caer en la butaca, donde se repantigó, estirando cómodamente las piernas. ¿Buena decoradora ella? No había tenido ocasión de comprobarlo. En la casa en la que vivía, había sido Fran quien había decidido qué muebles había que comprar y donde había que colocarlos. A ella le dejó tan solo la posibilidad de elegir los cojines de encaje de la cama. Eran los únicos elementos de la vivienda que no hubieran hecho un buen papel en una sala de pompas fúnebres. Quizás sí fuese una buena decoradora.

— Bueno, pero...

—Descuida, no nos acercaremos para nada a "Los almendros", no te preocupes. Hay más de un kilómetro entre las dos fincas y ni tú ni yo tenemos el menor interés en recorrer ese trayecto. Te enseñaré la casa que perteneció a mi abuelo y disfrutaremos de una comida sensacional que cocinaré yo. ¡Ah! Y beberemos cerveza sin alcohol, porque no quiero tener ningún problema por la carretera cuando regresemos al anochecer. ¿Qué te parece?

—Me parece estupendo, pero…

—Sin peros. ¿A qué hora te recojo en tu casa?

—Pues…

—A las doce. ¿Te parece bien a las doce? Así podrás aprovechar mañana para dormir. Te esperaré enfrente de tu portal con el coche en segunda fila. Procura ser puntual, ¿de acuerdo?

—Sí, sí, de acuerdo.

Cortó Lucía la comunicación sintiéndose repentinamente eufórica. Le gustaba la naturaleza, le gustaba la compañía de Max y probablemente le gustaría la comida que cocinara. Debía traslucir el optimismo que experimentaba, porque se sintió seguida por la mirada de Olvido mientras cruzaba la antesala y luego la notó fija en su espalda mientras abría la puerta del piso. La sintió tan intensamente, que se vio obligada a girar la cabeza en dirección a su secretaria y a despedirse nuevamente de ella.

—Hasta el lunes, Olvido, que tengas un buen fin de semana.

—Lo mismo le deseo, hasta el lunes.

Max la recogió puntualmente al día siguiente. Vestía un pantalón vaquero y una camisa de manga corta de cuadritos azules y blancos y parecía más joven de como Lucía le recordaba, sobre todo cuando se reía. También ella se había esmerado al arreglarse esa mañana, aunque, como él, con ropa informal. El pantalón vaquero que llevaba era el que mejor le sentaba y le había costado carísimo y la blusa de manga corta de florecitas azules y rosas la reservaba siempre para las ocasiones especiales, como aquélla. Se había cepillado también durante varios minutos su larga y oscura melena, se había pintado ligeramente y al final le había sonreído al espejo, satisfecha del resultado.

— ¿Cómo te ha ido durante estos días en los que no nos hemos visto?—le preguntó él, mientras conducía por la calle Lagasca, que a esas horas y a principios de julio estaba desierta.

—Pues ha habido de todo— murmuró ella con la mirada fija en el cristal del limpiaparabrisas—. Desde el día en que cambié la cerradura de mi casa no ha entrado nadie a dejarme regalitos en el dormitorio.

—Eso es estupendo, ¿no?

—Esa parte de la historia, sí. Pero ayer tuve un juicio en el que iba a aportar como prueba varios documentos decisivos y que no pude acompañar a la contestación a la demanda cuando la presenté, porque mi cliente no ha podido disponer de ellos hasta hace unos días. Los llevaba en mi maletín y cuando lo abrí en el juzgado estaba vacío.

Max le dirigió una rápida mirada de refilón, antes de volver a fijarla en la calle por la que transitaban en ese momento.

— ¿Y no sería posible que hubieras olvidado esos documentos en tu despacho o en tu casa?

—No. Aparecieron después en un cajón de la mesa de mi nueva secretaria. A la que has conocido tú, la despedí.

Él entrecerró sus ojos claros intentando hacer memoria.

—Ya la recuerdo. Una señora de mediana edad, con un moño muy repeinado y con cara de amargada. ¿Por qué la despediste?

—Porque por un descuido suyo accedió Antonio Briones, ya sabes, mi ex recluso, al archivo de mis clientes y ese tipo les llamó a todos para decirles que yo había cerrado el despacho porque padecía una enfermedad gravísima y estaba con un pie en el otro mundo. Como es natural, ante tamaña noticia, cancelaron todos ellos sus citas.

Del esfuerzo por intentar entender lo que Lucía le estaba contando, un pliegue hondo surgió en la bronceada frente de Max.

— ¿Pero cómo pudo entrar ese hombre en tu despacho y utilizar el ordenador de esa señora tan estirada? ¿Tiene llave el portero y se la dio o tu secretaria le abrió la puerta del piso, confundiéndole con un cliente tuyo?

Ella se encogió de hombros.

—No lo sé. Rosalía se excusó después, diciéndome que esa mañana había bajado un momento a la farmacia. Yo me había quedado en casa porque… porque no me encontraba muy bien y creo que lo que ocurrió en realidad es que ella hizo novillos.

— ¿Rosalía es la señora estirada?

—Sí, mi secretaria anterior.

— ¿Y a continuación la despediste?

—Sí, pero pensaba hacerlo en cualquier caso. Se creía la dueña del despacho y me reñía por todo. Por llegar tarde, por vivir con un hombre sin haberme casado con él, por todo.

Se mordió los labios por haber dejado escapar esto último y, al advertirlo, Max se echó a reír.

—No soy un puritano, Lucía. Me parece muy bien que vivieras con él si le querías. ¿Le querías?

Apoyó ella la cabeza en el respaldo del asiento y cerró los ojos, rememorando el día en que le conoció en la Audiencia Provincial, sentado en el estrado del fiscal, moreno y enjuto, con la prestancia que le confería la toga negra con puños de encaje que vestía y la seguridad con la que se expresaba. Su oratoria era perfecta y sus ademanes elegantísimos. Lo idealizó ese día hasta extremos inconcebibles y por lograr que se fijara en ella se esmeró en su dialéctica, ya de por sí brillante y fluida, desarmando a la abogado de la defensa hasta conseguir que no consiguiese hilar dos palabras seguidas sin tartamudear. Claro que le había querido, pero sobre todo le había enaltecido con unas cualidades que ahora no estaba segura de que realmente las poseyera. No se las había cuestionado siquiera mientras vivieron juntos, porque le admiraba demasiado. Porque él le llevaba muchos años, la trataba con esa indulgencia de que las personas mayores hacen gala frente a los niños y contra la que jamás se rebeló, porque la aureola con la que le veía revestido la hacía sentirse disminuida a su lado. Y había sido muy feliz con él. Muy feliz durante esos nueve años, en los que había procurado desesperadamente acertar con sus gustos y deseos olvidándose de los suyos propios.

—Claro que le quería—reconoció a media voz—. Lo que no sé es si el hombre del que me enamoré existe realmente o si me lo inventé.

Max le dirigió una rápida mirada. Salían ya a la calle María de Molina, cuya prolongación era la carretera de Barcelona, entre un tráfico espeso y ensordecedor.

—Perdona —murmuró él—. Me parece que te he hecho una pregunta impertinente y que…

Lucía se apresuró a interrumpirle.

—No tienes por qué disculparte. Ya te conté la noche en la que cenamos juntos en mi casa el motivo por el que rompimos. No le he vuelto a ver y no deseo volvérmelo a encontrar. Con el tiempo seguramente conseguiré olvidarle.

Max hizo un ademán que parecía querer indicar que no quería seguir hablando de ese tema.

—Nos habíamos quedado en que en el juzgado no encontraste los documentos dentro de tu maletín. ¿Qué pasó después?

—Que tuve la suerte de que el abogado de la parte contraria se retrasara y de que la juez se cansara de esperarle y suspendiera el acto. Después regresé al despacho y allí encontré esos papeles en la mesa de mi nueva secretaria. A continuación vi en mi ordenador un mensaje de Antonio Briones en el que me preguntaba si había hecho suficientemente el ridículo en el juicio. Me amenazaba también con repetir esa faena en los juicios venideros.

—Muy gracioso—masculló él. Se quedó silencioso unos segundos con la vista fija en la carretera que iban recorriendo y luego le preguntó —: ¿Estás segura de que no deberías acudir a la policía? No estoy muy ducho en leyes, lo mío son las hortalizas y las sandías, ¿pero no crees que podrías denunciar a ese tipo por acoso? Supongo que habrás guardado en tu ordenador los correos que te ha enviado y que habrás conservado esas fotografías trucadas que le envió al fiscal y después a ti. Imagino que la policía podría protegerte.

Desalentada, Lucía se encogió de hombros con un gesto que parecía querer indicar que no confiaba en que la tomaran en serio.

—Tiene demasiado trabajo para preocuparse por lo que seguramente consideraría que son visiones de una histérica. Lo cierto es que ese hombre no se me ha acercado ni ha pretendido agredirme. Simplemente y tal como me pronosticó, me está arruinando la vida. —Se interrumpió para reconsiderarlo nuevamente—Bueno, no me la está arruinando, porque he tenido suerte en todas las ocasiones en las que ha pretendido desprestigiarme en mi profesión, pero sí lo ha intentado.

Reflexionó durante unos segundos y luego añadió:

—No he caído en las trampas que me ha tendido relativas a mi trabajo, pero en lo que se refiere a Fran... A causa de las fotografías de las que te he hablado, nuestra relación se ha terminado definitivamente.

Frunció el ceño Max, como si sus últimas palabras le hubieran impacientado.

—Prefiero no hablar de este tema contigo, Lucía, porque no estoy seguro de ser imparcial, pero me parece que eres demasiado benévola con él.

Se quedaron callados los dos mientras el coche devoraba kilómetros por la carretera. Debían de estar cerca ya de la desviación y Lucía se rebulló desazonada en su asiento rememorando la tarde tormentosa en la que había tomado ese mismo camino por última vez. Para no pensar en ello, giró la cabeza hacia Max y le comentó:

—No te preocupes por mí. En lugar de dirigirme a una comisaría a denunciar los hechos que te he comentado, he contratado a un guardaespaldas, un chico que ha trabajado anteriormente como detective privado. Ya te lo comenté.

— ¿Y te está protegiendo?

—Supongo que sí, porque me lo encuentro por todas partes y se enfada muchísimo cuando no le comunico mis planes de antemano. Es muy posible que nos lo encontremos cerca de tu casa, escondido detrás de una higuera.

Lo decía en tono de chanza, pero notó que a él no le hacía ninguna gracia. Había fruncido el ceño y plegado los labios hasta formar con ellos una línea recta. Sin embargo las palabras que pronunció a continuación no parecían estar acordes con su gesto, porque su tono era bromista.

—No nos molestará entonces demasiado, porque en "El robledal" no hay ninguna higuera. Creo haberte comentado que lo mío son las hortalizas y las sandías, sobre todo las sandías. He obtenido este verano una cosecha sensacional, como podrás comprobarlo cuando tomemos el postre.

—¿Vamos a tomar sandía? Me encantan.

—Sí, a mí también.

Interesada, Lucía clavó en él su mirada.

— ¿Ese es tu trabajo en la empresa donde trabajas?

—No, que va. Es a lo que dedico mis ratos libres cuando vengo los fines de semana aquí, a "El robledal."

—Y dime, ¿por qué esa finca se llama "El robledal"? ¿Es que hay muchos robles por los alrededores de la casa?

—Sí, hay un bosquecillo entero en derredor del edificio. Ya existían en tiempos de mi abuelo, porque el roble es un árbol muy longevo que alcanza su desarrollo a los 200 años. Se dice que algunos han llegado a los 1.600 años, así que imagínate todo lo que habrán visto. Su madera, además, es excelente. ¿Te gustan los robles?

Se lo preguntaba como si su respuesta fuera trascendental para él y Lucía se apresuró a asentir, aunque no distinguía un roble de un chopo. Aunque durante los años en los que había vivido en su pueblo las especies de árboles y sus variedades era un tema común en la casa familiar, ella nunca se había preocupado por escuchar sus comentarios sobre el particular, lo que en ese momento lamentaba.

—Claro que me gustan, me gustan muchísimo—. Y como el tema parecía importarle especialmente a él, le preguntó—: ¿Y hay muchas variedades de robles o son todos de la misma especie?

—Hay muchas, pero los que crecen en "El robledal" pertenecen todos a la especie Quercus robar, o sea, una de las mejores.

— ¡Ah!—murmuró Lucía por todo comentario, porque no se le ocurrió otra cosa que decir.

Acababan de llegar a la desviación y tomaron el desempedrado camino que conocía ella demasiado bien. Afortunadamente el paisaje parecía otro bajo aquel sol achicharrante que caía a plomo sobre los olmos que orillaban el camino y sobre los pedruscos de éste, que se destacaban de la tierra sobre la que se asentaban con un color blancuzco, como si los hubiera desteñido el calor abrasador de la estación. Tras varias docenas de brincos, tomaron otro camino que comenzaba a su izquierda, que Lucía no conocía y después de dar varias vueltas y revueltas divisaron a lo lejos un edificio de tres plantas, apenas entrevisto entre la espesa vegetación que lo ocultaba.

— ¿Es aquélla?—le preguntó Lucía señalándola.

—Sí, ¿qué te parece?

—Pues…, — no supo ella qué comentar.

A diferencia de "Los almendros" que era una casa de labor donde seguramente vivirían antaño los labradores que cultivaban la tierra que la circundaba, la que tenía delante se asemejaba más bien a una residencia campestre con pretensiones. El edificio se alzaba en tres alturas con una construcción adyacente de dos plantas. En su fachada se abrían un gran número de ventanas con los postigos de madera cerrados a cal y canto, lo que le confería un cierto aire de irrealidad, como si hubiera escapado de un cuento en el que sus habitantes la hubieran abandonado. Remataba la edificación una cubierta de tejas rojas que se elevaban a distintos niveles, con enhiestas chimeneas de piedra que sobresalían sobre el bosquecillo de robles que la rodeaba. Aunque no era ninguna experta en la materia, Lucía emplazó su construcción en el siglo XIX por su aspecto antiguo y su aire romántico y clasificó a los antepasados de Max como pertenecientes a la alta burguesía de esa época.

— Es bonita —reconoció al fin —. ¿Naciste en esa casa, verdad?

—Sí, porque me presenté de improviso y no les dio tiempo a llevar a mi madre a la clínica. Siempre he sido muy impaciente.

Se había echado a reír y Lucía le secundó maquinalmente, aunque sin perder de vista el edificio al que se dirigían y que le inspiraba una sensación extraña.

—Parece muy grande —comentó.

—Sí, tiene tres plantas y un sótano repleto de telarañas. Se baja a ese sótano por una puerta que se encuentra en la cocina y que se suele atrancar.

— ¿Y qué vas a hacer con el sótano cuando te vengas a vivir aquí? — le preguntó tontamente.

— ¿Con el sótano?—repitió él en tono interrogante que denotaba cierta extrañeza—. Pues… pues no sé. ¿Por qué te interesa? Primero tendré que acondicionar el resto de la casa. A mí me parece una antigualla, repleta de fotografías de señores con raya en medio y bigote. No sé por qué a los antiguos les gustaba tan poco la luz del sol. Colgaban delante de todas las ventanas unos cortinones oscuros de color granate y cubrían con ellos unos visillos de encaje en cuanto amanecía. Pero en esta casa hay luz eléctrica —la informó muy satisfecho —. La instaló mi padre cuando se cansó de tropezar con todos los muebles. Tuvo que convencer a mi abuelo, porque a éste le bastaba con unos quinqués de petróleo que olían a demonios.

Había aparcado frente a un sólido portón y los dos bajaron del vehículo al mismo tiempo. Lucía levantó la cabeza hacia las ventanas de la tercera planta con sus cerrados postigos.

—Son dormitorios —le explicó Max siguiendo la dirección de su mirada. Hay cinco en cada planta.

— ¿Quince en total?—se alarmó ella, imaginando lo que sería tener que limpiarlos todos.

—No, diez en total. En los de la tercera planta dormía el servicio en tiempos de mi abuelo, pero ahora están repletos de trastos inservibles. En la planta baja hay dos salones, un comedor, una biblioteca, un despacho, la cocina y ahora también un cuarto de baño, el que instaló mi padre. Los dormitorios que se pueden utilizar están en la segunda planta.

— ¿Hay un solo cuarto de baño? ¿Es que antes no se lavaba la gente?— le preguntó Lucía con curiosidad, imaginando los empujones por la escalera de los ocupantes de la vivienda para llegar los primeros y conseguir darse una ducha.

Max se echó a reír.

—Creo que no, pero ahora hay un cuarto de baño en cada planta.

—Tampoco es demasiado — masculló ella por lo bajo.

— ¿Decías algo?—le preguntó él. Habían ascendido los cinco escalones que llevaban al porche, e introducía en ese momento en la cerradura la llave que había extraído del bolsillo de su pantalón.

—Decía que un cuarto de baño para cinco dormitorios me parece una proporción bastante escasa.

Max empujó el portón que chirrió horriblemente y ambos penetraron en un oscuro y amplio vestíbulo que olía a húmedo y a cerrado. Por miedo a tropezar con algún mueble, Lucía permaneció sin moverse junto a la puerta hasta que él accionó la llave de la luz y pudo dirigir una mirada en derredor. Como había supuesto al ver la fachada, el interior era una réplica de la decoración que imperaba en las casas de campo en el siglo XIX. Lo sabía, porque en las afueras de su pueblo quedaban aún algunas mansiones de otras épocas que eran similares a ésta. Frente al portón, el alto ventanal que comenzaba a pocos centímetros del suelo estaba cubierto por un oscurísimo cortinón de terciopelo, que colgaba de una barra de hierro y ocultaba por completo los postigos de madera, también oscurísimos.

Max descorrió las cortinas y abrió los postigos y la luz del sol se deslizó por la lóbrega habitación, aclarando con sus rayos los muebles oscuros y severos. Un sofá y dos sillones tapizados en seda amarilla, una cómoda bajo un espejo deslustrado y un pedestal blanco que soportaba la figura de un niño tocando la cítara. Lucía se dijo que sola no se atrevería a aventurarse por las sombrías habitaciones de esa casa. Parecía como si en cualquier momento pudiese aparecer el fantasma de algún antiguo habitante ya fallecido para asomarse tras los cortinones agitando su sábana.

A Max no debía producirle el mismo efecto, porque le mostró muy satisfecho una fotografía polvorienta que colgaba de la pared en unión de otras muchas, junto al espejo deslustrado.

—Era mi abuelo. Dicen que me parezco mucho a él. ¿Qué opinas tú?

Lucía se aproximó a la fotografía para examinar la imagen amarillenta de un señor no muy alto y bastante grueso, con patillas, bigote y raya en medio, que sonreía con aire satisfecho.

—Pues... —vaciló sin saber qué decir —. No sé si te pareces, pero tú eres más alto, más delgado y bastante más guapo.

Lo dijo espontáneamente, sin haberlo meditado y enrojeció al oírle reír a carcajadas.

—Vaya, pues muchas gracias. Pero ven ahora, que te voy a enseñar el salón. Cuando yo era niño, mi abuelo recibía en esa habitación a los ricachones de la comarca que vivían por los alrededores en casas parecidas a esta. Ya no queda ninguna. Los descendientes de aquellos señores las han derruido y se han construido un chalet en el mismo lugar, más pequeño y con muchos más cuartos de baño.

Por un pasillo que comenzaba en el vestíbulo, se accedía al salón por medio de unas puertas enormes de tres metros de altura, de madera maciza y oscura. También sus dimensiones eran desmesuradas.

Cuando Max encendió la lámpara de cristal del techo, de la que colgaban varias telarañas, entró en la habitación Lucía, siguiéndole a él. Además de a humedad, olía a antiguo, a ese olor inconfundible que permanece en los edificios de otras épocas y que no se extingue por mucho tiempo que transcurra. Cortinones oscuros pendían sobre lo que Lucía imaginó que serían otras puertas. Una chimenea de piedra ocupaba el paño lateral, delante de la cual pudo ver un tresillo isabelino, tapizado en damasco de color azul. En la esquina contraria, dos butacas iguales a las que acompañaban al sofá con una mesita redonda y junto a ellas un mueble alto y oscuro con cajones y baldas que soportaban innumerables fotografías de señores enlutados.

Él abrió los postigos del enorme ventanal que se abría de arriba a abajo en la pared frontera a la de la puerta de entrada y que daba paso a una terraza, que se extendía todo a lo largo de la fachada posterior del edificio La bordeada una jardinera que únicamente contenía tierra reseca. Sin duda, las plantas que la adornaran en otras épocas se habían marchitado tiempo atrás, porque ahora crecían hierbajos amarillentos en el arriate en el que crecieran. Una marquesina cubría la terraza, protegiéndola de los ardores inclementes del sol y Max le indicó una anacrónica mesa blanca de plástico, rodeada de cuatro sillas.

—Las compré yo el otro día. ¿Crees que desentonan mucho con el resto de la casa?

Desentonaban mucho, pero Lucía pensó que desentonaban para bien.

—Pues no sé. Son muy diferentes, pero me gustan.

—Vamos a comer ahí, en la terraza y en esa mesa, aprovechando que a estas horas no da el sol en esa fachada—le aclaró él —. ¿Prefieres que te enseñe el resto de la casa antes o quieres que preparemos la comida ya?

Imaginó Lucía la ascensión por la escalera, que aún no había visto, y la inspección después de los innumerables dormitorios y optó inmediatamente por la segunda de las proposiciones que le acababa de hacer.

—Prepararemos antes la comida. ¿Cuál es el menú?

—Cordero y ensalada—le aclaró muy satisfecho—. La otra noche me di cuenta de que te gustaba mucho el cordero y lo traigo ya asado, listo para calentarlo en el microondas.

Lucía imaginó cómo sería la cocina de la casa, lóbrega, viejísima y con un fogón de leña y enarcó interrogativamente una ceja.

— ¿Microondas? ¿Tienes microondas aquí?

Max asintió alegremente. Un mechón de cabello desteñido le resbalaba sobre la frente y ella advirtió en ese momento que su aspecto no diferiría mucho del que podría ofrecer un muchacho universitario, cuyo equipo acabase de ganar el partido de baloncesto en el que él también hubiese participado. Al reírse parecía tan joven...

—Sí, lo compré al mismo tiempo que la mesa y las sillas de plástico, porque pensé que a ti... que a ti no te iban a gustar las antiguallas —. Se puso serio repentinamente al preguntarle —: ¿Te ha parecido esta casa muy prehistórica? ¿Crees que podría modernizarse?

—Claro que sí —le tranquilizó Lucía —.Y lo del cordero ha sido una idea genial.

—Pero tendremos que preparar entre los dos la ensalada —la interrumpió Max —. En la maleta del coche lo he dejado todo, así que voy a ir ahora mismo a buscarlo.

Retrocedió él hacia el vestíbulo y ella le siguió, en parte por ayudarle y en parte también por no quedarse sola en aquella inmensa estancia en la que resonaban aún los ecos del pasado y el sonido intangible de las pisadas de sus antiguos habitantes. Sin ninguna dificultad podía imaginar a encopetadas señoras con entallados vestidos sobre sus fajas de ballenas, arrastrando sus largas faldas sobre la tarima del pavimento y a los caballeros con bigote y patillas repanchigados en el sofá isabelino fumando sus puros.

A la cocina se accedía por el mismo pasillo, de techo altísimo, que comenzaba en el vestíbulo y era una enorme estancia, tan vetusta y destartalada como Lucía había supuesto. Las paredes estaban alicatadas solamente hasta media altura con unos azulejos blancos, desportillados en su mayoría, y el fogón era de gas, con apariencia de no haber sido usado en muchísimo tiempo. Por una ventana pequeña y enrejada penetraba el sol a raudales, yendo a caer sobre una nevera, que desentonaba por lo moderna, y sobre un microondas, que a su lado y sobre el mármol que cubría unos muebles con cajones, se asemejaba en ese ambiente a un proyecto futurista. Max le indicó una puerta de gran tamaño, maciza y desvencijada que se encontraba junto a la nevera.

—Por ahí se baja al sótano, ¿quieres verlo?

—Si está lleno de telarañas y de trastos viejos, no.

Él se echó a reír.

—Si quieres que te diga la verdad, no sé lo que hay allí abajo. Hace muchísimos años que no se me ha ocurrido inspeccionarlo.

Sobre la mesa de mármol que ocupaba el centro de la habitación prepararon entre los dos la ensalada, calentaron en el microondas el cordero y poco después salían a la terraza y se sentaban a la mesa con todo lo que habían dispuesto en la cocina y dos cervezas sin alcohol.

—No me has dicho qué te ha parecido esto —empezó Max, mientras partía en varios trozos la pierna de cordero —. Ni siquiera sé si te gusta el campo.

—Claro que me gusta. Como ya te comenté en el ascensor del juzgado, he vivido muchos años en un pueblo y mis padres, mis cinco hermanas y yo, pasábamos los fines de semana en una casa en plena naturaleza. Pero no era una casa como ésta. Era… — entrecerró Lucía sus grandes ojos azules para concentrarse y definirla mejor —. …era mucho más pequeña, más rústica y con menos pretensiones.

— ¿Te parece que ésta tiene pretensiones?—se interesó él, girando la cabeza para examinar la fachada posterior del edificio que tenía a su espalda.

—Sí, parece una casa salida de un cuento. Supongo que en época de tu abuelo viviríais aquí como unos próceres.

Él le acercó la fuente de ensalada para que se sirviera.

—Imagino que sí, pero la verdad es que no lo recuerdo muy bien.

Iba Lucía a responderle con una broma, cuando algo entre los árboles atrajo su atención. Delante de la terraza se extendía un bosquecillo de robles, entre los que crecían adelfas en flor. Por un instante creyó ver una sombra agazapada tras el enorme tronco de un árbol y se quedó quieta, con los ojos clavados en el lugar donde le había parecido distinguirla.

— ¿Qué miras? —le preguntó Max siguiendo también con la vista el roble que parecía observar ella.

—Allí, a lo lejos. Me ha dado la impresión de que alguien nos estaba vigilando —murmuró con voz temblona.

—Allí, ¿dónde? —insistió él sin distinguir a ningún extraño por las cercanías —. ¡Bah!, no te preocupes —le recomendó tras unos instantes en los que estuvo oteando los alrededores —. No suele venir nadie por aquí y, cuando aparece alguien, se trata por regla general de algún amigo de la infancia que se toma una cerveza conmigo mientras charlamos sobre el pasado. Me refiero a los lugareños. De niños jugábamos al escondite entre esos árboles y ahora recordamos los tiempos en los que éramos unos chavales.

Hacía un calor sofocante, pero Lucía empezó a sentir frío. ¿La habría seguido Antonio Briones hasta aquel lugar tan alejado y tan solitario? Debería de haberle comunicado a Lorenzo su intención de pasar el día en "El robledal ", pero no lo había hecho, porque deseaba mantenerle al margen de lo que ella consideraba su intimidad.

— ¿Vienes aquí a menudo?—le preguntó intentando disimular la desazón que la invadía, sin apartar la mirada de las ramas del roble que agitaba la cálida brisa.

—Ahora sí —repuso Max escuetamente.

Apenas si escuchó lo que él le había contestado, pero para que no advirtiera su creciente inquietud intentó seguir la conversación.

— Y antes no, ¿por qué?

Él se apartó de la frente los mechones de cabello rubio que le resbalaban sobre la frente y se encogió de hombros.

—Bueno, tenía una novia a la que no le gustaba nada esto. Por eso no veníamos.

— ¿Y qué fue de ella?

Max volvió a encogerse de hombros.

—Terminamos, eso es todo. No teníamos nada en común.

— ¿Y hace mucho tiempo de eso?

—No, bueno sí, fue por Navidad.

No parecía estar dispuesto a continuar con el tema, porque se levantó apresuradamente de la mesa con una expresión extraña que Lucía no le había visto nunca anteriormente.

—Voy a por el postre. Vamos a tomar una sandía colosal que, como ya te he dicho, he cultivado yo mismo.

Luego te enseñaré el bancal donde las he plantado, para que compruebes que como agricultor soy un genio.

Se llevó al mismo tiempo los platos en los que habían comido el cordero y la ensalada y regresó poco después con los platos de postre y con una sandía enorme que partió allí mismo. Estaba muy fresca y Lucía se la alabó sinceramente, lo que a él le supuso una gran satisfacción. Instantes después empezaron a sentir el sopor que suele acompañar a las sobremesas en verano.

—Voy a sacar a esta terraza unas mecedoras del año de la tana que están en la sala de estar y que son perfectas para echar una siestecita. ¿Te parece bien?— le propuso Max.

Lucía notaba los párpados pesados. Las cigarras cantaban en los árboles cercanos, felices de sentir aquel calor achicharrante y apenas si podía ya fijar la vista en el árbol, tras el que había creído ver moverse algo.

—Me parece una idea magnífica. ¿Dónde está la sala de estar?

—Por aquí, junto al salón.

La precedió dentro de esta última estancia y luego pasó a través de una enorme puerta a otra habitación contigua, también de desmesuradas proporciones. La decoración era muy similar a la de la otra, pero ésta disponía además de una mesa camilla con un tapete de ganchillo, rodeada de sillas y de dos mecedoras de rejilla que Max le indicó.

—Esas son. Dormiremos una siesta magnífica en la terraza.

Las transportaron entre los dos y Lucía comenzó a balancearse en la que había llevado a cuestas, en cuanto la depositó en el suelo. Max, por el contrario, no hizo intención de sentarse en la otra.

—Voy primero a recoger los restos de la sandía. Vuelvo enseguida — le dijo mientras entraba en el salón para dirigirse después a la cocina. Ella hizo intención de ayudarle, pero Max no se lo permitió.

—Hoy no. Hoy has venido a esta casa por primera vez y eres mi invitada. El próximo será otra cosa.

Riéndose se marchó con los platos sucios y Lucía empezó de nuevo a balancearse en la mecedora con un sopor que iba en aumento. Le pesaban tanto los párpados que sin darse cuenta cerró los ojos y se quedó dormida.

Se despertó de pronto al oír un ruido sordo y se incorporó sobresaltada en la mecedora restregándose los ojos. La visión de los robles, cuyas ramas se balanceaban al compás del viento, le ayudó a volver al presente y reconocer el lugar donde se encontraba. La mecedora, inmóvil a su lado, le recordó que Max y ella habían decidido dormir un ratito en la terraza. ¿Pero dónde estaba él?

Empezaba a atardecer y un sol decadente luchaba por retener sus últimos fulgores, que iban apagándose conforme descendía tras los árboles. Debía de ser muy tarde ¿Cuánto tiempo habría dormido?

Inquieta, se levantó de la mecedora y entró en el salón que a esas horas empezaba a poblarse de sombras. La luz macilenta proveniente de la terraza había convertido en imágenes desdibujadas las sillerías isabelinas y los mil enredos que abarrotaban la habitación y lo atravesó sorteándolos casi a tientas. Aunque no gozaba de un gran sentido de orientación, llegó sin dificultad al lóbrego pasillo, que recorrió apresuradamente hasta llegar a la cocina. Allí no había nadie. Unos platos sucios se apilaban en el fregadero, pero otros se le debían de haber caído a Max, porque estaban en el suelo partidos en varios trozos y la salsa del cordero y los restos de la sandía que habían contenido aparecían desparramados por el suelo.

Giró en redondo sobre sí misma, buscando algún indicio que le permitiera averiguar dónde se encontraba él. ¿Se habría dirigido a otra habitación de la casa a buscar más platos? ¿O habría ido quizás al cuarto de baño? A ese cuarto de baño que había instalado su abuelo y que estaba... ¿En qué planta le había dicho que estaba?

Sudando de puro nerviosismo regresó al pasillo. ¿Por qué el silencio que se respiraba en aquella casa era tan denso, tan absoluto? No se oía otra cosa que el crujir de la tarima de madera del pavimento bajo sus pies conforme iba caminando.

Inquietísima llegó hasta el vestíbulo, más oscuro aún que el salón y tropezó con el pedestal que sostenía al niño que tocaba la cítara. Estuvo a punto de dejar escapar un grito al chocar con la escultura y suponer que en lugar de una figura de escayola era un niño de verdad, encaramado a un pedestal. ¿Pero dónde se habría metido Max? ¿Y dónde estaría el maldito cuarto de baño?

Regresó al pasillo palpando las paredes hasta que dio con una puerta en la que no había reparado antes. Era de madera tan oscura que se fundía en la oscuridad del corredor con las sombras que lo invadían, pero tenía que ser el baño. Llamó con los nudillos sin obtener contestación y entonces aplicó el oído a la madera.

—Max— le llamó en voz baja— ¿estás ahí?

Al no obtener respuesta, aporreó la puerta y levantó la voz.

— ¡Max!, ¿estás ahí?, ¿por qué no me contestas?

El silencio más absoluto fue la única réplica a sus palabras, por lo que tanteando la hoja dio con el picaporte y la abrió. Un cuarto de baño alicatado con azulejos grandes y cuadrados de color amarillo, apenas iluminado por la luz que penetraba por una ventana alta, redonda y enrejada. Pero no había nadie dentro.

Angustiada volvió al vestíbulo. ¿Qué clase de broma le había gastado Max? ¿Habría sido capaz de regresar a Madrid con su coche y de dejarla allí, ahora que estaba anocheciendo, con el niño de la cítara y las sillerías isabelinas?

Recelosa abrió el portón de entrada y salió al exterior. El coche de él seguía en el mismo sitio en el que lo había aparcado. No se había marchado entonces, ¿pero dónde se había metido?

Entró de nuevo en el recibidor y cerró el portón. Entonces vio la escalera. Comenzaba detrás del pedestal que sostenía al niño filarmónico y en la oscuridad del vestíbulo no la había distinguido antes, cuando entró en la casa con Max. ¿Pero dónde estaba él? ¿Habría subido a la primera planta a dormir la siesta en uno de los dormitorios, al encontrar incómoda la mecedora? Le pareció una descortesía hacia ella

173

que, como él mismo la había calificado, era su invitada, pero tenía que encontrarle.

Con una mano en la barandilla puso el pie en el primer peldaño. ¿Iba a subir allí arriba ella sola? Imaginó la planta superior con un interminable pasillo central con dormitorios a ambos lados, todos ellos oscuros y tenebrosos. ¿Cuántos le había dicho que había? Cinco, le había dicho cinco, y además un cuarto de baño. Subió otro peldaño y aguzó el oído.

— ¡Max!, — gritó — ¿dónde te has metido? Si es una broma, no tiene ninguna gracia, ¿me oyes?

Ascendió otro escalón. Una ventana enrejada algo más arriba filtraba a través de los cristales una luz macilenta que le permitía distinguir donde ponía los pies y la barandilla a la que se aferraba para no tropezar. Oyó el crujido de la madera al subir otro escalón y al levantar la mirada hacia el rellano no vio más que sombras. Una oscuridad densa que la luz que traspasaba la ventana enrejada no llegaba a aclarar.

De improviso creyó percibir un rumor casi imperceptible, aunque no logró averiguar su procedencia. ¿Había sonado en la cocina o quizás en el rellano de la escalera? Si al menos fuese capaz de encontrar la llave de la luz podría ascender a la planta superior sin tropezar con los escalones y sin la extraña sensación de que alguien estaba agazapado entre las tinieblas y la estaba acechando.

Subió un peldaño más y se detuvo con el corazón martilleándole dentro del pecho. El lejano sonido había vuelto a repetirse y… sí, era una voz y alguien la llamaba, ¿pero quién era y dónde estaba? Se sentó en un escalón con los sentidos en tensión. No, no provenía de la planta superior, la llamaba alguien que se encontraba en la planta baja.

Descendió los escalones que había subido y se guió por el débil sonido de aquella voz, encaminándose hacia la cocina. Los restos de la comida seguían esparcidos por el suelo junto con los platos rotos, pero allí el sonido se oía más cercano. Lo localizó de repente. La llamaban desde el sótano y ahora la maciza y decrépita puerta estaba entornada. Probablemente también lo estuviera antes, cuando se despertó de la siesta, pero no se había fijado.

Terminó de abrirla de un empujón e intentó atisbar algo a sus pies, oscuro como boca de lobo. Solo distinguió unos polvorientos peldaños de madera que bajaban hacia unas tinieblas densas e impenetrables.

¿Dónde estaría la llave de la luz que iluminaba esa escalera? Quizás el padre de Max se había olvidado de instalar en el sótano la luz eléctrica y bajaba ayudándose de un quinqué de petróleo, como su padre y probablemente el padre de su padre, pero no veía por la cocina ningún quinqué ni tampoco una linterna.

— ¡Lucía! —oyó que la llamaba débilmente una voz proveniente de las profundidades.

Le pareció reconocer la voz de Max y volvió a palpar desesperadamente la pared buscando la llave de la luz, sin dar con ella. No podía bajar a oscuras. Se rompería la crisma con toda seguridad y, si no se la rompía, no encontraría a Max entre los chismes y las telarañas que seguramente invadirían el sótano.

Con una ansiedad que iba en aumento, paseó su mirada por la cocina buscando algo con lo que iluminar el descenso y de improviso reparó en la caja de cerillas que se encontraba junto al fogón. Sin pensarlo dos veces la tomó en sus manos y se dirigió apresuradamente hacia la puerta del sótano, encendiendo una antes de comenzar a bajar. El resplandor de la cerilla apenas si esparcía un círculo de luz azulada que le permitía tan solo saber donde ponía el pie, por lo que comenzó a descender con suma lentitud. El olor que ascendía del sótano era acre y pestilente. Seguramente no disponía de ninguna ventana que permitiese ventilarlo, pero Lucía ni siquiera se planteó esa cuestión. Solo pensaba en ayudar a Max que por una razón que no se le alcanzaba la llamaba desde aquel sótano tan pestífero.

Con el pie tanteó el último escalón y apagó la cerilla antes de que le quemase los dedos. Luego encendió otra y trató de orientarse entre las tinieblas. Más que por la vista, localizó algo por el oído. Había un cuerpo caído en el suelo entre unas alfombras enrolladas con las que estuvo a punto de tropezar.

La cerilla se le apagó entre los dedos y se vio obligada a buscar otra dentro de la caja.

— ¡Max!, — le llamó.

—Lucía…

—Sí, ¿qué haces aquí? Me has asustado.

Se quemó la punta del dedo y al encender otra alcanzó a ver lo suficiente para agacharse junto al cuerpo que adivinaba más que distinguía y reconoció en la oscuridad el rostro de él. Tenía los ojos cerrados y un hilillo de sangre le resbalaba desde la sien.

—Alguien… alguien me ha dado un golpe en la cabeza y me ha arrojado por las escaleras — le oyó decir con un hilo de voz—. Creo… creo que me he roto una pierna.

La cerilla se apagó y Lucía comprobó aterrada que solo quedaban tres dentro de la caja.

—Tenemos que salir de aquí, Max —le dijo al encender otra y acercarla a su rostro —. ¿Puedes levantarte?

Acercó el oído a su boca para oír su susurro.

—Me parece que no.

— ¿Que no te puedes levantar?—se angustió— Pues yo sola no puedo cargar contigo —. Y como ya ni siquiera conseguía razonar con claridad, añadió tontamente—: Por lo menos pesas ochenta kilos.

—Ochenta y cinco—le oyó musitar débilmente a él, aunque con la guasa que le caracterizaba—. Llama a una ambulancia. ¿Llevas el móvil encima?

El móvil se había quedado dentro de su bolso y éste junto a la mecedora en la que había dormido la siesta, en la terraza. No podía dejarle solo allí y volver a bajar después de llamar a la ambulancia, sin cerillas y a oscuras. Intentó pasarle un brazo bajo la cabeza y levantársela, pero oyó un gruñido de él.

—No, no, déjame.

—Pero no podemos quedarnos en este sótano para siempre, ¿no lo entiendes? Tienes que intentarlo.

En ese preciso instante oyeron distintamente unos pasos precipitados sobre sus cabezas y unos segundos más tarde la luz de una linterna proyectó su claridad amarillenta desde lo alto de la escalera. Luego los portadores de la linterna bajaron apresuradamente y dirigieron el haz de luz al cuerpo de Max y al rostro de Lucía, que parpadeó deslumbrada.

— ¿Eres tú, Max?, ¿estás bien?—inquirió el de la linterna, tomándole el pulso en el cuello—. Te subiremos ahora mismo en una camilla —le dijo aquel tipo del que Lucía no distinguía el rostro, pero que según pudo saber más tarde era un policía local del Ayuntamiento cercano. Después se dirigió a ella —. ¿Es usted Lucía Salces? —. Ante su desconcertada respuesta afirmativa, otro policía le esposó las manos a la espalda, mientras el primero añadía bruscamente —: Queda entonces detenida por intento de asesinato. Tiene derecho a permanecer en silencio y a…

—No me recite mis derechos que me los sé de memoria —le gritó ella indignada —. Soy abogado, la abogado de este señor que está en el suelo y al que le han atizado un golpe en la cabeza.

Aunque no podía ver su expresión, ya que tras la luz de la linterna solo adivinaba la sombra oscura de un cuerpo sin contornos definidos, sí oyó su voz, bronca y rotunda.

—Eso ya lo sabemos. Eso y que ha intentado usted asesinarle. Hemos recibido una denuncia contra usted y la hemos cogido in fraganti.

No consiguió que la escuchara. Hablaba a gritos por su teléfono con alguien que debía pertenecer al servicio de ambulancias, porque dos camilleros aparecieron media hora más tarde y subieron a Max a la planta superior para trasladarlo un hospital.

Antes de que se presentaran los de la ambulancia intentó Lucía que Max le aclarara al policía que no había sido ella quien le había agredido, pero había perdido el conocimiento, por lo que ella se vio obligada a subir la escalera casi a oscuras y empujada por los dos policías, que según supo más tarde, eran amigos de la infancia de Max.

No la escucharon entonces ni después cuando la condujeron a la comisaría del pueblo y ella intentó explicarles que la denuncia de la que había sido objeto obedecía a la venganza de un ex recluso que había sido condenado a una pena de cárcel de diez años por su actuación en el juicio como acusador particular.

En la planta baja de la comisaría de aquel pueblo, destartalada y lóbrega, con un feísimo pavimento de terrazo y un mostrador de madera carcomida, intentó Lucía hacerse entender.

—Así que usted actuó como acusador particular en ese juicio y desde que ha salido ese tipo de la cárcel está tratando de perjudicarla —resumió aburridísimo uno de los dos policías, mientras la empujaban hacia la escalera que llevaba al sótano y luego por un pasillo, que olía a rancio, hacia el único calabozo de la comisaría —. También es mala suerte. ¿Y cómo se llama ese delincuente?

—Se llama Antonio Briones.

Había esperado que aquel rudo policía la creyera al decirle el nombre de su acosador y que la invitara a desandar el camino andado, pero ante su sorpresa el hombre se echó a reír a carcajadas.

—Invéntese otro cuento, guapa. Debería informarse antes de intentar engañarnos con sus fábulas. Antonio Briones fue detenido hace más de una semana por agredir a una niña y el juez le envió de nuevo a la cárcel, donde se encuentra desde entonces. ¿Es que usted no lee los periódicos?

—CAPÍTULO XI—

Lucía pasó la noche en el calabozo de la comisaría en compañía de dos prostitutas borrachas, que tan pronto cantaban a gritos cómo se lamentaban, también a gritos. Le habían permitido hacer una llamada telefónica y dudó durante unos segundos entre recurrir a Lorenzo o a Isabel. No tardó en decidirse por ésta última. Lorenzo le reñiría por no haberle comunicado donde pensaba pasar el día y no estaba de humor para regañinas. Isabel, por el contrario, únicamente se preocupó por ella y le aseguró que se ocuparía de sacarla inmediatamente de allí,

Durante las horas interminables que transcurrieron hasta que amaneció, procuró tranquilizarse y poner en orden sus ideas. ¿Cómo se encontraría Max? Cuando le subieron en una camilla por la oscura escalera del sótano, continuaba inconsciente, según supo más tarde por el policía del bigotazo cuando a ella la condujeron a la comisaría del pueblo. ¿Sería grave su estado? ¿Y quién y por qué le habían agredido? Debía de haber sucedido mientras ella se balanceaba en la mecedora y él se había dirigido a la cocina llevándose los platos sucios. Seguramente el intruso se le había acercado por detrás y después de atizarle un golpe en la cabeza le habría arrojado por las escaleras del sótano. Y ella, como una estúpida, se había quedado dormida en su mecedora sin enterarse de nada.

¿Pero por qué le habrían golpeado a él?, se preguntó desconcertada. No sabía de nadie que le hubiera amenazado anteriormente ni que tuviera ningún enemigo declarado, pero sobre todo, ¿por qué su agresor no la había atacado después a ella, que sin duda era el objetivo principal? En aquel lugar tan solitario nadie hubiera oído sus gritos.

Rememoró seguidamente la sombra que durante la comida creyó avistar tras el tronco de uno de los robles del bosquecillo. Quizás había estado espiando sus movimientos y cuando él se marchó de la terraza, camino de la cocina, entró en la casa por el portón principal, que Max no había cerrado con llave, y le siguió para atacarle por la espalda, atizándole un golpe en la cabeza. Y a continuación, creyendo que le había matado, había llamado a la policía local de Campillo de la Sierra para denunciarla a ella como autora del crimen.

Al llegar a esa conclusión se quedó en suspenso. Así que la finalidad del ataque que había perpetrado contra Max ese tipejo, que sin duda era Antonio Briones, era imputarle a ella un asesinato y que la condenaran a una pena de prisión durante muchos años para que padeciera lo mismo que había padecido él.

Confusa, se pasó una mano por la frente. Las dos prostitutas se habían dormido ya y podía reflexionar ahora con más claridad sin que le molestaran sus gritos, por lo que fue atando cabos. Le pareció escuchar ahora con toda claridad el desdeñoso comentario del policía del bigotazo, instantes antes de encerrarla en el calabozo:

—"Antonio Briones fue detenido hace más de una semana y el juez le envió de nuevo a la cárcel, donde se encuentra desde entonces"

Lo repitió bajito hasta que consiguió entenderlo, a la par que su semblante iba trasluciendo la sorpresa más absoluta. Antonio Briones no podía haber sido el autor de la agresión de Max, se dijo desconcertada. Si le habían encarcelado una semana antes, tenía que ser otra persona la que hubiera atacado a éste la tarde anterior.

Con el ceño fruncido intentó ordenar cronológicamente los hechos. También tenía que ser otra persona la que le había sustraído del maletín la prueba documental del juicio de Alfonso Ríos. Y tampoco había tenido el pederasta la oportunidad de enviarle el tercer correo a su ordenador, mofándose del ridículo que creía que ella había hecho en la audiencia previa del juicio de aquél, porque cuando habían ocurrido esos hechos Antonio Briones había sido ya recluido nuevamente en la cárcel. ¿Sería quizás alguien que estuviera compinchado con ese tipo y que le hubiera seguido el juego después de que hubieran ingresado al otro en prisión?

Aún estaba dándole vueltas a lo que le parecía un acertijo indescifrable, cuando oyó unos pasos que se aproximaban por el pasillo hacia el calabozo en el que se encontraba y reconoció la voz de Isabel que venía acompañada del policía del bigotazo. Éste llevaba una llave enorme en la mano y la aplicó a la cerradura de la reja, mientras le comunicaba con su áspero vozarrón:

—La vamos a dejar libre. Max ha recobrado el conocimiento y ha firmado una declaración en la que manifiesta que fue agredido por un hombre y que usted es inocente, así que... salga.

Había abierto la reja y con el ruido se despertaron las dos prostitutas que empezaron a increparla y a dedicarle toda clase de adjetivos, que a quienes realmente les cuadraban eran a ellas mismas. Lucía ni se volvió para despedirse. Le devolvió el abrazo a Isabel, que le palmeó después la espalda.

—Ya ha pasado todo, chica, ¿estás bien?

Solamente estaba regular. Su pantalón vaquero preferido, además de polvo, rezumaba toda clase de fluidos y olía a moho y a sandía. Su bonita blusa de florecitas rosas y azules era un guiñapo y más que una melena, lo que le resbalaban sobre los hombros eran unas sucias greñas. Había vivido además una experiencia en el calabozo que no había imaginado con anterioridad que padecieran sus clientes, cuando sufrían detenciones similares, porque recordaría siempre la suya como absolutamente denigrante. Claro que sus delincuentes se lo merecían por regla general y ella se había visto en ese trance por una casualidad que no acababa de entender.

—Sí, estoy bien, ¿has visto a Max?—le preguntó mientras se dirigían a la escalera que les llevaría a la planta superior de la comisaría.

Isabel asintió.

—Sí, le he visitado en el hospital que me indicaron estos policías— repuso señalando al del bigotazo —. Continúa ingresado, pero no tardarán en darle el alta. Le han escayolado una pierna y le han puesto unos esparadrapos en la cabeza—. Giró la cabeza hacia ella para preguntarle seguidamente en tono de chanza—: ¿De qué le conoces? Con los esparadrapos está guapísimo.

Volvió a reír Isabel y Lucía intentó imitarla, pero no se sentía con ánimos.

— Es un cliente mío. ¿Y qué declaración ha firmado?

—Una que he redactado yo, en la que manifiesta que fue agredido por un desconocido y que tú no has tenido nada que ver.

—Eso es—rugió con su potente vozarrón el policía, que iba tras ellas—. Por eso la hemos soltado a usted. Pero le aseguro que investigaremos este asunto hasta el fondo. Nunca ha sucedido nada parecido en Campillo de la Sierra y Max es para todos los del pueblo como un hermano más. No vamos a permitir que la agresión que ha sufrido quede impune.

Habían rematado ya el ascenso por la escalera y desembocado en la planta superior y Lucía se giró hacia él para mirarle de frente.

—Dígame, ¿atendió usted el teléfono cuando llamaron a esta comisaría denunciando los supuestos hechos delictivos cometidos en "El robledal"?

El hombre se sonó sonoramente la nariz, mientras asentía.

—Sí, la atendí yo. En esta comisaría solo somos dos. El Fermín y yo.

— ¿Y quien llamó?

—No lo dijo, pero la voz era de hombre. Debería haberle pedido que se identificara, pero al oír que habían asesinado a Max en "El robledal" y que lo habían arrojado por las escaleras del sótano, salimos corriendo para allá sin más preguntas. Recuerdo, eso sí, que afirmó que él había sido testigo presencial y que le había matado usted, Lucía Salces, atizándole un golpe en la cabeza con una barra de hierro.

— ¿Dijo mi nombre? —inquirió Lucía con voz débil.

—Sí, lo recuerdo perfectamente. Por eso la detuvimos en cuanto la vimos en el sótano inclinada sobre Max.

—Ya—musitó ella en un susurro. Había pensado increpar al policía por estúpido en cuanto saliera del calabozo, pero no le quedaron ganas. Se limitó tan solo a insistir—: Y la voz, ¿recuerda cómo era la voz del denunciante?

El policía se encogió de hombros.

—Era una voz de hombre, ya se lo he dicho.

— ¿Pero le pareció que pertenecía a un hombre joven o viejo?

—Pues… yo diría que no era joven. Parecía… parecía como si estuviese acatarrado.

— ¿Diría usted que era una voz cascada?

El hombretón que tenía enfrente la observó sorprendido.

—Pues sí, ¿es que le conoce usted?

Dudó Lucía en referirle nuevamente el acoso a que la estaba sometiendo alguien, del que ahora desconocía su identidad. Había creído que se trataba de Antonio Briones, pero no podía ser éste. La voz era la misma que oyeran por primera vez en el ascensor del edificio del juzgado de Campillo de la Sierra, cuando Max y ella se quedaron encerrados entre dos pisos. Se la atribuyó entonces al ex recluso, al que había achacado también los correos que había recibido en su ordenador y la sustracción de los documentos que debería aportar en la audiencia previa del procedimiento de Alfonso Ríos, pero no podía haber sido él. Tenía que ser otra persona la que hubiera realizado todas esas fechorías. El mismo que había arremetido contra Max en la cocina de "El robledal", y, después de haberle arrojado por las escaleras del sótano, la había acusado a ella de su asesinato.

El policía del bigotazo la observaba receloso, por lo que Lucía salió de su abstracción para despedirse.

—Lamento la equivocación que hemos tenido con usted, pero comprenda que habíamos recibido una denuncia y la encontramos en una situación que no parecía dejar lugar a dudas —se disculpó el enorme hombretón con aire contrito.

En otra ocasión Lucía le hubiera obsequiado con unos calificativos muy poco cariñosos e incluso probablemente hubiera presentado una reclamación contra él, pero no se sentía con fuerzas. Se limitó a levantar displicentemente una mano, como queriendo quitarle importancia al asunto, y salió con Isabel a la calle, abrasada por un sol inclemente que se abatió sobre ellas cuando se encaminaron hacia el coche que su amiga había aparcado en otra calle cercana. Cuando las dos subieron al vehículo, ésta última arrancó, a la par que le dirigía a ella una mirada de refilón para preguntarle:

— ¿Dónde quieres que te lleve? Hoy es domingo, así que creo que deberías aprovechar para ducharte en tu casa e intentar dormir un poco. Te conviene descansar.

—Sí, llévame a mi casa. Tengo que lavarme y cambiarme de ropa, pero después voy a ir al hospital a ver a Max, porque estoy muy preocupada por él. ¿Estás segura de que la lesión de su cabeza no es muy grave?

La otra se echó a reír.

—Eso al menos es lo que me ha dicho el médico que le atiende, pero ese chico se alegrará de verte. En los dos minutos que he estado con él en su habitación, me ha preguntado por ti varias veces y cuando le he dicho que te habían detenido, se ha empeñado en llamar por el móvil al policía del bigotazo, que por lo visto es amigo suyo, para asegurarle que tú eras más inocente que un recién nacido. Le he convencido de que era más ortodoxo que hiciera esa declaración por escrito y, como la llevaba preparada, me la ha firmado sin rechistar.

Lucía sonrió, mientras maquinalmente se apartaba sus sucias greñas de la cara.

—Te agradezco mucho, Isabel, todo lo que has hecho por mí.

Con un ademán, la otra la interrumpió.

— ¡Bah!, no seas boba. Aunque es curioso.

— ¿Qué es lo que es curioso?

Su amiga tardó unos instantes en contestar.

—Todo, todo es curioso. Ese cliente tuyo, que por cierto es encantador, no se ha hecho nada de importancia, ni siquiera una fractura.

— ¿Pues no le han escayolado una pierna?

—Sí, le han puesto una férula, pero solo tiene un esguince y en la cabeza…

— ¿Si?

—En la cabeza tiene únicamente un chichón en la sien, aunque él dice que le golpearon en la cabeza por la espalda y que no vio a su agresor.

Empezando a preocuparse, Lucía volvió a mesarse su sucia melena.

— ¿Cómo ha podido entonces firmar una declaración en la que manifiesta que soy inocente si no vio al que le golpeó?

Isabel volvió a mirarla de refilón.

—La ha firmado porque se lo he pedido yo y porque quería dejarte a ti libre de toda sospecha, pero a mí me ha dicho que no vio a nadie en la cocina cuando entró con los platos sucios. Lo raro es que perdiera el conocimiento por un golpe que solo le ha producido un chichón insignificante. También es sorprendente que, si le tiraron por las escaleras de ese sótano, la caída solo le haya producido un esguince en el tobillo.

—Puede haber tenido suerte —alegó Lucía—. Hay personas que gozan de una salud envidiable y que son resistentes a toda clase de golpes, ¿no crees?

Isabel se encogió de hombros sin apartar la vista de la carretera.

—No lo sé, no estoy ducha en la materia. Ya sabes que lo mío es ir con los documentos judiciales del abogado al juzgado y del juzgado al abogado. No sé nada de medicina ni de anatomía.

Media hora más tarde llegaba Lucía a su domicilio y en cuanto se duchó y se vistió con otros pantalones limpios y una blusa de color azul celeste se dirigió al hospital que Isabel le había indicado y que se encontraba en las afueras de Madrid. Max estaba en pijama sentado en una butaca, con la pierna enyesada apoyada en una banqueta y leyendo el periódico, pero lo cerró en cuanto la vio aparecer.

— ¡Cuánto me alegro de verte, Lucia! Al fin te ha soltado Nicasio. No le guardes rencor. Es un buen hombre, pero un poco bruto. Te ha hecho pasar la noche en el calabozo de la comisaría, ¿verdad?

Asintió ella, tomando asiento a los pies de la cama.

—Sí, porque al parecer alguien le llamó por teléfono denunciando que se había cometido un crimen en "El robledal" y que era yo la autora de ese crimen. Como ese hombre te tiene en gran estima, se puso como un energúmeno y, sin dejar que me explicara, me encerró en el calabozo con dos prostitutas chillonas. Esta mañana me ha sacado de allí Isabel, una amiga que ha venido a verte antes.

Max la envolvió en una mirada de culpabilidad.

—Lo siento. Quería haber pasado contigo un día estupendo en el "El robledal" y vas a guardar ahora un recuerdo horroroso.

Lucía se apresuró a tranquilizarle.

— ¡Bah!, ha sido una experiencia nueva, que podré contarle a mis nietos cuando los tenga. Lo único horroroso de tu casa, bueno, de tu media casa, es el sótano. ¿Por qué no instaló tu padre luz eléctrica en ese antro?

—Claro que hay luz eléctrica en el sótano—se defendió él —. Pero se fundió la bombilla que cuelga del techo hace años y nadie se ha preocupado de cambiarla. Lo pasarías muy mal bajando por esa escalera a oscuras.

Rememoró Lucía el descenso tanteando los peldaños con los pies entre una oscuridad densa, que solo a duras penas lograba disipar durante el lapso en el que el fósforo que encendía esparcía en derredor una débil claridad y se estremeció.

—Peor que mal. Encontré una caja de cerillas en la cocina y las gasté casi todas para encontrarte. Cuando te localicé en el suelo, solo me quedaban tres. Por suerte eres muy grande y tropecé contigo casi enseguida, pero luego, al advertir que no te podías mover, pensé que no podríamos salir nunca de ese sótano y que nos comerían los ratones.

Max se echó a reír al tiempo que se llevaba una mano a la sien, cubierta por un apósito, de mucho mayor tamaño del que le había descrito Isabel.

— ¿Te duele?, —se interesó ella.

—Sí, todavía tengo un buen chichón, pero afortunadamente no ha sido más que eso. No entiendo por donde entró ese tipo ni por qué me sacudió a mí un estacazo.

Lucía retrocedió con la mente a la terraza de la casa de él y hasta le pareció sentir el viento que agitaba las ramas de los robles que se arracimaban frente a la misma con un rumor sordo. Tras el tronco de uno de esos árboles la había parecido distinguir una sombra que no se movía al compás del viento.

—Ese tipo debió de entrar por la puerta principal, porque no la cerraste con llave, pero desconozco por completo su identidad. Nicasio me ha dicho que tenía una voz cascada. ¿Recuerdas la voz que te contestó cuando pulsaste el botón de alarma en el ascensor del edificio del juzgado?

—Sí, claro que la recuerdo.

—Pues era la misma voz.

Sorprendido, Max clavó la mirada en ella. Por debajo del apósito de la sien empezaba a amoratársele el resto de la frente que quedaba al descubierto.

— ¿Cómo lo sabes?

—Porque Nicasio me la ha descrito.

Él se mesó su despeinado cabello, como si ese gesto pudiera servirle para aclararle las ideas.

— ¿Y por qué ese hombre la ha tomado conmigo? Primero nos dejó colgados en el ascensor a los dos para que no pudiera presentarme en el juzgado a tiempo y ahora ha estado a punto de descalabrarme. No lo entiendo.

Su expresión era la de un niño absolutamente desconcertado y Lucía se dijo que probablemente Max pertenecía a ese escaso y privilegiado gremio de personas que le caen bien a todo el mundo y que por consiguiente no están acostumbrados a ser el blanco de las iras de nadie.

—Creo que su objetivo no eras tú, sino yo.

—¿Tú?—Su semblante reflejó la estupefacción más absoluta —. ¿Piensas entonces que se trata de ese violador de niños al que enviaste a la cárcel hace años? No lo creo, porque a ti no te hizo nada ayer y podía haber aprovechado para mandarte al otro barrio, cuando te encontrabas sola en la terraza durmiendo—. La observó intrigado con la cabeza ladeada—. Porque estabas durmiendo, ¿verdad? Empecé a llamarte en cuanto recobré la consciencia, pero tardaste lo que me pareció un siglo en bajar al sótano.

Volvió con la mente Lucía a la terraza de "El robledal" para evocar nuevamente la sombra que se agazapaba detrás de un árbol mientras comían. Efectivamente podía haberla agredido a ella mientras estaba dormida, después de golpear a Max.

—Sí, eché una buena siesta, pero no se trata de ese violador. Hace más de una semana que ese hombre ha ingresado de nuevo en prisión.

Fran se la quedó mirando sin pestañear.

— Entonces… ¿quién?, ¿tu ex pareja?

Lucía meneó negativamente la cabeza. Fran era tan comedido, tan controlado… No podía imaginarle golpeando a Max y menos aún arrojándole por las escaleras. Claro que tampoco podía haber supuesto nunca que él pudiese reaccionar de una forma tan absurda al recibir las fotografías trucadas. Había desaparecido de su vida de improviso sin permitirle explicarse, sin hacer el menor intento de aclarar lo sucedido, y ni siquiera le había dicho adiós. Parecía además que anteriormente mantenía ya una relación con su secretaria, por lo que era posible que incluso se hubiese sentido liberado al encontrar un motivo para dejarla sin que le remordiera la conciencia.

—No, Fran no—dijo al fin—. No le cuadra en absoluto esa manera de actuar y además no es un hombre violento.

—Pero el pijama que aparecía en tu casa… ¿era de él, no?

—Sí, pero…

— ¿Y en la fotografía que dejó en tu mesilla estabas con él en los buenos tiempos, no es así?

—Sí, pero no, Fran no es así. De haber querido arreglarlo conmigo, habría aparecido en mí casa para discutirlo—. Entrecerró los ojos para imaginarse mejor la escena y continuó como para sí misma—: Probablemente disertaría durante un ratito sobre el adulterio y sus consecuencias jurídicas, aunque... aunque bien mirado ninguno de los dos podíamos haber cometido ese delito, tan trasnochado, porque no estábamos casados. A lo sumo lo nuestro podría calificarse de infidelidad—. Se quedó pensativa unos instantes y luego añadió con sarcasmo —: Pobre Fran, su discurso jurídico sería más bien pobre y muy cortito.

Él la observaba con extrañeza.

—Hablas de él como si fuera un compendio jurídico, carente por completo de espontaneidad, de sentimientos.

Lucía levantó la cabeza, volviendo de su ensimismamiento.

— ¿Sí?, pues no sé. A lo mejor estoy equivocada y resulta que en un ataque de celos decidió ayer romperte la cabeza con una estaca y acusarme a mí, después, de haberte asesinado, pero no lo creo. Seguramente ni se acuerda de que existo.

—Eso me parece imposible—replicó él bajando la voz.

Desde los pies de la cama donde había ido a sentarse, Lucía se rebulló inquieta. Una atmósfera pesada parecía respirarse ahora en la habitación del hospital donde se encontraban los dos y sintió de improviso que perdía el aplomo que la caracterizaba y que había logrado acumular tras sus años de ejercicio de la profesión. Insegura se puso en pie.

—Bueno, tengo que marcharme. Voy a aprovechar toda la tarde para dormir porque esta noche pasada, en el calabozo de la comisaría, no he pegado un ojo. ¿Sabes ya cuando te darán el alta?

—No, aún no. El médico ha dicho que mañana o pasado, si sigo evolucionando favorablemente. Estoy lleno de contusiones, pero a lo único que le ha dado importancia ha sido al golpetazo de la cabeza. ¿Por qué lo preguntas?

—Porque vendré a recogerte para llevarte a tu casa. Con esa pata enyesada no puedes conducir.

Sonrió él al escucharla y unas arruguillas aparecieron junto a sus ojos, que incomprensiblemente le rejuvenecieron.

—No podría en cualquier caso, porque el coche se quedó en "El robledal", ¿no lo recuerdas? Lo dejamos bien aparcado en la misma puerta, cosa que me preocupaba hasta hace unos momentos, pero ya está solucionado. Nicasio va a venir a verme y ha quedado en traérmelo y aparcarlo en el garaje de mi casa en cuanto le dé las llaves. Luego regresará a Campillo de la Sierra en autobús.

Le observó Lucía en silencio. Un rayo de sol que penetraba por la ventana arrancaba reflejos dorados del mechón que le resbalaba sobre la frente y resaltaba el color violáceo que, descendiendo bajo el apósito, circundaba ya su ojo, hinchado como si hubiera participado en una pelea de boxeo.

—Es un buen amigo tuyo. Me ha dicho esta mañana que el tipejo que te golpeó tendrá su merecido, porque él se va a ocupar de encontrarle y de detenerle— le comunicó mientras recogía el bolso que había dejado sobre la cama—. Y no olvides llamarme en cuanto el médico decida que te puedes marchar, porque vendré a recogerte.

—De acuerdo, lo haré —replicó él levantando una mano a modo de despedida—. Y… gracias, Lucía. Gracias por haber venido a verme y por haber bajado al sótano a buscarme con esa caja de cerillas que encontraste tan oportunamente.

Se había puesto Lucía en pie y el rostro de Max quedaba a contraluz por lo que no distinguía sus facciones, pero su voz sonaba extrañamente cálida. Sintió ella que nuevamente el ambiente se tornaba casi irrespirable y torpemente consiguió avanzar dos pasos hacia la puerta.

—Me voy. Llámame —logró articular a duras penas.

—Hasta pronto, te llamaré.

—CAPÍTULO XII—

Lucía tomó asiento en la banqueta del locutorio de la prisión de Alcalá Meco y aguardó impaciente a que el recluso al que había ido a visitar compareciera al otro lado del cristal, que, sobre la mampara que dividía en dos el recinto, ascendía hasta el techo. Le había costado tomar esa decisión, pero finalmente había llegado a la conclusión de que era lo mejor que podía hacer para resolver el enigma que le estaba amargando la vida desde que recibiera aquel correo en el ordenador.

Le parecieron siglos los minutos que transcurrieron hasta que Antonio Briones hizo acto de presencia en el lado opuesto del recio vidrio y tomó ella en su mano el teléfono intercomunicador que se encontraba sobre una repisa del zócalo.

El recluso se había quedado de pie frente a ella, mirándola con extrañeza con sus ojillos acuosos. Estaba mucho más viejo de lo que Lucía le recordaba. Parecía un pobre hombre, regordete y de baja estatura, cuyo semblante traslucía el desinterés más absoluto, como si la monotonía de los interminables días en la cárcel se hubiera adueñado de su expresión.

—Me han dicho que tenía una visita, ¿quién es usted?—le preguntó a través del teléfono intercomunicador con una voz sin inflexiones. Pero no era una voz cascada. Era la voz de un viejo, cuyos años hubieran transcurrido en un ambiente poco refinado.

Con la mirada clavada en su interlocutor, ella tragó saliva, a la par que se llevaba el teléfono al oído para hablarle a través del aparato.

—Me llamo Lucía Salces, ¿me recuerda usted?

El hombre la observó atentamente a través del cristal con la cabeza ladeada.

— ¿Lucía… qué?

—Lucía Salces. Soy abogado. ¿No me recuerda?

El recluso tardó unos segundos en contestar. Analizaba su rostro como si intentara hacer memoria.

— ¿Debería acordarme de usted?

—No lo sé. Informé hace muchos años como acusador particular en el juicio por el que le condenaron a usted a prisión por el secuestro y la tentativa de violación de una niña. Fue en la Audiencia Provincial.

El hombre la observó inquisitivamente, antes de mover negativamente la cabeza.

—No era usted y no se llamaba Lucía. Se llamaba Mónica. Mónica no sé qué más. Le escribí cuando me ingresaron aquí, pidiéndole que viniera a verme y también la llamé por teléfono cuando me lo permitieron, pero no quiso hablar conmigo ni contestó a mis cartas. Era una buena chica.

— ¿Se refiere a la abogado de la defensa? —le preguntó ella haciendo un esfuerzo por entender lo que él le decía.

—Sí, a la que me designaron de oficio. No podía permitirme uno de pago, ¿sabe? Antes del juicio me visitó muy a menudo. Ella me dijo que era su primer asunto penal.

Lucía intentó retroceder con su memoria en el tiempo y volver a la Audiencia Provincial aquella mañana. Aquella mañana en la que conoció a Fran y él eclipsó el resto de la escena. Sólo le recordaba a él como si un foco le iluminase, dejando en sombras el resto de la sala y de sus personajes. Pero tenía que acordarse de la muchacha que se hizo cargo de la defensa porque estaba sentada en el estrado enfrente de ella y… sí, era una chica muy joven de aspecto anodino que no consiguió hilar dos alegaciones sin tartamudear. Entre Fran y ella la dejaron sin argumentos y… sí, ahora recordaba que hizo un ridículo lamentable.

— ¿Y dice que comunicó con usted aquí, en la cárcel, muy a menudo?

El hombre asintió con la cabeza. Se notaba que echaba en falta el charlar con alguien, porque se acodó en la repisa adosada al zócalo de madera que soportaba el cristal que les separaba a ambos, como si esa mañana se hubiera producido por fin el milagro de que alguien, ajeno a los muros de la prisión, hubiera reclamado su presencia en el locutorio y estuviera dispuesto a escucharle.

—Sí, venía todos los martes. Me preguntaba cosas y tomaba notas en un cuadernito. Me contó que le entusiasmaba su carrera y que le había costado mucho esfuerzo estudiarla porque no disponía de medios económicos. Luego se celebró el juicio y… ya no la vi más.

Una luz tenue se filtraba por el ventanuco enrejado que se abría en el muro, a espaldas de su interlocutor y aclaraba la penumbra del cuartito, contagiándole la melancolía que se respiraba en el interior de la prisión. Lucía se acodó también en la repisa, adosada al zócalo, para preguntarle:

— ¿Y no supo nada de ella más tarde?

Una expresión de condolencia se pintó en el arrugado semblante de él.

—Me dijeron que había muerto.

— ¿Que había muerto?, ¿de qué?, era muy joven.

El hombre se encogió de hombros.

—No lo sé. ¿Usted no la conoció?

—Solo de vista y únicamente coincidimos ella y yo en aquel juicio —. Respiró hondo para dirigir la conversación al tema que le interesaba —. Pero yo he venido a comentarle otra cosa. A finales del mes pasado cumplió usted su condena y le pusieron en libertad. ¿Trató usted entonces de ponerse en contacto conmigo de alguna forma?

— ¿De ponerme en contacto con usted?—repitió él con extrañeza —claro que no. Yo no la conozco de nada. Me marché a mi pueblo, a Fuenlabrada, con una hermana que vive allí y… bueno, cerca había una escuela y yo me acercaba por las tardes para darles a la salida caramelos a los niños. Y… por eso estoy aquí otra vez, en prisión provisional y pendiente de otro juicio, pero ya no estará Mónica.

—No, ya no estará— se impacientó ella—. ¿Pero entonces no me envió usted un correo a mi ordenador, comunicándome que ya había salido de la cárcel?

El hombre la miró con la estupidez pintada en su semblante.

— ¿Yo?, ¿por qué había de comunicarle nada si no la conozco? Además, no entiendo nada de ordenadores, no he usado nunca ninguno. ¿Qué fue lo que le mandaron?

—Un correo, un e—mail.

La expresión bobalicona de él se acentuó.

—No sé lo que es eso. Yo no le he enviado nada. ¿Es que quiere que le mande una carta?

—No, no quiero que me mande nada. Solo una pregunta más. ¿Ha estado usted alguna vez en un pueblo cercano a Madrid que se llama Campillo de la Sierra?

— ¿Yo?, claro que no. Ya le he dicho que mi hermana vive en Fuenlabrada y no he salido del pueblo el poco tiempo en el que me han dejado libre.

—Ya—murmuró Lucía poniéndose en pie—. Pues perdone por haberle entretenido. Solo quería hacerle unas preguntas, pero ya me marcho.

—Pero oiga, aún no ha terminado el tiempo de comunicación—protestó él que debía encontrar pocas oportunidades de charlar y deseaba seguir explayándose con aquella desconocida.

Sin detenerse, Lucía salió apresuradamente del locutorio y recorrió el pasillo en dirección a la salida. Tras cumplimentar los controles reglamentarios, desembocó en la amplia y achicharrante explanada de la cárcel donde había aparcado el coche, tratando de reflexionar. No entendía nada. Ahora sabía con seguridad que no había sido Antonio Briones quien le enviara el primer correo amenazándola, ni quien le pinchara las cuatro ruedas del coche ni el que produjera la avería del ascensor del juzgado de Campillo de la Sierra, dejándoles a Max y a ella colgados entre dos pisos para que no llegaran a tiempo a la vista del juicio. Esas tretas se las había atribuido a él, porque había tenido oportunidad de haberlas cometido antes de que le detuvieran y le ingresaran nuevamente en prisión, pero después de visitarle tenía la certeza de que su autor tenía que haber sido otra persona. Alguien que guardara algún tipo de relación con aquel maldito juicio que se había celebrado diez años antes y en el que había conocido a Fran. La había deslumbrado él de tal manera, que apenas si recordaba otra cosa que el empeño que puso en estar a su altura, en llamar su atención para que se fijara en ella, aunque se estrenaba en el foro ese día y no podía parangonarse con la seguridad que él derrochaba ni con su experiencia.

Por la carretera, de regreso a Madrid, fue barajando esas ideas y en cuanto llegó a su solitaria oficina corrió hacia su despacho para tomar asiento en la butaca, tras su mesa, y recapacitar con el rostro entre las manos. Nuevamente reconstruyó en su mente aquél juicio, intentando obviar la imagen de Fran, pero no consiguió vislumbrar más que sombras en torno a la figura de él, como si los restantes personajes de la escena fueran meros comparsas que actuaran en la oscuridad. Quizás si consultara nuevamente los autos…

Apresuradamente salió a la antesala. No había comido aún y notaba un vacío en el estómago, pero Olvido todavía no había llegado, por lo que le pareció el momento idóneo para buscar en el archivo los autos de aquél juicio sin que nadie le molestara. En esa época aún lo conservaba todo en papel. El auge del ordenador se había impuesto más tarde, pero ella jamás tiraba nada a la basura por mucho tiempo que hubiera transcurrido, por lo que revolvió en la "B" del archivador que tenía en un cuartito que siempre estaba cerrado con llave, hasta que dio con lo que buscaba. Rezumaba polvo, pero extrajo de la carpeta con cuidado el fajo de papeles archivados bajo el nombre de Antonio Briones y se los llevó a su despacho, cerrando la puerta a continuación para que no la interrumpiera Olvido cuando llegara.

Encontró enseguida el nombre de la abogado de la defensa. Se llamaba Mónica Serrano y había sido designada de oficio. Probablemente se había estrenado con ese juicio en el foro o en otro caso había sido uno de los primeros de la chica, porque su número de colegiada denotaba que se había dado de alta poco antes. Casi al tiempo que ella y que Isabel, se dijo pensativa. Las tres debieron de iniciarse a la vez en los tribunales, aunque con muy desiguales resultados. Ella había obtenido un éxito notable, Isabel, como procuradora en un juicio penal, apenas si tuvo otro cometido que el de efectuar la conexión habitual entre el abogado y la sala, por lo que continuó siendo tan desconocida en el mundillo jurídico como antes de celebrarse la vista, y Mónica... podría decirse que la pobre chica se estrelló al ser designada por el turno de oficio para efectuar la defensa de Antonio Briones. Pero, si, como le había comentado éste, había muerto ya, era inútil indagar sobre ella.

Pasó entonces a averiguar los nombres de los magistrados que habían formado parte del tribunal y dictado la sentencia. Sabía que dos se habían jubilado y que el tercero se había trasladado al tribunal de la Haya. Debían ser además muy mayores ya.

Aparte del público, quedaban Fran y ella, pero a Fran debía descartarle. Era un hombre frío, controlado, incapaz de actuar irreflexivamente y de dejarse dominar por las emociones e incluso por los sentimientos. Tenía que haber otra explicación a lo que le estaba sucediendo.

En ese momento levantó la cabeza de los papeles que estaba consultando al percibir el sonido de la puerta del piso al abrirse y el rumor de conversación de dos personas, en las que reconoció las voces de Olvido y de Lorenzo. Hacía días que no veía a éste último, pero al oír segundos más tarde que alguien llamaba con los nudillos a la puerta de su despacho, dio por seguro que se trataba de él. Venía como siempre de punta en blanco, pero había algo en su expresión que la intrigó.

—Vengo a presentar mi dimisión —le dijo al tiempo que se dejaba caer con la agilidad que le caracterizaba en unos de los sillones de los clientes.

— ¿La dimisión de qué?

—De mi trabajo de guardaespaldas—replicó imperturbable.

— ¿Y eso por qué?

—Se habrá enterado de que Antonio Briones está nuevamente en la cárcel, así que no tiene usted nada que temer. El trabajo que me encargó carece de sentido ya.

Lucía se apartó la melena de su rostro antes de acodarse en la mesa y, aunque ésta se interponía entre los dos, pudo apreciar el suave olor a colonia de Lorenzo.

—Efectivamente está en la cárcel. Vengo de entrevistarme con él en el locutorio de la prisión de Alcalá Meco y de enterarme que ese hombre no ha tenido nada que ver con ninguno de los hechos que le había achacado. No me envió ninguno de los correos ni me recordaba siquiera. Es otra la persona que quiere vengarse de mí.

El semblante de Lorenzo denotó el interés que habían despertado en él sus últimas palabras y se inclinó en la butaca hacia Lucía, esperando que le hiciera partícipe de lo que había descubierto.

— ¿Quién?

—Eso todavía no lo sé, pero a Antonio Briones tenemos que eliminarle como sospechoso. Creo que mi acosador es alguien que tuvo algún tipo de relación con el juicio en el que le condenaron, pero no es él, de eso estoy segura.

Lorenzo enarcó las cejas y con ese gesto se acentuó la semejanza de su semblante con el de una estatua romana Sin duda tendría esa expresión alguno de los contemporáneos de Julio César al enterarse de la noticia de su asesinato en el Capitolio, se dijo ella.

— ¿Tuvo usted algún otro juicio por esa época en el que condenaran al procesado a una pena de diez años? —le preguntó él con interés.

—No, porque en los restantes actué como abogado de la defensa y creo recordar que no perdí ninguno.

—Así que ese año ganó usted todos los juicios en los que intervino — resumió Lorenzo con cierto sarcasmo, no exento de admiración. Y eso que entonces era una novata—. Tengo que felicitarla entonces, aunque ya sabía que es una magnífica profesional.

—Gracias —replicó Lucía secamente, porque por el tono con el que se expresaba él no le sonó a alabanza su comentario—. Pero vamos a ceñirnos a los que nos interesa. Sigo necesitando su ayuda, así que espero que continúe dispuesto a prestármela.

Lorenzo se la quedó mirando con cierta insolencia.

— ¿Está segura de necesitarme?

—Naturalmente.

—Pues actúa como si en lugar de necesitarme, le estorbara. ¿Dónde estuvo el sábado? Se guardó mucho de comunicarme que pensaba pasar el día en el campo con ese nuevo cliente que quiere acortarse el nombre y comprenderá que no puedo realizar mi trabajo si usted no confía en mí ni me comunica cuáles son sus planes. Me mintió. Me dijo el viernes que al día siguiente iba a ir al cine con su amiga Isabel.

¿Cómo conocería Lorenzo la existencia de su amiga?, se preguntó. Estaba segura de no haberle hablado nunca de ella.

—¿Le dije eso?—se extrañó aparentando confusión —. Perdone, pero la invitación a comer en el campo me la propusieron después de hablar con usted. Se había marchado ya cuando ese cliente me llamó.

—Pero podía habérmelo comunicado por el móvil.

Aturdida, se pasó una mano por la frente mientras se preguntaba por qué no lo había hecho y obtuvo inmediatamente la respuesta. Ni siquiera se le había ocurrido. Le alegró tanto la llamada de Max que se olvidó por completo de Lorenzo e incluso pospuso la preocupación que le inspiraba su desconocido acosador para otro momento, como si éste tuviera por costumbre desistir de su intento de perjudicarla los fines de semana.

Había sido una estúpida, se dijo recordando como se había quedado dormida en la terraza de "El robledal", pese a haber visto a alguien escondiéndose tras el tronco de un árbol. Evocó después su recorrido por las oscuras habitaciones de la casa, su tropezón con el niño de la cítara y sobre todo su descenso por la escalera del sótano alumbrándose con unas cerillas que extrajo de una caja astrosa. Le había dado mil oportunidades a ese desconocido para que la agrediera aprovechando la soledad del lugar y si su objetivo había sido que la procesaran como autora de un delito de homicidio o de tentativa de homicidio, había estado a punto de conseguirlo.

—Lo siento—se disculpó en voz muy baja—. Tiene usted toda la razón. De haber podido contar con usted, probablemente no habría terminado el día como terminó. Supongo que sabe que golpearon a mi cliente y le dejaron sin sentido. Para colmo, me denunciaron como autora de la agresión y pasé la noche en el calabozo de la comisaría.

Lorenzo se quedó mirándola sin pestañear.

—Lo pasaría muy mal. Estoy seguro de que ha sido para usted una experiencia horrorosa y procuraremos que no se vuelva a repetir.

Lucía trató de adivinar por la expresión de él lo que había querido decir. Estaba serio, sin la petulancia que acostumbraba a manifestar, como si sintiera profundamente lo que a ella le había sucedido, por lo que respiró aliviada.

—Entonces, va a seguir ocupándose de tratar de identificar a ese individuo, ¿verdad?

—Sí, si eso es lo que quiere, siempre que acepte mis condiciones.

— ¿Y cuáles son sus condiciones?

—Que me diga la verdad siempre y en todo momento, así como que me comunique anticipadamente sus planes.

Volvió a recordar Lucía la oscura y pestilente escalera del sótano de "El robledal", por lo que no tardó en decidirse y en darle una respuesta.

—De acuerdo.

Él bajó la cabeza y permaneció meditando algo, como si no acabara de decidirse a hacerle una pregunta. Al fin levantó la mirada hasta su rostro y le preguntó con una timidez que no le cuadraba en absoluto:

— ¿Puede contestarme a una cosa?

—No lo sé, supongo que sí —replicó recelosa.

—Es sobre su pareja. O su ex pareja, —puntualizó —. ¿Lo ha visto últimamente o ha sabido algo de él?

—No, no le he visto.

—Pero ya no le importa como antes, ¿no es así?

Parpadeó sorprendida. ¿Qué tendrían que ver los sentimientos que le inspiraba Fran con la amenaza de arruinarle la vida que le había formulado aquél desconocido por medio del correo de su ordenador? ¿Y qué relación le encontraría Lorenzo a su ex pareja con lo que les había ocurrido a Max y a ella la tarde anterior?

—No creo que lo que yo sienta o deje de sentir por Francisco Guillén afecte para nada a su trabajo—replicó adusta —. Es un asunto privado que no tiene nada que ver con usted.

Lorenzo sonrió con cierto sarcasmo.

— ¿Está segura? Si analiza los movimientos de ese tipo verá que han ido todos encaminados a perjudicarla y a arremeter contra todo lo que le importa a usted, es decir, a su pareja y a su trabajo. Si ha sustituido a su ex pareja por ese cliente con el que pasó el sábado, es lógico que su acosador le haya atacado, ¿no lo comprende?

Estupefacta, Lucía abrió desmesuradamente sus grandes ojos azules, clavándolos incrédulamente en su interlocutor.

— ¿Para hacerme daño a mí?

—Claro, es la única explicación que puede dársele a lo que le sucedió anteayer. ¿Para qué si no iba a golpear a ese hombre al que seguramente no conoce de nada?

—Sí, yo también lo he pensado, porque no sé si sabe que me denunció por teléfono a la policía como autora del asesinato de Max Pereira. Seguramente creyó que le había matado cuando le arrojó por las escaleras del desván, en cuyo caso puede que pretendiera cargarme a mí el sambenito para que fuera condenada a prisión, después de celebrarse un juicio en el que, en lugar de papel de abogado defensor, me tocaría sentarme como reo en el banquillo. ¿Lo cree posible?

Él tardó unos segundos en responder. Parecía estar enfocando el asunto desde un nuevo prisma.

—Sí, claro que lo creo posible—terminó por reconocer.

—Por eso he ido esta mañana a la cárcel —continuó ella—. Quería hablar con Antonio Briones para aclarar qué hechos podían serle imputables y cuáles no, pero él no tenía ni idea de quien era yo, no me recordaba en absoluto, así que tenemos que descartarle.

— ¿Y no se acuerda de ninguna otra persona a la que en el pasado haya podido usted perjudicar como abogado?

Frunció Lucía el ceño para concentrarse mejor.

— ¿Y que como consecuencia haya ido a la cárcel, condenado a una pena de diez años?, no. Puede que ese tipo no tenga nada que ver con mi profesión y que sea un psicópata.

—Podría ser —admitió Lorenzo con sorna—pero no lo creo. A a mí me da la impresión de que su comportamiento obedece a un plan perfectamente meditado. Por eso le he hecho esa pregunta.

Lucía desvió los ojos hacia la soleada plaza que se veía a través del cristal de la ventana rememorando la tarde que había pasado en compañía de Max en "El robledal", antes de haberse dormido ella en la terraza. Y luego su expresión risueña el día anterior en la habitación del hospital, para pasar a recordar, sin solución de continuidad, a Fran en su casa, siempre con la cabeza inclinada sobre las páginas de un libro. Y en la sala de la Audiencia Provincial, con el empaque que le caracterizaba cuando acusaba al procesado que ocupaba el banquillo con una oratoria precisa y clara.

—No he sustituido a mi ex pareja por nadie —repuso al fin con voz firme—ni tengo intención de sustituirle por el momento. Ese cliente al que usted se ha referido, no es más que eso, un cliente muy agradable, pero como otros muchos. He quedado en recogerle en el hospital cuando le den el alta para llevarle a su casa, porque tiene una pierna escayolada, pero de eso no puede deducir nada de lo que usted ha insinuado. Quiere decir solamente que me considero responsable de que se encuentre en el estado en el que se encuentra y que por eso me siento obligada a ayudarle.

Lorenzo hizo un gesto de asentimiento mientras Lucía sentía que el molesto vacío de su estómago se acrecentaba. Aún no había comido y si continuaba hablando con él, la llegada del primer cliente de la tarde le impediría bajar a la calle a tomarse un sándwich en una cafetería cercana, por lo que se puso en pie.

—Perdone, pero tengo que marcharme.

—No ha comido todavía, ¿verdad?

¿Cómo lo sabría Lorenzo? ¿La habría seguido hasta la cárcel y la habría escoltado luego hasta el despacho sin que ella se hubiera dado cuenta?

—No, pero no tengo tiempo de acercarme a comer a mi casa, así que bajaré a tomar algo en alguna cafetería.

Sin levantarse de la butaca, Lorenzo levantó la cabeza hacia ella.

— ¿Me permite que la invite?

Experimentó Lucía un sobresalto que consiguió a duras penas disimular. No acababa de entenderle ni sabía cómo calificar su actitud hacia ella. Tan pronto parecía despreciarla por pertenecer a un nivel social superior al de él, como daba la impresión de que la admiraba y pretendía que lo que les unía a los dos fuera algo más que una amistad.

—No, claro que no—le contestó sonriendo para no herirle.

— ¿Me permite entonces que la acompañe?

A eso no podía negarse, por lo que hizo un gesto de asentimiento.

—De acuerdo, pero tengo que regresar enseguida, porque la primera visita de esta tarde ya no puede tardar.

Le abrió Lorenzo la puerta del despacho para que ella le precediera, demostrando que poseía unos modales que Lucía nunca le hubiera atribuido y se comportó más tarde con la misma deferencia en la cafetería donde entraron para que ella se tomara un sándwich y un café. Poco después se despidieron en el portal y ella tomó el ascensor para subir al despacho. Olvido estaba ya sentada en su mesa en la antesala y se dirigió a ella al oírla entrar.

—Aún no ha llegado nadie, ¿sabe?

—Estupendo —aprobó Lucía, sin detenerse, hasta que oyó a la otra balbucear con la timidez que la caracterizaba:

—Doña Lucía, yo… yo quería hablar con usted.

Intrigada, retrocedió sobre sus pasos y se apoyó en la mesa de su secretaria.

—Pues dime.

—Quería hablarle de Lorenzo—empezó Olvido, roja como la grana.

— ¿Sí?

—Quería preguntarle… quería preguntarle su opinión sobre él.

—¿Mi opinión?—se extrañó ella observando a la chica que tenía enfrente, tan azarada que de improviso le recordó a aquella otra que muchos años antes se sentara en el estrado frente a ella y tartamudeara penosamente cuando el tribunal le dio la palabra y pretendió formular su alegato. Un fogonazo cruzó por su cerebro, pero se extinguió antes de haber llegado a darle forma, dejándole una extraña sensación de vacío, como si debiera recordar algo que no conseguía concretar.

—Sí… su opinión sobre Lorenzo. ¿Cree que es un muchacho serio o…?

—Pues…no tengo ni idea —repuso intentando aparentar indiferencia, mientras infructuosamente luchaba por traer de nuevo a su memoria la idea que se había desvanecido como si la hubiera borrado de sus recuerdos un soplo de viento—. ¿Es que se te ha insinuado?

Se lo había preguntado medio en broma, porque no podía imaginar que su atractivo guardaespaldas se sintiera atraído por Olvido, anodina y feúcha, pero ante su sorpresa la vio hacer un gesto de asentimiento.

—Sí, fui a cenar con él el sábado y hoy hemos comido juntos.

Y había pretendido después comer nuevamente con ella, se dijo estupefacta. ¿Sería un don Juan de vía estrecha o un tragón que por mucho que engullera nunca se sentía saciado? Se inclinó más bien por la primera de las opciones al rememorar las miradas significativas que le había dirigido, pero Olvido estaba esperando su respuesta y se sintió obligada a contestarle.

—No le conozco apenas, Olvido, pero aún eres muy joven así que…

—Tengo veinticinco años —la interrumpió la chica.

—Pues eso, muy joven, pero no te puedo aconsejar. Supongo que lo que me preguntas es si creo que va en serio contigo, ¿no?

Su secretaria enrojeció aún más de lo que ya estaba.

—Sí, eso es.

—Pues no lo sé.

El timbre de la puerta las interrumpió, lo que agradeció Lucía, que se metió perpleja en su despacho preguntándose qué clase de hombre sería Lorenzo. ¿Pretendería engatusar a todas las mujeres de su entorno? Le había dado antes la impresión de que cuando le había preguntado si había sustituido a Fran por Max, lo que verdaderamente quería averiguar era si tenía el campo libre para intentar ocupar el puesto del primero, pero probablemente estaba equivocada.

Le olvidó en cuanto llegó su primer cliente y le había borrado por completo de su mente cuando se marchó a su casa y se tumbó en el sofá del salón después de quitarse los zapatos. La persiana del gran ventanal estaba subida, aunque ya había oscurecido y de improviso vio el ya familiar destello en la ventana de la casa de enfrente. Alguien la estaba observando con unos prismáticos, por lo que se incorporó de golpe, más indignada que asustada. Ya sabía lo que iba a hacer, ¿Cómo no se le habría ocurrido antes? Se mudaría de piso. Nada la retenía en el que habitaba en esos momentos, pues ya había llegado a la conclusión de que Fran no iba a volver. Además, ese piso nunca le había gustado. Era pequeño y oscuro y si se habían decidido a alquilarlo había sido porque su renta era muy asequible y Fran miraba mucho el dinero.

Pero ella no necesitaba escatimar gastos, porque el despacho le proporcionaba unos ingresos muy elevados, de modo que buscaría otro más grande, más luminoso y más caro, sobre todo más caro, donde el desconocido vecino de la casa de enfrente no pudiera espiarla con sus prismáticos.

Decidida se puso en pie y se dirigió a la habitación que utilizaba como despacho poniendo en funcionamiento el ordenador para buscar los anuncios de pisos en alquiler. No tardó en encontrar uno que le gustó en la calle de Eduardo

Dato, que era lo suficientemente ancha como para que los habitantes de las casas de enfrente no pudieran distinguirla dentro de la vivienda desde sus ventanas. Apuntó el número de teléfono al que debería llamar al día siguiente y el de una casa de mudanzas y luego volvió a tumbarse en el sofá. Que disfrutara su estúpido vecino de su contemplación mientras pudiera, porque ella iba a abandonar ese piso esa misma semana.

—CAPÍTULO XIII—

Fue lo primero que hizo en cuanto se despertó a la mañana siguiente. El piso de la calle Eduardo Dato lo enseñaba una agencia inmobiliaria y quedó en acercarse a visitarlo a la hora de comer. Luego marcó en su móvil el número de teléfono de Max, que contestó inmediatamente a su llamada.

—Lucía, ¿eres tú? Me van a dar el alta hoy mismo, en cuanto el médico redacte un informe en el que imagino que alabará lo dura que tengo la cabeza y el chichonazo con el que me obsequió ese tipo. Lástima que me golpeara por la espalda, porque de haberle llegado a ver, el que hubiera rodado por las escaleras del sótano hubiera sido él.

Contagiada por su optimismo, Lucía se echó a reír.

— ¿Te sueltan ya? ¿A qué hora te recojo?

— ¿A qué hora te viene bien?

—Pues... tengo una apelación en la Audiencia Provincial a las once, pero soy la parte apelada, ¿sabes? —le explicó con orgullo.

— ¿Y eso de la parte apelada qué es? —la interrumpió él.

— Se trata de un recurso. El que pierde un juicio civil en primera instancia, puede interponer después un recurso de apelación ante la Audiencia Provincial, pero yo defiendo los intereses de la parte apelada, o sea, de la que ganó el pleito en primera instancia, es decir, en el juzgado.

—Ya, así que eres muy lista, ¿no?— bromeó Max

—Yo diría que sí— replicó ella siguiéndole la corriente —. Pero no tengo ningún mérito, porque ya nací listísima. En el colegio era la primera de la clase y en la facultad, la segunda.

— ¿Y quién era el primero? —se rió él.

—El primero era un compañero que poseía una memoria descomunal y recitaba las lecciones al pie de la letra, con puntos y comas. Ahora no le va muy bien, porque en el ejercicio de la profesión hay que improvisar bastante y a nadie le interesan los puntos y las comas de los escritos que formalizas en el procedimiento en cuestión. Pero vayamos al grano. Puedo recogerte cuando termine la apelación, que calculo que puede ser a eso de la una. ¿Te viene bien?

—Me viene estupendamente.

—Pues te llamaré por el móvil para que estés preparado. ¿Tengo que hacerte el equipaje?

Volvió a oír la risa de él.

—No sé si recuerdas que me trajeron aquí descalabrado y con lo puesto, así que no tengo equipaje que llevarme.

—De acuerdo, pues hasta luego entonces.

Cortó la comunicación sintiéndose eufórica. Iba a ver a Max esa mañana, iba a abandonar definitivamente ese piso dejando al vecino del tercero de la casa de enfrente absolutamente defraudado y el recuerdo de Fran y el de los años en los que había vivido con él encerrado entre sus cuatro paredes. Empezaría una vida nueva sin el lastre de esos años y volvería a sentirse joven de nuevo. Hasta era posible que su acosador no consiguiera localizarla y se diera por vencido.

Aunque le sobraba tiempo, se vistió deprisa con su traje pantalón de hilo azul marino y una blusa blanca. Era la vestimenta que reservaba en verano para las vistas en los procedimientos judiciales, porque debajo de la toga solo se le veía un palmo de pantalón, tan oscuro, que parecía negro, indumentaria obligada para los letrados en las salas de la Audiencia. Aunque últimamente se habían relajado mucho las costumbres y algunos aparecían con pantalones claros y camisas de otros colores, lo que a Fran le irritaba mucho.

Le recordó de nuevo y paseó nostálgicamente su mirada por el dormitorio, en el que había compartido con él momentos tan felices. ¿Qué estaría haciendo en esos momentos? Seguramente estaría trabajando en su despacho o quizás se hallase en la celebración de una vista en la sección segunda de lo penal de la Audiencia Provincial. Ella también iba esa mañana a la Audiencia Provincial, pero por fortuna la sección civil se ubicaba en otro edificio, por lo que era imposible que coincidiera con él en el pasillo. Se preguntó cuál debería ser su comportamiento si se lo encontrara alguna vez en alguna parte. ¿Cómo debería reaccionar ella entonces? ¿Debería saludarle como si no hubiera pasado nada? ¿Debería ignorarle o quedar con él más tarde para aclararle que las fotos de ella que había recibido habían sido manipuladas? No consiguió dilucidar qué sería lo procedente. Ni siquiera logró ordenar las confusas ideas que circulaban por su cabeza y mucho menos aclarar si deseaba verle o si por el contrario prefería que no se entrometiera en su presente.

Ya arreglada, se dirigió al salón para dejarse caer en el sofá y con la intención de borrarle de su mente y matar el tiempo abrió la carpeta de piel que llevaba bajo el brazo para echarle un vistazo y repasar los fundamentos del escrito de oposición al recurso que formuló ella y presentó en su día Isabel en el juzgado de primera instancia, para que éste lo trasladara a la Audiencia, que era la competente para tramitarlo. Unos días antes había guardado la copia de ese escrito en la cartera que tenía sobre las rodillas. Sorprendida, extrajo de ésta un fajo de papeles en blanco, pero no la fotocopia que buscaba. Revolvió nuevamente el interior de la carpeta hasta que se convenció de que estaba vacía y de que su invisible enemigo se la había jugado nuevamente. ¿Qué podía hacer? Había redactado ese documento en su oficina, por lo que no podía recuperarlo en el ordenador de su casa, aunque sí tenía tiempo aún de llamar a Olvido y pedirle que se lo reenviase a través del correo electrónico, para imprimirlo a continuación.

Angustiada marcó el número en el teléfono fijo que tenía en la mesita, junto al sofá y aguardó impaciente a que su secretaria descolgase el suyo en la antesala. Con una ansiedad creciente contó hasta seis timbrazos sin que la chica atendiese su llamada. ¿Habría marcado mal el número? Volvió a llamar y escuchó nuevamente otros seis timbrazos. ¿Estaría Olvido en el baño o habría hecho novillos también, como anteriormente hiciera Rosalía?

Se debatió durante unos segundos entre la opción de no comparecer en la Audiencia y en la de arrojar el portafolio sobre el sofá y acudir a la vista sin la copia del escrito en cuestión, pero finalmente se decidió por una tercera posibilidad. Si se apresuraba, aún podría llegar al despacho, poner en funcionamiento el ordenador y recuperar el documento.

Como una exhalación salió del piso y tomó el ascensor hasta el garaje, temiendo de pronto que aquel desconocido le hubiera pinchado de nuevo las ruedas, pero al parecer había invertido todo su tiempo en sustraerle los documentos que guardaba en la carpeta y no había dispuesto del necesario para cometer esa nueva fechoría, por lo que suspiró con alivio.

Mientras arrancaba su Mercedes y salía a la calle, se fue preguntando cómo habría podido su acosador hacerse con la fotocopia de su escrito de oposición a la apelación. Lo había dejado en su casa, encima de la mesa de su despacho y hacía días que había cambiado la cerradura. ¿Es que era capaz de traspasar los muros como el Comendador de don Juan Tenorio, que acudía a cenar con él después de muerto sin utilizar las puertas?

Debía de mudarse cuanto antes y en su nueva casa instalaría un servicio de alarma conectado con su móvil, lo que le permitiría ver en la pantalla de éste quien entraba y quien salía de su casa en su ausencia. Colocaría también en la puerta varios cerrojos y una caja de seguridad empotrada, donde guardaría los documentos con los que tuviera que acudir a las vistas.

Sorteó las calles adyacentes a una velocidad superior a la permitida y al fin llegó al edificio donde se encontraba su oficina e introdujo velozmente el coche en el garaje. Con el corazón martilleándole dentro del pecho, aguardó al ascensor, que tardó un siglo en descender hasta el sótano, y otro siglo después en iniciar el ascenso y detenerse en la cuarta planta. A toda la velocidad que le permitían sus piernas echó a correr por el rellano hasta que alcanzó la puerta del piso y luchó por introducir la llave en la cerradura dominando a duras penas sus nervios. Al fin lo logró y abrió la puerta de golpe, desembocando como un ciclón en la antesala.

Olvido estaba sentada en su mesa repasando unas notas y levantó la cabeza sorprendida cuando la vio entrar despeinada y sudorosa.

— ¿Usted aquí?, no la esperaba. Creía que tenía un juicio esta mañana.

—Te he llamado por teléfono—jadeó sin aliento, mientras corría hacia su despacho —. ¿Es que no me has oído? Necesitaba recuperar un documento de mi ordenador y que me lo reenviaras al de mi casa.

— ¿Un documento? —repitió la chica con cara de boba, poniéndose en pie. No ha sonado el teléfono en toda la mañana.

La había seguido y mientras Lucía encendía el ordenador y aguardaba inquietísima a que procesara su enrevesado mecanismo y apareciera el salva pantallas en el monitor, permaneció junto a la puerta, observándola incrédulamente.

— ¿Dice usted que me ha llamado por teléfono?

—Sí —casi rugió ella, consultando el reloj con los nervios rotos—. Ve a tu mesa a comprobar si tiene línea, mientras este chisme se pone en marcha.

Tardó otro siglo el ordenador en mostrar en la pantalla sus iconos de colores y ella un segundo más en entrar en el escritorio e intentar localizar el documento. No estaba. Con la frente perlada de sudor repasó la relación de escritos de oposición a la apelación sin encontrarlo. ¿Dónde podría haberse metido el que necesitaba?

— ¿Quiere que la ayude?—se ofreció amablemente Olvido —. Está usted nerviosa y por eso no encuentra lo que busca. Dígame con qué nombre ha archivado ese documento.

Se sentó en la butaca que Lucía había dejado libre y sin alterarse siguió sus indicaciones con el ceño fruncido, terminando por hacer un movimiento negativo con la cabeza.

—Lo siento, pero ese documento no está.

— ¿Se ha borrado? —gritó ella al borde de la histeria.

—No lo sé. En la papelera de reciclaje tampoco está. ¿No habrá escrito otra cosa encima sin darse cuenta?

—Claro que no—protestó, intentando dominarse. De haberse dejado llevar por sus nervios se hubiera puesto a llorar a gritos. ¿Qué iba a hacer ahora? ¿No comparecer? Después de todo, era la parte apelada por lo que su ausencia no acarrearía el desistimiento de su oposición al recurso. Pero perdería la oportunidad de rebatir los argumentos con los que la contraparte pretendía impugnar la sentencia que había ganado su cliente, lo que le produciría un claro perjuicio. Además, no había faltado jamás a una vista, así que iría a la Audiencia y capearía el temporal confiando en su buena memoria.

Ya llegaba tarde, por lo que salió corriendo nuevamente del despacho, se precipitó en el ascensor, que aún permanecía en la planta, y ya en el garaje siguió corriendo entre los vehículos hasta que dio con el suyo, y en cuanto se sentó frente al volante arrancó.

Al edificio de la Audiencia llegó con media hora de retraso, a la que tuvo que sumar los minutos que invirtió en la sala de togas para que le entregasen una con la que cubrir la indumentaria que vestía y los que tardó el ascensor en llegar hasta la tercera planta, donde, sin aliento, desembocó al fin.

Nada más echar a correr hacia la sala de vistas, distinguió a Isabel apoyada en la pared del pasillo, charlando con el abogado de la parte contraria y exhaló un suspiro de alivio. Había llegado a tiempo. Aún no habían entrado en la sala y a ella le darían la palabra en segundo término, de modo que, mientras el otro abogado se explayara, alegando los fundamentos por los que impugnaba la sentencia del juzgado de primera instancia, ella recobraría la respiración y se opondría en base a… ¿en base a qué? En ese momento no recordaba los pormenores del asunto. ¿Qué iba a hacer?

Isabel se dirigió a su encuentro con su maletín en la mano.

— ¿Cómo te encuentras?, ¿estás bien?

Lucía hizo un ademán negativo, meneando exageradamente las manos.

—No, estoy fatal. He perdido o me han quitado el escrito de oposición al recurso y en este instante no consigo recordar en lo que me basé, así que… así que no sé qué es lo que voy a hacer.

Su amiga le sonrió cariñosamente.

—No te preocupes. He traído la fotocopia que le hice a tu escrito, antes de presentarlo en el juzgado, —le comunicó mientras se inclinaba para abrir el maletín sobre sus rodillas—. Toma y date prisa, porque la apelación anterior está a punto de terminar.

— ¿Que lo has traído?—se emocionó Lucía, apresurándose a tomarlo de sus manos—. Eres la mejor amiga del mundo y la mejor procuradora que existe. Y ahora no me interrumpas, que tengo que empollarme el rollazo que escribí. ¿Sabes si me explayé mucho?

Recostada contra la pared, leyó apresuradamente el documento y estaba ya en la última línea del escrito cuando salió el agente judicial para anunciarles que podían entrar en la sala.

El abogado de la contraparte estuvo bien. Se extendió durante más de tres cuartos de hora, perorando sobre los preceptos del código civil que consideraba vulnerados por la sentencia y Lucía rebatió a continuación sus argumentos, citando las sentencias que contradecían la interpretación de los mismos alegada por su compañero y que aparecían reseñadas en el escrito que le había entregado Isabel. No hubiera podido recordarlas si ésta no le hubiera entregado oportunamente la fotocopia que efectuó en su día del documento que ella le entregó, por lo que, cuando al fin salió nuevamente al pasillo, volvió a abrazarla.

—No sabes cuánto te lo agradezco. Cuando iba a salir esta mañana para aquí, he visto que me había desaparecido de esta carpeta mi copia del escrito de oposición. Si no llega a ser por ti, hubiera hecho el más lamentable de los ridículos.

— ¿Otra vez te ha birlado el tipo que te ha amenazado ese escrito?—se preocupó Isabel, mientras se encaminaban hacia el ascensor—. Creo que te lo debes de tomar más en serio y acudir a la policía.

— ¿Y qué le digo? ¿Qué me desaparecen los documentos que necesito para presentarme en el foro cuando tengo que acudir a una vista, que me pinchan las ruedas del coche y que me dejan colgada entre dos pisos en el ascensor del edificio de los juzgados? Pensarán que soy una descuidada que no sé donde guardo los papeles, que las ruedas me las pinchó algún gamberro y me dirán sarcásticamente que en el ascensor todo el mundo se ha quedado colgado entre dos pisos alguna vez.

— ¿Y también le ha sucedido a todo el mundo lo que te ocurrió el sábado en la sierra?

Pensativa, intentó Lucía peinar su alborotada melena con los dedos, mientras meneaba negativamente la cabeza.

—Es que a mí no me sucedió nada. Le sucedió a Max, por lo que no puedo alegarlo como prueba de que me ronda un desconocido con el propósito de perjudicarme, ¿no lo entiendes?

Isabel asintió con la cabeza, agitando sus rojizos rizos.

—Claro que lo entiendo, pero es que me preocupa que ese tipo aproveche algún momento en que te encuentres sola para agredirte seriamente—. Se quedó callada, como si estuviera reflexionando y luego levantó la cabeza para fijar su mirada en el semblante de la otra—. ¿Sabes algo de Fran? —le preguntó tras unos instantes de vacilación sosteniendo su mirada.

—No, no sé nada. Creía que no había vuelto a entrar nadie en mi piso desde que cambié la cerradura, pero estaba equivocada, porque el escrito que ha desaparecido estaba encima de la mesa de mi despacho, en mi casa.

— ¿Y no podría haber sido la asistenta que después de limpiar la mesa lo haya puesto en otro lugar?

—No, hace tiempo que no tengo asistenta, —murmuró Lucía en voz baja—. Fran decidió que nos salía muy cara y que podíamos pasar perfectamente sin ella.

—Porque iba a hacer él la limpieza, ¿verdad?, —apuntó Isabel con sorna.

—No, porque no le concedía ninguna importancia a las faenas domésticas y pensaba que se hacían solas, o sea, que me ocupaba yo.

Tomaron el ascensor y en la planta baja, en la sala de togas, se las devolvieron al oficial que se encargaba de ese cometido. Isabel había fruncido el ceño al oír su explicación y permanecía con el mismo gesto cuando salieron a la calle, soleada y sofocante.

— ¿Puedo decirte una cosa que no te va a gustar?

Lucía la envolvió en una mirada interrogante.

— ¿No me va a gustar?

—No, probablemente te enfadarás conmigo.

La otra lo consideró unos instantes.

—Está bien, desembucha.

—Lo que quería decirte es que me alegro de que hayas terminado con Fran. Es un hombre odioso que se cree el centro del universo y actúa como si se hubiera tragado una estaca. Es igual que un palo tieso. Durante los años en los que habéis vivido juntos, ¿cuándo se ha preocupado por saber qué podía gustarte a ti? Eras siempre tú la que le dabas gusto a él y encima te valoraba muy poco.

Lucía intentó encontrar un argumento con el que rebatir las consideraciones de Isabel, pero por una vez le falló la inspiración y se limitó a disculparle.

—Es que tiene dieciséis años más que yo y me veía como una niña a la que tenía que enseñar, por lo que procuraba darme lecciones.

—Más bien pensaba que eras una esclava. No sé qué le viste, pero no te ha merecido nunca.

Esperaba una explosión de enfado por parte de Lucía y ante su sorpresa ésta asintió cansadamente, dándole la razón.

—Todo eso ya lo sé, pero es muy fácil dar consejos. Teníamos las dos veintitrés años cuando le conocí en la sala de la Audiencia y... y me deslumbró. Por aquél entonces él tenía treinta y ocho y me daba cien vueltas en todo. Por eso tomaba él todas las decisiones, la mayoría de las veces sin consultarme.

—Pues ya va siendo hora de que te espabiles. Ese cliente tuyo, el de los esparadrapos, me gusta mucho más. Es más alto, más guapo, más rubio, más joven y...

—... y se ríe mucho más que Fran —terminó Lucía por ella —. Sí, tienes razón. Yo también he pensado que lo de Fran se ha terminado para siempre, tanto por su parte como por la mía, pero una cosa es pensarlo y otra sentirlo. Quizás si no lo volviera a ver...

— ¿A Fran?

—Sí, claro, a Fran. A Max voy a recogerle al hospital ahora mismo para llevarle a su casa. ¡Ah!, y tengo que darte una noticia que creo que te alegrará. Voy a dejar el piso en el que vivo, porque estoy harta de que alguien me vigile desde la casa de enfrente, y voy a alquilar otra vivienda en la calle de Eduardo Dato. Es grande, soleada y cara, o sea, todo lo contrario de lo que Fran hubiera querido. He quedado en ir a visitarla hoy, a la hora de comer, y si me gusta, me voy a mudar inmediatamente. Como verás estoy dispuesta a romper con mi pasado y a dejar atrás su recuerdo encerrado entre las cuatro paredes del piso que compartí con él.

El pecoso semblante de Isabel se iluminó.

—Es una idea estupenda. En estos casos el cambio de escenario tiene una importancia trascendental. ¿Te vas a llevar los muebles?

—No, la mayoría los compró Fran a su gusto. El día que me vaya, que espero que sea en esta semana o en la próxima a más tardar, repondré el antiguo bombín a la cerradura y le entregaré la llave al portero, con el encargo de que avise a Fran de que he dejado libre el piso para que se haga cargo de él. El contrato de arrendamiento lo firmaron exclusivamente el dueño y Fran.

—Como si tú no existieras —masculló Isabel entre dientes.

— ¿Decías algo?

—Que tengo que marcharme. Tengo un juicio ahora en la calle de Capitán Haya y voy a llegar tarde. Llámame para decirme si te has decidido por ese piso del que me has hablado y si necesitas que te ayude. En cualquier caso, recuerda que tenemos la audiencia previa de Alfonso Ríos el jueves.

—De acuerdo, hasta luego.

Lucía se despidió de ella, con un saludo de su mano, y luego se encaminó hacia el lugar donde había dejado aparcado su coche, sumida en un sinfín de sentimientos contradictorios. Por un lado, el alivio de haber podido resolver satisfactoriamente la vista del recurso de apelación que se había celebrado poco antes y por otro la nostalgia de tener que abandonar el piso que había sido su casa y la de Fran, cerrando con ello el capítulo más importante de su vida. Pero estaba decidida a olvidarle con sus cinco sentidos puestos en ello, se dijo. Isabel tenía toda la razón en las consideraciones que había hecho sobre él, solo faltaba que ella consiguiera extraerlo de su mente y olvidarle.

Max la esperaba en el hospital con unas muletas que le habían prestado y con las que caminaba a una velocidad increíble y cuando le dejó en el portal de su casa, en la calle Villanueva, se dirigió a la de Eduardo Dato, sorteando el espeso tráfico que a esas horas dificultaba el tránsito por la ciudad. El empleado de la agencia la esperaba dentro del piso y le abrió la puerta en cuanto ella llamó al timbre.

La vivienda le pareció alegre y soleada, así como sumamente espaciosa. En cuanto a la renta, era lo suficientemente elevada como para que Fran hubiera salido huyendo de allí al oír la cifra, sin querer volver la cabeza atrás. Eso fue lo que definitivamente la decidió. La satisfacción de poder hacer por fin algo sin necesidad de consultarle y sin verse obligada a hacer economías, máxime cuando podía permitirse sobradamente derrochar.

Esa misma tarde firmó el contrato de alquiler en la agencia y a continuación compró en Ikea una cama grande con un cabecero de madera blanca, en la que podría dormir atravesada si la acometía ese capricho, dos sofás de piel blanca que pensaba colocar en el salón haciendo esquina y una mesa ovalada de nogal con seis sillas. Adquirió también menaje y ropa de hogar y quedaron en enviárselo todo a su nueva casa dos días más tarde.

Mientras aguardaba su turno para pagar, reparó en un pequeño objeto que en unión de otros iguales colgaba de un expositor cercano a la caja. Era un llavero enganchado a una minúscula linterna. No sabía qué iluminación podría proporcionar esa linterna al encenderla, pero al recordar su descenso por la escalera del sótano de la casa de campo de Max, encendiendo cerilla tras cerilla, no lo dudó. Por poco que alumbrara, le resultaría útil si alguna vez se encontraba en una situación similar.

Cuando terminó de realizar todas esas compras, consultó su reloj y al comprobar que ya era tarde, se dirigió a su despacho, donde encontró a Olvido en la antesala, sentada en su mesa, y a Lorenzo con ella, trasteando en su teléfono. Su secretaria la recibió muy sonriente.

— ¿Cómo ha ido su juicio, doña Lucía?, ¿se las ha podido arreglar sin ese documento que no hemos encontrado?

Ella le devolvió la sonrisa.

—Gracias a Dios tenía otra copia, así que afortunadamente lo he solucionado sin problemas. Lo que me gustaría saber es cómo se me han borrado en el ordenador dos documentos en este mes, porque estoy segura de haberlos archivado correctamente.

Lorenzo las escuchaba revolviendo los cables del aparato del teléfono, de espaldas a las dos, pero se volvió hacia ella para contemplarla con admiración y se interesó por su juicio obviando su último comentario.

— ¿Ha ganado el recurso entonces?

—Aún no hay sentencia—replicó Lucía evasivamente.

— ¿Pero cree que lo ganará?

—Sí, casi seguro que sí. ¿Qué le sucedía al teléfono?— les preguntó aproximándose a los dos y fijando su mirada en el cable que sostenía él entre sus dedos—. ¿Acaso han cortado la línea?

Lorenzo meneó negativamente la cabeza sin apartar los ojos de su rostro.

—No, pero estaba desconectado el sonido del aparato. Por eso Olvido no ha oído ninguna llamada esta mañana, ni por supuesto la suya cuando ha intentado ponerse en contacto con ella. Es curioso, ¿verdad?

—CAPÍTULO XIV—

Para la mañana siguiente tenía señalada Lucía la audiencia previa al juicio de Alfonso Ríos, por lo que en cuanto despidió al último cliente de la tarde se aprestó a comprobar si las fotocopias de la prueba documental que pensaba aportar durante la vista se encontraban dentro de su maletín, donde las había guardado días antes. No experimentó la menor sorpresa al abrirlo y advertir que estaba vacío. Como ya empezaba a ser una costumbre, su desconocido acosador se las había escamoteado, creyendo que le sustraía los documentos originales. A su pesar sonrió. El muy estúpido había caído en la trampa que ella le había tendido y rechinaría los dientes de rabia cuando se enterara. Porque se enteraría.

Ese hombre tenía que tener un cómplice, se dijo. Alguien que le informaba de los señalamientos judiciales en los que ella debía intervenir y de la importancia de los documentos que tenía intención de aportar, así como del resultado de la intervención de ella en esos procedimientos. Y ese cómplice tenía que ser alguien cercano a ella y que tuviese acceso al despacho.

¿Pero quién había tenido oportunidad de hacerse con ellos?, se preguntó dubitativamente. Desde luego Olvido era la sospechosa más probable. Aunque muy eficiente en su trabajo, parecía boba, pero no lo era. Lucía no sabía de sus antecedentes otra cosa que lo que los informes que había recibido de la agencia, que seguramente daba buenas referencias de todas las personas en cuya colocación mediaba.

Aparte de Olvido, únicamente tenía llave del piso el portero del edificio. Era un buen hombre, algo pesado, que se llamaba Nicolás y que la trataba con suma deferencia. ¿Por qué había de querer perjudicarla?

A ninguno de sus clientes les había dejado solos en su despacho en ninguna ocasión, pues cuando tenía que pedirle algo a Olvido la llamaba por el teléfono interior para que acudiera a su lado, donde le daba las instrucciones necesarias.

Quedaba Isabel, en la que confiaba plenamente, aunque ésta sí que había tenido mil oportunidades de llevarse de su despacho lo que le hubiera convenido, pues en múltiples ocasiones la había dejado allí sola, mientras ella realizaba cualquier otra gestión. Y quedaba también Lorenzo, al que por la misma razón tenía que descartarle.

Respiró hondo al llegar al último de la lista. Faltaba Fran, pero él no podía haber sido. Era un hombre incapaz de tomarse tantas molestias para hacerle daño a ella, caso de haber tenido esa intención, y además, después de haber cambiado la cerradura de su oficina no disponía ya de la llave.

Recordó entonces su pijama azul sobre la almohada de su cama y el retrato con la fotografía de los dos que apareció días más tarde sobre su mesilla. ¿Quién los habría dejado allí y qué pretendería con ello? ¿Asustarla? ¿Darle a entender que el inquilino de ese piso era él y que ella sobraba? Afortunadamente, tenía convenido con la tienda que le llevaran los muebles y el menaje que había comprado a la casa nueva durante la tarde del día siguiente, por lo que pronto podría olvidarse de la pesadilla de encontrarse esas pertenencias de Fran en el dormitorio y de sentirse vigilada por alguien desde la casa de enfrente.

Con un suspiro, se levantó de la butaca y con su maletín vacío en la mano salió a la antesala, donde aún seguía Olvido en su mesa bostezando.

—Perdone—se excusó medio adormilada la chica al verla aproximarse—. Es que anoche me acosté tarde y… y por eso tengo tanto sueño.

Lucía se detuvo al llegar junto a su mesa y pretendiendo ser amable, le preguntó:

— ¿Te acostaste tarde? ¿Es que saliste a cenar?

La muchacha asintió con la cabeza. Parecía deseosa de entablar conservación con ella.

—Sí, ya sabe, con Lorenzo. Me recogió aquí y fuimos luego a una pizzería. ¿Cree usted que…?

Como Lucía sabía lo que le quería preguntar y no tenía la respuesta, le dijo adiós con la mano y siguió su camino hacia la puerta del piso.

—Hasta mañana, Olvido. Diviértete mucho, pero no te acuestes muy tarde, porque mañana es jueves y las dos tenemos que madrugar. Aprovecha para trasnochar el fin de semana.

Ella también pensaba acostarse pronto para estar descansada al día siguiente y hacer un buen papel en el juzgado, por lo que en cuanto llegó a su casa cerró la puerta con dos vueltas de llave, bajó a medias la persiana del salón y subiéndose a una escalera descolgó la enorme marina que cubría el muro del espacio destinado a comedor. Cuidadosamente colocó el cuadro sobre la mesa y comprobó que los documentos seguían estando en el lugar en el que los había escondido, adheridos mediante papel celo a su bastidor. Los despegó con cuidado y los introdujo en el maletín vacío que se había traído de la oficina.

Recelosa miró en todas direcciones. A través de la persiana que había bajado a medias penetraba la luz del atardecer, trazando rayas luminosas sobre el cuadro y sobre el maletín que había dejado a su lado. ¿Dónde podría guardar éste último durante la noche? No había entrado nadie en su vivienda encontrándose ella dentro, pero sin saber por qué notaba a su perseguidor cada vez más próximo. Al fin decidió meterlo dentro de la cama y dormir con él. Luego volvió a colgar el cuadro en su lugar. Nunca le había gustado esa marina, por lo que sería una satisfacción perderla de vista al día siguiente, cuando abandonara ese piso para siempre.

Iba a dirigirse a la cocina a prepararse algo para cenar, cuando sonó su móvil y al contestar a la llamada reconoció la voz de Max.

—Lucía, ¿te llamo en buen momento?

Ella asintió con la cabeza, agitando su oscura melena, al tiempo que lo expresaba con palabras.

—Sí, claro que sí. Acabo de llegar a casa, así que… así que no has podido encontrar un momento mejor. ¿Cómo va tu pierna?

—Bien, muy bien. Me ha dicho el traumatólogo que mañana me puedo quitar la férula, pero que es mejor que no conduzca todavía. Por eso te llamo.

— ¿Para que te quite la férula? — bromeó ella.

—No, para que me hagas un favor.

—Pues tú dirás.

—Es que me ha llamado Nicasio, ya sabes, el policía local de Campillo de la Sierra, y me ha pedido que vaya al pueblo, a su comisaría, a prestar declaración sobre la agresión que sufrí en mi casa el otro día. Me ha dicho también que te lo comunique a ti para que declares como testigo de lo que viste y he pensado… he pensado que podíamos ir juntos, cuando a ti te venga bien. ¿Cuándo te viene bien?

—Pero es que no vi nada— objetó ella—. Cuando me desperté de la siesta, me paseé por tu casa buscándote. Recorrí la planta baja, tropecé con el niño de la cítara y luego encontré un cuarto de baño en el que creí que te habías metido. Iba a subir a la planta superior cuando oí algo que me costó localizar y luego caí en la cuenta de que alguien se quejaba en el sótano. Después cogí una caja de cerillas para distinguir algo mientras bajaba por la escalera y te encontré abajo. No sé de qué le puede servir a tu amigo Nicasio mi historia. Es una historia un poco penosa.

—Bastante penosa —corroboró él con guasa —pero Nicasio dice que necesita tu declaración, además de la mía, antes de pasarle el atestado al juez.

—Está bien, está bien —gruñó ella mientras mentalmente revisaba a su agenda—. Mañana por la mañana tengo que ir al juzgado, así que me es imposible, y por la tarde voy a mudarme a la casa nueva, porque van a llevarme los muebles, de modo que tampoco me viene bien. El viernes por la mañana tengo que recibir algunas visitas, pero la tarde la tengo libre. ¿Qué te parece si paso a recogerte la tarde del viernes? ¿Puedes andar?

A través de la línea oyó la risa de él.

—Perfectamente. Tengo media cara morada y un ojo a la funerala, pero del esguince ese o como se llame no me quedan ni señales. El médico no quiere que conduzca durante la próxima semana porque es un maniático, pero a mí no me pasa nada.

Lucía se echó a reír también.

— ¿Seguro que puedes andar?, llévate las muletas por si acaso.

—De verdad que no las necesito—. Su voz cambió ahora de registro y sonó seria al preguntarle—: ¿Y tú cómo estás? ¿Has sabido algo nuevo de ese imbécil que se ha empeñado en amargarte la vida?

Tardó ella en contestar.

—Pues… pues sí. Con toda clase de subterfugios sigue intentando conseguir que pierda todos los procedimientos judiciales en los que intervengo, pero hasta la fecha estoy teniendo suerte. Ya te lo contaré el viernes, mientras vamos hacia el pueblo en mi coche dando saltos por los baches del camino. Cuando le compres a Casilda su mitad y sea tuyo "El robledal", tienes que convencer al alcalde de Campillo de la Sierra para que lo pavimente.

—De acuerdo, le convenceré. Quedamos entonces en que el viernes por la tarde me recogerás en mi casa, ¿no es eso?

—Sí, eso es.

—Pues hasta entonces.

Cortó Lucía la comunicación a la par que Max y después de cenar se fue a la cama con el maletín bien apretado contra su pecho. A la mañana siguiente, tras comprobar que las escrituras seguían estando en su lugar, salió en su coche hacia el edificio de la calle Capitán Haya, donde Isabel la esperaba ya en la puerta del juzgado y al verla la saludó alegremente.

— ¿Qué?, ¿lo traes todo hoy, o vamos a hacer el indio como el otro día? No imaginas el mal rato que me hiciste pasar.

Sorprendida, Lucía clavó su mirada en el pecoso semblante de su amiga. De sus palabras parecía deducirse que la culpable de ese mal rato había sido ella, lo que le produjo la sensación de ser tratada con absoluta injusticia, pero no le dijo nada. Seguramente no acababa de creer Isabel en la existencia de su desconocido acosador, porque parecía demasiado irreal.

En la vista no tuvo Lucía ningún problema, al contrario. La juez admitió la prueba que propuso y cuando media hora más tarde salieron nuevamente al pasillo, el abogado de la parte contraria se le acercó ofreciéndole un acuerdo, señal inequívoca de que veía el caso perdido.

—Lo consultaré con mi cliente. Dame tu teléfono y te contestaré mañana—replicó Lucía, despidiéndose de él con un saludo de su mano, mientras se dirigía con Isabel hacia el ascensor. Por el pasillo algunos se volvieron a mirarlas con curiosidad. Lucía lo atribuyó a la prestancia que les conferían las togas con las que cubrían sus respectivas indumentarias, pero también podía ser porque las dos eran jóvenes y bien parecidas, se dijo optimistamente.

—Ese ha tirado la toalla —le cuchicheó Isabel al oído cuando perdieron al otro de vista—. Y por cierto, ¿cómo has conseguido esta vez que ese idiota que te persigue no te quite los papeles?

Le extrañó su tono, le pareció que había algo más que curiosidad en sus palabras y por primera vez la miró con algo que se asemejaba mucho a la sospecha.

—Los escondí.

—Sí, ¿pero dónde?

Volvió Lucía a examinar incrédulamente su pecoso semblante. ¿Sería posible que…? Pero no, conocía a Isabel de toda la vida y en múltiples ocasiones le había demostrado su afecto. Y en cualquier caso ¿qué motivos podría tener y qué ganaría arruinándole la vida a ella?

—Debajo de la cama—repuso con expresión de inocencia. De improviso una idea absurda cruzó por su mente y fijó nuevamente la mirada en su amiga, tratando de descubrir sus más íntimos pensamientos— Y por cierto, Isabel, tú vas mucho al registro de lo penal de la Audiencia Provincial, ¿has visto por allí a Fran últimamente?— le preguntó cautelosamente —. Mañana dejo el piso donde vivíamos los dos y tengo que entregarle las llaves. Si lo ves con frecuencia, puedo dártelas a ti para que me hagas de mensajero.

Isabel giró la cabeza hacia ella y la miró de frente, pero bajó los ojos casi enseguida.

—No suelo encontrármelo, pero si necesitas que le dé las llaves, puedo subir a su despacho.

¿Por qué le daba la impresión de que la otra rehuía su mirada?, se preguntó desazonada. No podía entenderlo. A Isabel nunca le había gustado Fran o al menos eso es lo que había manifestado de palabra más de mil veces, pero no cabía duda de que él poseía un cierto magnetismo. ¿Habría sustituido su amiga a Belén en la relación que ésta mantenía con Fran y se habría confabulado con él para hacerle a ella la vida imposible?

Pero eso era absurdo, se dijo, ya frente a la puerta del ascensor, mientras aguardaban a que éste llegara a la planta en la que se encontraban. Isabel estaba felizmente casada con Roberto y no la consideraba capaz de una aventura con Fran ni con ningún otro.

El ascensor abrió sus puertas y las dos se introdujeron en la cabina, pulsando el botón de la planta baja.

—No, no te molestes—le dijo Lucía observando atentamente su expresión —. Le daré las llaves al portero para que se las entregue. Tendrá que decidir ahora si quiere mantener el alquiler de ese piso o si por el contrario prefiere resolver el contrato. Creo que ahora vive en "Los almendros", lo que le saldrá más barato, aunque gastará más en gasolina. Ya sabes que ha mirado siempre mucho el dinero.

Isabel no hizo el menor comentario. El ascensor había llegado ya a la planta baja y ambas se encaminaron hacia la sala de togas, donde devolvieron al encargado las que llevaban sobre su ropa. Luego se dirigieron hacia la salida y se detuvieron al llegar a la calle, asfixiante bajo el sol tórrido del verano.

— ¿Necesitas que te ayude esta tarde con la mudanza?—le preguntó su amiga.

—No hace falta, gracias. Solo tengo que llevarme dos maletas con mi ropa, el ordenador, la impresora y los papeles que guardo en la mesa de despacho de la casa. Todo lo demás lo compró Fran en una tienda de segunda mano.

— ¿Las toallas, las sábanas y los visillos también?

—No, esas cosas las compré yo, pero se las regalo —replicó Lucía con una sonrisa que quiso ser indiferente, pero que traslució un deje de amargura—. Mañana he quedado con Max para ir a la comisaría de Campillo de la Sierra. Aquél policía tan grande, el del bigotazo enorme está instruyendo el atestado y nos necesita para que declaremos lo que pasó, así que ya nos veremos tú y yo la semana que viene.

Isabel torció el gesto.

— ¿Vas a ir a la sierra mañana? Han dicho en la televisión que se esperan tormentas en toda la provincia, así como fuertes chaparrones. ¿Por qué no lo dejáis para cuando mejore el tiempo?

—Porque a ese Nicasio le corre mucha prisa —replicó meneando negativamente la cabeza —. ¿Qué nos va a pasar además a Max y a mí en una comisaría? Bien mirado es el lugar más seguro del mundo.

—La comisaría sí, incluso con una tormenta, pero la carretera no— objetó Isabel frunciendo el ceño —. Bueno, llámame cuando hayas vuelto a tu nueva casa para que me quede tranquila. El viernes estaré en la mía trabajando.

Se despidieron allí y Lucía se dirigió hacia el lugar donde había aparcado su coche con unos sentimientos encontrados bulléndole en su interior. Por un lado se sentía optimista por haber rematado satisfactoriamente la audiencia previa en la que había defendido esa mañana los intereses de su cliente y por otro experimentaba una sensación de recelo creciente hacia todas las personas de su entorno. Notaba que empezaba a desconfiar incluso de Isabel, por la que en otro tiempo hubiera puesto la mano en el fuego.

La necesidad urgente de recoger su ropa y sus objetos personales la ayudó a olvidarse de esas preocupaciones en cuanto llegó a su casa. A la casa que iba a dejar de ser la suya en cuanto preparara su equipaje, poniendo así punto final a una historia que aún le dolía. Su madre le había enseñado a hacer cuidadosamente las maletas, de manera que la ropa se arrugase lo menos posible, pero no se encontraba con ánimos de ser tan concienzuda. Descolgó apresuradamente sus pantalones y sus trajes de la barra del armario, incluyendo las perchas, y los metió de cualquier modo en la primera de las dos maletas. Luego hizo lo mismo con la segunda, las cerró y las transportó hasta el vestíbulo. Retrocedió después al dormitorio para pasar revista a la habitación y comprobar si se dejaba algo que fuese verdaderamente de su propiedad. La fotografía de Fran, tomada cinco años antes, que, con un marco de plata tenía sobre la mesilla, no la consideraba suya ya. Se la regalaba a él para cuando se hiciera cargo del piso.

Después de recorrer la estancia con la mirada, sus ojos se detuvieron en los dos cojines de encaje que reposaban sobre las almohadas. Esos sí eran suyos. Los había comprado en Brujas durante un viaje con el que Fran y ella habían celebrado el comienzo de su vida juntos y se encaprichó con esos almohadones hasta el extremo de que los adquirió, pese al enfado de él que los calificó de cursis, inútiles y carísimos.

Tampoco en el salón había nada que realmente le perteneciera, por lo que con los cojines en la mano salió al vestíbulo para cargar con las maletas. A su paso arrambló también con el paragüero, que era un regalo de Isabel y ya en la puerta del piso se volvió para contemplar por última vez y conservar en la retina la imagen del que había sido su hogar. De un manotazo se enjugó el lagrimón que le resbaló por la mejilla y en cuanto consiguió introducir todos sus bártulos en el montacargas le dio al botón del sótano para cargar el equipaje en el coche, antes de despedirse del portero. A continuación le entregó a éste las llaves con el encargo de que se las diese a Fran y, fingiendo ignorar el gesto de reprobación de aquél, bajó de nuevo al garaje para salir instantes después a la calle conduciendo su Mercedes rojo.

La casa nueva se inundó de sol en cuanto, nada más cerrar la puerta del piso tras ella, dejó caer al suelo el equipaje y pasó a subir las persianas de todas las habitaciones. Luego regresó al vestíbulo, colocó el paragüero junto a la puerta de

229

entrada y lo estudió con ojo crítico, La estancia, muy espaciosa y con una reluciente tarima de roble, continuaba asemejándose al desmantelado escenario de un teatro tras retirar los telones al finalizar la temporada de representaciones. No había adquirido aún mobiliario alguno ni ningún otro objeto que le estuviese destinado, por lo que mantendría durante algún tiempo ese aspecto de precariedad que en las viviendas sucede a las mudanzas. Pero ya lo amueblaría más adelante, se dijo optimistamente.

El edificio hacía esquina y también el salón, con dos grandes ventanales que daban a cada una de las dos calles, resultaba demasiado grande y melancólico, pero no tardarían en llegar los dos sofás y la mesita que había comprado. Y lo que era más importante, la calle era muy ancha y no podrían distinguirla dentro del piso desde la casa de enfrente.

Atravesó luego la habitación destinada a comedor, vacía y silenciosa, con los cables del techo colgando, a la espera de que alguien los conectara a la lámpara que pendiera sobre la mesa y que la iluminase, y revisó luego los cuatro dormitorios, todos exteriores, que, se suponía, ocuparían los hijos de la numerosa familia para la que había sido concebida la casa. En uno de ellos dejó Lucía en el suelo su maletín y el cerro de papeles que, como un ordenado pináculo, se elevaba sobre su mesa de trabajo en su antigua casa. No recordaba si esa mesa la había pagado ella o si, por el contrario, había sido Fran, pero en cualquier caso había decidido regalársela a éste. Se compraría otra más grande, con más cajones y más cara.

Con el equipaje a cuestas, pasó luego al dormitorio principal, tan grande y tan vacío como el resto de la casa. Se accedía a éste por un pasillo que arrancaba en el vestíbulo y finalizaba en esa habitación. Allí, puesta en cuclillas, abrió las maletas en el suelo y fue extrayendo la ropa, junto con sus perchas, y colgándola en el armario empotrado.

Acababa de terminar esa operación, cuando sonó el timbre y los empleados de la tienda donde había comprado los muebles llegaron transportando éstos, que fueron montando en los lugares que Lucía les fue indicando.

Cuando se marcharon, el sol comenzaba a declinar, pero aún tuvo ella que hacer la cama con las sábanas y la colcha de raso blanco que había comprado. Colocó luego los cojines sobre las almohadas y se retiró hacia la pared contraria para apreciar el efecto. Precioso, se dijo. Siempre le había horrorizado la colcha marrón que cubría la cama en el piso que acababa de abandonar y que Fran había elegido. Él decía que la decoración de una casa debía responder a la personalidad de sus habitantes y que por lo tanto debía ser seria. Estaba harta de tanta seriedad y de que su vivienda anterior se asemejase a un velatorio.

Con un suspiro de satisfacción se dirigió al salón y se dejó caer en el sofá de piel blanca, notando que estaba muy cansada. Tenía que cenar algo antes de acostarse y no había tenido tiempo de acercarse al supermercado, por lo que decidió bajar a la calle y tomar algo en una cafetería cercana. Sin detenerse a meditarlo, salió del piso cerrando la puerta con dos vueltas de llave y regresó poco después experimentando una creciente sensación de optimismo. Incluso le pareció que el vestíbulo no estaba tan vacío y tan desarbolado como a su llegada y que el solitario paragüero ponía una nota de color en la estancia, que comenzaba a poblarse con las sombras del anochecer que penetraban por las ventanas del salón a través de la puerta de cristales.

Desde el vestíbulo pasó al pasillo y después de recorrerlo penetró en el dormitorio con la intención de acostarse inmediatamente, pero no llegó a dar más de dos pasos dentro de la habitación. Sobre la cama y extendido encima de la almohada estaba el pijama azul eléctrico de Fran.

—CAPÍTULO XV—

Estuvo a punto de proferir un grito, pero no llegó a emitir ningún sonido. ¿Cómo había llegado ese pijama hasta su cama? Cuando se marcharon los operarios de la tienda de muebles, sobre su lecho no había otra cosa que los cojines de encaje. Tenía que haber entrado alguien en la casa mientras ella había bajado a la cafetería a tomar algo. ¿Pero quién? ¿Quién más tenía llave de ese piso? Tras unos segundos de vacilación, rebuscó en su bolso hasta que halló su móvil y marcó en su agenda el número de Lorenzo. Éste contestó al instante.

—Lorenzo, ¿puede venir? Estoy en mi nueva casa y he encontrado sobre la cama el pijama de Fran, de mi ex pareja, cuando he regresado después de salir un momentito a cenar. En mi ausencia, que apenas ha durado unos minutos, alguien ha entrado en el piso y… y necesito que venga.

La voz de él sonó tranquilizadora.

— ¿En su casa nueva? ¿Es que se ha mudado de casa? Debería habérmelo advertido.

—Sí, bueno, no. Ha sido una decisión repentina. ¿No puede venir?

—Claro que sí, pero tendrá que darme antes su nueva dirección.

Inquietísima, Lucía se la indicó, sin entender que él pudiera ser tan calmoso.

—Dese prisa y llame al telefonillo para que le abra el portal, porque el portero lo habrá cerrado ya — le advirtió.

No tardó Lorenzo más de un cuarto de hora en presentarse en la vivienda y Lucía le precedió hasta su dormitorio, donde le mostró el pijama, extendido aún sobre la almohada.

—Es de Fran o al menos es igual al que usaba él—. Y con una voz en la que latían trémolos histéricos, añadió —: No lo entiendo. No entiendo cómo ha averiguado que me mudaba de casa ni cómo ha entrado en este piso. He inspeccionado la cerradura y no parece que esté forzada.

Sin hacer el menor comentario, Lorenzo retrocedió hasta el vestíbulo para hurgar en la cerradura durante unos segundos que a Lucía se le hicieron eternos.

—No, no está forzada—comentó como para sí, sin volverse. Luego la empujó hacia el salón y tomó asiento frente a ella en uno de los sofás de piel blanca—. Bueno, vamos a ver si se tranquiliza y me explica de una forma coherente lo que ha sucedido. ¿Quién más sabía que se trasladaba hoy a esta casa? ¿Lo sabía su… su ex pareja?

Sorprendida por su pregunta, Lucía enarcó las cejas, mientras por su mente veía, como en una rápida sucesión de imágenes, las fotografías manipuladas que habían ocasionado la ruptura con Fran, la noche de la tormenta en "Los almendros", cuando al bajar de su coche le pareció que la casa estaba deshabitada, el rugido de los truenos mientras trataba de orientarse a oscuras en la planta baja y luego su ascenso por la escalera para acabar oyendo su risa tras la puerta cerrada del dormitorio que había sido el de los dos.

— ¿Cómo lo iba a saber él? No le he vuelto a ver desde que el tipo que me amenazó con arruinarme la vida le envió las fotografías en las que aparecía yo con otro, ya se lo he dicho.

— ¿Y tampoco lo ha comentado con nadie? ¿Con su amiga Isabel, con Olvido, con el portero de su antigua casa? ¿No se lo ha comentado a nadie?

Dubitativa, Lucía le observó con la cabeza ladeada y en ese instante su fisonomía le recordó más que nunca a la de una estatua romana o griega, con su ensortijado cabello y su correcto perfil, que había sido el prototipo de la belleza siglos atrás.

—Claro que lo he comentado, lo he comentado con todos ellos y al portero incluso le ha dado la nueva dirección para que me enviase el correo.

El semblante de él fue contrayéndose con un rictus irónico, como si estuviese llegando a la conclusión de que ella era más tonta aún de lo que había supuesto.

— ¿Y se extraña entonces de que le hayan dejado ese regalito sobre la almohada? Si el autor de la broma es su... su ex pareja, se habrá divertido muchísimo imaginando el susto que se iba a llevar usted al entrar en el dormitorio, ¿no lo entiende?

Analizó Lucía su expresión, disimulando la humillación que le producía el sarcasmo que traslucían sus palabras.

—Eso en el supuesto de que haya sido mi ex pareja el autor de la "broma" —objetó, recalcando esa última palabra—. Que haya sido mi ex pareja me parece mucho suponer, pero aunque fuera cierta esa hipótesis, ¿cómo ha entrado en este piso?

Lorenzo sostuvo su mirada y luego se encogió de hombros.

— ¿Ha cerrado la puerta con llave al bajar a cenar? Con una tarjeta dura se puede abrir una puerta sin que quede señal.

—Eso ya lo sé —le interrumpió, cansada de su tono de superioridad—. Pero recuerdo perfectamente que al marcharme he cerrado con dos vueltas de llave. No, la persona que me ha dejado en la cama el pijama azul tenía otra llave y voy a bajar ahora mismo a preguntarle al portero.

Tras consultar su reloj de pulsera, él intentó detenerla meneando negativamente la cabeza.

—No, es muy tarde, así que no estará ya en el portal.

—No, pero llamaré a la puerta de su casa, a la que también se accede desde el portal— decidió Lucía poniéndose en pie.

—Espere, espere. ¿No le parece una falta de consideración hacia el pobre hombre? Podemos preguntárselo mañana por la mañana.

Lucía se volvió para mirarle desdeñosamente. Estaba cómodamente repantigado en el sofá, sin hacer la menor intención de incorporarse.

—Quédese usted ahí, ya que es tan considerado. Yo no me voy a acostar a dormir, corriendo el riesgo de que el autor de la "broma" vuelva esta noche a gastarme otra, ¿entiende?

De mala gana, Lorenzo se puso en pie.

—Vale, vale. Bajaremos a molestar al portero. ¿Qué espera que le diga él? ¿Que le entregó la llave de su piso a un mendigo que se le acercó al chiscón pidiendo limosna? Le dirá, como es natural, que no sabe de qué le está hablando.

Sin contestarle, Lucía le volvió muy digna la espalda y salió al vestíbulo, donde en ese momento y con su estado de ánimo por los suelos, le pareció que el solitario paragüero ponía una nota discordante en la desmantelada habitación, como si fuese un objeto olvidado allí por algún personaje estrafalario. Lorenzo la seguía y se reunió con ella frente al ascensor que les bajó hasta el portal. El portero les abrió la puerta de su casa en cuanto llamó Lucía al timbre y le sonrió amablemente al reconocerla, sin moverse del umbral.

—Buenas noches. ¿Se ha instalado ya?

—Sí y perdone que le moleste. Quería preguntarle si hay alguien más que tenga llave del piso que he alquilado.

El hombre, bajito y sonrosado no pareció extrañarse ante la pregunta, porque volvió a sonreír.

—Sí señora, yo tengo otra llave. Está colgada allí enfrente, junto con las de los demás pisos.

Le señalaba el chiscón, que se encontraba en el portal, enfrente de la puerta de su casa y Lucía hizo un gesto de asentimiento, al ver colgadas de una tabla en la pared un sinnúmero de ellas.

—Y supongo que esta tarde no se la entregado a nadie — insinuó con un tono de voz que no dejaba traslucir nada.

El portero esbozó un gesto interrogante.

— ¿Entregar su llave? No, claro que no. No se las entrego nunca a nadie. Solo las utilizo yo cuando se produce alguna avería en las viviendas en ausencia de los inquilinos, ¿por qué lo pregunta?

Dudó Lucía en referirle lo que le había sucedido poco antes, al regresar de la cafetería. Lorenzo permanecía a su lado con expresión de aburrimiento, como si la determinación que había adoptado de interrogar al portero fuese estúpida y carente de objeto, y fue precisamente el deseo de demostrarle que no tenía razón lo que la decidió.

—Es que alguien ha entrado en mi casa hace un rato, entre las ocho y treinta y las nueve de la tarde, cuando he bajado a cenar, y me ha dejado equivocadamente un paquete que pretendo devolverle. ¿No tiene idea de quién ha podido ser?

Esperaba que el hombre le replicase ofendido que era imposible que se hubiese producido tal hecho, pero ante su sorpresa frunció el ceño como si estuviese reflexionando.

—Bueno, sí, acababa usted de salir. Ha sido una señora que pertenecía a la tienda donde ha comprado usted los muebles, los que le han traído esta tarde. Ya se habían marchado los hombres que los transportaban y ha venido al portal a decirme que habían olvidado subirle un paquete que era imprescindible para usted y que se enfadaría mucho de no encontrarlo en su casa cuando regresara.

Lucía se contuvo para no dejar escapar un exabrupto, pero no pudo evitar clavar en él su mirada con expresión tormentosa.

— ¿Y le ha entregado usted la llave?

El portero pareció encoger unos centímetros.

—No señora, no. He subido con ella y le he abierto la puerta del piso. Yo me he quedado en el vestíbulo y ella no ha tardado más que unos segundos en regresar. Luego he cerrado nuevamente la puerta. ¿Es que el paquete que le ha dejado no es el que esperaba a usted?

— ¿Y cómo era esa señora? —le preguntó ácidamente Lucía sin contestar a su pregunta.

—Pues…, —el portero entrecerró sus ojillos como si ese gesto le ayudara a concentrarse —. …pues era más baja que usted, de mediana edad y muy repeinada. Llevaba un moño del que no se le escapaba un solo pelo.

Sin hacer comentarios, Lucía aguardó impasible por si el hombre recordaba algún detalle más. Éste debió atar finalmente algún cabo suelto, porque esbozó una expresión de triunfo—. ¡Ah, sí! Se me olvidaba. Me chocaron bastante los zapatos que llevaba puestos. Calzaba unos zapatos de tacón de color verde. Verde oscuro, pero verde. ¿Sabe ya de quién le hablo?

Al rostro de Lucía no afloró la alarma que había experimentado al oírle. Permaneció imperturbable como si no le hubiera oído, pero en su interior sintió un repentino sobresalto no exento de la más profunda sorpresa, mientras con la mente volvía a su despacho y veía a Rosalía taconear hacia su mesa con sus horribles zapatos verdes. ¡Rosalía!, ¿cómo era posible? ¿Qué relación guardaría la que había sido su secretaria con Fran? Era ella entonces la que extendía el pijama de él sobre su almohada para… ¿para qué?

—Muchas gracias y perdone que le hayamos molestado a estas horas —le dijo al portero que la miraba fijamente como si esperara recibir alguna reprimenda—. Ahora entiendo lo del paquete y podré solucionarlo. Buenas noches.

Se alejó de la puerta de su casa en dirección al ascensor, seguida de Lorenzo y solo cuando entraron en la cabina y el otro no podía oírles se decidió a comunicarle a Lorenzo lo que había descubierto.

— ¿Le ha oído? Ha sido Rosalía. ¿La recuerdas?

Él parecía anonadado cuando bajó hacia Lucía sus ojos castaños.

—Sí, claro que la recuerdo, pero no lo entiendo.

—Tampoco yo. Solía recriminarme por vivir con Fran sin estar casados, pero no puede obedecer esa "broma", que se ha repetido varias veces, al deseo de vengarse de mí por haberla despedido, porque el pijama de Fran empezó a aparecer sobre la almohada de mi cama antes de que le pidiera que se marchara de mi despacho para siempre. ¿Qué hacemos ahora?

La arrogante expresión de Lorenzo había desaparecido de su rostro como si hubiera recibido un baño de agua fría. Acababa el ascensor de llegar a la planta cuarta y cabizbajo la siguió hasta el salón cuando ella abrió la puerta y se dirigió hacia esa habitación, tomando asiento en el sofá.

—Pensará usted que soy un inútil— murmuró él en voz muy baja —. He estado persiguiendo a una sombra que no existía, creyendo que Antonio Briones era el tipo que la había amenazado, hasta que supe que había ingresado en la cárcel con anterioridad, y luego he estado vigilando a su ex pareja, convencido de que era él el autor de todas estas sinrazones. Puede despedirme, si quiere.

Aunque ella estaba pensando lo mismo, le conmovió verle tan abatido, con los hombros inclinados hacia adelante y el rictus amargo de sus labios, por lo que se apresuró a quitarle importancia a los hechos que él acababa de reconocer y a intentar animarle. Resultaba tan anómala su figura sin la arrogancia que le caracterizaba…

—Vale, vale, no diga eso. ¿Quién podía imaginar que Rosalía tuviera algo que ver con los contrasentidos que me están sucediendo? Nunca lo hubiera supuesto. Me parecía una mujer difícil de aguantar, porque siempre me estaba regañando y porque era una puritana, a la que le escandalizaba que viviera con Fran sin haberme casado previamente con él. Me lanzaba constantes puyas a ese respecto como si…como si viviera con él sin estar casada por mi gusto.

Lorenzo perdió su aire decaído y levantó la mirada hacia su rostro con una chispita irónica brillando en sus ojos.

— ¿Quiere decir que por su gusto se habría casado, antes de convivir con él?

Fastidiada, se mordió los labios por haberlo dejado escapar, pero, como ya era tarde, no tuvo más remedio que reconocerlo.

—Lo hubiera preferido, sí, pero eso da lo mismo en este momento. Lo que tenemos que decidir, es lo que vamos a hacer en adelante. ¿Cree que Rosalía puede haberse confabulado con Fran contra mí?

Tardó Lorenzo en contestar. Debía estar reflexionando intensamente porque un pliegue profundo había aparecido en su frente.

—Pues… no sé si decírselo, porque va a pensar de mí que soy rematadamente idiota por no haberla puesto sobre aviso antes.

— ¿A qué se refiere?—se interesó ella sin comprender, abrazándose ambas rodillas al inclinarse hacia él para escuchar lo que tenía que comentarle.

—A Rosalía —le aclaró Lorenzo —. Fue ella la que alquiló el piso de la casa de enfrente del suyo, el piso del de que según decía usted la vigilaban. Lo averigüé hace días, pero no le di mayor importancia y debería habérsela dado.

—Sobre todo, debería habérmelo comunicado—le reprendió ella—.Cada vez veo más claro que detrás de todo este asunto está Fran, aunque sigo sin entender el motivo. Seguramente contrató a Rosalía para que me vigilara desde la casa de enfrente y me "embromara" dejándome en el dormitorio su pijama, una noche tras otra, pero no tiene sentido. Si te fijas en las fechas, el mensaje que recibí en el ordenador amenazándome, me lo enviaron el mismo día en el que Fran recibió las fotografías trucadas. Lo que falta por averiguar es quien se las remitió primero a él.

Se quedó callada con la mirada perdida, pero cuando después de recorrer con ella la habitación, la desvió hacia Lorenzo adivinó lo que estaba pensando él y dio un respingo.

—No se las envió nadie, ¿verdad? —musitó como para sí, sintiendo de pronto un frío intenso —. Las manipuló él para encontrar una excusa para dejarme. ¿No es eso lo que está pensando?

Él asintió sin apartar los ojos de ella.

—Lo he pensado, sí. Empecé a suponerlo cuando me enteré de que Antonio Briones había ingresado nuevamente en la cárcel y de que por consiguiente no podía ser él el autor de la mayor parte de las trastadas que ha tenido usted que soportar.

—Pero no tiene sentido—continuó Lucía absolutamente desconcertada—. Puedo entender que manipulase las fotografías y que le dijese a su secretaria que me las entregase, ya que podían servirle de pretexto para romper conmigo ¿Pero por qué habría de querer perjudicarme en mi profesión? Ese comportamiento parece más bien obra de un sádico que hubiese planeado una venganza refinada y no responde a la personalidad de Fran. Él es un intelectual, no demasiado activo, incapaz de tomarse demasiadas molestias por nadie para lo bueno ni para lo malo. No le imagino haciendo un esfuerzo para fastidiar a alguien a quien pudiera considerar su enemigo. ¿Y por qué habría de hacerlo para hacerme daño a mí? Nunca fui lo bastante importante.

Le sorprendió su propia definición del carácter del hombre que había sido su pareja durante tanto tiempo y la conclusión a que había llegado sobre el papel que había desempeñado en la relación que había mantenido con él. Lorenzo la observaba ahora con lo que creyó identificar como conmiseración, pero había algo más que la alarmó.

—Que no fuese importante para él me parece imposible —musitó en voz muy baja —. Es usted una mujer única e inolvidable.

Lucía disimuló un imperceptible respingo, mientras se decía que debía poner fin inmediatamente a aquella conversación. Solo le faltaba para rematar el día que, después del susto que le había producido la visión del pijama de Fran sobre su cama, ahora Lorenzo creara una situación embarazosa. Le caía bien él, pese a sus modales arrogantes, pero las estatuas griegas solo le gustaban como eso, como estatuas, y él se asemejaba demasiado a cualquiera de las que pudieran visitarse en los museos.

—Es muy tarde, Lorenzo, y los dos tenemos que trabajar mañana, así que ya continuaremos estudiando el plan a seguir en otro momento.

Se había puesto en pie y por un segundo temió tener que levantarle a pulso del sofá donde continuaba arrellanado, pero al fin se incorporó, aunque parsimoniosamente, y la siguió hasta el vestíbulo, donde ella le había abierto ya la puerta para que saliera a la escalera. Aún demoró Lorenzo la despedida paseando la mirada por la amplitud de la destartalada estancia para detenerla en el solitario paragüero.

— ¿Y ese chisme?

— ¿Qué chisme?—inquirió Lucía, desviando su mirada para abarcar con ella la habitación.

—Ese trasto, el que contiene los paraguas. ¿Es lo único que se ha traído de su casa anterior?

No tenía ganas Lucía de explicarle el motivo por el que había trasladado el paragüero a su nueva vivienda ni por qué se había dejado en la antigua la mayor parte de los muebles y objetos que había utilizado como suyos, por lo que le empujó suavemente hacia el descansillo, cerrando la puerta a continuación. Luego le dio dos vueltas a la llave en la cerradura y buscó con los ojos algo con los que apuntalar la puerta para que, en el caso de que alguien decidiera hacerle una inoportuna visita por la noche, al derribarlo hiciera suficiente ruido como para que ella se despertara. Solo encontró para tal finalidad su solitario paragüero, que colocó delante de la puerta. Podría servir, se dijo. Con el ruido que harían los paraguas al caerse y rodar por el suelo, con toda seguridad oiría al intruso que pretendiera sorprenderla.

—CAPÍTULO XVI—

Amaneció al fin después de una noche interminable en la que la dio mil vueltas en la cama sin conseguir conciliar el sueño, aunque no oyó ningún sonido alarmante ni el estruendo de los paraguas rodando por el suelo como había temido, por lo que se levantó perezosamente de su enorme lecho, recordando donde estaba y los acontecimientos del día anterior. Había dormido con la ventana abierta y se aproximó a ésta para atisbar el tráfico ensordecedor de la calle y levantar después la mirada hacia el firmamento. Apenas si algún jirón blanquecino asomaba entre los negros nubarrones que lo iban cubriendo, presagiando un nuevo aguacero, y de improviso sintió unas ganas enormes de llorar. Casi había conseguido ya hacerse a la idea de que su relación con Fran se había roto para siempre, pero nunca hubiera podido imaginar que él intentara hacerle daño deliberadamente. Le pareció demasiado cruel. A fin de cuentas, ¿qué podía él echarle en cara? Únicamente que era demasiado joven y que por serlo alimentaba aún todas las ilusiones que él había desechado ya. ¿Pero le daba eso derecho a intentar destrozar su carrera profesional? Si había manipulado él mismo las fotografías y las había utilizado únicamente como pretexto para terminar su relación, no podía achacarle a ella una infidelidad que sabía que no se había producido. ¿Por qué entonces?

Volvió a sentarse en la cama intentando reunir las energías suficientes para llegar hasta el cuarto de baño. La puerta estaba allí mismo, a los pies de la cama, pero la sintió muy lejos. Al menos tendría que dar cinco pasos para

243

alcanzarla y no se creía capaz de realizar tal hazaña. Había leído en alguna parte que la depresión puede llegar a producir en los que la sufren la incapacidad para realizar cualquier movimiento. Sin duda la estaba padeciendo ella.

El conocimiento de que Fran era el instigador de todos sus males la había dejado sin fuerzas, sin ganas de vivir. ¿Para qué?, se preguntó. Había puesto tanta ilusión en la relación que habían mantenido, tantos deseos de hacerle feliz, que ahora no sentía otra cosa que un vacío enorme, como si su existencia careciera de sentido. ¿Para qué iba a luchar ahora por lograr un mayor prestigio en su profesión? Deslumbrarle a él con sus éxitos en el foro había sido un acicate, pero ya no lo tenía. ¿A quién podía importarle en el presente que ella triunfara como abogado o que se desacreditara al fracasar en un juicio? Quizás a Isabel, porque a su propia familia le tenía sin cuidado. Hasta era posible que se alegraran si, como consecuencia de las sinrazones que le estaba ocurriendo, se olvidase del Derecho y sentase la cabeza casándose con un hombre responsable que la mantuviese dignamente, que era lo que solían repetirle.

Fue éste último pensamiento el que la animó a ponerse en pie y a desechar la autocompasión que estaba alimentando. A ella sí le importaba mantener la reputación que había alcanzado y lucharía contra Fran si era necesario por impedir que él le arruinase la vida.

¿Pero por qué le habría manifestado en el primer mensaje que le envió que acababa de salir de la cárcel en la que había permanecido durante diez años? No podía ser él.

Y había otra cosa. Había otra cosa que había comentado Lorenzo sin darse cuenta y que a ella la había alertado, aunque ahora no conseguía recordarlo. Lorenzo había dado por hecho que Fran era el responsable de todo lo que le estaba sucediendo desde su ruptura, pero cabía otra interpretación que podía deducirse de algo que le había dicho la noche anterior. ¿Por qué no conseguía traerlo a la memoria?

Reanimada por los pensamientos que se agolpaban en su mente, convertidos en preguntas que no sabía responder, se puso en pie de un salto y alcanzó la puerta del cuarto de baño antes de haberse dado cuenta de que había decidido arreglarse para ir a trabajar. En una cafetería cercana al edificio donde tenía el despacho desayunó poco después, porque no había tenido tiempo de pasar por el supermercado y la enorme nevera que bailaba en las grandes dimensiones de la cocina continuaba tan vacía como el día anterior. Decidió que regresaría a su casa antes de lo acostumbrado y haría una compra masiva.

En ese instante sonó su móvil y al atender la llamada oyó la voz de Max al otro lado del hilo.

—Lucía, soy Max. ¿Recuerdas que hemos quedado esta tarde en acercarnos a la comisaría de Campillo de la Sierra? Nicasio nos está esperando como agua de mayo.

Poco le iban a poder resolver a Nicasio respondiendo a las preguntas que éste les formulara, se dijo Lucía, porque ni Max ni ella habían visto al tipo que le había golpeado a él. Pese a lo que opinara Lorenzo, a Fran había que descartarle como autor de la agresión, porque éste era incapaz de realizar algo tan cansado y que supusiese tanto esfuerzo como seguir a Max medio a oscuras por toda la casa y aguardar el momento propicio para atacarle por la espalda.

¿Y con qué finalidad además? Él carecía de móvil. Tenía que tratarse de otra persona y en ese caso la finalidad estaba clara. El frustrado homicida habría pretendido responsabilizarla a ella del delito que creía haber consumado, para que fuese procesada y a ser posible condenada a pena de prisión. Tenía que tratarse, por tanto, de alguien a quien ella hubiese perjudicado con su intervención ante los tribunales de justicia.

—Lucía, ¿estás ahí?—repitió él cuando se cansó de su mutismo—. Te he preguntado si te acuerdas de que hemos quedado en ir esta tarde a la comisaría de….

—Claro que me acuerdo —le interrumpió ella sintiendo de improviso unos absurdos deseos de acompañarle a Campillo de la Sierra, aunque el destino final de los dos fuese una decrépita comisaría—. ¿Pero has mirado al cielo? Creo que vamos a tener hoy una tormenta de campeonato.

—¿Y qué? —le oyó objetar—. El otro día me dijiste que te encantan las tormentas de verano, así que, con un buen paraguas...

—... nos podemos pasear por todo el pueblo e incluso acercarnos al juzgado a disculparnos con el juez—terminó ella en tono de chanza siguiéndole la corriente.

—No, porque el juzgado no trabaja por la tarde, ya me he informado—replicó alegremente él—. Pero podemos intentar subir de nuevo en el ascensor de ese edificio para comprobar si nos vuelven a dejar colgados entre dos pisos. Después de todo no lo pasamos tan mal y con una botella de vino y unos cuantos chorizos...

—De acuerdo, yo llevo la botella y tú los chorizos —decidió Lucía riéndose a carcajadas.

Ya no se acordaba de que una hora antes se había sentido sin fuerzas para levantarse de la cama ni de que había experimentado la terrible sensación de que su existencia carecía de sentido. Max era tan divertido, tan estimulante...

—Vale, vale —le oyó decir a él—. ¿Pero te acuerdas también de que has quedado en recogerme en mi casa? Ya me he quitado la férula que me puso el traumatólogo, pero el tobillo se me ha quedado birrioso y de lo más delgaducho. No sé si enseñártelo esta tarde. ¿Te gustan los tobillos delgaduchos?

Reprimió Lucía sus incontenibles ganas de reír para contestarle aparentando seriedad.

—Siendo tuyo, seguro que me gusta.

Se produjo un silencio al otro lado de la línea. Luego sonó distinta la voz de Max.

—De acuerdo, ¿a qué hora me recoges entonces?

—¿Te viene bien a las cinco? Te llamaré al móvil cuando esté a punto de llegar a tu casa para que bajes. ¿O necesitas que suba a buscarte?

Le imaginó en ese momento meneando negativamente la cabeza, a la par que apartaba de su frente los rubios mechones de su cabello, desteñidos por el sol.

—No, claro que no. Te vas a quedar asombrada cuando veas lo bien que ando. Hasta luego entonces.

Cortó Lucía la comunicación algo perpleja. Había notado el cambio que se había producido en la voz de él al contestarle en broma que su tobillo le gustaría de todas las maneras posibles y se preguntaba a qué habría obedecido. ¿Habría interpretado que en lugar de hablarle con guasa se estaba ella insinuando y habría intentado batirse en retirada, como había hecho ella con Lorenzo la noche anterior, imaginando que estaba intentando realizar un avance con ella?

Éste último pensamiento disipó en parte la alegría que le había producido su llamada y subió a la oficina en cuanto acabó de desayunar para meterse inmediatamente en su despacho. El cielo iba oscureciéndose por momentos y en cuanto terminó con la última de las visitas y atravesó nuevamente a la antesala para salir del piso y regresar a su casa, se había convertido ya en un manchón negruzco, sin jirones blanquecinos que se entretejieran entre los nubarrones cargados de lluvia.

Preocupada por la tormenta que se avecinaba, hizo en el supermercado una compra masiva con la que cargó un chico jovencito que la acompañó hasta su casa, y en cuanto se tomó unos huevos con jamón que frió apresuradamente, se quitó los zapatos y se tumbó en el sofá del salón a descansar.

Apenas si pudo permanecer en esa posición unos minutos. Tenía que elegir ropa adecuada para acudir con Max a la comisaría de Campillo de la Sierra, por lo que dudó entre vestirse con el traje pantalón azul marino, que era la indumentaria con la que asistía a los tribunales y que le confería un aire muy profesional, o algo más informal. La visión del ennegrecido firmamento la decidió por ésta última opción. Con unos pantalones vaqueros y una blusa de rayitas verticales azules y blancas arrostraría más cómodamente la tormenta que se avecinaba y el más que probable chaparrón.

Max vivía en la calle Villanueva, en pleno barrio de Salamanca, en un edificio de finales del siglo XIX, con balcones a la calle. Aunque Lucía no conocía el piso de él, había estado en otros muchos de esa misma zona, por lo que lo imaginó grande y oscuro, con un interminable pasillo y una destartalada cocina que sin duda daría a un patio.

Él apareció en el portal un segundo después de que ella aparcara frente a éste en segunda fila. No llevaba muletas y cojeaba imperceptiblemente cuando recorrió la estrecha acera para subirse al coche, ocupando el asiento del acompañante con una bolsa de plástico en la mano. Nada más cerrar la portezuela giró la cabeza hacia ella para sonreírle.

— ¡Hola!, ¿has traído la botella de vino?

—Pues no. Me parece que con la tormenta que nos va a caer encima, tendremos que regresar inmediatamente en cuanto terminemos de contarle a Nicasio lo que… lo que no sabemos, así que no vamos a tener tiempo de acercarnos al edificio del juzgado.

—Pues es una pena—masculló él entre dientes.

— ¿Decías algo?

Se habían detenido en un semáforo en rojo y Lucía se volvió para mirarle. Se estaba riendo, a la par que, con un gesto que en él era habitual, se retiraba de la frente los rubios mechones que le resbalaban hasta las cejas.

—Decía que es una pena. Yo sí he traído los chorizos. Lo pasé muy bien en ese ascensor y me gustaría repetir la experiencia.

— ¿De veras? No cabe duda de que hay gustos para todo. ¿Qué es lo que más te gustó? ¿Quedarte encerrado entre las cuatro paredes de acero de ese cubículo que a mí me produjo una espantosa claustrofobia, o la voz cascada que te contestó cuando oprimiste el botón de alarma?, el de la campanita amarilla.

Mientras pronunciaba esas palabras volvió Lucía con la mente a la mañana en que el ascensor en el que subía con Max al juzgado se detuvo entre dos pisos y le pareció volver a oír la voz que le contestó a Max. No podía haber sido Fran, esa voz no era la suya. Sabía que hay personas capaces de imitar las voces de otros y de desfigurar la suya propia, pero Fran no pertenecía a ese gremio. La de él era fuerte y un poco ronca y por teléfono, aislada del resto de su fisonomía, Lucía había sentido erizársele el vello de los brazos al escucharla, tan vibrante, tan sonora, sin el menor punto de contacto con la del dueño de la voz cascada que le replicara a Max que tardaría una hora en arreglar el ascensor.

El semáforo se había puesto en verde y arrancó el coche. Max se reía bajito mientras intentaba colocar cómodamente su pierna en el escaso espacio disponible delante de su asiento.

—Lo que más me gustó fue tu compañía.

Como ella no llegó a saber si se lo estaba diciendo en broma, replicó en tono intrascendente:

—Claro. En un santiamén te ofrecí la solución para que resolvieras la cuestión por la que pleiteabas con tu prima Casilda y además te expliqué de qué manera podrías acortar tu nombre. Bien mirado, fue como asistir a la consulta de un abogado que no tuviera asientos en su despacho y te recibiera sentada en el suelo para que tú hicieras lo propio, sin que encima te costara un duro.

Él volvió a reír.

—Todo eso es cierto, pero lo que quería decir es que el tiempo en el que estuvimos encerrados se me pasó volando. Eres una persona muy especial, tan inteligente y al mismo tiempo tan sencilla…

Lucía enarcó las cejas al oírle. Fran no le había dicho nunca algo parecido. Más bien la hacía sentirse como una niña atolondrada que no acababa de aprender lo más básico y que rara vez conseguía hacer algo a derechas.

— ¿Tú crees? —le preguntó incrédulamente.

—Claro, lo habrás oído muchas veces.

—Pues… estás equivocado. Lo que puedo recordar es que la mayor parte de la gente de mi entorno ha aprovechado todas las ocasiones posibles para reñirme. Mi familia en el pueblo no desperdicia ocasión y aquí en Madrid, Rosalía, Lorenzo e incluso a veces Isabel, todos.

— ¿Y Francisco Guillén también?

Frunció ella el ceño para concentrarse y le pareció verle sentado en el oscuro sofá del salón con su invariable libro entre las manos y las gafas en la nariz, sobre las que levantaba la vista para mirarla. Y su voz…, esa voz con la que siempre conseguía emocionarla y con la que después de armarse de paciencia la recriminaba por haber cocido demasiado las patatas o por haber dejado el filete crudo o excesivamente pasado, o….

—Fran más que nadie. Es que él me lleva muchos años y nada de lo que yo hacía le parecía bien. Me trataba como si yo fuera una niña atolondrada y un poco estúpida.

— ¿Te decía que eras estúpida?

—No, no. Decírmelo no me lo decía, me lo daba a entender. Solía dirigirse a mí con ese tono indulgente con el que las personas mayores les hablan a los niños cuando han cometido una insensatez.

—Atolondrada y estúpida—repitió Max observando a través del cristal de la ventanilla cómo salían ya a la carretera de Barcelona y se unían a un tráfico espeso y ensordecedor—. No lo puedo creer. ¿Y por qué no le dejaste?

¿Dejarle? Ni siquiera se le había ocurrido.

—Pues… pues porque no. Yo me sentía feliz a su lado.

— ¿Feliz junto a una persona que te considera estúpida? No lo entiendo.

Tampoco se lo explicaba Lucía en ese momento, pero mientras estuvieron juntos jamás se lo planteó, al contrario. Se había esforzado día a día por mejorar y conseguir así que Fran llegara a valorarla. Y ahora, sin una razón aparente, parecía que él se había empeñado en amargarle la vida y que con esa finalidad se había confabulado con Rosalía. ¿Pero qué pretenderían conseguir ambos con esa complicidad?

—Aún no te he contado lo que me pasó ayer —empezó vacilante.

—Sí, ¿qué te pasó?

—Me mudé de piso, ya te había dicho que lo iba a hacer. Por la tarde me trajeron los muebles que había comprado y en cuanto me los montaron y deshice las maletas bajé a cenar algo a una cafetería. Al subir, encontré en el dormitorio el pijama de Fran sobre la cama.

De refilón miró a Max y vio que éste la observaba fijamente.

— ¿Otra vez y en una casa nueva? ¿Forzó la cerradura o…?

—No, lo más extraño es lo que sigue. Le pregunté al portero y me dijo que una señora, que él creyó que era una empleada de la tienda de los muebles, le dijo que había olvidado dejarme un paquete que me era imprescindible, por lo que subió con ella a mi casa y aguardó en el vestíbulo a que regresara de… supongo que de mi dormitorio. Pero lo más curioso de todo es que esa señora era Rosalía, mi anterior secretaria.

Aunque no le miraba, notó la mirada de Max fija en ella.

— ¿Rosalía?, ¿la señora del moño repeinado que se sentaba en la antesala de tu despacho?, ¿estás segura?

—Completamente. No sé si recuerdas que solía llevar unos zapatos verdes horrorosos.

Max hizo un gesto de ignorancia.

—Pues no, no suelo fijarme en los zapatos y apenas si reparé en ella, aunque me pareció estirada y antipática. ¿Y qué tiene que ver esa señora con Francisco Guillén?

—No lo sé. Lorenzo opina que él es el autor de todas las fechorías que estoy padeciendo, pero no puede ser. Tú conoces a Fran y la voz cascada del tipo que contestó a tu llamada de alarma en el ascensor no era la de él. ¿A que no era la de él?

Max frunció el ceño y durante unos instantes permaneció silencioso.

—No, no era la misma voz, pero además, ¿por qué iba Francisco a arremeter contra ti de esa manera? A no ser, claro está, que sea una persona vengativa y un tanto trastornada que quiera hacerte pagar tu supuesta infidelidad amargándote la vida.

Lucía meneó negativamente la cabeza.

—No, Lorenzo opina que fue Fran quien manipuló las fotografías y que las utilizó como pretexto para terminar conmigo.

Desconcertado, tardó Max unos segundos en darle su opinión.

251

—¡Qué retorcido!, ¿no? Podía haberse limitado a decirte que lo vuestro se había acabado y a desearte que fueras muy feliz. ¿No crees que sería más lógico?

—Sí, sería más lógico —convino ella—. Todo lo que me está ocurriendo carece de sentido. Podría explicármelo si efectivamente hubiera sido Antonio Briones su instigador. Salió de la cárcel a finales de junio después de cumplir una condena de diez años y en el procedimiento judicial, en el que se juzgó por el delito que había cometido, Fran fue el fiscal y yo la acusación particular. Puede entenderse que al ser excarcelado tratara de vengarse de los dos y que lo primero que hiciera fuera enviarle a Fran unas fotos en las que estaba yo en la cama, aparentemente con otro hombre. Aunque bastaba con fijarse un poco para advertir que la fotografía estaba manipulada, consiguió con esa treta que Fran rompiera conmigo. Sin una palabra se marchó de la casa en la que vivíamos y no le he vuelto a ver—. Se interrumpió para tomar aire y evitar que la voz se le quebrase —. Todo esto ya te lo he contado —añadió—. Te refresco ahora la memoria para que me digas qué finalidad puede perseguir al colocar su pijama en la cama por las noches por medio de Rosalía.

Max tardó en contestar. Observaba el perfil que ofrecía ella desde el asiento del coche del copiloto y luego desvió la mirada hacia el paisaje que se divisaba a través de la ventanilla.

—Conozco poco a Francisco, — dijo al fin —pero no me parece que sea una persona que responda a ese comportamiento. A mí me ha dado la impresión de que cree estar por encima del bien y del mal y de que por los demás se molesta lo menos posible. No le imagino conspirando con tu tiesa secretaria para que te colocara su pijama en la cama.

—Yo tampoco—reconoció Lucía —. Es la explicación que se le ha ocurrido a Lorenzo, que ha trabajado como detective privado y tiene experiencia en estos casos.

—Pero él no conoce a Francisco, ¿verdad?

—No, no le conoce. Le llamé anoche cuando al subir después de cenar me asusté al encontrar el pijama y sé que dijo algo que me chocó, pero no consigo recordarlo.

—Algo, ¿cómo qué?

—No lo sé, algo que admitía otra explicación a esos hechos de la que le habíamos dado hasta entonces.

Unas gotas de agua se estamparon contra el parabrisas y Lucía atisbó preocupada el amenazador aspecto del firmamento.

—Me parece que va a caer un chaparrón de un momento a otro. ¿No te parece que el cielo está cada vez más oscuro?

Él se inclinó también hacia adelante para observarlo a través del parabrisas y repuso despreocupadamente:

—Sí, pero ya estamos cerca del pueblo y las tormentas de verano son escandalosas pero muy cortas, así que, si empieza a tronar, cuando lleguemos a la comisaría esperaremos dentro a que escampe.

Habían alcanzado la desviación y Lucía la tomó, dejando atrás la autopista, para adentrarse en el camino vecinal que les conduciría en línea recta a su destino.

—Falta por considerar otro detalle —apuntó él tras unos segundos de permanecer en silencio—. Ayer, en tu casa nueva, entró tu ex secretaria con ese pijama gracias a la ayuda del portero que le abrió la puerta, ¿pero cómo conseguía introducirse en el piso en el que vivías anteriormente? Por lo que me has contado, no solo entraba alguien que te dejaba el pijama, también se llevaron unos papeles que necesitabas para la vista de un recurso. Puede que fuera también tu tiesa ex secretaria de los zapatos verdes la que los sustrajo, ¿pero como conseguía entrar en la casa sin forzar la cerradura?

Lucía trató de recordar las idas y venidas de Rosalía en la oficina durante el tiempo en el que trabajó con ella. Le hubiera sido muy fácil cogerle las llaves de su bolso mientras ella iba al servicio y sacar después una copia en la calle con la excusa de que tenía que bajar a comprar el periódico.

Se lo refirió así a Max para añadir luego:

—Además y por lo que me informó Lorenzo ayer, Rosalía alquiló también el piso de la casa de enfrente del mío. Precisamente el piso desde el que me tomaron las fotografías que luego le enviaron a Fran. Da la impresión de que fue éste quien se las encargó, ¿no crees?

Él se mesó su cuadrada barbilla antes de contestar.

—Es posible, pero sigue pareciéndome un comportamiento muy retorcido, absolutamente innecesario. ¿Para qué tomarse tantas molestias? Le hubiera bastado con decirte que os llevabais demasiados años y que tú te merecías a alguien más joven que no refunfuñara por todo y que no te llamase estúpida, ¿no te parece?

Había ido levantando el tono y cuando Lucía le observó de refilón pudo comprobar que estaba sumamente irritado.

—No debería habértelo contado—consideró mordiéndose los labios —. Pensarás ahora que él era idiota y yo todavía más por aguantarle—. Como Max no efectuó el menor comentario, continuó con fluidez—: Es difícil de explicar, pero supongo que a todo el mundo le ha ocurrido alguna vez, aunque a cada uno de una forma diferente. Lo he tratado de analizar y creo que en mi caso fue el escenario. La sala de la audiencia tan grande y tan mal iluminada, con sus paredes forradas de madera y el empaque con el que Fran aparecía revestido en el estrado. Y luego su voz tan resonante y la seguridad con la que se expresaba. Sentí algo difícil de explicar.

— ¿Un flechazo? —apuntó Max con sorna.

—Pues… no sé, puede que sí.

—Y ese flechazo te ha durado nueve años, pese a haberse bajado él del estrado para andar en zapatillas por el pasillo de tu casa y de haber utilizado su maravillosa voz durante todo ese tiempo para llamarte estúpida. Más que a un flechazo podría achacarse lo que sentiste a una andanada de artillería en un instante en el que no estabas en tus cabales.

El sarcasmo con el que se expresaba denotaba su indignación, por lo que Lucía creyó conveniente cambiar el tema de la conversación.

—Mira, ya veo las primeras casas del pueblo. Vamos a conseguir llegar a la comisaría antes de que empiecen a descargar las nubes.

Efectivamente se divisaban ya a lo lejos las manchas rojizas de los tejados de las casas, bajo un cielo tan oscuro que parecía negro. Se había levantado también el vendaval que suele preceder a las tormentas y zarandeaba los árboles que orillaban el camino como si pretendiera arrancarlos de cuajo. Por fortuna Lucía consiguió aparcar junto a la acera, no muy lejos de la comisaría, y los dos echaron a correr hacia el portalón de ésta, al tiempo que empezaba a arreciar la lluvia.

Nicasio recibió a Max como si éste fuese un amigo al que hacía años que no veía. Le abrazó primero, apretujándole contra su enorme corpachón, le vapuleó la espalda después con una serie de fulminantes trallazos y finalmente le empujó hacia su despacho, incrustándole materialmente en un desvencijado sillón que crujió bajo su peso. Sonriente, como si en lugar de una paliza hubiera recibido un homenaje, Max parecía sentirse el más feliz de los mortales y en cuanto consiguió estirar convenientemente la pierna lesionada, se aprestó a referirle al policía cómo un hombre, al que no había llegado a verle la cara, le había golpeado en la cabeza y cómo había despertado más tarde en el sótano, a oscuras y sin poderse mover por las contusiones que le había producido la caída por la escalera y por el esguince que había sufrido en un tobillo.

Nicasio se había limitado a recibir a Lucía saludándola con una leve inclinación de cabeza y ella les había seguido hasta el despacho donde había tomado asiento en el otro sillón, no menos desvencijado que el que ocupaba Max, escuchando en silencio la declaración de éste.

— ¿Y si no le viste, cómo sabes que se trataba de un hombre? —le preguntó Nicasio a él, levantando la mirada del viejísimo ordenador en el que iba escribiendo su informe, para clavarla en su rostro.

Lucía se rebulló inquieta en su asiento. Había olvidado aconsejarle a Max lo que debía declarar, pues si éste decía que le habían atacado por la espalda, no podría asegurar que su agresor perteneciera al género masculino y consiguientemente no quedaría ella libre de toda sospecha.

Como si le estuviera leyendo el pensamiento, Max se apresuró a puntualizar en su relato los detalles que ella le hubiera recomendado que precisara:

—No le vi la cara, pero si me percaté de que era un hombre, cuando al oír algo detrás de mí me giré a medias, ¿comprendes?

Nicasio emitió un gruñido a modo de respuesta y a continuación le preguntó a Lucía sus datos personales y seguidamente su versión de los hechos. Lucía le refirió que se había quedado dormida en la terraza y que al despertar había buscado a Max por la planta baja sin hallarle y que finalmente, al oír algo semejante a una voz que pedía ayuda en el sótano, había bajado iluminándose con las cerillas de una caja que había encontrado en la cocina.

Con otro gruñido, Nicasio le dio el visto bueno a su narración, al tiempo que un trueno estruendoso conmovía los muros de la comisaría.

—Bueno, ya tenemos aquí la tormenta—comentó en tono festivo cuando se convenció de que los muros del edificio aguantarían por el momento—. Habréis traído paraguas, ¿verdad? De todas formas podéis quedaros aquí hasta que amaine. En un par de horas el vendaval que está soplando se habrá llevado las nubes.

Permanecer dos horas más sentada en el sillón desvencijado que le había tocado en suerte era lo que menos le apetecía a Lucía, por lo que sonriente se puso en pie.

—No, no, muchas gracias. Si regresamos a Madrid ahora mismo, puede que vayamos dejando atrás la tormenta. Si no nos necesita…

—Por el momento, no—tronó Nicasio—. Puede que os llame más adelante, porque estoy detrás de una pista que comprobar. Tengo un posible testigo que el otro día divisó a un hombre escondiéndose tras los robles que crecen delante de la terraza de tu casa— les dijo dirigiéndose a Max,—y luego le vio entrar por el portón.

— ¿Y cómo era ese hombre que vio?— le preguntó ansiosamente Lucía—. ¿Pudo distinguirle bien?

Nicasio se encogió de hombros.

—Eso no os lo puedo contar aún, porque estoy en plena investigación y las investigaciones son secretas, pero os pondré al corriente en cuanto me sea posible. Y ahora, si no os queréis quedar, marchaos antes de que sea peor.

Con una manaza levantó a Max del sillón aporreándole la espalda a continuación y éste le correspondió con otros trallazos similares. Después de su mutua paliza, los dos se miraron satisfechísimos de su ruda demostración de amistad.

Les acompañó seguidamente hasta la puerta de la comisaría y Lucía y Max echaron a correr hacia el coche, cubriéndose la cabeza con las manos para defenderse del agua que torrencialmente dejaban caer las nubes. Cuando Lucía arrancó el motor, puso en marcha el limpiaparabrisas e intentó atisbar el exterior aproximando la frente al empañado cristal.

—No veo nada, ¿ves algo tú?

Max encontró un trapo en el bolsillo de la puerta e intentó limpiarlo con él.

—Veo que llueve a mares y adivino, más que veo, una calle en la que no hay un alma. ¿Quieres que volvamos a la comisaría y esperemos dentro a que escampe?

Imaginó Lucía con horror el suplicio que le supondría incrustarse durante dos horas más en el desvencijado sillón del que acababa de zafarse, por lo que meneó negativamente la cabeza.

—No, no. Si nos adelantamos a la tormenta, puede que lleguemos a Madrid antes de que empiece a llover allí.

Enfiló despacio la calle que semejaba haberse convertido de improviso en un tumultuoso arroyo y poco después dejaba atrás el pueblo para recorrer un camino vecinal, oscuro como boca de lobo, pese a que aún no era de noche. La intensidad del viento arreciaba y zarandeaba los árboles de los márgenes del camino que rugían a su paso. Un relámpago zigzagueó entre la negrura del firmamento y a continuación un trueno retumbó por la oscura campiña, a la par que un nuevo aluvión de agua se desplomaba sobre el techo del coche. El vendaval, que asolaba la montaña como un gigante enfurecido, arrancó las hojas de los árboles y las lanzó también contra el cristal del coche, al que quedaron adheridas como una alfombra de follaje que obligó a Lucía a frenar para activar la celeridad del limpiaparabrisas. Luego volvió a limpiar el empañado cristal desde el interior con un trapo e intentó poner de nuevo en marcha el motor.

Cien metros más allá patinó el vehículo en el barro, aunque Lucía logró controlarlo y esquivar el enorme tronco de un árbol que orillaba el camino y contra el que estuvieron a punto de estamparse. Tras recorrer una serie de sinuosas curvas durante varios minutos, otro patinazo tras un recodo la obligó a reducir la velocidad y finalmente detuvo el coche al divisar un enorme charco en el camino. Con la frente contra el parabrisas intentó calibrar el tamaño de lo que se asemejaba a una pequeña laguna.

—¿Podremos vadearlo, Max, o será muy profundo y se hundirá el coche en ese hoyo y nos veremos obligados a salir a nado?

Una nueva avalancha de agua pareció derrumbarse sobre el vehículo al tiempo que un relámpago surcaba los cielos, acompañado de un estruendo ensordecedor.

—Tenemos la tormenta justo encima —le oyó decir a él —. Déjame que conduzca yo.

¿Por qué pensaría Max que sería capaz de ver algo en aquella oscuridad, con la lluvia chorreando por los cristales y el viento agitando el coche como si fuera una coctelera?, se preguntó aturdida, asiéndose firmemente al volante para impedirle que la obligara a cambiar de asiento y la relegara al del copiloto.

—Ni hablar —protestó, deteniendo el vehículo al borde mismo de aquel desconocido estanque —. Aún tienes el tobillo pachucho y sé conducir perfectamente. Contéstame, ¿atravieso el agua o… o qué?

—¿Y cómo quieres que sepa yo qué profundidad tiene ese charco?— protestó él, luchando por distinguirlo bajo la cortina de agua.

—Bueno, tú eres de este pueblo. Deberías saber…

— ¿El calado de todos los hoyos del camino?, — refunfuñó—. Pues no, no lo sé. Además no se ve nada.

— ¿Tienes idea de donde estamos o no? — inquirió nerviosamente Lucía sin decidirse a arrancar de nuevo el motor.

Max intentó atisbar el exterior aproximando nuevamente la frente al cristal de su ventanilla.

—Pues… sí, sí sé donde estamos. Aquí a la izquierda comienza el camino que lleva a "El robledal".

—Aquí, ¿dónde?

—Aquí, justo antes del charco. Entre ese álamo gigante y el sauce que parece que el viento va a arrancar, ¿no los ves?

Como Lucía no distinguía un álamo de un manzano continuó indecisa escudriñando la oscuridad que se cernía frente al coche.

—No sé de qué me hablas. ¿Hacia dónde crees tú que sopla el viento? Si soplara a nuestra espalda, podríamos intentar salvar el charco y…

— ¿Y cómo lo salvamos? No he traído el bañador y además el viento no sopla de popa, como dicen en los aviones, sino al revés, o sea, que viene de Madrid. Podríamos volver al pueblo y esperar allí a que la tormenta amaine.

Como no le apetecía a Lucía lo más mínimo ese plan, meneó negativamente la cabeza. Con el trapo que Max había utilizado anteriormente, intentó desempañar nuevamente el turbio cristal. De improviso tuvo una idea.

—Oye Max, ¿está por aquí tu casa?, me refiero a "El robledal."

Hizo él un gesto de asentimiento que Lucía, preocupada en distinguir lo que se avistaba por la ventanilla, no llegó a ver.

—Sí, ya te he dicho que a nuestra izquierda empieza el camino que lleva directamente hasta su puerta.

— ¿Qué te parece si vamos allí y esperamos dentro de la casa a que el viento se lleve las nubes y los relámpagos? ¿Tienes aquí la llave?

En la oscuridad del interior del vehículo no distinguía su rostro pero un nuevo relámpago iluminó la campiña, lo que le permitió cerciorarse de que su gesto era afirmativo.

—Sí tengo la llave, ¿pero estás segura de que es una buena idea? Si continúa lloviendo puede que el barro no nos permita luego llegar hasta el camino vecinal y nos quedemos incomunicados. De todos modos, he traído los chorizos —añadió con guasa mostrándole el paquete con el que había salido de su casa cuando ella le recogió.

Un estrepitoso trueno rugió sobre sus cabezas y se alejó después en la oscuridad del monte, resonando contra los escollos que iba encontrando en su camino. Su ensordecedor bramido terminó de decidirla.

—Vamos a tu casa, pero dime antes dónde están esos árboles a los que has aludido y si puedo sortear el barrizal. ¿Cómo consigues tú ver algo?

Inclinada sobre el volante y siguiendo las indicaciones de él, dejó a su derecha el inmenso charco de agua y, rebotando sobre los baches del camino, se adentró por una desviación de la que no se distinguía otra cosa que los árboles que crecían en sus orillas y que se agitaban a impulsos del vendaval hasta doblarse sobre sí mismos, quejándose con un gemido sordo. A lo lejos creyó divisar una mole tan oscura como el cielo que le servía de telón de fondo y, poco después y tras dos patinazos más, aparcaba el coche frente al portón de entrada del edificio.

En el escaso trayecto que tuvieron que recorrer los dos desde el vehículo hasta el porche de la casa se empaparon de arriba abajo. Tan solo tres escalones habían tenido que subir para guarecerse bajo el tejadillo que cubría el portón, pese a lo cual, cuando Max consiguió hacer girar la llave en la cerradura a la luz de los relámpagos, a Lucía le chorreaba la melena como si se hubiera bañado en una fuente.

Estornudando, penetró corriendo en el vestíbulo. A oscuras, tropezó con el niño de la cítara que, imperturbable, seguía encaramado a su pedestal, ajeno por completo a la tormenta que se desencadenaba en el exterior, y cuando Max encendió la luz, la precedió hacia el salón, donde los dos tomaron asiento en el sofá isabelino.

— ¿Tienes frío? —se preocupó él—. Estás empapada, pero no tengo aquí ropa para que puedas cambiarte. Sólo un albornoz en el cuarto de baño de la planta de arriba que te estaría enorme.

Comparó visualmente ella su estatura con la de él y meneó negativamente la cabeza.

—No, no. Dame una toalla para que me frote el pelo. Con este bochorno la ropa se nos secará enseguida.

Un estruendoso trueno resonó sobre sus cabezas, antes de alejarse para ir repitiendo el rugido con sus ecos montaña abajo. En ese momento se apagó la luz.

— ¡Vaya por Dios!— se lamentó él—. Suele ocurrir con las tormentas. Tendremos que esperar a que se aleje para que funcione nuevamente la electricidad. Pero en alguna parte tengo una linterna que voy a buscar ahora mismo.

Lucía le detuvo con un ademán.

—No hace falta, porque aún no es de noche. Si abres los postigos de las ventanas distinguiremos lo suficiente como para que dentro de un rato nos comamos los chorizos. Y por cierto, yo también tengo una linterna—le comunicó con aire triunfal recordando el llavero que se había comprado en la tienda en la que había adquirido los muebles—.Te la voy a enseñar.

Extrajo el llavero de su bolso y encendió la minúscula linterna que proyectó un insignificante haz de luz, de intensidad similar al de una cerilla, y se la ofreció.

— ¿La quieres? Puedes utilizarla para ir a localizar la tuya.

—Muchas gracias, pero creo que veo lo mismo de mal con tu linterna que sin ella. Espérame un momento que no tardaré. Voy a buscar también en la bodega una botella de vino, ya que te has olvidado tú de traerla.

— ¿Hay una bodega en esa casa? —se interesó Lucía, mientras se guardaba el llavero en el bolsillo del pantalón vaquero.

—Sí, mi abuelo la hizo construir y guardaba abajo unos vinos bastante buenos, pero después de su muerte ni Casilda ni yo nos hemos preocupado de su existencia. Supongo que quedará alguna botella.

— ¿Y dónde está esa bodega?—se preocupó Lucía paseando su mirada por la habitación cubierta de sombras y repleta de sillas, que apenas si se distinguían en la oscuridad —. ¿Vas a tardar mucho?

De pie junto al sofá, él se volvió para contestarle con guasa.

—La escalera de bajada a la bodega está al final del pasillo, junto a la puerta de la cocina. ¿Es que tienes miedo?

Titubeó ella sin decidirse a reconocerlo.

—No me asustan las tormentas. Me gustan bajo techado y con la luz encendida, pero la otra vez que estuve en esta casa desapareciste de pronto y no me hace ninguna ilusión que la cosa se repita.

Max se echó a reír con ganas.

— ¿Y para qué voy a desaparecer precisamente ahora? En este momento es lo último que me apetecería. Prefiero que nos comamos los chorizos acompañados con el vino, así que voy a buscar la toalla y una botella.

Lucía adivinó más que vio por donde se marchaba él y luego se levantó del sofá para abrir los postigos de las dos ventanas. Aún penetraba algo de claridad y fue distinguiendo los muebles que se agolpaban en la habitación, asemejándola a una almoneda.

¿Por qué a la generación de sus abuelos les gustaría tanto atestar de trastos los salones de sus casas?, se preguntó. En la que se encontraba en ese momento lo que sobraban eran sillas, por lo que recorrió cuidadosamente la estancia temiendo tropezar con alguna. Cuando terminó el paseo volvió a sentarse en el sofá y luego se levantó impaciente y se fue dejando caer en las butacas para retornar seguidamente al sofá. ¿Por qué no regresaría Max? Para coger una botella de la despensa y una toalla del cuarto de baño no necesitaba tardar tanto.

Nuevamente abandonó el sofá y se aproximó a la ventana para consultar su reloj a la grisácea luz que la persistente lluvia permitía que se filtrara a través de los cristales. Había transcurrido más de media hora. Se sentó de nuevo en una butaca y al rato se incorporó y dio otro paseo por el salón, a la par que un relámpago iluminaba en el exterior la negrura del cielo y un trueno rugía fuera conmoviendo los cimientos de la casa. ¿Es que no iba a regresar nunca Max con la botella de vino que había ofrecido?

La melena le chorreaba sobre el sofá isabelino donde había vuelto a tomar asiento, empapando la tapicería de damasco azul y decidió ir a buscar ella misma la toalla, mientras aguardaba a que volviera Max. ¿Con qué se habría entretenido?

Con mil precauciones para no tropezar con los muebles, fue sorteando sillas, mesitas con floreros y un enorme brasero que le entorpecía el paso y consiguió llegar sin tropiezos hasta la puerta que daba el vestíbulo. Allí continuaba el niño, encaramado a su pedestal y con la cítara en la mano, impasible ante la naturaleza desatada que rugía fuera agitando los árboles a su paso. Era ese el único sonido que podía percibirse, porque dentro de la casa el silencio era total y debería oírse algo, se dijo, con la inquietante desazón de que había cerca de ella una presencia extraña. Al menos debería percibirse el ruido que estuviera haciendo Max en la bodega.

¿Por dónde andaría la cocina?, se preguntó girando sobre sí misma entre unas sombras densas y movedizas. Max le había dicho que la escalera por la se bajaba a la bodega se encontraba al final del pasillo, junto a la puerta de la cocina, pero su sentido de la orientación había sido siempre desastroso, lo que le había valido no pocas regañinas de Fran. ¿Qué pensaría de ella en ese momento si la viera por aquel oscuro pasillo chorreando agua por su larga melena, por los pantalones, por todas partes y vagando por aquella casa extraña sin encontrar la bodega? ¿La miraría condescendientemente y le recomendaría que fuese a buscar una toalla con la que secarse? Probablemente sí, pero no se ofrecería a traérsela él y continuaría leyendo algún grueso volumen con los lentes de concha cabalgando sobre su nariz ¿Qué le habría atraído de él entonces?, se preguntó desconcertada. No era más que un egoísta al que había adornado con unas cualidades que no estaba ya muy segura de que las poseyese.

Tanteando las paredes, dio con una puerta y la abrió. Era el cuarto de baño y dos toallas pendían inmóviles a ambos lados del lavabo. Cogió la más cercana y se frotó vigorosamente el pelo. Luego, con la otra, se hizo una especie de turbante alrededor de la cabeza y descolgando del toallero la de ducha, se envolvió en ella como si fuera un manto, con la idea de impedir que de su ropa chorreara más agua por el pasillo.

¿Pero dónde estaba Max?, se preguntó cada vez más inquieta. Tenía que encontrar la cocina y la bodega, donde quizás se hubiera quedado absorto dilucidando cuál de todas las botellas allí almacenadas le apetecía más llevarse. Era la única explicación posible a su tardanza.

Al tacto reconoció otra puerta y la abrió deteniéndose indecisa en el umbral. Se encontraba totalmente a oscuras, de lo que dedujo que los postigos de las ventanas seguían cerrados, por lo que no distinguía otra cosa que unos bultos informes que supuso que eran los muebles. Extrajo cuidadosamente su minúscula linterna del bolsillo y gracias a su raquítico haz de luz consiguió llegar hasta la ventana y abrir los postigos. Luego se giró sobre sí misma y advirtió que se encontraba en un despacho con una inmensa mesa de madera tallada y unas librerías a juego, repletas de libros, que cubrían tres de las cuatro paredes de la estancia. Sobre la mesa, una lámpara con la pantalla de pergamino permitiría tiempo atrás al abuelo de Max tomar notas reseñando las cuentas que fueran de su interés, con los ingresos y los gastos de la finca. Junto a la lámpara, unos papeles ordenadamente dispuestos, formando un pináculo, la indujo a acercarse a fisgonearlos. El abuelo de Max había sido abogado, aunque al parecer no había ejercido nunca, y los documentos que veía sobre la mesa serían sin duda las escrituras de la finca.

Por la deformación profesional que padecía, le atraían irresistiblemente los documentos notariales, por lo que les pasó una mano por encima como si los acariciase. Luego la curiosidad la impulsó a fijarse en el título de la escritura que remataba el cerro para averiguar su contenido. Al clavar su mirada en la portada se quedó inmóvil, con los ojos desmesuradamente abiertos. Porque aquella escritura era la fotocopia en color que le habían sustraído del maletín en su propio despacho, la que había guardado en ese lugar para engañar a su desconocido acosador, mientras escondía la original tras el cuadro del comedor de su anterior vivienda. El cuadro de la marina con olas encrespadas que había pertenecido anteriormente a una abuela de Fran.

¿Pero cómo era posible?, se preguntó con las cejas enarcadas. ¿Cómo había llegado esa escritura hasta la casona de la sierra en la que se encontraba?

De la sorpresa y con los ojos abiertos desmesuradamente, se dejó caer sentada en el butacón, tras la mesa de despacho y se acodó en ella, sujetándose la cabeza con las manos. No había más que una respuesta posible, aunque tardó en entenderla y aún más en admitirla. Había sido Max quien le había sustraído esa copia en color de la escritura que debía aportar en la audiencia previa del procedimiento judicial de Alfonso Ríos, ¿pero por qué él?

Anonadada se retrepó en el butacón de terciopelo rojo en el que había ido a sentarse. Ni siquiera se dio cuenta de que un nuevo relámpago recorría el cielo culebreando con su luz azulada por el ennegrecido firmamento ni del estrepitoso trueno que le secundó. El autor de todas las tretas, de todos los desafueros de que le habían hecho objeto desde que la dejó Fran tenía que haber sido Max, porque de otra forma la escritura que acababa de hojear no se encontraría allí, sobre la mesa de despacho de su abuelo. Tenía que haber sido él también quien le pinchara las cuatro ruedas del coche aquella mañana para que no llegara a tiempo al juzgado de Campillo de la Sierra y quedara mal con su prima Casilda, la que sin duda se buscaría otro abogado, después de dirigir contra ella todos los epítetos malsonantes que conociera.

¿Pero cómo habría podido conseguir que el ascensor se detuviera entre dos pisos?, se preguntó reflexionando intensamente. Recordaba ahora que Max se había introducido en la cabina como un ciclón detrás de ella y probablemente habría estado hurgando en los botones sin que ella se diera cuenta. Suponía que habría un medio de detener la cabina desde su interior, fingiendo una avería, aunque ella desconocía la manera en la que podría lograrse, porque, como le repetía insistentemente Fran, era una manazas.

Y quizás habría convencido a Rosalía para que le extrajera de su bolso una llave de la vivienda que había compartido con Fran, aprovechando cualquier descuido de ella, para que le colocara sobre la cama un pijama igual al que usaba su ex pareja. ¿Pero todo eso por qué y para qué?

Volvió a acodarse en la mesa sin escuchar el viento ensordecedor que silbaba en torno de la casona. ¿Pero si había sido Max el autor de todos esos hechos, quien le había golpeado a él en la cabeza y le había arrojado después por las escaleras del sótano?, se preguntó.

No tardó en encontrar la respuesta, pero le costó aceptar la posibilidad de que hubiera ocurrido así. Tenía que haber sido él mismo quien se golpeara con un palo o con un instrumento similar y quien se hubiese tirado después cuidadosamente por las escaleras, fingiendo que había sido atacado por un extraño. Como había comentado Isabel, parecía milagroso que tuviera solo un chichón insignificante en la frente y que el esguince se le hubiera curado en apenas algo más de una semana.

El desconcierto la dejó insensible, sin angustia, sin dolor, sin nada, como si fuese la espectadora de un suceso totalmente ajeno. Acodada en la mesa, desfilaron por su mente todas las tretas de que se había valido su acosador para perjudicarla, mientras intentaba entender cómo Max habría podido llevarlas a cabo. Poco a poco fue atando cabos, sintiendo que algo muy hondo se removía en su interior y ascendía hasta sus ojos desbordándose por ellos. De un manotazo se limpió los lagrimones e intentó reflexionar. ¿Qué finalidad podía perseguir Max hundiéndola a ella?, se preguntó. No habían coincidido anteriormente en ninguna parte. No se conocían ni él tenía nada que reprocharle. ¿Por qué entonces?

Con el dorso de la mano se secó sus húmedas mejillas sintiendo que algo que dolía se le partía dentro. Debía ser el recipiente de sus lágrimas, porque un manantial brotó nuevamente de sus ojos. Lo había pasado tan bien a su lado, le estimulaba tanto su compañía, que había creído encontrar por fin a alguien distinto de los demás. A alguien que parecía valorarla y que no la consideraba estúpida ni torpe, pero seguramente esos sentimientos los había fingido.

¿Y qué estaría haciendo ahora? De improviso sintió que un sudor frío le recorría la espalda. Estaba claro. La había llevado a esa casa para quitarla de en medio, ya que todas sus tretas le habían salido mal, de que incomprensiblemente había salido airosa de las crueles zancadillas con las que había pretendido que tropezase. Y probablemente y sobre todo, porque habría desistido de minar su deseo de vivir que mantenía intacto, sin que hubiese cruzado por su mente ni durante un solo segundo la idea del suicidio, como él le había sugerido.

Tenía que huir de esa casa. Su coche se hallaba estacionado frente al portón y bastaría con que lograra regresar al vestíbulo, salir afuera, introducirse en el vehículo y arrancar el motor. Recordó entonces el enorme charco del camino, semejante a una laguna, que no se había atrevido a vadear poco antes. ¿Qué profundidad tendría? ¿Se hundiría en él su automóvil y tendría que salir a nado escapando del interior de su interior por una ventanilla?

De cualquier forma tenía que arriesgarse. Era preferible arrostrar aquella tormenta y los peligros del pedregoso y oscuro camino, a permanecer en la casona en la que se encontraba, aguardando a que Max regresase al salón, la buscase y acabara con ella.

Del espanto que le produjo su propio pensamiento estuvo a punto de ponerse a llorar a gritos, pero advirtió entonces que estaba ya empapada por las lágrimas y comprendió también que no debía emitir un solo sonido que pudiera alertarle. Tenía que encontrar el vestíbulo y escapar de aquella casa. ¿Pero dónde estaría el vestíbulo?

Salió al pasillo y se dio media vuelta al tiempo que oía algo lejano, semejante a unos golpes. ¿Estaban llamando al portón de la casa o por el contrario provenían de la cocina? Arreció el ruido de los golpes y Lucía echó a correr en dirección contraria, hasta que tropezó con el niño de la cítara al que estuvo a punto de derribar del pedestal, pero dejó escapar un suspiro de alivio al darse cuenta de que se encontraba en la entrada de la casa. ¿Habría cerrado Max con llave el portón? Con mil precauciones para no darse de bruces contra algún invisible obstáculo, logró avanzar hacia el lugar donde debería encontrarse éste y palpar la rugosa madera. Luego asió el picaporte y tiró hacia ella de la hoja que respondió al movimiento de su brazo, abriéndose de par en par.

Un vendaval de hojas y de lluvia se coló en el interior del vestíbulo por la abertura de la puerta y luego la zarandeó a ella cuando salió al porche. El viento le arrancó la toalla que llevaba en la cabeza a modo de turbante, desparramando su melena en todas direcciones y obstaculizándole la visión. Apartándola con las dos manos de sus ojos, bajó los tres escalones e intentó sujetar sobre sus hombros la toalla de baño que se había echado sobre los mismos para no mojar el pavimento, pero otro golpe de viento se la llevó lejos agitándola en el aire, como si fuera un fantasma que al fin se sintiera libre y fuera a bailotear con otros en la oscuridad.

Medio cegada por su melena y por las hojas de los árboles que danzaban a su alrededor, echó a correr hacia el coche, iluminado por el continuo fulgor de los relámpagos, pero se detuvo en seco antes de alcanzarlo. Un nuevo relámpago le confirmó la sospecha que acababa de asaltarla al primer golpe de vista. Se apoyaba en el pavimento de gravilla sobre sus llantas en una posición extraña, con los neumáticos en el suelo, deshinchados como unos globos a los que hubieran aplicado algo punzante.

De nuevo estuvo a punto de echarse a llorar. Max lo había previsto y había tomado las medidas oportunas para impedirlo. No podía escapar de la casa, porque su coche tenía las cuatro ruedas pinchadas, ¿cómo podría huir de allí?

Retrocedió corriendo hacia el porche y bajo su tejadillo intentó reflexionar, mientras el viento racheado agitaba la lluvia en todas direcciones empapándola de agua y arreciaba el estruendo de los truenos a su alrededor, para alejarse después repitiendo su ensordecedor sonido en la oscuridad.

Tiritando de frío y de miedo recordó de pronto que Max le había comentado que "Los almendros" se encontraba a un kilómetro de allí. Era una distancia corta que podría salvar corriendo en pocos minutos, pero no sabía en qué dirección tenía que correr ni si encontraría a alguien en esa casa que le abriese la puerta cuando llegase. Lo que era evidente era que no podía quedarse a la intemperie esperando a que aquella escandalosa tormenta tuviera a bien remitir, porque para entonces ella habría cogido una pulmonía. Incluso le pareció preferible correr el riesgo que Max representaba y que quizás pudiera soslayar escondiéndose en algún lugar donde no pudiera encontrarla.

Al empujar nuevamente el portón e introducirse silenciosamente en el vestíbulo tuvo una idea. ¿Cómo no se le habría ocurrido antes? Llamaría a Lorenzo. Él vendría a buscarla con su coche. Regresaría en su compañía a Madrid y presentaría una denuncia contra Max por… ¿de qué delito podía acusarle? Tras unos instantes de reflexión llegó a la conclusión de que no podía acusarle de ninguno. Se había cuidado muy bien él de actuar siempre dentro de la legalidad sin cometer ninguna imprudencia que pudiera delatarle. Ni la desaparición de los documentos que había guardado ella en el maletín y que había encontrado sobre la mesa de despacho del abuelo de Max, ni el pijama de Fran que había aparecido varias veces sobre su cama, ni las ruedas de su coche pinchadas podían achacársele a Max ni constituían una prueba que la policía pudiera tomar en consideración. Y mucho menos la avería del ascensor del edificio del juzgado. ¿Qué podía hacer entonces?

La sola idea de tener que denunciarle a él bastaba para que nuevamente se viera obligada a reprimir las ganas de llorar. ¿Cómo podía haberse equivocado hasta ese punto? Le había parecido tan atento, tan atractivo con sus ojos color miel y su cabello desteñido siempre despeinado… Y hubiera asegurado que ella le gustaba si alguien le hubiera preguntado. Lo había sabido fingir muy bien para tener la oportunidad de acercarse a ella para poder... ¿Qué pretendería hacerle?

Sintió un escalofrío y decidió dejar ese tema para más adelante. Lo importante ahora era recuperar su bolso y llamar a Lorenzo por el móvil. Recordó que lo había dejado sobre el sofá isabelino del salón cuando había salido de esa habitación buscando una toalla y también que esa estancia era la primera del pasillo que arrancaba en el vestíbulo donde se encontraba, por lo que no tendría que hacer nada más que salir al corredor y localizar la altísima puerta de madera que daba acceso a esa estancia.

Avanzó unos pasos por el pasillo y dio con su hoja al tacto, abriéndola silenciosamente, a la par que notaba algo a su espalda. Había alguien a pocos pasos de ella que se encontraba en el vestíbulo y que se le iba aproximando, porque podía oír el imperceptible sonido de sus pasos. Aunque mantenía los postigos de las ventanas abiertos, el salón se hallaba en la oscuridad más absoluta. Lucía se atrevió a dar un par de pasos dentro y muy despacio, para no tropezar, alcanzó el sofá, tras el que se parapetó, agazapándose detrás.

Un relámpago rasgó las tinieblas en ese instante iluminando fugazmente el salón con su luz brillante y azulada, instante en el que logró avistar la sombra de alguien que se había detenido en el pasillo. Era un hombre, pero le daba la espalda. Luego él se encaminó hacia el vestíbulo.

Por el tenue sonido de sus pasos dedujo que debía hallarse en ese momento junto al niño de la cítara, con la mano en la barandilla de la escalera, como si estuviera dudando en subir a la planta superior.

Con el corazón martilleándole dentro del pecho se tapó Lucía el rostro con la mano para evitar que esa sombra pudiera oír su respiración y aguardó inmóvil, tiritando de frío y al mismo tiempo sudando de miedo. Por el crujido de la madera, le pareció que se decidía al fin a subir al piso de arriba y escuchó sus pasos acompasados, de escalón en escalón. Ya debía de estar cerca del rellano y dentro de unos momentos se alejaría por el pasillo de esa planta, que había imaginado largo y poblado de tinieblas.

Aguardó aún a que sus pasos se perdieran sobre su cabeza. Luego se puso en pie silenciosamente y palpando con la mano el asiento del sofá dio con su bolso y con el móvil que guardaba dentro.

La oscuridad del salón era tan absoluta que se vio obligada a extraer la minúscula linterna del bolsillo de su pantalón vaquero para iluminar la pantalla del teléfono y localizar en la agenda el nombre que buscaba. Seguidamente se lo llevó al oído y aguardó con una inquietud creciente la respuesta de él. Pero no contestó a su llamada y Lucía insistió, preguntándose si se encontraría en el cine con Olvido y habría silenciado el sonido al aparato.

Medio histérica, lo intentó de nuevo con el mismo resultado infructuoso y luego se increpó a sí misma por no haberle comunicado a Lorenzo que tenía previsto acercarse esa tarde a la comisaría de Campillo de la Sierra con Max. Había notado que a aquél no le caía bien su cliente, aunque se había guardado mucho de admitirlo, pero no era ese el motivo por el que ella no le había puesto al corriente de sus planes. No se lo había dicho, porque no deseaba que su guardaespaldas se inmiscuyese en su vida privada. Lo que había creído que era su vida privada, se dijo a punto de llorar. Sin duda tenía razón Fran cuando al hablarle le hacía sentirse tonta e inexperta, porque había demostrado ser las dos cosas.

En ese momento no recordaba que había salido airosa de todas las trampas que Max le había tendido. De lo único que era consciente era de que estaba agazapada detrás de un sofá en una casa enorme y oscurísima, por la que se paseaba un indeseable con el propósito de encontrarla a ella para... no sabía para qué, pero estaba segura de que para nada bueno.

Le pareció oír de nuevo los golpes que escuchara antes y creyó detectar que procedían del fondo del pasillo. Se puso en pie preguntándose qué debería hacer. Tenía que aprovechar ahora que su perseguidor había subido al piso superior ¿pero cómo?

De improviso una idea que no se le había ocurrido antes se abrió paso en su ofuscado cerebro. Llamaría a Nicasio. Le pediría que acudiera inmediatamente a "El robledal" sin acusar a Max de nada, porque no la creería. Le diría que era muy urgente porque…

Sin acabar de preparar la historia que debería contarle, extrajo del bolsillo del pantalón la tarjeta que el policía le había entregado esa tarde y ayudándose con su diminuta linterna marcó el número. No tardó en oír la voz bronca y ruidosa del policía contestando a su llamada.

—Nicasio, ¿es usted?— le preguntó en un susurro.

—Sí, soy yo, pero no la oigo, ¿por qué no habla más alto?

—Nicasio, soy Lucía Salces y estoy con Max en "El robledal". Tiene que venir inmediatamente.

— ¿Que es usted Lucía Salces?—repitió el hombre, olvidando que en la comisaría, cuando estaba en compañía de Max la había tuteado —. Sí, ya sé quién es. ¿Y por qué están en "El robledal"? ¿No han podido seguir hasta Madrid a causa de la tormenta?

—No, no hemos podido seguir, ¿Pero no puede venir? Ha entrado en la casa la misma persona que el otro día agredió a Max y… y no sé qué hacer.

—Usted no tiene que hacer nada —le gritó Nicasio—. Espéreme ahí que Fermín y yo no tardaremos más de un cuarto de hora en llegar a la casa.

Con un suspiro de alivio cortó Lucía la comunicación. ¿Cómo no se le habría ocurrido antes? No podía decirle al policía cuando acudiera a su encuentro que Max era el hombre que él buscaba para detenerle, pero conseguiría que la llevase a ella a Madrid o a la comisaría, le daba igual. Lo importante era salir de allí.

Se agazapó de nuevo tras el sofá y en esa postura oyó nuevamente los golpes que había escuchado antes, sin detectar su procedencia. Le pareció que provenían del fondo del oscuro pasillo e inconscientemente se puso en pie y salió del salón para encaminarse en esa dirección. Ayudada por la luz de los relámpagos que intermitentemente iluminaban el corredor a través de una alta ventana enrejada, llegó hasta la cocina percibiéndolos más próximos. ¿Procederían del sótano?

Se aproximó a la recia puerta de madera por la que se accedía a la escalera que llevaba al mismo, con la intención de abrirla para escuchar si el ruido de los golpes se originaba allí abajo, y en ese momento sintió a alguien a su espalda. Luego oyó una voz conocida, al tiempo que notaba que la agarraban por detrás y que aplicaban algo a su nariz que tenía un olor extraño.

— ¡Hola, Lucía!, ¿me estabas esperando, verdad? Al fin te he encontrado.

Sabía a quien pertenecía esa voz, pero no tuvo tiempo de pronunciar una sola palabra. Algo muy oscuro y neblinoso invadió su mente y luego… nada.

—CAPÍTULO XVII—

Le costó abrir los ojos. Sentía la cabeza pesada como si una espesa nube de algodón hubiera invadido su mente y notaba un regusto amargo en la boca. Intentó incorporarse sobre un codo, pero desistió al sentir un intenso dolor en todo el cuerpo. ¿Dónde estaba y qué le había sucedido?

Tumbada en el suelo boca arriba hizo un esfuerzo por traer a su memoria los últimos acontecimientos de los que tenía conciencia. Como en sueños creyó verse a sí misma caminando por el oscuro pasillo, intermitentemente iluminado por la luz de los relámpagos y aquellos golpes que parecían provenir de la cocina. Recordaba haber entrado en esta última habitación, pero luego…

Tenía los párpados tan pesados que le supuso un esfuerzo ímprobo abrir los ojos para mirar a su alrededor. ¿Dónde se encontraba? Solo llegó a distinguir la oscuridad más absoluta, pero con la mano palpó cerca de ella un escalón. Estaba al pie de una escalera.

Antes de aventurarse a intentar de nuevo incorporarse, pasó revista a su cuerpo. Las piernas las podía mover y también los brazos. De su frente brotaba un hilillo espeso y caliente, que supuso que sería sangre, y notó que le costaba respirar. Quizás se hubiera roto una costilla, pero tenía que procurar levantarse, averiguar qué le había sucedido y a donde conducía la escalera.

A duras penas consiguió ponerse a gatas y tanteó el suelo a su alrededor pretendiendo orientarse. Ahora que sus ojos empezaban a acostumbrarse a la oscuridad distinguió unos bultos informes a su lado, a los que identificó como unas butacas destripadas después de palparlas con las manos. A lo lejos y muy amortiguado oyó el estruendo de un trueno y su fragor actuó como detonante para traer a su memoria los últimos incidentes. Estaba en "El robledal" donde se habían guarecido Max y ella para protegerse de la tormenta que se desataba fuera y debía hallarse en el sótano de la casa, donde quizás la hubiera arrojado la misma persona que en la cocina la había agarrado por detrás aplicando a su nariz un pañuelo impregnado en algo que le había hecho perder el sentido. Quizás se tratase de cloroformo o de éter, aunque no estaba muy segura de si todavía se utilizaban esos anestésicos.

Debía de haberse caído rodando por la escalera y por eso le dolía todo el cuerpo, pero tenía que levantarse para escapar de allí. Nadie la oiría si gritaba. Ni siquiera Nicasio cuando llegara a la casa, porque Max le diría que ella se había marchado ya y que la llamada que había efectuado con su móvil obedecía a una falsa alarma. Si, como sospechaba, la habían recluido en el sótano, no podría salir de su encierro y nadie acudiría en su auxilio, a no ser que… a no ser que localizase su móvil. ¿Pero dónde podría estar su bolso? Encontrarlo a tientas en la oscuridad entre los trastos amontonados allá abajo era una tarea prácticamente imposible.

De pronto lo recordó. Tenía una linterna. Una linterna minúscula, como colgante del llavero que había comprado en la tienda de muebles y debía llevarlo todavía encima.

Dificultosamente se puso de rodillas y se llevó la mano al bolsillo. Allí estaba. Estuvo a punto de dejar escapar un grito de alegría, pero no llegó a hacerlo. En su lugar la encendió para dirigir el raquítico haz de luz en derredor. Como había supuesto, estaba en el sótano de "El robledal" y como también había dado por hecho, de su frente salía un hilillo de sangre del que ya se ocuparía en su momento. Lo urgente era subir la empinada escalera y huir del antro en el que había ido a caer.

Aferrándose a la barandilla logró enderezarse e iba ya a intentar poner el pie en el primer peldaño, cuando creyó oír un quejido a su espalda. Se giró de medio lado con una mano en el costado para amortiguar el lacerante dolor que experimentaba en las costillas, dirigiendo el mustio rayito de luz hacia el lugar de donde éste provenía y distinguió un bulto caído en el suelo. Era un bulto humano, al que se le aproximó cojeando, procurando no tropezar con los obstáculos que se interponían en su camino. Al acercarse más se dio cuenta de que se trataba de un hombre y al proyectarle la luz de la linterna en la cara dio un grito de sorpresa. Era Fran.

Sorteando los últimos trastos, consiguió llegar hasta él y se arrodilló trabajosamente a su lado. Respiraba con dificultad y tenía los ojos cerrados, pero los abrió cuando Lucía le zarandeó por los hombros.

— ¡Fran, despierta!, ¡Fran!

Había clavado una mirada turbia en ella, pero la reconoció.

—Lucía, ¿qué… qué haces aquí? —musitó con voz débil.

—Me han arrojado por las escaleras —le aclaró Lucía observándole preocupadísima —. ¿Qué te han hecho a ti? ¿Por qué estás en esta casa?

Con mil apuros se sentó ella a su lado y le levantó la cabeza sosteniéndosela con un brazo mientras que con la otra mano mantenía la linterna para iluminar su semblante, pálido y desencajado.

—No lo sé —repuso al fin él, tras un silencio que a Lucía se le hizo interminable—. Estaba en "Los almendros". Había ido a pasar el fin de semana y… y abrí la puerta de la casa cuando llamaron al timbre…. Me he despertado aquí, pero no sé por qué ni dónde estoy.

Dejó caer la cabeza de lado como si le pesara demasiado para mantenerla erguida. Sin las gafas de concha que usaba habitualmente y que sin duda había perdido al caer por la escalera, su semblante parecía otro, pero Lucía no reparó en ese detalle y le zarandeó nuevamente.

—Despierta, Fran, no puedes dormirte ahora ni perder el conocimiento ni… nada de lo que seguramente te está apeteciendo hacer. Tienes que levantarte, ¿me oyes?, porque tenemos que salir de este sótano.

— ¿Estamos en un sótano? —le oyó susurrar a él.

—Sí, en "El robledal".

— ¿Y qué hacemos aquí?

En cualquier otro momento a Lucía le hubiera hecho reír la pregunta, pero en la difícil situación en la que se hallaba la angustió más aún.

—Me temo que la intención de la persona que nos ha arrojado a los dos aquí, escaleras abajo, no incluye ningún homenaje. ¿Puedes mover las piernas?

Vio que él las levantaba un palmo del suelo y dejó escapar un suspiro de alivio.

—No te las has roto, así que tienes que levantarte.

El anguloso semblante de Fran se contrajo con un rictus de dolor.

—Es que me duele todo.

—También me duele a mí, pero te repito que nadie va a venir a buscarnos, porque todo el mundo ignora que estamos en este antro, de modo que tendremos que arreglárnoslas por nuestros propios medios.

Se incorporó él sobre un codo y dejó escapar un quejido.

—No creo que pueda levantarme.

—Si puedo yo que también estoy hecha polvo, también podrás tú — protestó Lucía pasando un brazo por sus hombros para ayudarle a incorporarse.

—Es que tú eres mucho más joven —objetó Fran resistiéndose.

Por primera vez desde que le conocía parecía haber reconocido él que la juventud tenía alguna ventaja sobre la madurez, en lugar de ser un lastre que los que les superaban en años tenían que soportar. A Lucía le habría halagado en otras circunstancias, pero en la que se encontraba únicamente la impacientó.

—Sí, que soy más joven ya lo sé. Me lo has repetido más de cien veces todos los días durante nueve años.

Clavó Fran su mirada en el semblante de Lucía como si se hubiera percatado de repente de la identidad de ella y de las circunstancias por las que habían atravesado los dos en los últimos tiempos desde que se habían separado. A ella le chocó advertir que había envejecido mucho desde la última vez que le había visto, la mañana del aniversario del comienzo de su relación. Le pareció lejana esa mañana. Sin imaginar ni por lo más remoto lo que se avecinaba, se había despedido de él como cualquier otro día y había permanecido unos minutos más en la cama cuando él se marchó a trabajar, mientras se desataba en la calle una tormenta similar a la que se oía tronar a lo lejos.

—Te he echado de menos — susurró él al fin.

Lucía le escuchó incrédulamente. ¿Por qué no le emocionaban ya su voz ni sus palabras?

—He estado muchas veces tentado de llamarte, — siguió Fran — pero no me atrevía, porque suponía que no querrías escuchar lo que tenía que decirte.

— ¿Y qué tenías que decirme?

—Que siento lo que pasó y que me gustaría recomenzar, si aún es posible.

Evocó Lucía la tarde tormentosa en la que había acudido a "Los almendros" creyendo que él la había citado allí y se vio a sí misma corriendo por el oscuro pasillo de la planta superior en dirección a la escalera, temiendo que él abriera la puerta del dormitorio que adivinaba al fondo y que la descubriera. Luego rememoró su enloquecido descenso por la escalera saltando los peldaños de dos en dos para que Fran no llegara a averiguar que había acudido a "Los almendros" en su busca ni se percatara de la humillación que sentía al haberle encontrado en esa casa con la otra.

— ¿Y Belén? —le preguntó lacónicamente, sin que su expresión se alterase lo más mínimo.

Tardó Fran en contestar. Lucía se preguntó si admitiría que había mantenido una relación con ella o si, por el contrario, se apresuraría a negarlo.

—Aquello se acabó —musitó al fin—. No significó nada.

Para él quizás no, se dijo, sin experimentar otra cosa que una frialdad absoluta, como si estuviera analizando los sentimientos de otra persona. Para él quizás había sido un pasatiempo que no le había dejado huellas, pero ese incidente había tambaleado el pequeño mundo de ella y en esa hecatombe Fran se había caído del pedestal en el que le había subido.

— ¿Se lo dijiste o te limitaste a marcharte de su lado?—le preguntó en voz baja.

A la luz de la linterna le vio bajar los ojos como si no se atreviese a mantener su mirada.

— ¿Por qué lo preguntas?

—Para saber si es tu forma acostumbrada de proceder.

Él hizo un ademán como si quisiera quitarle importancia al asunto y a consecuencia del movimiento que tuvo que hacer su semblante se contrajo con una mueca de dolor.

—Bueno, hay veces en que son más oportunos los gestos que las palabras, ¿no crees?

— ¿Y es más oportuno también colgarle el teléfono a la otra persona cuando te llama? ¿Y desaparecer sin ninguna explicación y sin permitir que la otra se explique? ¿Es eso lo mejor? A mí me parece una actitud bastante cobarde. Si la motivó las fotografías que recibiste, debiste darme la oportunidad de que te lo aclarase. Y ahora que recuerdo, lo hice por medio de un correo. ¿Lo recibiste?

—Sí, si lo recibí, pero ya sabía que esas fotografías estaban manipuladas.

—Entonces, ¿por qué?

Fran dejó caer la cabeza hacia el lado contrario al que se encontraba Lucía sosteniéndosela, para apartar su rostro de la luz de la linterna.

—No lo sé, seguramente porque necesitaba experiencias nuevas, pero te he dicho que lo siento y que no volverá a ocurrir. Y por cierto, ¿Sabes dónde han ido a parar mis gafas? Al caerme por las escaleras las he debido perder.

—¿Tus gafas? No creo que pueda encontrarlas en esta oscuridad.

En ese instante Lucía oyó distintamente el sonido de pisadas sobre su cabeza. ¿Sería Nicasio que había acudido al fin atendiendo a su llamada? Estaba a punto de llamarle a gritos, cuando en lo alto de la escalera se abrió la puerta por la que se accedía a la cocina y una figura con una linterna proyectó su luz sobre los dos que se encontraban en el sótano, Fran acostado en el suelo y Lucía arrodillada a su lado sosteniéndole la cabeza.

La luz de la linterna dejaba en sombras el semblante de él, pero Lucía reconoció su voz.

— ¡Hola!, ¿cómo os encontráis ahí abajo?

— ¡Lorenzo!— le gritó ella sintiendo un alivio inmenso—. Gracias a Dios que ha venido. Le he llamado al móvil pero no me ha contestado. ¿Cómo me ha encontrado?

Él tardó en contestar e inmóvil, le respondió desde la puerta de la cocina, sin hacer intención de bajar la escalera.

—Bueno, ya estáis los dos ahí juntitos. Me ha costado mucho conseguir que llegara este momento.

Estupefacta, Lucía se quedó paralizada, de rodillas junto a Fran. Éste, por el contrario, consiguió incorporarse un tanto para fijar su mirada en la sombra oscura que portaba la linterna y a la que se dirigió.

—Tiene que ayudarme a levantarme del suelo y a subir la escalera, porque apenas si puedo moverme. No entiendo lo que está pasando ni cómo he llegado hasta aquí, pero si es una broma no tiene ninguna gracia.

Aún en la misma posición y con la cabeza de Fran sobre su brazo, Lucía oyó a aquel hombre reírse. Una risa sardónica que le erizó el vello de los brazos.

—¿Broma?, no, no es una broma, es la ejecución de la sentencia que os merecéis y yo soy quien la va a llevar a cabo.

De la sorpresa, Fran consiguió sentarse en el suelo y Lucía recuperó también el movimiento poniéndose trabajosamente en pie.

— ¿Qué quiere decir?—le preguntó él levantando la cabeza hacia el lugar donde el otro se encontraba—. ¿De qué sentencia habla y de qué pretende juzgarnos? Debería saber que, si ha sido usted el que nos ha traído aquí, ese hecho podría calificarse de secuestro y podrían caerle unos cuantos años de cárcel.

Indolentemente apoyado en el quicio de la puerta de la cocina, el otro volvió a reír.

—No me diga. Es usted una enciclopedia jurídica viviente, pero se ha equivocado al calificar mis intenciones. No voy a conformarme con secuestrarles. Les voy a mandar al otro barrio a los dos, que es lo que se merecen, y este será un crimen que quedará impune, porque no voy a dejar rastro.

Inclinándose sobre sí misma para aminorar el dolor que sentía en el costado, Lucía se aproximó cojeando a la escalera, asiéndose a la barandilla. Luego levantó la cabeza hacia las alturas escudriñando las facciones de Lorenzo, que adivinaba, más que veía.

— ¿Por qué?, tendrá que explicarnos el motivo.

Él proyectó el haz de luz de la linterna sobre su rostro.

—Tan inteligente como eres, Lucía—masculló, tuteándola por primera vez— y no has sido capaz en estos últimos días de entender nada, pese a que te fui dejando pistas que no fuiste capaz de descifrar. Recuerdas el juicio de Antonio Briones, ¿verdad?

Lucía reprimió su sobresalto.

—Sí, pero…

—Los dos intervinisteis en ese juicio. Él como fiscal y tú como acusador privado y los dos os lucisteis poniendo en ridículo a la pobre chica que tuvo que encargarse de la defensa de ese hombre.

—Sí, pero…— repitió ella.

El tipo de la linterna la interrumpió.

— ¿Recuerdas a aquella chica? Se llamaba Mónica y fue su primer juicio. Había conseguido estudiar la carrera de Derecho con muchísimo esfuerzo, porque no disponía de medios económicos y tuvo que cursarla por correspondencia. Puso todo su esfuerzo y toda su ilusión en ese primer juicio que le fue turnado de oficio por el Colegio de Abogados. Pero vosotros dos la machacasteis sin piedad. Os burlasteis de todos los argumentos que intentó aducir y de las equivocaciones procesales que cometió y después se rieron de ella también los medios de comunicación. Como consecuencia la despidieron del despacho de abogados en el que había entrado poco antes a trabajar como pasante y entonces… entonces no fue capaz de resistirlo y se quitó la vida.

Apoyada en la barandilla, Lucía le había escuchado sin interrumpirle con la boca abierta, pero se apresuró a oponerse a sus palabras.

—Nosotros no hicimos nada más que cumplir con nuestro trabajo. También yo me estrené en el foro con ese juicio y también puse en él todo mi empeño, pero si el tribunal no hubiese considerado que había acreditado mis acusaciones y hubiera absuelto a Antonio Briones, no me hubiera suicidado, aunque me hubiera sentido fracasada y aunque se hubiera reído de mí el mundo entero. Si esa chica carecía de estabilidad emocional no debió meterse a ejercer esta profesión, que en ocasiones es muy dura.

A su espalda, oyó la voz de Fran, vibrante y sonora como en la Audiencia cuando pronunciaba un alegato.

—Y en cualquier caso, ¿todo lo que nos ha referido qué tiene que ver con usted?

Tardó el portador de la linterna unos segundos en responder.

—Mónica era mi hermana — dijo al fin.

— ¿Su hermana?

—Sí, mi hermana pequeña, y durante los diez años que han transcurrido desde su muerte he estado planeando la forma de hacerles pagar por lo que le hicieron.

Le pareció a Lucía que regresaba con la mente a la mañana en la que al llegar a su despacho y poner en funcionamiento el ordenador encontró el correo que entendió que le había sido remitido por Antonio Briones. Se lo había enviado Lorenzo. ¿Cómo podía haber sido tan tonta? Pero aún tenía que averiguar…

— ¿Y Rosalía?—le preguntó intentando nuevamente distinguir el rostro de aquel hombre tras el resplandor de la linterna.

—Sí, Rosalía es mi madre.

— Y entró a trabajar en mi despacho para ayudarle a perpetrar su venganza, ¿no es así?

Lorenzo dejó escapar una risita.

—Sí, cuando la despidió fue para los dos un rudo golpe, pero afortunadamente contrató usted para sustituirla a una chiquilla bastante boba que ha colaborado también conmigo sin darse cuenta.

—Está usted loco, Lorenzo. Le cogerán y pasará el resto de su vida en la cárcel.

Él volvió a reír.

—No me cogerán, se lo aseguro.

— ¿Y qué va a hacer? —inquirió Fran con voz firme y en el mismo tono que si se estuviera dirigiendo a un reo sentado en el banquillo de la Audiencia.

—Prenderle fuego a este edificio con ustedes dentro. Nadie me relaciona a mí con esta casa ni sabe que estoy aquí. Cuando acudan los bomberos y les encuentren, serán dos cadáveres carbonizados a los que les resultará imposible identificar.

Le costó a Lucía entenderle y más aún asimilar que había sido Lorenzo el autor de todas las tretas que había tenido que soportar. Y para colmo le había contratado ella como guardaespaldas. Era como para morirse de risa, pensó. A continuación recordó a Max y su inquietud se entremezcló con la alegría de saber que él no había tenido nada que ver con el plan que había urdido Lorenzo. Incongruentemente, porque se encontraba en esos momentos al borde de la muerte, pensó que todavía podría proyectar su futuro junto a él. Pero había ido a buscar una botella de vino, ¿dónde estaría ahora?

Debió formular la pregunta en voz alta, porque oyó a Lorenzo contestarla.

—Le he encerrado en la bodega y allí sigue. Por lo visto quería celebrar algo contigo — le dijo, señalando a Lucía con el mango de la linterna —. Le he seguido por el pasillo sin que se enterara. Al fondo de ese pasillo arranca una escalera y, cuando la ha bajado y ha entrado en el recinto abovedado al que se dirigía, le he cerrado la puerta con dos vueltas de llave. Hace más de una hora que intenta derribarla.

Recordó ella los golpes incesantes que había oído y se recriminó por no haber acudido en su ayuda. Instantáneamente reaccionó como lo hubiera hecho en la sala de la Audiencia si hubiera asumido su defensa.

—Pero él no tiene nada que ver con el juicio de Antonio Briones ni con su hermana ni con este asunto, —alegó con voz clara—. Si no le abre esa puerta…

—… arderá con esta casa a la vez que vosotros dos, lo que no lamentaré en absoluto. Y ahora, voy a despedirme ya, porque me queda mucho por hacer.

Oyeron como cerraba de golpe la puerta de la cocina y nuevamente se quedaron a oscuras, por lo que Lucía echó mano a su bolsillo y encendió la linterna de su llavero, proyectando su miserable lucecita en derredor. Pronto localizó a Fran que permanecía sentado en el suelo en el mismo lugar en el que le había hallado al despertarse y se desasió de la barandilla de la escalera para retroceder cojeando a su encuentro y arrodillarse a su lado.

—Vamos Fran, tienes que levantarte.

— ¿Para qué? — inquirió él sin moverse —. Ese tipo ha cerrado la puerta con llave, de modo que aunque consiguiera subir la escalera, no podríamos salir de este sótano. Y por cierto, ¿de qué le conoces?

Era muy típico de él preocuparse por esas minucias en un momento en que la vida de los dos corría un serio peligro, pero como tampoco tenía Lucía ninguna posibilidad de idear un plan de huída, optó por satisfacer su curiosidad.

—Le contraté como guardaespaldas cuando leí en el ordenador un correo en el que me amenazaban con arruinarme la vida. Creí que me lo remitía Antonio Briones que acababa de salir de la cárcel y le encargué a él ese trabajo, porque me dijo que tenía experiencia como escolta y que además había trabajado también como detective privado.

—Pues qué ojo has demostrado, niña —se burló sarcásticamente él —. Siempre has pecado de excesivamente ingenua. Imagino que no te molestaste en averiguar sus antecedentes ni le pediste referencias a nadie sobre ese hombre.

Se lo decía con su acostumbrado aire indulgente, con la superioridad con la que solía dirigírsele como si ella fuera tonta de remate y él pudiera darle lecciones sobre casi todo y por primera vez se rebeló contra su injusto paternalismo.

—Pues sí, —replicó poniéndose en cuclillas a su lado. Continuaba sentado en el suelo con el pálido semblante sin expresión —. Sí pedí informes sobre él a mi secretaria. Lo que no sabía entonces es que ella era su madre y que entre los dos buscaban la manera de vengarse de ti y de mí, como responsables del suicidio de aquella pobre chica que tuvo la mala suerte de asumir la defensa de Antonio Briones cuando nosotros dos le acusamos de secuestro y de la tentativa de violación de una menor. Estoy segura de que si tú te hubieras encontrado en mi caso, habrías caído en la cuenta al instante de que mi secretaria era la madre de aquella chica y de que Lorenzo era su hermano, pero ya ves, aunque saltaba a la vista, a mí ni se me ocurrió.

Fran parpadeó perplejo como si la reacción de Lucía y la ironía que destilaban sus palabras le resultaran absolutamente insólitas.

—Bueno, yo no he querido decir… Lo que trato de hacerte entender es que nos encontramos en una situación muy difícil como consecuencia de tu falta de previsión.

Indignada, le proyectó el haz de luz a los ojos.

—Ya. Así que la culpa es exclusivamente mía. Creía que tú habías sido el fiscal en aquel juicio y que acusaste al reo que estaba sentando en el banquillo lo mismo que yo. Entre los dos machacamos a aquella pobre chica que por su inexperiencia demostró no saber dónde tenía la mano derecha, porque era su primer juicio. También lo era el mío, pero yo tuve más suerte entonces.

—Pero de todas formas… — la interrumpió, aturdido por la inusual y explosiva réplica de ella.

—Pero de todas formas, busqué tu ayuda la mañana en que recibí ese mensaje en mi ordenador —continuó ella —.Te llamé por teléfono, te fui a buscar a tu despacho y finalmente te envié un correo explicándote que Antonio Briones había salido de la cárcel y me amenazaba con hundirme, pero me diste la callada por respuesta. Haciendo un esfuerzo sobrehumano podría entender que me dejaras por tu secretaria, siempre que hubieras tenido la valentía de decírmelo. Puedo entender que prefirieras a una rubia teñida de tu misma edad que a una chiquilla como yo a la que hay que estar dando lecciones sobre las cuestiones más elementales —continuó con sorna—. Lo que no puedo entender es que me ignoraras cuando busqué tu ayuda, porque me habían amenazado y estaba asustada.

Carraspeó primero Fran, intentó levantarse del suelo después sin conseguirlo, aunque logró ponerse de rodillas y finalmente volvió a carraspear.

—No creo que sea el momento, Lucía, de que nos echemos en cara nuestros errores. Creo que deberíamos…

El humo espeso que empezó en ese momento a filtrarse bajo la puerta de la cocina y que ya descendía por la escalera convertido en una flotante nube grisácea la obligó a toser y a ponerse en pie con suma dificultad para acercarse cojeando a la barandilla de la escalera.

—Ese desgraciado ha cumplido su amenaza y ha incendiado la casa — se angustió —. Tenemos que salir de aquí. ¿Qué podemos hacer?

A la incierta luz de su linternita, Lucía dirigió una desesperada mirada en torno. El sótano no tenía otra puerta ni una ventana por la que pudieran escapar y a su alrededor no distinguió otra cosa que trastos inservibles que antaño serían muebles provistos de su andrajosa tapicería y envueltos en sábanas no menos andrajosas. Estas últimas le dieron una idea y se abalanzó a arrancarlas de los muebles. Luego, doblada sobre sí misma, porque el dolor no le permitía enderezarse, se encaminó hacia la escalera todo lo apresuradamente de que fue capaz.

Ya en el primer peldaño advirtió que apenas si podía realizar el esfuerzo de subirlo. Con una mano en el costado para atenuarlo, logró ascender un escalón y luego otro, arrastrando las sábanas consigo. La escalera, de madera oscura y astillada en algunos puntos, era mucho más empinada de lo que recordaba. Había bajado por ella la tarde en la que agredieron a Max y los escalones no le habían parecido entonces tan altos ni tan numerosos. Rememoró esa tarde y el momento en el que ella entró en la cocina y halló los platos rotos en el suelo y los restos de sandía esparcidos sobre el pavimento. Sin duda había sido también Lorenzo quien golpeara a Max en la cabeza y le arrojara luego por las escaleras. Y ella le había contratado para que la protegiera del tipo que la había amenazado No cabía duda de que tenía razón Fran al considerarla una estúpida.

Desde abajo y aún de rodillas en el suelo, Fran levantó la cabeza hacia la lucecita que proyectaba la linterna de ella, a la que veía ascender en la oscuridad como un punto luminoso.

— ¿Qué haces?, ¿a dónde vas?

Sin contestarle, Lucía seguía subiendo penosamente, peldaño a peldaño y cuando llegó a lo alto del rellano, un rectángulo de un metro cuadrado, con el sólido portón por el que se accedía a la cocina heréticamente cerrado, se arrodilló frente a éste para intentar taponar con las sábanas el hueco de su parte inferior, por el que penetraba a raudales un humo picante que se le agarraba a la garganta. Tosiendo, lo logró a medias, mientras Fran abajo rezongaba con su tono regañón de siempre:

— ¿Dónde estás, Lucía? Déjame de una vez esa maldita linterna, porque no consigo ver nada en este sótano, ¿es que no me entiendes?

Iba ella a ponerse en pie para bajar de nuevo al sótano y alejarse lo más posible de la humareda que invadía ya el rellano convirtiendo el aire en irrespirable, cuando oyó pasos que se acercaban al otro lado de la puerta. Alguien acababa de entrar en la cocina y se aproximaba al lugar en el que se hallaba ésta.

Tapándose la nariz y la boca con el borde de la blusa logró ponerse en pie a la par que la puerta se abría y Lorenzo avanzaba por el rellano con la linterna en la mano. Proyectó el haz de luz hacia Fran, mientras en la oscuridad Lucía se apretaba contra la pared, a un palmo escaso de él.

Lorenzo enfocó el rostro de Fran y pareció que la buscaba luego a ella. Al no hallarla, se echó a reír con esa risa extraña que Lucía no le conocía.

—Bueno, ya veo que te has escondido, niña, pero no te va a servir de nada. He venido a despedirme de vosotros y a desearos un feliz viaje al otro mundo. Así que, adiós.

—Pero oiga…, — oyó decir a Fran.

Lucía no esperó más. Lorenzo había tropezado con la sábana y dio un traspié. Le daba la espalda en ese momento, por lo que saliendo de la oscuridad que la envolvía se abalanzó contra él y le empujó por detrás con todas sus fuerzas. Desprevenido, el hombre perdió el equilibrio y rodó por las escaleras sin soltar la linterna, que le acompañó hasta el suelo del sótano donde se quedó quieta y encendida, iluminando los bajos de una silla destripada.

Sin perder un segundo en comprobar las consecuencias de la caída que Lorenzo había sufrido, renqueando se abalanzó ella dentro de la cocina y cerró la puerta tras de sí con la llave que aún estaba puesta por dentro en la cerradura. Un humo espeso iba invadiendo ya esa habitación convirtiendo el aire en irrespirable, por lo que se precipitó hacia la pequeña y enrejada ventana para abrirla. El viento huracanado dispersó su melena en todas direcciones y una tromba de agua se abatió sobre ella, empapándola y agitándola como una hoja. Se asió al fregadero para no caerse y se secó los ojos con el dorso de la mano, luchando por distinguir algo entre la humareda que la envolvía. Después, sin perder más tiempo, intentó echar a correr hacia el pasillo. Creía recordar que Max le había dicho que la escalera de la bodega se encontraba al final de ese corredor.

Mientras avanzaba a trompicones, rezó in mente para que Lorenzo hubiese dejado puesta la llave en la cerradura y cuando llegó al final del pasillo se lanzó escaleras abajo, adelantando siempre el mismo pie para aminorar el dolor que sentía en la otra rodilla.

Una espesa humareda parecía provenir del vestíbulo y la perseguía convertida en una nube grisácea que iba expandiéndose para invadir todo el espacio disponible que tenía ante su vista. Ya le pisaba los talones y aún le quedaban cinco peldaños por bajar. La alcanzó la nube de humo cuando aterrizó resbalándose al pie de la escalera y tropezó con un sólido portón que localizó al tacto.

Tosiendo, pese a la blusa con la que se tapaba la nariz, proyectó el minúsculo rayito de luz de su linterna hacia la cerradura. No estaba puesta la llave. Lorenzo se la había llevado y ella no sabía dónde podía haberla escondido.

En ese momento oyó la voz de Max al otro lado de la hoja de madera.

—Lucía, ¿eres tú? Sácame de aquí. ¿Has sido tú la graciosa que me ha encerrado en esta asquerosa bodega? Hace ya un par de horas que estoy aporreando la puerta sin conseguir que me oigas.

Inexplicablemente sintió un alivio inmenso al oírle y medio ahogada por el humo consiguió, entre toses, que una serie de palabras inteligibles salieran de su garganta.

—Max. ¿Estás ahí? ¿Estás bien?

La voz de él sonó guasona.

—Bien, lo que se dice bien, no puedo decir que esté. Esa bodega no tiene ventanas ni otra puerta. ¿Es que no puedes abrirme?

En ese instante una oleada de humo bajó como un huracán por la escalera y en lo alto vislumbró Lucía una luminosidad extraña. Sin duda el fuego avanzaba ya por el pasillo y no tardaría en llegar hasta la bodega. Ella no conseguiría abrir la puerta antes de que les alcanzara. Desesperada, estaba a punto de echarse a llorar cuando oyó voces arriba, en el pasillo y algo que podía interpretarse como las carreras de muchos pares de pies. Intentó entonces volver a subir los peldaños que tenía a su espalda, pero estaba demasiado dolorida. Max había reanudado los golpes con los que aporreaba la puerta, metiendo un ruido infernal y entonces alguien asomó la cabeza desde lo alto de la escalera, enfocándola al pie del hueco de la misma con una linterna.

—Lucía, ¿está usted ahí abajo?

Reconoció la voz de Nicasio e intentó contestarle, pero solo consiguió toser, a la par que el humo que la rodeaba por todas partes se le metía en los ojos y la hacía llorar.

—… Nicasio… Max… aquí en la bodega.

Un nuevo golpe de tos la impidió continuar hablando. Envuelta en una nube de humo, siguió tosiendo mientras algo neblinoso invadía su cerebro. Como en sueños creyó ver la luz de una linterna descendiendo por la escalera y al fornido policía abalanzándose infructuosamente contra la puerta. Luego creyó ver a otro aplicando contra la cerradura algo que se asemejaba a un soplete y finalmente a Max, tiznado de arriba abajo e irreconocible al salir de la bodega, tosiendo tanto como ella.

Apenas si podía hablar Lucía. Solo pudo asirse a la manga de Nicasio que la había cogido en brazos y la subía por la escalera, para susurrarle al oído:

—En el sótano. Fran está en el sótano y hay otro hombre… que… otro hombre que… el que atacó a Max.

—CAPÍTULO XVIII—

Recuperó la consciencia en un hospital, horas después. Se hallaba en una habitación de una sola cama en la que estaba acostada con una máscara de oxígeno sobre el rostro. A su lado reconoció a Isabel, sentada en una silla junto al lecho, que al verla abrir los ojos se puso en pie para inclinarse sobre ella.

— ¿Estás bien, Lucía?—le preguntó con su pecoso semblante demudado por la inquietud. Con sus rizos rojizos rodeándole su cabeza, que le resbalaban hasta el cuello de su blusa verde, su amiga vivificaba la imagen de la preocupación—. ¡Qué susto me has dado!

Intentó sonreírle Lucía, con algo semejante al remordimiento enroscándosele por dentro. ¿Cómo podía haber dudado de su amiga? Siempre había podido contar con ella cuando la había necesitado.

—Sí, estoy bien —le contestó luchando con la máscara de oxígeno—. ¿Y Max?

Los ojos de la otra brillaron con algo de picardía.

—También está bien, con un par de esparadrapos en la frente, a los que parece haberse aficionado. Su habitación es la del fondo del pasillo. Ya le han lavado, porque llegó aquí tiznadísimo con el policía que te encerró en el calabozo de la comisaría de Campillo de la Sierra. Ya sabes, un tipo cuadrado, tan alto como ancho.

Lucía consiguió girar la cabeza hacia su amiga e intentó retirarse la máscara de oxígeno hasta la barbilla para hablar con más comodidad y que sus palabras llegaran hasta los oídos de ésta.

— ¿Pero qué haces? —se alarmó Isabel—. El médico ha dicho que no puedes prescindir del oxígeno todavía. También ha dicho que estás hecha una pena. Además de una intoxicación por humo, tienes una costilla rota, un esguince en un tobillo y contusiones por todo el cuerpo. ¿Cómo has conseguido acumular ese muestrario de calamidades?

Se reía, pero se dio cuenta Lucía de que lo hacía con la única intención de tranquilizarla. Inconscientemente se llevó ella la mano al costado. Con razón le dolía tanto, cuando hizo un esfuerzo ímprobo por subir la escalera del sótano, peldaño a peldaño y luego, cuando echó a correr por el pasillo buscando la bodega.

— ¿Dices que Max está bien?—insistió sin hacerle caso —. Creo que le vi salir de la bodega, pero lo recuerdo como si lo hubiese soñado. Le sacó Nicasio, ¿verdad?

—Si Nicasio es el policía cuadrado, sí. Y a ti también. Según he podido averiguar, te subió a cuestas por la escalera de la bodega y, como estaba lloviendo a mares, te llevó hasta el porche de la casa donde debajo del tejadillo dormitaste, intoxicada por el humo, hasta que llegó la ambulancia y os recogió. Max salió de la casa por su pie, aunque negro como el carbón por la humareda del incendio y estuvo contigo en el porche todo el tiempo, dándote cachetes para que te despertaras. Tengo que acercarme ahora a su cuarto para darle la noticia de que al fin has regresado al mundo de los vivos, porque tiene en vilo a todas las enfermeras de la planta para que le informen sobre tu estado de salud. A él no tardarán en darle el alta.

Isabel se había puesto en pie, pero Lucía la retuvo con un ademán, indicándole que tomara asiento de nuevo a su lado.

—Espera, ¿y Fran? Le dejé encerrado en el sótano con Lorenzo, cuando conseguí tirar a ese imbécil por la escalera. Luego eché a correr intentando localizar la bodega y….

—Así que entre los dos optaste por salvar al muchacho de los esparadrapos — la interrumpió Isabel entre dientes.

— ¿Decías algo?

—No, nada. Decía que Fran está bastante peor que tú, pero saldrá adelante. Tiene dos costillas rotas, la clavícula fracturada y no sé cuantas desgracias más. Lo sacó también del sótano Nicasio, ayudado por los bomberos que acudieron a sofocar el incendio cuando él les llamó. Fran está en la misma habitación que Max, en la otra cama.

— ¡Ah! —musitó apenas Lucía imaginando la conversación de los dos en el supuesto de que ambos hubieran recobrado la consciencia. Recordó luego a Lorenzo en quien ella había creído poder confiar y le pareció oir nuevamente su voz desde lo alto de la escalera del sótano cuando les enfocaba con su linterna para anunciarles el final que les esperaba. ¿Cómo podía haber sido tan tonta como para haber buscado su ayuda?

— ¿Y qué ha sido de Lorenzo? —le preguntó estremeciéndose bajo las sábanas, al rememorar los detalles de esos momentos que había vivido en el sótano con Fran a su lado, incapaz de ponerse en pie.

—Lorenzo está bastante ahumado y con una pierna fracturada, pero según el médico sobrevivirá. Le han asignado una habituación individual con dos policías en la puerta. Creo que aún no ha abierto los ojos y que Nicasio está aguardando que se encuentre lo bastante bien para interrogarle. Ese Nicasio debe ser tan amigo de Max como lo somos tú y yo, porque está preocupadísimo por él y mascula toda clase de denuestos contra el tipo que le incendió la casa. También Max los mascula y está empeñado en atizarle un puñetazo en las narices. Afortunadamente para todos no está en condiciones de pegarle un puñetazo a nadie y, además, Lorenzo tiene a dos policías en la puerta de la habitación, como ya te he comentado.

Volvió Lucía a ver en su imaginación la oscura mole del edificio de "El robledal" y le pareció revivir los instantes en los que recorría el vestíbulo, tan sombrío que no se distinguía a primera vista la escalera por la que se accedía a las plantas superiores. Y el salón con su sillería isabelina y la terraza, donde en otra ocasión se había quedado dormida. Incluso creyó verse caminando por el pasillo, iluminado tan solo por la luz de los relámpagos con el eco del ensordecedor estampido de los truenos y se estremeció nuevamente.

— ¿Y la casa?, ¿cómo ha quedado la casa de Max?

Isabel se encogió de hombros.

—Bastante chamuscada. Por lo que he oído, se ha hundido el suelo de la cocina sobre el sótano, que está lleno de escombros. Después de todo, ha sido una suerte que anoche lloviera como si las nubes se hubieran desbordado sobre la tierra en forma de catarata, pues, aunque Lorenzo roció la planta baja con gasolina antes de prenderle fuego, la lluvia lo apagó y no llegó a prender en los pisos superiores, pero en la planta baja han ardido todos los muebles.

— ¿Y el niño de la cítara?

— ¿Qué niño y qué cítara?—le preguntó Isabel sin comprender.

—Una escultura que estaba en el vestíbulo, con la que yo tropezaba siempre y con la que, a decir verdad, me llevaba unos sustos espantosos. ¿Ha ardido también?

Isabel volvió a encogerse de hombros.

—Ya te he dicho que el mobiliario de esa planta ha quedado inservible. Si esa escultura era de piedra… pues no lo sé.

El sonido de unos nudillos en la puerta las interrumpió y unos segundos después se entreabrió ésta y Max asomó la cabeza por el hueco.

— ¿Puedo pasar?

Venía limpio, sin los tiznones con los que había salido de la bodega y con un par de esparadrapos en la frente. Vestía un pijama azul que debía ser del hospital, porque los pantalones le quedaban cortos, dejando al descubierto sus tobillos. De puntillas se acercó a la cama y al ver que ella tenía los ojos abiertos esbozó una sonrisa.

— ¿Estás bien, Lucía?

Ella le correspondió con otra sonrisa, a la par que Isabel se levantaba y se retiraba discretamente hacia la ventana, cediéndole a Max la silla que había ocupado junto a la cama.

—Por lo que me ha contado Isabel, el médico dice que estoy hecha una pena, pero me encuentro bien y me encontraré mucho mejor cuando pueda hablar sin llevar esta trasto en la cara. Es incomodísimo—repuso ella, luchando con la mascarilla.

La expresión de Max era preocupada y la miraba fijamente con un mechón de pelo rubio resbalándole sobre la frente.

—Ya sé que si estamos todos vivos es gracias a ti—empezó en tono bajo —. Nicasio ha venido a visitarme y me ha contado cómo intentaste sacarme de la bodega, pese a que te estabas asfixiando con el humo, que tenías una costilla rota y que a duras penas podías andar.

Volvió Lucía a echarse disimuladamente la mano al costado y comprobó que le seguía doliendo, aunque no tanto como cuando intentaba correr por el pasillo luchando por adelantarse a la humareda que la perseguía.

—¡Bah!, no fue nada, —replicó modestamente, aunque en su interior se sintió ampliamente gratificada por sus palabras. En sus ojos se vio reflejada como una heroína y esa era una sensación nueva y estimulante que no había experimentado nunca anteriormente. Levantó la mirada hacia él para añadir —: Tú hubieras hecho lo mismo si en lugar de en la bodega, Lorenzo te hubiera encerrado en el sótano. Tuve suerte de que tropezara con la sábana.

Enarcó él las cejas sin comprender.

— ¿Qué sábana?

—La que coloqué debajo de la puerta.

— ¿Para que tropezara ese imbécil?

Lucía meneó negativamente la cabeza reprimiendo las ganas de reír. Inexplicablemente, todo lo que decía Max le hacía gracia.

—No, para que no se filtrara por debajo de la puerta el humo del incendio que provocó él. Nos hubiéramos asfixiado en el sótano, ¿comprendes? Ya sé que nos hubiéramos asfixiado de todas maneras, antes o después. Intenté tan solo retrasar ese momento.

—Y tu… mi compañero de cuarto, Francisco, — empezó él midiendo las palabras — ¿no te ayudó a colocar la sábana? ¿Qué es lo que hacía él mientras tanto?

Lucía frunció el ceño y le vio sentado en el suelo del sótano, con los brazos caídos a ambos lados del cuerpo y con la expresión del que se encuentra en una situación extraña que le resulta incomprensible y de la que tampoco acierta a imaginar cómo salir.

—Pues… él tenía dos costillas rotas y la clavícula fracturada. Además había perdido las gafas. ¿Qué quieres que hiciera?

—Podía haberte ayudado a colocar esa sábana o… no sé. Él ha recuperado la consciencia esta mañana y me ha contado cómo ese Lorenzo alardeó ante vosotros dos de haberos ganado la partida y de la venganza que había planeado. ¿No hizo nada tu ex…?

Le pareció a Lucía que le veía de nuevo sentado en el suelo, con el semblante muy pálido y expresión desorientada. Algo quedaba de lo que había sentido por él, que la obligó a procurar justificarle.

—Es que Fran no es un hombre de acción —protestó, luchando con la mascarilla para que Max entendiera sus palabras—. No creo que se haya encontrado en su vida en una situación parecida. Él es un intelectual.

— ¿Y tú sí habías vivido otras experiencias similares? —masculló Max con sarcasmo —. No sé por qué le disculpas.

—No le estoy disculpando —le rebatió Lucía, preguntándose interiormente por qué pretendía dejarle ante el otro en buen lugar —. Solo te estoy explicando el motivo por el que no se levantó del sitio donde había aterrizado, cuando se cayó rodando por las escaleras. Estaba hecho polvo y… — frunció el ceño para traer a su memoria esos momentos y añadió—: supongo que te habrá dicho que la culpa de lo que nos sucedió anoche fue mía, por no haber previsto anticipadamente que Lorenzo era el hombre que me amenazaba enviándome correos en el ordenador y que la secretaria de mediana edad, la del moño repeinado, era su madre.

Max vaciló perceptiblemente.

—Bueno, sí, algo me ha dicho. Parece que piensa que eres una chiquilla atolondrada a la que no se la puede dejar sola ni un solo segundo. La verdad es que no sé por qué le aguantas.

Lucía desvió los ojos hacia la ventana, a través de la cual se veía un trocito de cielo azul, preguntándose lo mismo. ¿Cómo podía haberse equivocado tanto, creyendo que era feliz a su lado, cuando los comentarios que le dedicaba a ella en cuanto tenía oportunidad le producían un complejo de inferioridad terrible?

—Hace muchos días que no le aguanto—musitó al fin—. Aquello se terminó el día de nuestro aniversario. Duró nueve años.

— ¿Sí?, pues no es eso lo que me ha dado a entender —replicó él ácidamente —. Por lo que me ha referido esta mañana, con la conversación que mantuvisteis en el sótano mientras aguardabais a que ese tipo os liquidara, quedaron aclaradas vuestras diferencias. Francisco cree que vas a volver con él. ¿Vas a volver con él?

Aguardaba expectante su respuesta, con una expresión similar a la que trasluciría un estudiante universitario que esperase conocer la calificación de que había sido merecedor relativa a su último examen. Lucía advirtió que Isabel se rebullía inquieta junto a la ventana, fingiendo que no oía lo que estaban hablando, pero sí lo estaba oyendo y la miraba también con la preocupación reflejada en su pecoso semblante. ¿Pero cómo podía ella saber en ese instante lo que le depararía el futuro? Aunque desorientada por las facetas que había descubierto últimamente en Fran y que nunca hubiera sospechado, su ruptura aún le dolía.

—No sé lo que voy a hacer. Y tampoco puedo pensarlo ahora. Cuando me encuentre bien del todo, entonces…

Max frunció el ceño, pero de improviso cambió de conversación.

— ¿Sabes ya que el sótano está en ruinas? La cocina se ha derrumbado sobre él y todo es ahora un puro escombro—.

Se interrumpió para mirarla interrogativamente —. Claro que, supongo que tú no querrás volver por allí.

Retrocedió Lucía con la mente a la casa de él para ver los robles que crecían frente a la terraza agitados por el viento y las montañas que a lo lejos se unían con un cielo deslumbrante de puro azul. Luego creyó revivir el momento en el que iba recorriendo el pasillo, iluminado intermitentemente por los relámpagos, mientras le buscaba a él recorriendo unas estancias envueltas en la oscuridad y absolutamente silenciosas.

— ¿Por qué no habría de querer volver a tu casa?— objetó levantando unos milímetros su mascarilla para que él pudiera oírla con claridad—. Me gustaría pasearme, por una vez, por el salón y por el corredor y hasta por la cocina, con luz eléctrica. Afortunadamente no estallan tormentas todos los días del verano.

—EPÍLOGO—

A principios de septiembre el verano empezaba a batirse en retirada anunciando el cambio de estación que se avecinaba. Ya no brillaba en el firmamento el sol ardoroso que en el mes de agosto achicharraba las calles, pero aún deslumbraba, máxime cuando de la penumbra del vestíbulo del edificio de los juzgados de la plaza de Castilla se salía al exterior. Lucía e Isabel acababan de devolver sus togas al encargado de esa sala y, al atravesarlo y empujar la puerta de cristales para bajar a la plaza, se detuvieron en lo alto de la escalera, cegadas por su brillante resplandor y también por la sorpresa. Al pie de los peldaños estaba Fran.

Lucía no le había vuelto a ver desde aquella noche en la que consiguiera escapar renqueando del sótano de "El robledal", mientras la casa ardía y un humo negro se iba adueñando del edificio. Le dieron el alta en el hospital antes que a él y no se había acercado a su habitación para despedirse. Se había limitado a interesarse por su estado de salud.

Parecía estar esperándola. Serio, circunspecto, con un traje azul marino y una corbata del mismo color con lunares blancos, su aspecto era tan distinguido, tan elegante... Se les reunió en cuanto ellas descendieron los escalones y se detuvieron indecisas, con aire desorientado y sin acertar a reaccionar.

—Tu secretaria me ha dicho que te encontraría aquí —le dijo dirigiéndose a Lucía con aquella voz algo ronca que siempre la había emocionado.

301

Sintió ella como si una bola de algodón se le hubiera atascado en la garganta.

—Sí, salimos de un juicio.

Aunque imperturbable, le notó embarazado.

— ¿Y cómo os ha ido?

—Bien, ha ido todo bien.

En silencio se miraron, como si hubieran olvidado todo lo que tenían que decirse.

Isabel se rebulló inquieta y se apresuró a buscar una excusa para quitarse de en medio.

—Bueno, yo ya me marcho. Tengo un juicio en los juzgados de Capitán Haya. Así que…

No la escucharon ni la entendieron. Tampoco advirtieron que la chica se había alejado de ellos diciéndoles adiós con la mano. Seguían mirándose en un silencio denso, con la nostalgia de lo que habían perdido y el deseo de que todo hubiera sucedido de una forma diferente.

—Me gustaría hablar contigo —empezó él.

Lucía hizo un gesto de asentimiento.

—Sí, aquí, en la Castellana hay una cafetería. Podemos ir allí.

Caminaron el uno junto al otro sin pronunciar una sola palabra y ya en el local tomaron asiento en una mesa y pidieron dos cafés al camarero que les atendió.

— ¿Cómo están tu clavícula y tus costillas? —empezó ella por romper aquél silencio tan pesado, tan añorante.

—Soldaron ya. ¿Y tus fracturas?

—También.

Nuevamente pareció envolverles un silencio incómodo, como si a ninguno de los dos se les ocurriera nada que decir.

—He estado de vacaciones en agosto—empezó Lucía —. Me marché a mi pueblo a ver a mi familia.

—Sí, yo lo he pasado en "Los Almendros"—murmuró Fran.

Los dos revolvieron a la vez el azúcar del café con la cucharilla, manteniendo los ojos bajos, sin acertar con las palabras que deberían pronunciar.

—He vuelto a nuestra casa de la calle de Lagasca —comentó él al fin—. Parece otra sin ti.

Lucía levantó la mirada hacia su semblante. Su expresión era grave, como siempre, y algo se le removió dentro. Habían compartido tantas cosas…

—Fuiste tú el que te marchaste—musitó en voz baja.

—Sí, pero…

— ¿Pero qué?

Tardó Fran en continuar la frase que había dejado a medias.

—Lo que quería decirte es que me gustaría que olvidáramos lo que pasó.

— ¿Qué recomenzáramos?

—Eso es.

Desvió los ojos Lucía hacia la calle, soleada aún, pero sin saber por qué la vio tristona. Con la melancolía del otoño que se anunciaba próximo.

—¿Qué recomenzáramos como si nada hubiese sucedido?

—Eso es —repitió él.

Volvió ella a remover el café con la cucharilla con los ojos fijos en el oscuro líquido que tenía en su taza.

— ¿Y por qué quieres que vuelva contigo? —le preguntó sin levantar la mirada —. En tu opinión no soy más que una chiquilla estúpida, con unas ilusiones más estúpidas todavía que debería desechar, porque la vida es amarga y aburrida. ¿No es eso lo que me has repetido todos los días durante estos nueve años?

Fran se la quedó mirando con su característica expresión imperturbable.

—No creo que yo te haya dicho que seas estúpida.

—Con esas palabras puede que no, pero sí me lo has dado a entender. Eso y que es inútil esperar nada de los demás, porque la gente es decepcionante y porque no hay nada que merezca la pena. Si tampoco nuestra relación merecía la pena, ¿por qué quieres que vuelva contigo?

Por primera vez al semblante de él afloró su desconcierto.

—Bueno… no me refería entonces a nosotros dos.

— ¿De verdad?, yo creo que también me incluías a mí. ¿Por qué si no me diste la callada por respuesta cuando te pedí ayuda? Por medio de un correo te comuniqué que Antonio Briones había salido de la cárcel y me había amenazado y no diste señales de vida, pese a que te necesitaba. Sin duda estabas muy ocupado tonteando con Belén y decidiste que no merecía la pena interrumpir ese tonteo para echarme una mano.

—Pero…

— ¿Pero qué?

Fran se acarició la barbilla buscando la respuesta oportuna.

—No sé qué podía haber hecho yo. Imaginé que acudirías a la policía, que es lo que se debe de hacer en esos casos. ¿O es que esperabas que me liara a tortas con ese tipo?

Que Fran pudiera llegar a las manos con Antonio Briones o con cualquier otra persona le resultó a Lucía absolutamente inimaginable, pero no era a esa clase de ayuda a la que se estaba refiriendo.

—No, no esperaba que te liaras a tortas, pero sí que me apoyaras. Creo que es lo menos que cabe esperar de alguien con el que has vivido durante nueve años.

—Tú siempre has sabido resolver tus problemas —replicó él, absolutamente impasible —. La prueba es que contrataste a un eficiente guardaespaldas. Lástima que no cayeras antes en la cuenta de que era precisamente él el hombre que te había amenazado con arruinarte la vida.

Destilaban sus palabras un sarcasmo tan corrosivo que Lucía en un primer momento se quedó sin habla. Acusó más tarde el golpe bajo que le había asestado, pero había aprendido de él a disimular sus impresiones. Era esa la clase de puya con la que solía embromarla, como preámbulo de su acostumbrada regañina. Pero en esa ocasión decidió que no estaba dispuesta a escuchar el sermoncito que seguiría a continuación Con una media sonrisa comentó en tono intrascendente:

— ¿Lorenzo? Sí, fue una equivocación que estuvo a punto de costarnos muy cara. Precisamente voy a ir mañana a visitarle a la cárcel de Alcalá Meco.

—Vas a ir ¿Por qué?

—Tengo a otro recluso allí, en prisión provisional y he pensado ver después a Lorenzo para hacerle unas cuantas preguntas.

Fran observó escrutadoramente su semblante, como si se estuviera preguntando qué habría de verdad en el tono ligero con el que se estaba expresando ella.

— ¿Y no crees que sería mejor olvidarte de él y de todo lo que ha sucedido últimamente?

Se acodó ella en la mesa sin responder. ¿Acaso sería posible olvidar los días interminables en los que había estado esperando su regreso? ¿La excitación con la que descolgaba el auricular cuando sonaba el teléfono, ansiando que fuese él quien la llamara? ¿Sería posible borrar de su memoria la angustia del acoso a que Lorenzo la había sometido, mientras Fran la ignoraba, sin molestarse en averiguar si ella era capaz de salir por sí sola de ese trance?

— ¿Qué pensabas cuando te llevaste tus cosas de nuestra casa? —le preguntó al fin en un susurro—. ¿Qué tenías proyectado?

Él hizo un gesto evasivo.

—No pensé nada. Surgió.

— ¿Surgió entonces tu relación con Belén? No, ya sé que no. Venía de antes. Al recibir las fotografías que te envió Lorenzo, ¿lo que se te ocurrió fue la idea de marcharte con ella? Aprovechar la ocasión que te brindaban esas fotografías, ¿verdad?

—Bueno, sí —reconoció con los ojos bajos, fijos en la taza de café —. Pero ella no es como tú, me di cuenta después.

—No, desde luego que no es como yo—apostilló Lucía con sorna—. Tiene por lo menos quince años más que yo y compartirá contigo esa visión de la vida tan decepcionante. Convendrá contigo en que las ilusiones no son más que quimeras, propias de insensatos.

Se quedó mirándole de hito en hito luchando por encontrar en su semblante, tan querido, tan añorado, algo de lo que le había atraído tiempo atrás de él. Porque no era posible que se hubiese equivocado hasta ese extremo y que lo que la deslumbrara aquella mañana ya lejana en la Audiencia Provincial fuese un espejismo. Se apoyó en la mesa para comentarle con expresión intrascendente:

—El portero me dijo que te había visto varias veces en el portal de nuestra casa después de que te marcharas. También te vio en el garaje Simón, el vigilante —empezó en tono monocorde —. ¿A qué ibas?

Aguardó expectante su respuesta. Sin duda le diría lo que ella había sospechado, que acudía allí con la intención de encontrársela sin el formalismo de haberla llamado previamente para concertar un encuentro.

—Iba a buscar las cartas en el buzón —replicó él removiendo el café con la cucharilla —. Como en nuestra calle es imposible aparcar, metía el coche en el garaje.

Le escuchó sin querer creerlo.

— ¿Y no se te ocurrió…? Solo tenías que subir dos pisos…dos pisos y en ascensor. ¿No se te ocurrió venir a casa y explicarme…?

Él se encogió de hombros.

—Bueno, yo creo que era obvio.

Incrédulamente se le quedó mirado con unas ganas de llorar enormes. De llorar por algo que, aunque le dolía, se daba cuenta de que nunca había existido. Retrocedió en el tiempo para volver a la sala de la Audiencia Provincial aquella mañana. ¿Qué había visto en él? Le iluminaba un foco que había inventado ella y que dejaba en sombras el resto de la sala. Al reo que ocupaba el banquillo, a la abogada de la defensa y al propio tribunal. Pero ahora él mismo había apagado el foco que le iluminaba y alguien había encendido la lámpara del techo. Podía percibir con toda claridad al público que se apelotonaba en los bancos frente al tribunal y al fiscal, en el estrado junto a ella, con su toga con los puños de encaje y con la elegancia de su gesto, con la prestancia que le confería el papel que representaba y la innegable precisión de su oratoria. Pero al apagarse el foco no la deslumbraba ya.

Se tomó el café de un sorbo e hizo después intención de levantarse.

—Tengo que marcharme, Fran. Han pasado demasiadas cosas y… te deseo lo mejor.

Él parpadeó desconcertado.

—Pero…

—Busca una mujer de tu edad, que te comprenda y que no te irrite con sus ilusiones y con su juventud —musitó Lucía en un susurro —. Lo nuestro no podía durar. Es mejor que lo aceptemos así.

Apresuradamente se alejó de la mesa en dirección a la puerta de la calle y una vez que salió al exterior caminó deprisa por la acera, como si la persiguiera su propia desazón. Aún sentía ganas de llorar por el recuerdo de lo que había dejado atrás, por la añoranza de una etapa de su vida que se había desvanecido como el humo, dejándole un sabor amargo. Como Fran le hacía sentirse siempre, no era más que una niña estúpida.

Rememoraba Lucía esas sensaciones el día siguiente, mientras después de aparcar su coche en la explanada que se extendía delante de la prisión, aguardaba en el locutorio de la misma a que apareciera al otro lado del cristal el recluso al que había ido a visitar. Parecía todo tan absurdo… Absurdo que le hubiera idealizado durante los nueve años en los que habían vivido juntos, sin querer ver cómo era en realidad. Y sobre todo que hubiera soportado sin una queja sus sermones, repetitivos e insoportables. ¿Sería que no era ella tan lista como la consideraba todo el mundo o…?

No tenía cerca a Isabel para que pudiera darle su opinión. Además, en ese momento Lorenzo acababa de surgir de improviso frente a ella. Había acudido al locutorio tan silenciosamente que Lucía se sobresaltó, aunque la mampara de cristal que les separaba a ambos y que dividía el cubículo por la mitad impedía que él pudiera tan siquiera rozarla.

Vestía él una camisa color arena de manga corta, que era el único detalle de su persona que podía identificarse como propio del siglo en el que se hallaban. Su cabeza seguía perteneciendo a otra época. A aquella, ya lejana, en la que Roma era un imperio y las estatuas que representaban a los personajes que lo habitaron podían admirarse en los museos. Se apartó los rizos de su frente, alta, como la de un patricio romano, a la par que clavaba en ella una mirada retadora y cogía el intercomunicador de la repisa de madera para hablar con ella.

— ¿Qué?, ¿ha venido a disfrutar viéndome aquí encerrado?—le preguntó con petulancia, olvidándose de tutearla, como había efectuado la última vez que le había visto en el sótano de "El robledal", cuando la enfocaba con la linterna desde lo alto de la escalera.

Lucía sostuvo su mirada, preguntándose qué sentimientos le inspiraba él en realidad en ese momento y no encontró la respuesta, quizás porque se agolpaba en su interior un confuso conglomerado de contradicciones, entre las que predominaba la curiosidad.

—No, no he venido a disfrutar de nada que tenga que ver con usted—replicó con aplomo—. Tenía que visitar en esta prisión a otro recluso del que me he hecho cargo de su defensa y de paso he decidido verle a usted también porque quería preguntarle algunas cosas.

Él había enarcado las cejas, por lo que Lucía se apresuró a añadir:

—Algunas cosas que no me han quedado claras, siempre, claro está, que quiera contestarlas.

En el rostro de él se pintó una expresión de recelo.

— ¿Va a utilizar mis respuestas en el juicio?

—No, claro que no. Tengo que adelantarle que declararé en él como testigo de cargo, lo mismo que Francisco Guillén y Max Pereira, pero usted puede negar lo que me refiera ahora. Solamente trato de entender todo lo que me ha sucedido desde que tuvo a bien enviarme un correo amenazándome con arruinarme la vida, lo que por cierto estuvo a punto de conseguir.

Lorenzo sonrió y algo semejante a la admiración brilló en sus ojos castaños por espacio de un segundo.

—No, no he estado nunca a punto de conseguirlo. Reconozco que tiene usted una suerte excepcional. El plan que ideé no incluía matarla, se lo aseguro.

Desconcertada, Lucía se le quedó mirando incrédulamente con sus claros ojos azules muy abiertos.

— ¡Ah!, ¿no?

—No. Lo que pretendía yo era que, desesperada, se suicidara. lo mismo que mi hermana. Era la venganza perfecta, ¿no le parece?

Lucía intentó traer a su memoria el rostro de aquella chica, tímida, anodina, insignificante, a la que solamente había visto una vez. ¿Por qué no habría luchado contra el cúmulo de sinsabores que su intervención en aquel juicio le había ocasionado, en lugar de quitarse la vida?

—No lo sé, porque no he intentado vengarme nunca de nadie. Me parece una pérdida de tiempo.

Lorenzo dejó escapar una risita.

— ¿De veras? ¿Tampoco de Francisco Guillén cuando le halló con otra en "Los almendros"? Pues yo sí disfruté al encontrarla a usted cuando salía corriendo de la casa, al imaginar lo que estaría sintiendo. Le había enviado un correo citándola allí y acudió usted sin sospechar nada. Cayó en la trampa como una ingenua y pensé que con eso lograría mi propósito.

— ¿Su propósito de que me suicidara?

—Sí.

Evocó ella aquella tarde ya lejana. No había sido Fran quien la citara como había creído en un principio. Había sido Lorenzo que deseaba que ella comprobara con sus propios ojos la relación que mantenía aquél con su secretaria. En su mente se vio a sí misma caminando a oscuras por el pasillo de la planta superior mientras fuera se desataba la tormenta y la pareció oír de nuevo la voz de Belén y la risa de él. La artimaña de Lorenzo había sido muy cruel.

— ¿Pero por qué mezcló la excarcelación de Antonio Briones en el plan que había trazado? Fui a visitarle a la cárcel y él ni tan siquiera me recordaba.

—Para que relacionara los reveses que iban a ir sucediéndole uno tras otro con su intervención profesional en el juicio de ese hombre. Quería que se quedara aterrada al saber que salía de la cárcel y que pretendía vengarse de usted.

¿Estuvo maquinándolo todo ese tiempo?

Si y cuando leí en el periódico que había cumplido su condena, puse en marcha mi plan. Desde la casa de enfrente a la que usted vivía entonces tomé unas fotografías en las que aparecía usted con Francisco Guillén en la cama. Como a finales de junio hacía un calor espantoso, dormían con la ventana abierta y me resultó muy sencillo cogerle la llave de ese piso al portero y sacar una copia. El hombre ni se enteró y yo podía fotografiarles a los dos cuando me venía en gana.

—Y luego manipuló las fotografías, — continuó Lucía por él.

—Sí. No soy un experto del photoshop, pero no me quedaron mal. Se las envié a Francisco Guillén que, como ya había supuesto, se sintió herido en su dignidad y recogió sus cosas de la casa en la que vivían ustedes dos, para trasladarse a la de su secretaria. Ya anteriormente mantenía una aventura con ella y también había tenido ocasión de fotografiarles en el dormitorio de ésta en una posición inequívoca. No entiendo el motivo de que usted se empeñara en creer que esas últimas fotografías también habían sido manipuladas, porque eran absolutamente fidedignas.

Recordándolo, Lucía se mordió los labios. Efectivamente, al principio había dado por hecho que no era Fran el hombre que aparecía en la fotografía con su rubia secretaria. Quizás porque era lo que quería creer, se dijo. Y quizás porque le había adornado con unas cualidades que solo existían en su imaginación.

—Pensé que la ruptura con él sería suficiente para que usted se hundiera definitivamente en la más negra depresión— continuó él—. Se la veía tan absurdamente enamorada de un hombre que le llevaba tantos años… Pero ante mi sorpresa, dos o tres días más tarde conoció a otro que eclipsó fulminantemente al fiscal.

—Nos espió desde la casa de enfrente, ¿verdad?

—Sí, en su salón y con las luces encendidas se les distinguía perfectamente. Les vi cenar, beberse una botella de vino y charlar en perfecta armonía.

—Imagino que se llevaría un gran disgusto— se burló sardónica.

—Pues sí, me descolocó. Pero antes de que le conociera, supe por mi madre, que había entrado a trabajar en su despacho con el propósito de colaborar conmigo, que tenía un juicio en Campillo de la Sierra a la mañana siguiente. Por eso le pinché las cuatro ruedas del coche.

—Ya —musitó apenas Lucía — para que no pudiera llegar a tiempo al juicio. Olvidó que existen taxis.

—Sí, pero confié en que tardara en encontrar uno y que ese uno no estuviera dispuesto a recorrer tantos kilómetros. El caso es que la seguí y comprobé que llegaba a ese pueblo con algo de retraso, por lo que no tuve más remedio que averiar el ascensor en el que subía al juzgado con Maximiliano Pereira.

—Max, no Maximiliano —le corrigió Lucía — Ya recibimos hace unos días la resolución de la Dirección General de los Registros y del Notariado acordando la modificación de su nombre. Ahora se llama Max.

—Como quiera —rezongó él—. Lo que no pude prever es que en el tiempo en el que permanecieron encerrados en el ascensor se pusieran de acuerdo en resolver amistosamente la cuestión por la que pleiteaban y que encima les sobrara tiempo para pelar la pava.

A su pesar, enrojeció ella.

—No pelamos ninguna pava —protestó.

Lorenzo volvió a reír.

—Claro que la pelaron. Se olvidó usted del fiscal en cuanto encontró a otro más joven, más alto y más rubio. Es usted tan inconstante como todas las mujeres.

Indignada estuvo a punto ella de dar por terminado el tiempo de comunicación de que disponía y salir del locutorio con la cabeza alta, pero luego pensó que había bastante de cierto en lo que Lorenzo había insinuado y que, en cualquier caso, aún no sabía todo lo que pretendía averiguar, por lo que se limitó a envolverle en una mirada despectiva.

—No es de extrañar que también le gustara usted a él—continuó sarcásticamente Lorenzo—porque es muy guapa y tiene además algo especial. Puedo asegurarle que incluso me gusta a mí.

—Ya, —masculló Lucía echando chispas por los ojos —. Pues lo ha disimulado muy bien. Por lo mucho que le gusto decidió mandarme al otro barrio incendiando "El robledal", ¿verdad?

Lorenzo se encogió displicentemente de hombros.

—No tuve más remedio. Había jurado vengarme de los dos por lo que le hicieron a mi hermana, pero en otras circunstancias también yo hubiera intentado pelar la pava con usted.

— ¿No le parece que son demasiadas las pavas que baraja? — replicó airada —. Pero continúe. Ha dejado su historia a medias.

Lorenzo volvió a sonreír con suficiencia.

—Sí, he olvidado aclararle que cuando llegué al pueblo detrás de usted y la vi dirigirse al edificio del juzgado, llamé por el móvil al portero y, simulando una voz cascada, de viejo con bronquitis, le dije que su madre estaba muy enferma y reclamaba su presencia. El hombre se lo creyó y salió a toda prisa hacia el pueblo vecino. Yo ocupé su puesto y les contesté con la misma voz cascada cuando pulsaron el timbre de alarma. Así conseguí retenerles en el ascensor durante una hora y media, con lo que creí haber conseguido que perdiera usted el juicio y consiguientemente a su cliente.

Lucía le envolvió en una mirada desdeñosa.

—Muy astuto.

— ¿Verdad que sí? Pero ya le he dicho que no pude imaginar que aprovecharía usted la hora y media en la que permaneció encerrada en el ascensor para flechar a su adversario en el procedimiento judicial, llegar con él a un acuerdo, y encima olvidarse del fiscal y sustituirle con ese muchacho, pues la ruptura con Francisco Guillén era mi principal baza con vistas a su suicidio.

—Pues no sabe cuánto lamento haberle decepcionado —se burló Lucía.

Lorenzo se encogió de hombros como si quisiera quitarle importancia al asunto y luego continuó:

—Por mi madre fui teniendo conocimiento de los documentos que tenía que redactar usted para presentárselos a la firma de los clientes y los que tenía que aportar en los procedimientos judiciales en los que tenía que personarse. Unos se los borré del ordenador cuando ya se había marchado del despacho y le escamoteé los otros del maletín la noche anterior a la vista. Tampoco dio resultado. De una manera o de otra conseguía salir airosa del trance.

—Y entonces decidió llamar a todos mis clientes con su voz cascada de viejo con bronquitis para comunicarles que yo estaba con un pie en el otro mundo y que por consiguiente había cerrado el despacho con carácter urgente —continuó ella.

—Sí. Aproveché una mañana en la que usted se había quedado en su casa llorando a su Fran y con la ayuda de mi madre les localicé telefónicamente a todos, pero también consiguió usted neutralizar los efectos de mi ardid —reconoció Lorenzo.

—También fue una lástima que se me ocurriera como solucionarlo.

—Sí, pero no me diga que la mía no había sido una idea genial.

—Genial —repitió ella con voz lúgubre —. ¿Era entonces cuando esperaba que me suicidara? —le preguntó con sarcasmo—. No sabe cuánto siento haberle defraudado. Y supongo que también era usted el que me colocaba encima de la cama un pijama similar al que usaba Fran cuando aún vivíamos juntos. Lo que aún no he averiguado es cómo entraba usted en el piso sin forzar la cerradura, porque me cambiaron el bombín.

Él se echó a reír como si encontrara su pregunta sumamente divertida.

—Saqué una copia de la llave que tenía en el bolso con la ayuda de mi madre.

—Sí, pero ya sabe que, cuando la despedí, cambié el bombín de la cerradura.

—Sí, pero entonces la que me ayudó fue Olvido. Es una chica bastante simple que creía todas las historias que le contaba y se prestó a ayudarme creyendo que también la ayudaba a usted.

Lucía hizo un gesto de asentimiento con la cabeza y se apartó después con la mano izquierda la melena que con el movimiento le había resbalado sobre el rostro, mientras que con la otra sostenía el intercomunicador junto a su oído.

—Ya. ¿Y por qué en "El robledal" golpeó a Max en la cabeza y le arrojó por la escalera del sótano? Él no intervino para nada en el juicio de Antonio Briones ni conoció a su hermana.

Lorenzo se mesó la barbilla a la par que desviaba la mirada del rostro de ella para fijarlos en un punto indeterminado. Su expresión era la de un demente. Sonreía con el aire triunfal del que cree haber logrado un gran objetivo.

—Esa sí que fue una idea genial —murmuró en voz alta, pero como si hablara para sí mismo—. Quería achacarle a usted el crimen. Era la única persona que se encontraba en la casa con él y la denuncié por teléfono a la policía para que la detuvieran pensando que le imputarían el delito, porque creí que con el batacazo que se dio al rodar por la escalera no lo contaría.

Lucía se quedó mirándole sin que su expresión trasluciera el deseo que sentía en ese momento de atizarle un puñetazo en el estómago.

—Solo se hizo un chichón —replicó con voz monocorde. Y con una ironía corrosiva añadió—: La verdad es que ha tenido usted muy mala pata…

—Sí —reconoció pensativo, sin captar su sarcasmo —. Y eso que había planeado hasta el más mínimo detalle.

Incapaz de continuar soportando su presencia por más tiempo, Lucía se puso en pie.

—Lo probable es que con la mala suerte que está teniendo últimamente, cuando le juzguen le condenen a una pena de prisión de muchos años. Es lo menos que se merece por lo "genial" que ha demostrado ser.

Desconcertado, él se quedó mirándola sin pestañear y a Lucía le recordó en ese momento a un emperador romano destronado.

—Espere —le dijo levantando una mano, como si con ese ademán intentara retenerla—.Yo quería pedirle... quería preguntarle si no querría defenderme en el juicio.

Lucía se volvió a medias para envolverle en una mirada de desprecio.

— ¿Yo, a usted?

Lorenzo acusó el desdén con el que ella le respondía y trató de explicarse con aire tímido.

—Yo... he oído que todas las personas tienen derecho a ser defendidas.

Ella se echó a reír.

—Efectivamente todas tienen derecho a ser defendidas, pero no por mí. Yo elijo a los que defiendo y usted no está incluido en la relación de los que se lo merecen. Y ahora adiós. Como le acabo de decir, le deseo que le caigan muchos años.

Despectivamente le volvió la espalda y salió taconeando al largo pasillo de los locutorios, que recorrió deprisa para encaminarse hacia la salida. La explanada parecía dormitar bajo la achicharrante solanera del medio día, como si en los últimos días del verano, éste se resistiese a despedirse, y Lucía la recorrió con la cabeza baja para defenderse de los ardores inclementes del astro rey que centelleaba en el firmamento como un globo dorado. La carrocería de su coche ardía también tras la prolongada exposición a sus tórridos rayos, por lo que al subirse al vehículo puso en marcha el aire acondicionado y arrancó seguidamente el motor.

La cárcel de Alcalá Meco distaba tan solo unos kilómetros de Campillo de la Sierra, así como de "El robledal" donde la esperaba Max. Estrenaba él su nuevo nombre y habían quedado en comer juntos para celebrarlo, por lo que salió de la explanada donde había aparcado el coche y poco después se unía al espeso tráfico que circulaba por la autopista.

Al llegar a la desviación la dejó atrás y enfiló el camino vecinal, que, como una cinta blanca, se extendía a lo lejos bajo un sol abrasador. Alegremente soportó los baches sobre los que el coche se bamboleaba como una coctelera y bajó el cristal de la ventanilla para aspirar el olor a sierra, sintiéndose absurdamente feliz. Ya distinguía a lo lejos los primeros robles que al comienzo de la finca crecían aislados y que iban arracimándose conforme se aproximaban a la casa y, destacándose contra el cielo azul, la oscura mole de ésta, ahumada aún por el incendio provocado por Lorenzo. No había vuelto a esa casa desde aquella noche y le pareció distinta con su fachada ennegrecida. También ostentaba ahora un aire melancólico, como si echara de menos los días en los que se alzaba incólume, sin las negras cicatrices que el fuego había marcado en sus viejos muros de piedra.

Al oír el sonido del motor del coche aproximándose, Max había salido a recibirla y la esperaba junto al portón. Se dirigió a su encuentro en cuanto Lucía aparcó junto a la fachada y descendió del vehículo. Vestía un pantalón vaquero y una camisa azul de manga corta y sobre la frente le resbalaba un mechón de cabello más rubio que el resto, desteñido por su larga exposición al sol.

— ¿Qué?, ¿has hablado con él? —le preguntó en cuanto ella se le reunió.

Se refería a Lorenzo, con el que Lucía le había dicho que quería entrevistarse esa mañana en la cárcel para que le aclarase algunas cosas que no acababa de entender y, aunque Max consideraba que era preferible olvidarse de su existencia, ella no se había mostrado conforme.

—Sí, me ha explicado que llevaba diez años planeando su venganza contra Fran y contra mí y que la puso en práctica en el momento en que Antonio Briones salió de la cárcel, tras cumplir la pena que le había sido impuesta.

—Y estuvo a punto de conseguir su propósito y mandarnos a los tres al otro mundo —masculló Max mordiendo las palabras—. Lo que más siento es no poder cumplir ya mi mayor aspiración, que es la de aplastarle las narices de un puñetazo. ¿Crees que si me acerco a la cárcel me dejará el funcionario de prisiones que le sacuda unas cuantas tortas en el locutorio? Me parece que es lo menos que se merece.

Lucía se echó a reír.

—Sí se las merece, pero te resultaría imposible, porque en los locutorios de las cárceles los reclusos están separados de sus visitantes por un cristal se seguridad.

—Pues vaya por Dios, —rezongó él frotándose los nudillos de una mano con la otra, como si ese gesto le ayudase a controlar el deseo que acababa de manifestar—. Pero ven, te voy a enseñar cómo ha quedado la casa por dentro, gracias a ese imbécil.

Le indicaba el portón de entrada y Lucía le siguió dentro del vestíbulo, que le pareció totalmente distinto. Ya no flotaban en su interior los vestigios del pasado ni quedaba rastro alguno de la época en la que habían vivido sus antiguos habitantes. Era ahora una tiznada y macilenta ruina, sin recuerdos.

La tarima del pavimento había ardido, así como el sofá y los dos sillones tapizados en seda amarilla donde, sin duda, tomaran asiento los amigos del abuelo de Max años atrás. Los cajones de la cómoda, que había estado adosada a la pared, estaban esparcidos por el suelo medio chamuscados y el espejo que había pendido sobre ella alfombraba ahora el pavimento, convertido en trozos desiguales que brillaban a la luz del sol. También los muros, materialmente cubiertos antes con fotografías de señores con bigote y raya en medio, aparecían desnudos ostentando un tristón color negruzco y los postigos del ventanal pendían carbonizados balanceándose en sus goznes de hierro, junto con los andrajos de lo que debieron ser los cortinones de terciopelo granate. Colgaban ahora como negros pingajos de la barra de la que habían estado suspendidos sobre el ventanal durante lustros o quizás durante siglos.

El fuego no parecía haber alcanzado a la escalera que se mantenía intacta ni tampoco al niño de la cítara que, aunque sumamente tiznado, continuaba tocándola encaramado a su pedestal. Lucía lo observó en silencio con algo de rencor. Ni la tormenta ni el incendio habían sido capaces de alterar la estúpida sonrisa del niño, que impertérrito se alzaba sobre su pedestal, como si se mantuviera al margen de los sucesos nada gratos que habían acontecido en esa casa.

Sorteó ella la estatua para seguir a Max, que la precedía ahora por lo que quedaba de lo que fuera el pasillo, que aquella noche de tormenta había recorrido a oscuras, alumbrada tan solo por la luz de los relámpagos. Le pareció distinto. Pero no solo porque sus paredes estuvieran ennegrecidas y el pavimento de madera chamuscado. Le pareció distinto porque el sol penetraba a raudales por la alta ventana enrejada arramblando con las sombras huidizas que la habían acompañado aquella noche, mientras avanzaba a tientas buscando a Max. Aunque requemado, ahora era un pasillo como todos, sin los fantasmas que parecían agitarse entonces en la oscuridad.

Max se volvió hacia Lucía para captar por su expresión la sensación que le producía el desolado panorama que se ofrecía ante sus ojos y sorprendido comprobó que sonreía.

— ¿No te parece que el fuego lo ha destrozado todo y lo ha convertido en un antro inhabitable? —le preguntó con ansiedad—. Ha venido a ver la casa un amigo que es arquitecto y me ha dicho que los muros no han sufrido daños y que bastaría con reparar los tabiques interiores afectados por el incendio, pero a mí me parece que es imposible que esta casa pueda volver a ser la que era. ¿Qué opinas tú?

Se lo preguntaba con un interés bastante desmedido y Lucía volvió a sonreírle.

— ¿Sigues pensando venirte aquí a vivir en cuanto le pagues a Casilda su parte?

Él tardó en responder y cuando lo hizo la voz le salió algo ronca de la garganta.

—Aún no lo sé, depende.

— ¿De qué depende?

—De lo que opines tú. ¿Te gustaría vivir aquí conmigo?

Lucía clavó sus claros ojos azules en el bronceado semblante de él y como en otras ocasiones le recordó su expresión a la de un estudiante que aguardara impaciente a conocer la calificación que hubiera obtenido tras un examen importante. Con aquella actitud parecía tan joven…

—¿Me estás proponiendo…?

—Que te cases conmigo.

—¿Que me case contigo?—repitió tontamente Lucía en tono interrogante.

—Sí, supongo que no tendrás nada en contra del matrimonio— replicó Max con guasa —.Ya somos mayorcitos los dos y los dos estamos solteros. Además, y lo que es más importante, quiero pasar el resto de mi vida contigo. Por eso te estoy preguntando qué es lo que quieres tú.

Aunque Lucía sintió al oírle unos incontenibles deseos de brincar, se quedó inmóvil y luego fue a apoyarse contra la ennegrecida pared del pasillo, poniéndose la espalda de su chaqueta perdida de hollín.

Max continuó mirándola expectante y de improviso la atrajo hacia él rodeándola con sus brazos. Luego se apartó unos centímetros para estudiar su expresión.

—Yo también quiero casarme contigo—repuso Lucía sin apartarse de él—. Por una extraña razón ya me gustaste aquel día en que te abalanzaste dentro del ascensor del juzgado de Campillo de la Sierra y me diste un empujón, estampándome contra la pared. Parecías un oso furibundo.

Max se echó a reír.

—No te di ningún empujón.

—Claro que me lo diste.

Él analizó su expresión con la cabeza ladeada.

—¿Y qué pasa, es que te gustan los empujones?

—No, claro que no. Solo me gustó aquél, así que procura no repetirlo.

—De acuerdo, lo procuraré, pero aún no me has contestado.

Lucía enarcó las cejas sin comprender.

—¿A qué? Te he dicho que sí quiero casarme contigo con un traje blanco y que venga toda mi familia de mi pueblo para asistir a la ceremonia. Se pondrán locos de contento al comprobar que al fin he sentado la cabeza y he encontrado a un hombre dispuesto a mantenerme.

Max la observó incrédulamente.

— ¿Vas a dejar de ejercer tu profesión?

—No, claro que no, pero en mi pueblo consideran aún que las mujeres se casan para que las mantengan sus maridos.

— ¡Ah!—dijo él por todo comentario. Se quedó callado unos instantes con la mirada perdida en el fondo del corredor, como si estuviera rememorando la noche en la que recorrió ese mismo trayecto para bajar a la bodega a por una botella de vino. Luego pareció regresar al presente para clavar en ella sus claros ojos color miel—. Sigues sin contestarme—dijo al fin.

— ¿A qué?

—A si te gustaría vivir en esta casa. Si solo conservas malos recuerdos y prefieres que nos instalemos en Madrid, lo entenderé.

Lucía paseó su mirada por el largo y ahumado pasillo y luego continuó andando por él hasta que al alcanzar la primera puerta pasó a lo que había sido el salón. No quedaba nada de la sillería isabelina ni de sus cortinones oscuros. Tan solo las paredes ennegrecidas por el humo y el hueco del ventanal por el que se salía a la terraza, sin el cerco de madera, sin los postigos, sin nada.

—La cocina está aún peor—le oyó decir a Max.

Le siguió por el pasillo y penetró detrás de él en lo que quedaba de esa habitación. Recordaba que estaba alicatada hasta media altura con unos desportillados azulejos blancos, pero ahora se habían hundido dos de los tabiques y el suelo se había desplomado sobre lo que había sido el sótano. Sólo la puerta por la que se accedía a la escalera, por la que se bajaba a lo que ella había considerado un antro, continuaba en su lugar balanceándose sobre sus goznes con un chirrido agudo.

Lucía lo abarcó todo de una ojeada, diciéndose que la casa entera parecía otra. Luego se volvió hacia él.

—Sí, me gustaría vivir aquí, pero tendríamos que realizar algunos cambios.

— ¿Cuáles?

—No me gustan los cortinones granates. Además el fuego no ha respetado ninguno de los que colgaban sobre los ventanales. Me gustan los visillos blancos y los sofás cómodos con muchos cojines.

—De acuerdo —aprobó él—. ¿Y qué más?

—Tampoco me gusta el sótano, aunque realmente no llegué a distinguirlo bien en las dos ocasiones en las que estuve allí abajo, pero preferiría que lo cegáramos al hacer la obra.

Tampoco a Max debía gustarle, porque se apresuró a dar su conformidad.

—Me parece bien. ¿Algo más?

Dudó Lucía en manifestar la última de sus pretensiones. En ese momento le pareció una tontería, pero si iba a vivir con él en esa casa quería encontrarse a gusto dentro de ella.

—No... si... bueno, es el niño de la cítara.

— ¿Qué niño? — se extrañó Max—. En esta casa no hay ningún niño.

—Sí, en el vestíbulo. Está subido a un pedestal y no me gusta.

Esbozó él un gesto de extrañeza.

— ¿Qué es lo que no te gusta, el niño o el pedestal?

—Ninguna de las dos cosas. No quiero volver a tropezar en adelante con esa estatua. No te importa, ¿verdad?

—No, claro que no, pero no recuerdo en este momento de qué niño me hablas.

Le precedió ahora Lucía hacia el vestíbulo y desde el comienzo del pasillo se lo señaló.

—Esa estatua, ¿la ves?

—Desorientado, Max parpadeó con expresión de no haber reparado en ella anteriormente.

—Pues es verdad —reconoció sorprendido—. No me había fijado nunca en ese niño y además el fuego le ha dejado de lo más cochino. ¿Pero no te parece que con tantos cambios la casa quedará muy diferente? ¿Que no tendrá nada que ver con la que edificó mi bisabuelo y que perderá ese aire romántico de otra época que la caracterizaba?

Lucía hizo un gesto de asentimiento. A ella también le gustaba la casa con su bosquecillo de robles y sus habitaciones espaciosas, pero no deseaba vivir en el escenario que los antepasados de Max habían diseñado ni notar su presencia intangible entre los muros que habían levantado un par de siglos atrás. Quería sentirse con él en el presente sin respirar el aire de otra época, sin percibir el sonido inaudible de los pasos de su abuelo. Tampoco le apetecía que en su nueva casa quedara vestigio alguno que le hiciese recordar la noche de tormenta que había padecido entre sus paredes, perseguida por una sombra.

Se abrazó de nuevo a él y levantando sus grandes ojos azules hacia su rostro le sonrió

Claro que sí, Max, quedará muy diferente.